SANDRA REGNIER

DIE FLAMMEN DER ZEIT

CARLSEN

Von Sandra Regnier außerdem bei Carlsen erschienen:
Das geheime Vermächtnis des Pan
Die dunkle Prophezeiung des Pan
Die verborgenen Insignien des Pan
Das Flüstern der Zeit
Die Wellen der Zeit

Von Sandra Regnier außerdem als E-Book bei Im.press erschienen:
Die Stunde der Lilie
Die Nacht der Lilie

MIX
Papier aus verantwortungsvollen Quellen
FSC® C014496
FSC www.fsc.org

Originalausgabe
Veröffentlicht im Carlsen Verlag
September 2016

Lektorat: Rebecca Wiltsch
Umschlagbild: shutterstock.com © boonchob chuaynum/happykanppy/pun photo
Umschlaggestaltung: formlabor
Corporate Design Taschenbuch: bell étage
Herstellung: Karen Kollmetz
Satz: Pinkuin Satz und Datentechnik, Berlin
Druck und Bindung: GGP Media GmbH, Pößneck
ISBN 978-3-551-31441-3
Printed in Germany

Für meine Mit-Eulen
Martina und Katharina

Prolog

Feindselig standen ihm die Druiden gegenüber. Er wusste, er würde gleich sterben. Es gab keinen Ausweg. Sie waren in der Überzahl und er hatte ihre Kräfte unterschätzt. Die übernatürlichen Kräfte, die sie beschworen hatten, um seiner habhaft zu werden.

Der Altar hinter ihm war noch rotbraun befleckt vom letzten Opfer, das hier sein Leben lassen musste.

Er würde das Opfer bringen und damit die unselige Kraft dieses Ortes ein für alle Mal zerstören. Damit wäre seine Mission schließlich doch erfolgreich gewesen. Er lächelte den Hohepriester siegessicher an.

»Tu es, Druide«, sagte er.

»Du weißt, dass du sterben musst?«, fragte ein Druide hinter dem Hohepriester.

»Mein Leben für das von unzähligen anderen«, nickte er.

»Du glaubst, du hast gewonnen?« Der Oberdruide lächelte genauso siegessicher zurück. »Du weißt nicht, was dein Blut bewirken wird, nicht wahr?«

Der Druide trat dicht vor ihn. Er war größer als der Mönch und er musste den Kopf heben, um ihm weiter in die Augen blicken zu können. Hellblaue Augen unter buschig-roten Brauen. Er hatte ihn schon gekannt, lange bevor der Bart gewachsen war, und er war immer der Schmächtigere gewesen. Doch nie er hatte sich kleiner gefühlt. Immer ebenbürtig.

»Dann lass mich dich aufklären«, sagte der Hohepriester leise. »Dein Blut wird endlich dafür sorgen, dass unsere Macht einzigartig wird. Niemand wird uns aufhalten können. Unsere Kraft wird übernatürlich sein, die Elemente werden uns gehorchen und ich werde alle in mir vereinen. Britannien wird dank mir der mächtigste Staat der Welt werden und ich und meine Nachkommen werden es regieren.«

Er lächelte den Hohepriester nachsichtig an. »Das sind Träume, Medraut. Ehrgeizige, aber unmögliche Träume. Niemand außer Gott ist zu so etwas fähig.«

Das überhebliche Grinsen, das der Hohepriester nun aufsetzte, verunsicherte ihn doch ein wenig.

»Irrtum, Willmær«, sagte er leise. »Dank deinem Blut und den Kräften, die du nie genutzt hast, werden sie mit diesem Ritual auf mich übertragen. Ich werde sie zumindest besser einsetzen, als du es je getan hast.«

Er beugte sein Gesicht so dicht herunter, dass sich ihre Nasenspitzen beinahe berührten. »Jeder weiß, dass deine Schwester diese Kräfte ebenfalls besaß. Ich dachte, ich würde sie bei ihrem Tod übertragen bekommen, doch ich hatte das Kind außer Acht gelassen. Sie hat es zwar versteckt, aber ich werde es finden.«

Der Mönch fühlte alles Blut aus seinem Kopf weichen. Seine Schwester war tot. Wie sie es vorausgesehen hatte.

Und doch hatte er nicht mit dieser Plötzlichkeit gerechnet. Er ahnte, wie sie gestorben war. Grausam, brutal und unter schrecklichen Schmerzen.

Doch sie hatte ihn lange genug vorbereitet. Er wusste, was jetzt folgen würde, folgen musste.

»Du wirst ihre Kräfte nie beherrschen. Du hast sie und mich unterschätzt. Du hast nicht den Hauch einer Ahnung, wozu wir fähig *sind«, sagte Willmær und versuchte mühsam seine plötzlich auftretende Übelkeit zu unterdrücken.*

»Wir sind keine Narren, Willmær«, erklärte der Hohepriester. »Wir wissen von den Elementträgern, die ihr beschwören wolltet.«

»Dann wisst ihr auch, dass wir beide deinen Plan zu verhindern wissen. Sogar über unseren Tod hinaus.« Er erhob die Stimme. »Eins sage ich euch: Sollten sich vier Elementträger zur selben Zeit an derselben Stelle befinden, wird die Erde aufhören sich zu drehen. Das hatte meine Schwester deutlich gesehen.«

»Hatte sie auch gesehen, dass man das umgehen kann? Denn mir haben die Sterne etwas anderes gezeigt. Siehst du das?« Er deutete zu dem wolkenlosen Nachthimmel über ihnen. Willmær folgte seinem Fingerzeig und sah das Sternbild des Großen Hundes überdeutlich hell und klar. Darunter verblasste soeben ein Stern. Nein, zwei Sterne. Und jetzt noch ein dritter, während der erste in diesem Moment erlosch. Sterne, die seit jeher dort prangten und gemäß der keltischen Weissagung Veränderungen ankündigten. Obwohl er, Willmær, nicht mehr an solche Omen glaubte, wurde ihm mulmig.

Er schüttelte den Kopf – nicht wissend, ob er es tat, um das ungute Gefühl zu vertreiben, das sich in seinem Magen ausbreitete, oder um Medraut die Stirn zu bieten.

»Ihr könnt mich töten«, sagte er, so fest es ging, »doch ich habe Vorkehrungen getroffen. Ich werde die Gaianidin beschützen und warnen. Meine Kraft wird dafür ausreichen, um es dir so schwer wie möglich zu machen. Denn wie du schon sagtest: Sie übertrifft die deine bei weitem. Das wissen wir beide.«

»Willst du wieder auferstehen wie dein verehrter Zimmermannssohn?«, zischte Medraut wütend. »Dann werden wir das testen.«

Willmær sah das Schwert nicht kommen und es blieb ihm keine Zeit zu sagen, dass er nie wirklich von dieser Welt gehen würde, wenn er es nicht wollte. Er fühlte einen Schlag und dann war alles schwarz.

1. Kapitel

Ich war genervt.

Es war jetzt kurz vor elf, also fast Mittag. Seit über dreißig Stunden hatte ich nicht mehr geschlafen, fühlte mich total gereizt und hätte Theodor am liebsten direkt nach der Abfahrt in Swindon aus dem Zug geworfen.

Brandons und meine Aktion war nicht sonderlich gut geplant gewesen. Bislang hatte uns einfach jegliche Zeit zum Nachdenken gefehlt. Wir mussten so schnell wie möglich die Orkneyinseln erreichen. Dort befand sich – laut Brandon – eine Kultstätte, ein Megalith mit Loch. Diesen sogenannten Lochstein zu finden war notwendig, nein lebenswichtig.

Zwar waren wir ohne Probleme nach London gekommen, doch da landeten wir erst einmal in einer Sackgasse. Genau genommen am Paddington-Bahnhof. Von dort aus ging es mit der Tube zu King's Cross, wo uns eine Zwangsrast auferlegt wurde.

Der Zug nach Schottland war erst um sieben Uhr heute Morgen gestartet, folglich hatten wir sechs Stunden am Bahnhof warten müssen. Sechs lange, zugig-kalte Stunden in der Bahnhofshalle auf einer unbequemen Bank mit Brandon Grey und Theodor-größte-Nervensäge-im-Königreich-Adams, der langsam roch wie der Obdachlose auf der Bank daneben.

Im Gegensatz zum Obdachlosen, der leise schnarchte, löcherte Theodor uns ständig mit Fragen zu unserer Mission, die wir ihm nicht beantworten konnten, nervte uns mit Mutmaßungen, die wir ignorierten, oder mit Kommentaren zu diesem und jenem, was uns absolut nicht interessierte.

Zum Beispiel ließ er sich lang und breit über die Bartmode bei jungen Männern aus, die ihm auf der Reklametafel gegenüber ins Auge stach. (Das hätte mich vielleicht bei einem Plausch mit meinen Freundinnen Shakti und Rebecca interessiert, aber nicht jetzt und hier, wo die Situation so brenzlig war.) Die Fahrt nach Inverness, dem günstigsten Fährhafen, würde insgesamt noch einmal fast neun Stunden dauern. Neun Stunden Theodor?! Ich durfte nicht darüber nachdenken. Wenn man mir die Wahl böte, neun Stunden auf einem Nagelbrett zu sitzen oder neben Theodor zu verbringen, würde ich definitiv das Nagelbrett vorziehen.

Brandon und ich hatten kein Auge am Bahnhof zutun können. Theodor auch nicht, weil er vermutlich ahnte, wir würden ihn zurücklassen, sobald er einnickte. Ich hatte sogar mit dem Gedanken gespielt, in der Apotheke K.-o.-Tropfen zu besorgen und sie ihm in seinem doppelten Espresso zu servieren. (Leider hatte die Apotheke um die Uhrzeit geschlossen.)

Auf alle Fälle hatte ich damit Colins älteren Bruder schon elf Stunden länger ertragen als je zuvor. Im Zug hatte ich dann auf etwas Schlaf gehofft, um dem monotonen Gelaber zu entkommen. Nun ja, die Hoffnung stirbt bekanntlich zuletzt, doch mittlerweile war sie mausetot.

Denn weil Theodor keine Antwort auf seine viele Fragen bekam, hatte er etwas ersonnen, um uns auf andere Art die Zeit zu vertreiben bzw. zu nerven: Fachwissen, das Jura-Studenten in Oxford eingebläut bekamen. Ob wir wollten oder nicht, wir bekamen eine ausführliche Einweisung ins englische Rechtssystem. Ohne Pause.

Seit Stunden fuhren wir nun schon nach Schottland und ich war kurz davor, Theodor den Ellbogen ins Gesicht zu rammen, wie Arnold Schwarzenegger diesem dämlichen Gebrauchtwagenhändler in *True Lies.*

»… und wenn man dann einmal bedenkt, dass diese Pensionsfonds beim Börsencrash …«, leierte Theodor vor sich hin, während er mich penetrant von der Seite musterte und sein Kopf immer näher kam. Zu dicht.

Wenn der Zug ein wenig mehr ruckelte, würden seine Lippen auf meiner Wange kleben. Aber dann würde ich meinen Ellbogen nicht mehr bremsen können. Darauf konnte er wetten.

Ich konnte nicht mal tief einatmen, ohne mir eine Gasmaske zu wünschen.

Brandon saß uns gegenüber. Gemeinerweise sah er auch nach einer durchwachten Nacht gut aus im Gegensatz zu mir. Meine Haare fühlten sich fettig an und ich hätte mir gern mal die Zähne geputzt. Brandon war mit strubbeligem blonden Haar, ersten Bartstoppeln und den leuchtend blauen Augen, vor allem aber mit diesem umwerfenden Lächeln aus weißen, wenn auch leicht schiefen Zähnen noch sexy. Sogar die Augenringe standen ihm. Er hatte zwar nicht Colins gutmütiges Gesicht oder dessen wunderschöne blaue Augen, aber hübsch war er allemal.

Er zwinkerte mir aufmunternd zu.

Ich lächelte zurück und Theodor unterbrach seinen Monolog

über wer-weiß-was und wandte den Blick zu Brandon. Dann rückte er noch ein wenig näher an mich heran. Wieso hatte ich den Fensterplatz gewählt, ich Idiot?

Ich hätte mich besser gleich in ein anderes Abteil gesetzt. Aber ich wusste, Theodor würde mich nicht gehen lassen. Er vermutete – nicht zu Unrecht –, dass ich ihn zu seinem Bruder führen würde.

»Wie ich schon sagte, diese Ansprüche an die Pensionen können unmöglich gänzlich vom Steuerzahler eingefordert werden …«, setzte Theodor wieder an. Ich rutschte unruhig auf meinem Sitz hin und her und gab mir größte Mühe, Theodor auszublenden. Meine Rente und die aller Menschen war so was von schnuppe, wenn wir das hier nicht auf die Reihe bekamen. Ich versuchte mich auf das zu konzentrieren, was vor uns lag.

Aber genau da war das Problem. Was lag vor uns? Ich wusste es nicht. Zumindest nicht genau. Mir war übel. Nicht nur wegen Theodors Geruch, sondern auch wegen dieser verdammten Ungewissheit.

Ich musste mich ablenken. Also fasste ich noch einmal alle Fakten, die bislang vorlagen, zusammen.

Punkt eins: Es befanden sich vier Elementträger, auch Platoniden genannt, zur selben Zeit am selben Ort, was angeblich den Magnetismus der Erde beeinträchtigte, um nicht zu sagen, außer Kraft setzte. Was hieß *angeblich*? Es geschah! Auf meinem Schreibtisch machten sich bereits Büroklammern und Federn selbstständig und schwebten über der Tischplatte.

Das brachte uns zu Punkt zwei: Die einfachste Methode, alles wieder ins Lot zu rücken, wäre einen Platonid zu beseitigen, sprich: ihn zu töten. Doch wir waren keine Mörder. Es gab ein umständliches Ritual, um die Platoniden in ihre Zeit zurückzusenden, doch das kannten wir noch nicht in allen Einzelheiten. Wir besaßen zwar die entsprechenden Unterlagen, doch blöderweise konnten wir sie nicht genauer unter die Lupe nehmen, weil Theodor bei uns war. Er durfte diesen uralten Kodex nicht zu Gesicht bekommen, was uns noch mehr in Zeitnot brachte, denn es musste sehr bald geschehen, ehe größere Gegenstände anfingen zu schweben. Kaninchen zum Beispiel. Oder – Gott bewahre – Kinder. Doch das wäre nur der Anfang. Die Erde würde sich immer langsamer drehen. Sollte sie gänzlich stehenbleiben, wären die Folgen für die gesamte Menschheit katastrophal. Eine Seite der Erde würde ewigen Tag haben, die andere in der Nacht verkümmern. Eine Seite würde verbrennen, während die andere vereiste. Der Klimawandel war nichts dagegen.

Punkt drei:

Stuart Cromwell. Er war einer der vier Elementträger und der zweitkritischste Punkt – direkt nach dem Stoppen der Erdrotation.

Im Gegensatz zu uns hatte er keine Skrupel, andere Platoniden zu eliminieren, wie er in der Vergangenheit bereits mehrmals bewiesen hatte. Er stammte aus dem siebzehnten Jahrhundert und wollte nicht dorthin zurück. Er wollte hierbleiben. Vor wenigen Jahren war er hier gestrandet und hatte zwischenzeitlich einen riesigen Konzern aufgebaut, den er nicht aufgeben wollte – von seiner Frau und seinem Sohn ganz zu schweigen.

Dummerweise hatte Cromwell nicht wenig Einfluss auf Politik und Regierung und nutzte diesen schamlos aus. Mein Bruder war eines seiner Opfer, obwohl der überhaupt kein Platonid gewesen war. Was mich zu Punkt vier brachte:

Stuart Cromwell hatte mich mit meinem Bruder verwechselt, dabei war ich kein Elementträger. Ich war die Gaianidin, diejenige, die das Ritual vollziehen musste, damit die Erdrotation wieder richtig einsetzte.

Die Gaianidin beherrschte alle Elemente und musste ihre Kräfte während des Rituals auch einsetzen. Nur hatte ich die nicht mal im Ansatz unter Kontrolle.

Trotzdem hing alles an mir. Ich musste dieses Ritual beziehungsweise die Rituale (Plural! Es waren insgesamt drei!) durchführen, um alle Platoniden, die nicht aus unserer Zeit stammten, zurück in die Vergangenheit zu schicken.

Das war dann wohl Punkt fünf auf der Liste:

Ich war soeben dabei, Brandon wieder in die Elisabethanische Ära zu verbannen. Brandon, der in den letzten Wochen zu einem Freund und Vertrauten geworden war – mal abgesehen davon, dass ich ihn jahrelang angehimmelt hatte.

Wieso war mir das nicht früher aufgegangen?

Am liebsten wäre ich an der nächsten Bahnhofstation ausgestiegen und hätte Brandon mit mir gezerrt. Wir könnten verschwinden, untertauchen und … was? Zusehen, wie alles leichter wurde und ins All entschwebte?

Wohin sollte man dann flüchten?

Wir konnten nirgends hin. Wir mussten das stoppen. Das und Cromwell, der versuchte die anderen Platoniden zu töten.

Und er wusste, dass Colin ein Platonid war.

Colin war seit jeher mein bester Freund. Ich konnte mir eine Welt ohne ihn nicht vorstellen. Er war der freundlichste Mensch auf Erden, verwöhnte seinen Hund maßlos, konnte keiner Fliege etwas zu Leide tun und brachte sogar Shelby Miller, der ausgeflipptesten und zickigsten Mitschülerin unseres Colleges, eine unendliche Geduld entgegen.

Nein, Colin durfte keinesfalls etwas zustoßen. Er war ein Lichtblick unter allen Menschen, die ich kannte. Und ich konnte mir ein Leben ohne ihn nicht vorstellen.

Es musste doch einen Weg geben …

Der Zug wurde langsamer und hielt schließlich an. Vorm Fenster waren nur Wiesen und Felder und in der Ferne das Meer. Keine Ortschaft, kein Bahnhof. Wir standen im Nirgendwo, noch über eine Zugstunde von Aberdeen und drei Stunden von Inverness entfernt. Erstaunt sah ich Brandon an und dann Theodor.

Brandon reagierte als Erster. Er sprang auf.

»Raus hier!«, zischte er, packte gleichzeitig seinen und meinen Rucksack und zerrte mich am Oberarm in den Gang.

Ich stolperte, überrascht von der Wucht, mit der er mich mitzog.

»Hey! Was soll das?«, rief uns Theodor hinterher.

Ein Blick über die Schulter zeigte mir, dass Theodor umständlich seinen Rucksack aus dem Ablagefach heraushieven wollte. Mit ein bisschen Glück wären wir ihn gleich los! Ein paar weitere Fahrgäste, die in Perth, Dundee und Arbroath zugestiegen waren, sahen uns groß an.

Am Wagenende nahm ich eine Bewegung hinter der Glasscheibe der Waggontür wahr. Die neongelbe Weste mit dem blauen Schriftzug auf der Brust leuchtete durch die Scheibe hindurch.

Verdammt! Die Polizei.

Brandon hatte bereits die Waggontür erreicht.

»Suchen die euch?«, fragte Theodor. »Warum?«

Er hatte meinen Blick und die Bewegung hinter der Glastür ebenfalls bemerkt. Er ließ den Rucksack einfach liegen und hastete uns hinterher. Ich rempelte in meiner Panik gegen die Waggonwand, Theodor hatte aufgeholt und schubste von hinten. Die Waggontür am anderen Ende öffnete sich mit lautem Knall, Brandon stieß sie auf und mit einem Satz war er auch im Vorraum an der Außentür. Er öffnete sie, sprang, ohne zu zögern, und riss mich mit.

Der Sprung war tiefer als erwartet – ohne Bahnsteigkante schätzte ich den Abstand auf ungefähr einen Meter zwanzig. Ich schlug mit den Knien auf und Brandon verhinderte, dass ich vornüberkippte und den Schwung mit meinem Gesicht abfing. Umständlich rappelte ich mich mit seiner Hilfe hoch. Kalter Wind umfing uns und ich spürte feuchte, salzige Luft. Das Meer war nicht weit entfernt.

»Uff.« Theodor prallte gegen mich. Jetzt konnten wir aufgeregte Stimmen aus dem Innern des Waggons hören, nur leider durch die modernen, verdunkelten Scheiben nichts sehen.

»Los«, zischte Brandon, umfasste meine Hand und begann zu rennen.

Ich versuchte mitzuhalten, befreite meine Hand und gab Gas. Wir rannten querfeldein über eine Wiese. Das Gras war richtig nass von der hohen Luftfeuchtigkeit und der Saum meiner Hose sofort feucht. Dann durchquerten wir einen Kartoffelacker. Das war richtig mühsam, denn die Furchen hinderten enorm beim Laufen.

Brandon rannte ein paar Meter vor mir, er hatte beide Rucksäcke geschultert und war trotzdem viel schneller als ich. Beachtlich für jemanden, der die letzten fünf Jahre viele Stunden nur hinter dem Tresen eines Cafés verbracht hatte. Hinter mir keuchte Theodor so laut wie ein alter Traktor.

Meine Brille rutschte, ich schob sie zurück aufs Nasenbein, kam dadurch ins Straucheln und wäre gefallen, wenn Theodor mich dieses Mal nicht gestützt hätte. Ich sollte mir doch mal Kontaktlinsen zulegen, wenn ich noch häufiger laufen musste wie jetzt. Mein heiß geliebtes Flohmarkt-Modell hatte deutliche Nachteile.

»Wieso … rennen … wir … vor … der … Polizei …weg?«, schnaubte er.

Ich antwortete nicht, denn ich musste mich darauf konzentrieren, mit Brandon Schritt zu halten. Der legte ein ganz schönes Tempo vor. Ehrlich, eine Ausbildung zum Ritter musste vergleichbar sein mit der von amerikanischen Marines. Szenen aus *Full Metal Jacket* kamen mir augenblicklich in den Sinn. O Mann! Da würde ich nie mithalten können.

Ich warf einen Blick über die Schulter. Zwei Polizisten verfolgten uns. Sie waren zum Glück sehr beleibt und der Abstand zwischen uns wurde zunehmend größer.

Doch wir konnten nicht ewig so weiterlaufen. Vor allem wussten wir ja nicht mal, wohin. Niemand von uns kannte sich hier aus. Wir überquerten eine Schnellstraße, mussten dafür durch die Sichtschutzhecken und ich spürte, wie ich mir einen tiefen Kratzer an der Hand zuzog. Es brannte. Meine Brille verrutschte erneut.

»Wieso … nicht … dunkel …«, schnaufte Theodor neben mir und ich gab ihm Recht. Wieso konnte es jetzt nicht dunkel sein? Dann hätten wir uns zum Beispiel in diesem Wäldchen vor uns verstecken können. Das sah etwas dichter aus als die anderen rundherum.

Brandon hielt darauf zu. Mein Pessimismus meldete sich zu Wort.

Mein Pessimismus und mein mathematisches Gehirn, das gerade ausrechnete, wie lange zu Hilfe gerufene Polizisten wohl brauchten, um uns in diesem Wäldchen ausfindig zu machen. Der Breite des Waldes nach nur wenige Minuten. Es käme noch darauf an, wie tief er war und wie viele Einsatzkräfte sie riefen. Schon ab sieben hatten wir keine Chance mehr. Wenn Hunde dabei waren: Gute Nacht.

Man würde uns finden. Stuart Cromwell hatte gewonnen, obwohl es gerade erst begonnen hatte. Es bestand überhaupt kein Zweifel daran, dass er dahintersteckte. Er konnte Menschen manipulieren und mit seinen Verbindungen zum Oberhaus war es wohl für ihn ein Leichtes, ein paar Streifenpolizisten die Züge überprüfen zu lassen. Der Kampf war aussichtslos, es sei denn, ich könnte endlich meine Kräfte richtig einsetzen und würde allen Polizisten vorgaukeln, dass wir in Richtung Highlands gelaufen waren.

Dass ich noch nicht besonders gut manipulieren konnte, bewies Theodor, der mich eingeholt hatte und nach Atem rang.

Ich hatte mich so sehr angestrengt ihn heimzuschicken, indem ich ihm suggerieren wollte, er würde eine wichtige Lesung an seiner heiß geliebten Oxford-Universität verpassen oder müsste dringend seinem Prof die Aktentasche polieren. Das hatte ich noch an der Bushaltestelle in Lansbury versucht. Ohne Erfolg. Er hatte sich mühelos meiner Manipulation widersetzt und jetzt mussten wir ihn ertragen.

Sein kariertes Hemd hatte dunkle Flecken auf der Brust und unter den Achseln.

»Schneller!«, rief Brandon von weit vorn.

Doch wozu? Sie würden uns ja doch erwischen. Brandon war bereits am Wäldchen angelangt. Ich bekam unterdessen Seitenstechen und ahnte, dass ich ähnlich verschwitzt aussah wie Theodor.

Wir erreichten endlich die Bäume. Brandon war schon zwischen ihnen verschwunden. Ich wagte einen Blick zurück und konnte erkennen, dass die dickbäuchigen Polizisten uns nicht weiter verfolgten. Sie standen ein ganzes Stück hinter uns und stützten ihre Hände in Knie und Hüften.

Puh, entkommen. Nur für wie lange?

Ich lief weiter und konzentrierte mich auf meine Atmung, damit das Seitenstechen nicht noch schlimmer wurde.

Das Wäldchen war größer als vermutet. Auf alle Fälle war es tiefer als vermutet und wurde auch noch breiter, je weiter wir hineinkamen. Brandon gab noch immer ein strammes Tempo vor. Ich sah Theodors rot-blau kariertes Hemd zwischen den Bäumen neben mir und nur ab und an Brandons grünen Rucksack in der Ferne. Wir liefen endlos lange, wie es schien.

Ein Blick auf meine Armbanduhr zeigte, dass wir erst zwanzig Minuten unterwegs waren. Unser Sportlehrer am College wäre von meiner Leistung überrascht. Nachdem die erste Dosis Adrenalin aufgebraucht war, fielen mir andere Dinge auf.

Zum Beispiel, dass es sehr unbequem war, im Wald zu laufen. Der Boden war uneben, weil Brandon die Wege mied. Es dauerte eine Weile, bis ich herausfand, dass er Wildpfaden folgte, die nicht so dicht mit Brombeergestrüpp zugewuchert waren.

Trotz meines rasenden Pulses versuchte ich angestrengt auf andere Geräusche zu achten. Hauptsächlich konzentrierte ich mich auf Sirenengeheul, Rufe, Hundegebell oder – Gott bewahre – Schüsse. Knackende Äste waren überdeutlich zu hören und ich drehte mich die ersten Male ständig um, ehe ich kapierte, dass Theodor gnadenlos jeden Ast brach, der sich ihm auch nur annähernd in den Weg stellte.

Und dann, ganz unerwartet, hatten wir Brandon eingeholt. Er war stehen geblieben.

Ich blieb genauso vornübergebeugt stehen wie der Polizist vorhin, die Hände auf meine Knie gestützt. Theodor schnaufte so laut wie die Espressomaschine des Circlin' Stone. Nur Brandon schien die Rennerei nichts auszumachen, obwohl sich auch seine Brust sichtbar hob und senkte.

Das Wäldchen endete ein paar Meter weiter und man konnte deutlich zwischen den kargen Bäumen ein bewohntes Haus an einer kleinen Straße erkennen. Es gab nur ein paar Bäume links und rechts, ehe alles in weite Felder und Wiesen überging. Wir mussten am Haus vorbei und die Straße überqueren, wenn wir im Schutz der Bäume bleiben wollten.

Brandon holte eine Wasserflasche aus seinem Rucksack und trank sie mit tiefen Zügen leer. Jetzt drehte er sich zu uns um und musterte uns kritisch. Theodor und ich gaben bestimmt keinen ehrenwerten Anblick ab. Der Kratzer an meiner Hand machte sich wieder bemerkbar. Vermutlich durch den Schweiß, der in die Wunde lief. Ich suchte auch nach meiner Wasserflasche, trank und kippte ein wenig über die Schramme.

»Wieso verfolgt euch die Polizei?«, keuchte Theodor. Weder Brandon noch ich reagierten.

»Wenn ihr wieder einigermaßen Luft bekommt, gehen wir daran vorbei und tun so, als seien wir ganz normale Wanderer, verstanden? Mit ein wenig Glück fallen wir den Bewohnern überhaupt nicht auf. Mit noch mehr Glück sind sie nicht da.« Sein Blick blieb an Theodor hängen. »Fahr dir mal durch die Haare. Die sind voller Dreck. Hast du da eine Feder hängen?«

Ich folgte seinem Blick und machte entsetzt einen Schritt von ihm weg.

»Das ist eine Spinne«, korrigierte ich und schüttelte mich vor Ekel.

Theodor ekelte sich offenbar auch, denn er begann herumzuspringen und mit den Armen zu rudern.

»Schon gut, sie ist weg«, sagte Brandon, als es ihm zu viel wurde. Er reichte mir meinen Rucksack.

»Los jetzt.«

Schade. Jetzt musste ich wieder das schwere Teil tragen. Ich schulterte den Rucksack, streifte dabei noch einmal über den Kratzer, der prompt noch stärker brannte, und folgte Brandon.

Mit sicherem, zügigem Schritt gingen wir auf das Haus zu.

Bewegte sich da eine Gardine? Ich traute mich nicht näher hinzuschauen und schritt zielstrebig aus.

»Da ist jemand zu Hause«, sagte Theodor hinter mir. »Wir haben Zeugen. Müssen wir die jetzt beseitigen?«

»Red keinen Unsinn«, sagte Brandon. »Wir sind drei Wanderer. Meredith, wenn du kurz die Brille abnimmst, haben die noch nicht mal ein markantes Merkmal, um uns zu beschreiben.«

»Aber dann sehe ich nichts!«, widersprach ich.

Brandon stemmte die Fäuste in die Hüften. »Die Polizisten suchen garantiert nach zwei jungen Männern und einer Frau mit Augengläsern. Was glaubst du, sehen die Bewohner, wenn wir an ihnen vorbeilaufen?« Er beantwortete seine Frage selbst: »Drei junge Männer – ohne Hornbrille.«

Wie ... gemein. Dabei hatten alle meinen Kurzhaarschnitt gelobt. Aber für jemanden, der im sechzehnten Jahrhundert zusammen mit Mädchen mit aufwendigen Flechtfrisuren aufgewachsen war, musste mein Bob maskulin erscheinen. Ich nahm die Brille ab, verstaute sie in meiner Jackentasche und folgte ihm.

Wir gingen an dem Haus vorbei. Selbst wenn alle Gardinen gewackelt hätten, ohne Brille hätte ich es ja doch nicht erkennen können. Zumindest erreichten wir ungehindert die andere Seite der Straße. Kaum dass wir einigermaßen außer Sichtweite waren, gab Brandon wieder Gas und ich setzte meine Brille wieder auf.

»Wohin willst du eigentlich?«, fragte ich Brandon und hörte selbst, dass ich wie ein zischender Teekessel klang.

»Vom Zug aus habe ich diesen kleinen Küstenort gesehen und weiß, dass sich nördlich davon Klippen mit Höhlen befinden.

Wir müssen uns dort irgendwo verstecken und dann zusehen, dass wir auf die Orkneyinseln kommen.«

»Was macht Colin auf den Orkneys? Wird er auch von der Polizei gesucht?«, fragte hinter mir Theodor.

Weder Brandon noch ich antworteten ihm.

»Also, wenn ihr mir nicht gleich eine Antwort gebt, kann ich auch ganz einfach den Notruf wählen«, fauchte Theodor und seine Stimme klang mal ausnahmsweise nicht monoton.

»Wenn du uns verrätst, wirst du Colin nicht wiedersehen«, drohte ich.

Ich wusste, dass Theodor absolut nicht vertrauenswürdig war. Ich hatte viele Male erlebt, dass er Colin gegen seine Eltern ausgespielt oder ihm in der Schule Probleme bereitet hatte. Einfach nur weil er der Ältere war und gern auf Kleineren rumhackte. Colin hatte erst etwas Ruhe, seit er ihn um einen halben Kopf überragte. Wenn Theodor wüsste, dass der Multimillionär Stuart Cromwell die Polizei auf uns gehetzt hatte, würde er uns höchstwahrscheinlich verraten, um eine fette Belohnung einzustreichen. Ich sah mich nach einem passenden Ast um, mit dem man Theodor bewusstlos schlagen und zurücklassen konnte.

Doch Brandon lief gelassen weiter. Kein brauchbarer Ast in Sichtweite. Ich folgte Brandon.

»Mist. Kein Netz«, murmelte Theodor wenig später.

»Du miese kleine Ratte würdest tatsächlich das Leben deines Bruders aufs Spiel setzen?!«, rief ich über die Schulter. Ich wäre gern stehen geblieben, um ihm einen Finger ins Brustbein zu bohren, doch dafür blieb keine Zeit.

»Meredith, du konntest noch nie lügen. Man hat dich immer

sofort durchschaut. Ich hab gerade meinen Rucksack mit all meinen Sachen zurücklassen müssen, obwohl ich nichts verbrochen habe. Allerdings wüsste ich gern, was ihr verbrochen habt, wenn sogar die Polizei in Schottland nach euch sucht. Das kann wohl kaum ein kleiner Ladendiebstahl gewesen sein. Oder bist du mit der Kasse des Circlin' Stone durchgebrannt?«, rief er Brandon hinterher.

»Er hat eine Bank ausgeraubt«, schnauzte ich.

»Nein, wir sind bei Stuart Cromwell eingebrochen«, gab Brandon schon zu, ehe ich ihn stoppen konnte. Das war so ziemlich das Falscheste, was er hätte sagen können. Prompt blieb Theodor erst einmal die Spucke weg. Vielleicht lag es auch an dem hohen Tempo, das Brandon nach wie vor anschlug. Fakt war, Theodor brauchte zwanzig Bäume, ehe er wieder aufholte und nachhakte: »Stuart Cromwell? Du meinst, *den* Stuart Cromwell? Den Multimillionär und Logistik-Unternehmer? Der gerade versucht Fed Ex aufzukaufen?«

»Das werden wir verhindern«, sagte Brandon ruhig. Ich wusste, wie er das meinte. Wir würden Cromwell zurück ins siebzehnte Jahrhundert schicken, weswegen er hier keine Geschäfte mehr abschließen konnte. Doch Theodor blieb jetzt wieder stehen.

»Ihr spinnt. Alle beide«, sagte er. »Was habt ihr von ihm gestohlen? Und wie habt ihr es überhaupt geschafft, da hineinzukommen? War Colin etwa dabei? Das Haus wird fast genauso streng bewacht wie der Buckingham Palace.«

»Wir haben nichts gestohlen. Wir haben uns nur was genommen, das Brandon gehört«, improvisierte ich, ohne rot zu werden, und versuchte trotz besseren Wissens Theodor zu beeinflussen. Er sollte es glauben. Er *musste* es glauben. Denn wenn er es nicht glaubte, würden wir ihn niederschlagen, fesseln, knebeln und hier liegenlassen müssen. Brandon hatte bei dem Lauf vorhin eindeutig bewiesen, dass er schneller und stärker war. Theodor hätte gegen ihn keine Chance. Ich dachte gerade, wie Theodor früher Colin im Schraubstock hielt, um ihm Schokolade oder sonstiges abzunehmen. Und dann stellte ich mir vor, es sei Brandon, der Theodor genauso festhielt.

Ein erheiternder Gedanke eigentlich.

Auf alle Fälle starrte Theodor mich aus zusammengekniffenen Augen einen Moment lang an und setzte sich dann in Bewegung.

»Du wirst mir schon noch verraten, was das alles soll«, drohte er. Ich zuckte die Schultern. Er hatte seine monotone Stimme wiedergefunden.

2. Kapitel

Wir gingen nur noch ungefähr eine halbe Stunde, dann erreichten wir die Klippen.

Brandon lief ein wenig am Rand entlang, kniete sich dann nieder und verschwand am Abhang.

»Das ist aber jetzt nicht dein Ernst«, sagte ich, obwohl es augenscheinlich sein Ernst war.

»Hier ist ein begehbarer Pfad nach unten. Bis es dunkel wird, finden wir dort in einer Höhle Unterschlupf und dann machen wir uns auf den Weg nach Aberdeen.«

»Woher weißt du, dass da Höhlen sind?«, fragte ich und haderte noch ihm zu folgen. Zugegeben, der Abhang war grasüberwachsen und nicht felsig, aber dennoch war es verdammt steil.

»Hier gibt es überall Höhlen«, war die lapidare Antwort und schon war er verschwunden. Mir blieben jetzt zwei Möglichkeiten: Ich konnte mich umdrehen und verschwinden, in der Hoffnung, die Polizei würde mich nicht erkennen. Oder ich folgte ihm.

Also machte ich mich an den Abstieg.

»Verdammte Scheiße«, fluchte Theodor über mir.

Brandon hatte Recht behalten. Hier gab es Höhlen. Es gab sogar eine, die nicht von der Flut überschwemmt werden würde, denn sie lag einige Meter höher. Dort wartete Brandon bereits auf uns. Wir kletterten hinein.

Brandon ließ seinen Rucksack zu Boden gleiten und legte ihn in eine Ecke, die vom Eingang aus nicht direkt zu sehen war. Zögerlich folgte ich seinem Beispiel. Theodor allerdings checkte erst noch einmal sein Handy, ehe er ebenfalls mit düsterem Gesicht das Dunkel betrat.

»Hier ist es feucht«, sagte er. »Nein, ich korrigiere: Es ist feucht*kalt*. Dabei wäre es gut, wenn ich schlafen könnte. Wir müssen uns mit der Wache abwechseln.«

Bildete er sich tatsächlich ein, wir würden ihn Wache schieben lassen? Und dabei noch schlafen können?

Brandon warf ihm seine giftgrüne Fleecedecke zu.

»Du kannst meine Decke haben. Ich halte jetzt Wache.«

Theodor legte sie sich um die Schultern, stellte einen Fuß auf einen erhöhten Steinbrocken und sah uns an.

»Wolltest du nicht schlafen?«, fragte ich ihn, als er mich wieder so anstarrte wie im Zug.

»Ich will zuerst Antworten, sonst schlafe ich sowieso nicht. Was läuft hier? Wieso ist Colin mit dieser Elizabeth unterwegs, warum seid ihr bei Cromwell eingebrochen und was habt ihr beide in Schottland vor?«

»Wir wollen nach Gretna Green. Heiraten«, sagte ich schnell, ehe Brandon auf die Idee kommen konnte, noch einmal Cromwells Namen fallenzulassen. Lieber sollte Theodor glauben, ich würde Brandon ohne Erlaubnis meiner Eltern heiraten wollen, wofür Gretna Green bekannt war, als dass Cromwell noch einmal zur Sprache käme.

»Haha«, machte Theodor und bei ihm konnte man wirklich nicht nachvollziehen, ob es Sarkasmus oder wirkliche Belustigung war. »Also ist Colin als euer Trauzeuge schon mal vorausgeeilt.«

Sarkasmus, beschloss ich.

»Sagt ihr mir nun endlich, was läuft? Immerhin habt ihr mich gezwungen euch zu begleiten. Das ist gemäß Paragraf zweihundertvierzig Nötigung.«

»Im *deutschen* Strafrecht«, ergänzte ich. »Und außerdem verdrehst du die Fakten. Wir haben dich sogar ausdrücklich darum gebeten zu Hause zu bleiben, doch du hast dich uns aufgedrängt. Das nennt man wohl *Stalken.*«

Theodor sah mich aus zusammengekniffenen Augen an. Dann öffnete er den Mund.

»HALLOOO!«, schrie er aus Leibeskräften.

Brandon hatte ihm schneller eine Hand auf den Mund geklatscht, als ich reagieren konnte.

Theodor schlug die Hand herunter und schon waren beide in ein Gerangel verwickelt.

Verfluchter Theodor. Brandon und ich, wir hatten so viel zu besprechen. Wir mussten DRINGEND den Kodex durchgehen und alles für das Ritual zusammentragen. Wir wussten noch immer nicht, wo genau sich die Ritualstätten befanden. Die Meridiane in der angelsächsischen Ära waren doch andere gewesen als die, die in der heutigen Zeit bekannt waren. Wir wussten auch noch nicht, wie das Ritual ausgeführt werden musste.

Aber nein, Theodor konnte uns ja keine Minute in Ruhe lassen. Er verlangte Antworten. Das hieß im Klartext Lügen, denn die Wahrheit würde er uns nie glauben.

»Wenn du Antworten willst, hör auf mit dem Mist«, sagte ich laut, als Theodor mit einer Faust ausholte. Brandon fing sie zwar locker ab, aber ehe die beiden sich ernsthaft prügelten, sah ich mich doch genötigt einzuschreiten.

Beide Jungs starrten sich aus verengten Augen an.

»Ihr sagt mir jetzt endlich, was los ist, oder ich werde euch mit Fragen nerven, bis wir bei Colin sind, oder noch besser: die nächste Ortschaft erreichen. Dort werde ich schon Mittel und Wege finden, die Polizei zu kontaktieren.«

Theodor kreuzte die Arme vor der Brust. Wie schaffte er es, eine Drohung in diesem sonoren Tonfall vorzutragen, den unser Mathelehrer beim Ausrechnen von Gleichungen anschlug?

Ich sah Brandon an und er zuckte ratlos mit den Schultern.

»Okay, Theodor. Am besten setzt du dich«, sagte ich. Theodor ließ sich auf dem Stein nieder, so dass wir drei quasi im Kreis saßen.

»Also, du weißt, dass Brandon aus dem Norden stammt, nicht wahr?«

Er nickte. Brandons Augen verengten sich angespannt. Sein Elternhaus im Norden war die gängige Lüge, wenn er nach seiner Familie gefragt wurde. Er kam tatsächlich aus der Umgebung von Lansbury – nur dreihundert Jahre zuvor.

»Seine Familie musste dorthin ziehen, denn sie hatte bis Mitte der Neunziger in Frankreich gelebt.«

»Das erklärt den seltsamen Akzent, den er ab und an hat.« Theodor warf Brandon einen wissenden Blick zu.

So ein Idiot. Brandon hatte doch keinen Akzent. Er sprach kein Oxford-Englisch, aber das tat niemand.

»Kurz und gut, Brandons Vater war Angestellter im Ritz. Auch an jenem Tag im August 1997.« Ich pausierte, um meine Worte wirken zu lassen.

Brandon sah mich einen kurzen Moment lang verwirrt an, setzte dann aber sofort wieder ein Pokerface auf. Theodor dagegen brauchte genau zwölf Sekunden, ehe sich seine Augenbrauen hoben.

»Ja, ganz recht. Er hat es mir in der Nacht, als ich bei ihm schlief, erzählt und seither werden wir verfolgt. Lady Dis Tod war kein Unfall«, fügte ich düster hinzu.

Stille senkte sich in der Höhle. Draußen rauschte das Meer und ein paar Möwen schrien. Der Ruf eines Käuzchens oder ein knisterndes Feuer hätten nicht wirkungsvoller sein können. Theodor starrte mich nach wie vor unverwandt an. Ha, das hatte gesessen! Ich musste mich arg konzentrieren, um keine Regung zu zeigen. Wäre Colin hier gewesen, hätten wir beide uns vermutlich nicht halten können.

»Meredith, du lügst, sobald du den Mund aufmachst«, sagte Theodor endlich und verzog dabei noch immer keine Miene. »Ich wurde gerade von der Polizei verfolgt, hab all meine Habseligkeiten verloren, bin einen lebensgefährlichen Hang hinuntergekraxelt und weiß noch nicht mal, wieso. Ich habe ein Recht auf eine ehrliche Antwort, wenn ihr wollt, dass ich beim nächsten Mal nicht der Polizei in die Hände spiele. Außerdem könnte ich euch vielleicht Rechtsbeistand geben.«

Verdammt, verdammt, verdammt.

»Theodor, du bist erst im vierten Semester«, erinnerte ich ihn. »Was willst du hören? Dass Brandon der Enkel von Ronald Biggs ist, dem Postzugräuber? Oder ein Besucher von einem fremden Planeten und ich helfe ihm sein Raumschiff wiederzufinden? Oder dass er aus einer anderen Zeit hierherkatapultiert wurde und wir versuchen ihn wieder zurückzubringen?«

»Ja, genau das wollte ich hören«, sagte Theodor und lehnte sich zufrieden zurück.

Brandon und ich sahen uns überrascht an. Nach ein paar sprachlosen Sekunden fragte ich: »Ähm, du wolltest belogen werden?«

»Nein«, sagte er gedehnt, »ich wollte endlich die Wahrheit erfahren und die lautet, dass Lady Di an den Folgen eines dämlichen Unfalls starb, der Sohn des Posträubers zur Hälfte Brasilianer ist und es keine Außerirdischen gibt. Aber Zeitreisende.« Er pausierte und sah uns nacheinander an. »Zeitreisende habe ich schon ankommen sehen.«

»Du hast *WAS?*«, fragte ich nach gefühlt einer Stunde – vermutlich waren es nur zehn Sekunden, aber die brauchte ich, um überhaupt meine Sprache wiederzufinden.

Brandon sagte gar nichts. Er starrte nur abwechselnd fassungslos oder wütend auf Theodor oder mich.

»Glaubst du eigentlich, nur Colin geht mit dem Köter spazieren?«, fragte Theodor. »Wenn er mit dir und den anderen Deppen unterwegs ist, muss der Hund trotzdem raus.«

Wall-E, Colins Beagle, als Köter zu bezeichnen war extrem gehässig, denn es gab keinen netteren und liebenswerteren Hund in ganz Wiltshire.

»Auf alle Fälle war ich mit ihm unterwegs, als er ankam. Nackt und mit einem irren Ausdruck im Gesicht.« Er deutete mit dem Kopf in Richtung Brandon.

»Erst dachte ich, einer der Neo-Druiden sei beim letzten Ritual zu high gewesen und sie hätten angefangen Sexspielchen in ihre Räucherriten einzubauen. Ich habe mich versteckt und ihn beobachtet. War amüsant zu sehen, wie er gesprungen ist, als das erste Auto an ihm vorbeifuhr.«

Mit einem dünnen Lächeln auf seinen dünnen Lippen betrachtete er Brandon. »Ich hab auch gesehen, wie du bei Mrs Cunnings Wäsche von der Leine geklaut hast. So klischeehaft, wenn auch verständlich. Das Hemd war noch nass, rot kariert und dazu gab es eine braune Cordhose.«

Brandon saß wie versteinert da.

»Und jemand, der bei Mrs Cunnings Wäsche klaut, ist automatisch ein Zeitreisender?« Ich versuchte das Zittern in meiner Stimme zu verbergen. »Mach dich nicht lächerlich, Theodor.«

»Meredith, tu doch nicht so scheinheilig. Du weißt genau, dass noch zwei andere ankamen, und ich hab sie alle dort gesehen. Nackt, orientierungslos und furchtbar schreckhaft. Ich hab jeden von ihnen beobachtet – Wall-E ist zumindest für eine Sache gut – und egal wie ich die Sache drehte und wendete, es gab nur diese eine, irrwitzige Erklärung. Zumal unser Schönling hier ein paar Tage später im Wald einen Hasen mit Pfeil und selbst gebautem Bogen schoss wie Robin Hood persönlich.«

»Ach komm, du bist bei *Assins Creed* vor dem Bildschirm eingeschlafen«, sagte ich lahm. Natürlich war es mehr als ungewöhnlich, mit Pfeil und Bogen zu schießen, wenn man nicht gerade im Dschungel von Papua-Neuguinea lebte.

»Es war ja klar, Meredith, dass du so was Übernatürliches nicht akzeptieren würdest.«

»Mit solch schwammigen Argumenten kannst du mich auch nicht überzeugen«, erklärte ich so fest wie möglich. »Selbst gebastelter Bogen, ich bitte dich. Und was haben die beiden anderen Zeitreisenden sich gebaut? Einen Morgenstern? Ein Schwert?«

»Das konnte ich nicht mehr herausfinden. Der eine starb noch in derselben Nacht durch einen Autounfall und der andere ist zwei Tage später ums Leben gekommen«, sagte er trocken. »Er ist in der Abteiruine von einem Stein erschlagen worden.«

Ich erinnerte mich an diesen letzten Todesfall. Das hatte für Aufsehen gesorgt und Colin und ich hatten ein paar Wochen nicht unseren Lieblingsplatz aufsuchen können, weil »Stabilisierungsarbeiten« dort durchgeführt wurden. Der Autounfall … leider gab es durch die nahe gelegene Autobahn und Schnellstraße jedes Jahr ein bis zwei Unfälle, oft mit Todesfolge. Und trotzdem wusste ich, dass diese Todesfälle keine Unfälle gewesen waren. Wieso war ich überrascht? Ich hatte es doch gewusst. Cromwell selbst hatte uns davon in Kenntnis gesetzt. Er hatte sie umgebracht, um zu verhindern, was nun doch eingetreten war. Doch zu wissen, dass diese beiden »Unfälle« von ihm verursacht worden waren, machte Stuart Cromwell noch einmal viel gefährlicher, als wir ihn bislang schon eingeschätzt hatten.

Theodor grinste triumphierend. Er genoss es sichtlich, uns so baff zu sehen.

»Wir haben viele Gewitter in unserer Region. Doch bis jetzt

dachte ich, ich wäre der Einzige, der wüsste, dass diese Gewitter wirklich magisch sind. Ich und der da.« Er deutete auf Brandon.

Der da hatte die Arme vor der Brust verschränkt und sah ihn finster an.

»Und du hast all die Jahre kein Wort darüber verloren?«, fragte ich endlich.

»Wer hätte mir denn geglaubt? Mr Goodfyn, der Eigentümer vom Circlin' Stone, hat mir mal erzählt, der da habe den Eindruck gemacht, die schweren Bierfässer problemlos rollen zu können, und das war entscheidender bei der Einstellung als sein mangelhafter Umgang mit der elektrischen Kasse. Er hat zumindest schnell gelernt.« Theodor gähnte, ohne sich die Hand vor den Mund zu halten. Wir konnten sein Gaumenzäpfchen sehen. »Ich bin müde. Eine durchwachte Nacht ist nicht gut für mein Aussehen.«

»Dann bist du wohl nie ausgeschlafen«, sagte ich und kassierte dafür von *dem da* ein Zwinkern.

3. Kapitel

Theodor hatte uns mit seinen Eröffnungen überrumpelt. Wir wussten nicht, was wir dazu sagen sollten. Auch nicht, nachdem er sich unter Brandons Decke ausgestreckt hatte und leise zu schnarchen begann. Na, der hatte vielleicht Nerven. Jetzt wäre die Gelegenheit, ihn einfach hier zurücklassen und …

»Wir könnten ihn hier anbinden. So schnell findet ihn niemand. Nicht in diesen Höhlen.«

»In diesen Höhlen findet ihn niemals jemand in den nächsten Jahren«, entgegnete Brandon bitter.

»Außer seinen Eltern würde ihn auch niemand vermissen«, gab ich achselzuckend zu. »Colin vielleicht noch. Aber der würde vermutlich auch die dicke Spinne im Keller suchen, sobald sie nicht mehr über der Treppe hängt.«

»Du hältst verdammt viel von deinem Colin«, entgegnete Brandon und begann auf dem Boden ein paar Steine zu räumen.

»Er ist nicht mein Colin«, konterte ich sofort und sogleich beschlich mich der Hauch eines schlechten Gewissens. Immerhin wäre er es gern. Das hatte er deutlich gemacht bei unserem Abschied. Der Gedanke an unseren Abschied rief unterschiedliche Gefühle in mir hervor. Einerseits war es Colin, mit dem ich, seit ich denken konnte, durch dick und dünn gegangen war.

Andererseits hatte er bei mir noch nie zuvor dieses Kribbeln im Bauch ausgelöst wie durch den zarten Abschiedskuss am Bahnhof.

»Hier können wir doch bestimmt ein Feuer anzünden. Außer den Schiffen weiter draußen dürfte das niemand sehen«, sagte ich.

»Ja, warum nicht«, sagte Brandon und klang, als wäre bereits alles verloren.

Er ließ sich schwerfällig an der Felswand niedersinken und starrte aus der Höhlenöffnung auf das Meer.

So teilnahmslos kannte ich ihn gar nicht. »Brandon, nun hab dich nicht so. Nur weil Theodor von deiner Herkunft weiß, geht die Welt doch nicht …«

Brandon drehte unvermittelt den Kopf zu mir um. Sein Blick war stechend. »Doch! Genau das ist sie im Begriff zu tun! Und du musstest es ihm auch noch auf die Nase binden.« Er deutete mit dem Zeigefinger auf mich. Mir fiel wieder sein Ring mit dem seltsamen Muster auf. Der Ring, der als einziger Gegenstand die Zeitreise ebenfalls überstanden hatte.

»Und ich habe meinen Geldbeutel verloren. Wir sind ab sofort von deinem und vermutlich auch von seinem Geld abhängig«, fügte er düster hinzu.

Und ich begriff: Er war nicht wirklich niedergeschlagen, er fühlte sich verletzlich.

Ich musste ihn ein wenig aufmuntern und sprach daher das Erste an, was mir durch den Kopf schoss.

»Wieso seid ihr immer nackt, wenn ihr in eine andere Zeit springt? Und hattest du tatsächlich die hässliche Cordhose an?

Ist ja furchtbar. Sag mir bitte, dass das nur eine Notlösung war, denn die trägt niemand mehr, der ganz bei Verstand ist. Und Mrs Cunnings ist nicht mehr bei Verstand, denn sie wäscht noch jede Woche die Hosen ihres Mannes, obwohl der seit zehn Jahren tot ist.«

»Meredith!« Brandons Ton war barsch und er sah aus, als wolle er auf etwas einschlagen. »Du plapperst schon wieder. Mache ich dich etwa nervös? Immer noch?«

Na ja ... ja, irgendwie schon. Vor allem die Vorstellung von ihm nackt. Ich hatte Colin bei einem Zeitsprung erlebt und er hatte auch nichts an, als er wieder auftauchte. Er war schon ein Wahnsinnsanblick gewesen – obwohl ich ihn noch im Schwimmunterricht ein paar Wochen zuvor in Badehose gesehen hatte.

Ich wich der Antwort lieber aus.

»Also, können wir Feuer machen?«, fragte ich noch einmal. Es war empfindlich kalt inmitten der Felsen. Obwohl es seit mehreren Wochen ungewöhnlich heiß für England gewesen war, speicherten die Steine die Kälte.

»Mach doch«, sagte er nur. »Du bist die Gaianidin. Du solltest es auch ohne Hilfsmittel schaffen.«

So langsam wurde ich sauer. Er wusste genau, dass ich mit meinen Kräften immer noch nicht gut umgehen konnte. Außerdem war mir inzwischen bitterkalt. Durch die Hetzjagd hierher hatte ich geschwitzt und in dieser Höhle hing die muffige, feuchte Kälte, die so typisch für Naturgestein war. Ich war auch müde, gereizt, Theodors Anwesenheit verschlechterte unsere gesamte Lage und ich machte mir Sorgen um Colin. Wenn Cromwell uns schon von der hiesigen Polizei jagen ließ, sollte es ihm nicht schwerfallen, auch noch Interpol einzuschalten.

Ich starrte frustriert den Boden vor meinen Füßen an und dachte an die Flammenwand, die Elizabeth in Cromwells Haus aus dem Stegreif gezaubert hatte. Oder an ihr Feuerspiel während des Sachsen-Festivals. Ich dachte auch an das Beltane-Feuer der Neo-Druiden.

Nicht mal ein Fünkchen glomm auf.

Brandon stöhnte genervt. Er kletterte aus der Höhle und kam ein paar Minuten später mit einem Arm voller Äste zurück. Dann griff er in seinen Rucksack, wühlte in einer Seitentasche und zog ein Feuerzeug hervor und einen Brennstein.

»Du hast wohl an alles gedacht«, sagte ich bibbernd.

»Ich hatte so eine Ahnung, dass wir das brauchen würden«, antwortete er trocken.

Blödmann.

Doch ich verzieh ihm, als drei Minuten später das Feuer hell knisterte und sich eine zarte Wärme ausbreitete.

Nach wenigen Minuten war es warm genug, dass ich nicht mehr von einem Bein aufs nächste treten musste. Ich setzte mich zu Brandon. »Was glaubst du, wie viel wir vor ihm geheim halten können, wenn er uns dauernd auf die Pelle rückt?«, fragte ich mit Blick zu dem friedlich schnarchenden Theodor.

»Ich frage mich viel eher, wie wir ihn loswerden können, ohne ihn umbringen zu müssen.«

»Und wenn wir ihn doch fesseln und knebeln und in der übernächsten Ortschaft einen Hinweis auf seinen Verbleib hinterlassen?«

»Sehr verlockend, aber selbst wenn wir auf der Fähre wären, wenn er gefunden würde, wäre die Zeit immer noch zu knapp, um den Bestimmungsort erreicht zu haben oder das Ritual zu vollziehen. Ohne Wasser würde er allerdings nicht mal unser Einschiffen erleben. Wir gehen zwar jetzt am besten nur bis Aberdeen, aber auch dafür werden wir zu Fuß zwei Tage brauchen. Mindestens.«

»Ihn noch weiter einzuweihen ist wohl keine gute Idee, oder?«, schlug ich halbherzig vor.

Brandon sah mich durchdringend an. »Sobald ein Typ wie der da weiß, wie er bei Cromwell mit uns Geld rausschlagen kann, sind wir geliefert.«

Das war mir klar. Dennoch war ich überrascht, wie präzise Brandon Theodors Charakter eingeschätzt hatte, obwohl er ihn wesentlich flüchtiger kannte als ich.

»Ich habe ihn seit meinem ersten Arbeitstag im Circlin' Stone erlebt.« Brandon grinste unschön. »Glaub mir, da lernt man die Leute richtig kennen.«

»Beim Kellnern?«, fragte ich verblüfft.

»Wenn du wüsstest«, sagte er nur, warf Theodor erneut einen düsteren Blick zu. So langsam dämmerte mir, wie verzweifelt unsere Situation war. Auch ohne Theodor war es schon verzwickt genug. Wir wussten noch immer nicht, wo wir anfangen sollten, wohin wir genau gehen mussten und was dort zu tun war. Brandon schien das Gleiche zu denken.

Er zog seinen Rucksack wieder näher und packte eine verstärkte Mappe aus.

Aus dieser Mappe zog er vorsichtig und sehr behutsam braune, fleckige Blätter, deren Seiten dicht mit winzigen Buchstaben vollgeschrieben waren. Ich hielt die Luft an. Ich wusste selber nicht, ob es wegen Theodor war, der jederzeit aufwachen könnte, oder weil ich Angst hatte, die Pergamente würden sich beim kleinsten Lufthauch in Staub auflösen.

Doch nichts von beidem geschah. Brandon griff erneut in den Rucksack und jetzt sah ich den Bergkristall in seiner Hand aufblitzen. Dieser geschliffene Kristall war nach wie vor ein Kunstwerk. So glatt wie ein Bachkiesel und eingefasst mit einem Goldreif, in den Buchstaben eingestanzt waren, wobei sich das A und E einen Balken teilten. Leider hatten wir die Wörter, die sie ergaben, noch nicht übersetzen können. Kristalle hatten vor der Erfindung von Brillen als Vergrößerungsgläser gedient. Doch dieser Kristall war anders. Ich hatte ihn im Wald in der Nähe einer Ruine gefunden, die bis zu einer Gewitternacht unentdeckt gewesen war. Er vergrößerte die Schrift nicht nur, nein, er veränderte den Text.

Und genau das verschaffte uns einen großen Vorteil gegenüber Stuart Cromwell. Cromwell hatte den Kodex immer nur vage lesen und deuten können, obwohl er ihn jahrelang im Besitz hatte. Zur vollständigen Entschlüsselung hatte ihm dieser Kristall gefehlt.

Durch ihn lasen sich diese mittelalterlichen Buchstaben, die ansonsten aussahen wie eine Aneinanderreihung von kleinen As und Ns, wie modernes Englisch. Aber nur, wenn es hell genug war.

Ich angelte nach dem Smartphone und wollte die Taschenlampenfunktion einschalten, doch Brandon hielt mich zurück.

»Nicht anschalten. Dann können wir auch nicht geortet werden. In der Seitentasche ist eine kleine Taschenlampe. Direkt neben den Kabelbindern und dem Erste-Hilfe-Kästchen.«

»Kabelbinder?«

»Notfallutensilien. Falls was am Rucksack reißt oder wir bei Regen eine Plane spannen müssen. Die Plane ist ganz unten im Rucksack.«

Er hatte wirklich an alles gedacht. Ich hingegen hatte gerade mal das Nötigste eingepackt: frische Unterwäsche, was zu essen, Zahnbürste und -pasta, Deo und meinen Schlafsack.

»Als ehemaliger Ritter kannst du doch bestimmt aus Gräsern ein Seil flechten, oder?«, neckte ich ihn. Er grinste.

»Schon, aber ich weiß auch die Annehmlichkeiten dieser Zeit zu schätzen.«

Im Schein der Taschenlampe hielt Brandon den antiken Bergkristall über das erste Blatt.

Mir fiel auf, dass ich nichts erkennen konnte, weil meine Brille so beschmiert war. Also klemmte ich die Taschenlampe zwischen die Zähne und putzte die Gläser an meinem Shirt. Das machte es nicht besser. Mein Shirt war noch immer feucht vom Schweiß.

»Es sind ganz besondere magische Plätze, wo das Ritual ausgeführt werden muss, diese sogenannten Meridiane. Plätze, die die Zeit einfrieren. Dummerweise ist beim Lochstein kein genauer Ortsname angegeben. Bestimmt, um die Stelle zu schützen.«

»Vermutlich hat sich der Name sowieso im Laufe der Jahrhunderte geändert«, sagte ich und prüfte das Glas meiner Brille. Nichts zu machen. Es blieb trüb.

»Vermutlich.« Brandon überflog das Blatt, wendete es und legte dann das nächste auf.

»Wonach suchst du?«, fragte ich neugierig und kramte nach meinem Schlafsack. Trotz des Feuers wehte hier am Meer ein rauer Wind und die Höhle bot nur mäßigen Schutz.

»Ich suche nach dem Ablauf des Rituals«, sagte Brandon. »Ich weiß nur, dass wir das Blut der Platoniden dafür brauchen.«

»Woher weißt du das eigentlich?« Ich hatte Cromwells Blut auffangen müssen, als wir bei ihm eingebrochen waren, und das war, ehe Brandon einen Blick in diese Unterlagen werfen konnte. Beim Gedanken daran lief mir ein eisiger Schauer über den Rücken. Wir hatten Cromwell überwältigt und ihm eine schlimme Kopfwunde zugefügt. Wir hätten ihn in diesem Moment ganz ausschalten können. Doch niemand von uns – nicht einmal der zum Ritter ausgebildete Brandon Grey – war ein kaltblütiger Mörder.

»Die Legenden um Blutopfer an diesen heidnischen Stätten, die antike Priester ihren Göttern brachten, waren bei uns noch wesentlich lebendiger als heute«, erklärte er und warf einen scharfen Blick zu Theodor, der gerade laut schnaubte. Doch schon drehte er sich auf die andere Seite und ein paar Sekunden später konnten wir ihn wieder schnarchen hören. Ich hatte das unbestimmte Gefühl, dass Brandon mir nicht alles sagte.

»Glaubst du wirklich, wir sind hier sicher?«, fragte ich mit skeptischem Blick aus der Höhle. Zwar sah ich nur die Nordsee, doch ein paar Hundert Meter weiter waren Ortschaften an den besser zugänglichen Stränden. Abenteuerlustige Spaziergänger kamen bestimmt oft hierher.

»Wir sind etwas nördlich von den Klippen von Auchmithie, nahe dem Kloster St. Vigeans. Das hier sind die Höhlen, in denen sich die Mönche damals vor Wikingerüberfällen versteckt haben. Die Eroberer kamen vom Meer und deswegen vermuteten sie niemanden in diesen unzugänglichen Höhlen.«

Ich war beeindruckt und schockiert zugleich. »Du ... deswegen hast du ständig aus dem Fenster geschaut? Du hast mit einem Übergriff gerechnet?«

Brandon lächelte spöttisch. »Natürlich. Wir haben es mit Stuart Cromwell zu tun. Mal davon abgesehen, dass er es in diesem Jahrhundert schon ziemlich weit gebracht hat, hat er garantiert in seiner Jugend eine militärische Ausbildung genossen. Er ist der Sohn des Lordprotektors Oliver Cromwell. Das darf man nie vergessen.«

Donnerwetter. Ritter waren also nicht nur Kampfmaschinen, sondern auch Strategen, die vorausschauend denken und alle möglichen Fluchtwege im Auge behalten mussten. Ich beugte mich erneut über die vergilbten Blätter. »Lies mir vor, was da steht«, bat ich Brandon. Er setzte an, doch in diesem Moment schnarchte Theodor laut auf. Dann schmatzte er und ich sah Speichel aus seinem halb geöffneten Mund tropfen.

Angewidert wandte ich den Blick ab.

»Ich muss das mit der Manipulation unbedingt hinkriegen. Dann bringe ich ihn dazu, die Nase in seinen eigenen Sabber zu tauchen.«

Theodor drehte sich unruhig. Brandon legte einen Finger an die Lippen.

Wir schwiegen beide eine Weile, um sicherzugehen, dass

Theodor weiterschlief und Brandon den Kodex nicht wegpacken musste.

»Wie geht es denn jetzt weiter?«, fragte ich irgendwann ganz leise. Wir hatten noch keine Zeit gehabt, genauer darüber zu reden.

»Wir müssen den Odin Stone finden«, erklärte Brandon und zog ein Blatt Pergament unter den anderen hervor.

»Ein Lochstein wird im Zusammenhang mit dem ersten Ritual erwähnt.« Das Rascheln ließ Theodor wieder unruhig werden. Wir verharrten ganz still, dann fuhr Brandon mit dem Kristall behutsam über die Schrift.

Ich zog einen Stift und einen kleinen Block aus der Seitentasche seines Rucksacks.

Warum ist das erste Ritual nicht in Lansbury? Hätten wir nicht da anfangen können?, schrieb ich zittrig. Mir war noch immer kalt, Lansbury hätte vieles vereinfacht. Wir hätten mehr Zeit gehabt, um uns vorzubereiten.

Es ist eine genaue Reihenfolge vorgegeben. Der Odin Stone ist der älteste Ritualplatz überhaupt, weswegen wir dort beginnen müssen.

Brandons Handschrift war ein wenig ungelenk.

Woher weißt du von diesem Odin Stone?, schrieb ich unter seine Antwort.

Dieses Mal antwortete er mir im Flüsterton. Das aufzuschreiben hätte zu lange gedauert.

»Ein Händler im Haus meines Vaters hat von diesem Lochstein berichtet. Er erwähnte, dass er auf den Orkneys stünde und eine ganz besondere Macht habe. Paare seien erst verheiratet, wenn sie sich die Hand durch das Loch gereicht hatten. Es gibt noch einen weiteren Lochstein in Cornwall, aber in diesen Unterlagen«, er deutete auf die ledrigen Pergamente auf seinem Schoß, »wird das Königreich Lot genannt. König Lot herrschte vor langer Zeit über Lothian und die Orkneyinseln.«

»Wir können ja nicht zu den Inseln schwimmen. Wie kommen wir jetzt dahin?«, fragte ich genauso leise zurück. Inverness war schon verdammt weit weg. Vor allem zu Fuß.

Doch Brandon beruhigte mich sogleich.

»Wir laufen bis Aberdeen. Von dort gibt es ebenfalls Fähren zu den Orkneys.«

Der Gedanke an die nächsten Tage war beängstigend und machte jeden Schlaf zunichte. Ich war wieder hellwach.

Wir hatten jetzt also ein paar Stunden Zeit, durften aber unsere Handys nicht anschalten. Ich hatte zwar mein Buch dabei, aber die *Fifty Shades* würde ich keinesfalls in Gegenwart von Mr Grey auspacken. Wir würden also hier sitzen und auf das Meer vor uns schauen, bis es endlich dunkel war. Es war die perfekte Gelegenheit, um zu üben.

»Gib mir mal einen Tipp, wie ich Feuer entfachen könnte. Der Gedanke an Elizabeth bringt mich zwar immer zum Kochen, aber leider nicht zum Funkensprühen.«

»Dann versuch stattdessen diese Steine zu verformen«, sagte Brandon und legte mir ein paar kleinere Brocken hin.

»Wie? Ich meine, was soll ich mir vorstellen, wenn ich sie verforme? Ein Stein ist ein Stein, verhärtetes Material, verschiedene Elemente, die normalerweise erst erhitzt ...«

»Meredith, du quasselst schon wieder«, sagte Brandon.

»Schalte dein Gehirn aus und denke an einen Sumpf. Das hilft mir immer.«

»Sumpf?«, wiederholte ich und fragte mich, wie ich mir einen Felsklotz als Sumpf vorstellen sollte. Modrig mit Schilf und Gras getarnt, Wasser, Torf, Moorleichen und fleischfressende Pflanzen.

Wäre doch lustig, wenn sich die Steine anfingen sich gegenseitig aufzufressen. Oder Duftstoffe ausströmten, um Opfer anzulocken. Das würde auf alle Fälle besser riechen als Theodors Ausdünstungen.

Meredith, konzentrier dich, rief ich mich selbst zur Ordnung.

Gar nicht so einfach, wenn Brandon mit kritischem Blick angespannt danebensaß.

Er roch gut. Trotz der Anstrengung, die hinter uns lag, umwehte ihn ein Geruch nach frischer Luft und einem kleinen Resthauch von Irish Moos, seinem bevorzugten Aftershave. Auf jeden Fall nicht nach penetrantem Schweiß, sondern einfach nur nach … Mann.

Es war egal, wie viel Zeit ich zwischenzeitlich mit ihm verbracht hatte, oder wie sehr ich mich auch schon vor ihm blamiert hatte Brandon war für mich seit Jahren, was für andere Sam Claflin oder Harry Styles verkörperten. Und außerdem war er warm. Nicht nur heiß, sondern angenehm warm in dieser feuchtkalten Höhle. Wo das Feuer von vorn wärmte, wärmte er von der Seite. Ich rutschte ein wenig näher zu ihm und versuchte mich wieder zu konzentrieren.

Steine schmelzen lassen. Steine schmelzen lassen.

Brandon hatte mir gezeigt, wie er ein Glas, ein stinknormales Trinkglas schmelzen und wieder erkalten lassen konnte.

Ich strengte mich an, versuchte alles auszublenden.

Zwei Stunden lang blickte ich auf die Steine, zwei Stunden lang (mit einem Auge schielte ich immer auf meine Armbanduhr), in denen ich sie wenigstens einmal zum Hüpfen brachte wie Murmeln und einmal in Richtung Feuer rollen ließ. Letzteres allerdings mit dem Fuß, als ich die Beine ausstreckte, weil ich kurz einnickte.

Brandon zeigte mir fünfmal – immer dann, wenn er die Nase aus dem Kodex hob und meine nichtvorhandenen Fortschritte bemerkte –, wie es üblicherweise ging. Er ließ die Steine zu Sand zerbröseln, nur um sie Sekunden später zu flachen Kieseln wieder zu verfestigen. Einfach so ohne Anstrengung. Ich merkte, dass auch er sehr erschöpft war. Wie es aussah, konnte er sich nicht auf den Text konzentrieren, denn sein Blick schweifte ständig aufs Meer oder die Steine vor mir.

Ich hätte gerne geschlafen, aber die ganze Aufregung kam jetzt zum Vorschein. Mein Gehirn gaukelte mir was vor. Bilder von Polizisten, die uns einholten, verfolgten mich. Dann sah ich Colin mit einem Loch im Kopf, während Stuart Cromwell mit einem Stein über ihm stand. Furchtbare Bilder, die mich immer wieder aufschreckten, sobald ich einnickte. Theodor schnarchte, Brandon seufzte, die Möwen vor der Höhle schrien und das Meer rauschte. Es war megalangweilig und irgendwann döste ich doch weg. Ich wurde wach, weil mich jemand sanft schüttelte.

»Na los, Aschenputtel, aufwachen. Wir können gleich weiter.«

Ich blinzelte.

Brandon und Theodor standen über mir. Brandon hatte noch dunklere Ringe unter den Augen als Darth Vader und doch sah er sehr entschlossen aus. Leider. Jetzt hätte ich gern etwas länger geschlafen. Ich gähnte. Theodor wirkte fit.

»Dornröschen«, sagte ich.

»Wie bitte?«

»Dornröschen hat so lange geschlafen. Aschenputtel war die mit dem Schuh.«

»Es geht ihr wieder gut«, erklärte Theodor. »Miss Neunmalklug ist zurück.«

»Dann los«, sagte Brandon.

»Ich habe Hunger«, erklärte Theodor. »Gibt es in diesen großen Rucksäcken etwas Essbares? Ich brauche etwas, bevor wir losgehen.«

»Hier, ein Apfel für jeden und etwas Wasser.«

Theodor besah sich den nicht mehr so knackigen Apfel skeptisch. »Hast du keinen Doseneintopf oder so was dabei? Wir können es über dem Feuer warm machen.«

Brandon zog tatsächlich eine Dose hervor, öffnete sie und stellte sie auf einen Stein im Feuer.

»Nur eine? Die esse ich ganz allein«, maulte Theodor.

»Wir müssen das Essen einteilen«, erklärte Brandon bestimmt.

»Wir können uns doch neues besorgen.«

Brandon überging das und sah mich an. »Gleich ist es dunkel und wir müssen weiter.«

»Dann haben alle Supermärkte zu.« Theodor kniff die Augen zusammen. »Du weißt nicht, wie unleidlich ich werden kann, wenn ich Hunger habe.«

»Noch mehr als jetzt schon?«, fragte ich spitz.

»Ach Meredith, du unschuldiges Kind, du weißt noch gar

nichts über mich«, sagte Theodor onkelhaft und vergaß wohl, dass ich ihn bereits seit dreizehn Jahren kannte. Sogar viel besser, als mir lieb war.

»Sooo würde ich das nicht sagen«, erwiderte ich gedehnt. »Ich weiß, dass du schnarchst, die monatlichen Vater-Sohn-Reden hasst, dass es in Oxford viel besser ist als sonst auf der Welt – was dich nicht davon abhält, ständig nach Hause zu kommen –, dass deine Freunde unhöflich sind, dass du den Studiumsplatz nur auf Grund der Beziehungen deines Vaters bekommen hast … Hab ich was vergessen? O ja! Du kannst die Luft um dich herum erwärmen und deren Geruch verändern.«

Brandon prustete und lachte lauthals. Theodors Gesicht zeigte keine Regung. Bis Brandon sich beruhigt hatte, sagte er kein Wort. Er sah mich nur an. Ich konnte beim besten Willen nicht erkennen, ob er sauer war oder so lange brauchte, um sich eine Retourkutsche auszudenken.

Das war jedenfalls mir unangenehmer, als wenn er irgendetwas Blödes gesagt hätte. Mein kurzzeitiges Hochgefühl verpuffte.

»Ich denke, unsere Reise hat bereits gezeigt, dass du mich nicht halb so gut kennst, wie du glaubst«, sagte er schließlich. »Aber da ich endlich mehr erfahre, können wir mit dem Frage-Antwort-Spiel weitermachen und du kannst mir direkt erklären, aus welchem Jahrzehnt oder Jahrhundert unser Barkeeper hier stammt. Ich persönlich tippe auf das Viktorianische Zeitalter.«

Er lehnte sich bequem zurück und die Zeit, bis der Eintopf warm war, sprach niemand außer Theodor, der wieder mit seinen Fragen anfing zu nerven. Weder Brandon noch ich antworteten.

Es war schon recht dunkel, als Brandon das Feuer austrat und zum Aufbruch rief.

Frustriert schulterte ich den Rucksack. Ich hatte ebenfalls noch Hunger und war müde und noch genervter, doch statt Ruhe und Erholung stand mir jetzt eine Nachtwanderung bevor. Eine Nachtwanderung in Begleitung eines labernden, müffelnden Großkotzes.

4. Kapitel

Ich hatte schon viele Wanderungen unternommen. Mit der Schule, mit Mum und Dad, als ich jünger war, mit Colin, mit Chris und Rebecca, mit Shaktis bunter Familie. Aber noch keine Wanderung war mir so anstrengend vorgekommen wie diese. Schon nach zwei Kilometern rann mir der Schweiß übers Gesicht und das Schlimmste war wohl, dass am Ziel nicht mal eine warme Dusche auf mich warten würde. Den Gedanken verdrängte ich am besten, so gut es ging. Ein weiterer wunder Punkt war: Wir durchstreiften eine der angeblich schönsten Landschaften Großbritanniens und ich sah nichts davon. Es war sehr dunkel, Brandon mied wohlweislich alle Dörfer und beleuchteten Straßen. Ich erkannte wie in der Nacht zuvor das Sternbild des Großen Hundes am Himmel. Mir fiel auf, dass irgendetwas anders war, doch ich konnte nicht sagen, was. Dafür war ich zu erschöpft. Ich benötigte meine ganze Konzentration, um einen Fuß vor den anderen zu setzen und nicht zu stolpern.

Der Rucksack schien alle hundert Meter schwerer zu werden. Wasserflaschen und Schlafsack hatten ein gefühltes Gewicht von einer Tonne.

»Gehen wir jetzt tatsächlich zu Fuß bis Inverness? Und dann?«, fragte Theodor und ich sah, wie er dabei in seine Hosentasche griff.

Die müden Synapsen meines Hirns funktionierten wenigstens noch ein klein bisschen.

»Sag es nicht, Brandon«, keuchte ich. »Er hat sein Handy in der Hand.«

»Ich wollte nur wissen, wie spät es ist«, verteidigte sich Theodor, als Brandon sich zu ihm umdrehte.

»Gib es her!«, befahl Brandon.

»Nein«, sagte Theodor ungerührt. »Das ist mehr wert, als du vermutlich in zwei Monaten verdienst.«

»Wenn du das Handy auch nur anschaltest, werde ich das Zweimonatsgehalt in den Boden stampfen.« Brandon wirkte mit einem Mal richtig Furcht einflößend.

»Tu es und ich sorge dafür, dass du nicht mehr zum Circlin' Stone zurückkannst. Ich muss nur dem Gesundheitsamt sagen, dass du noch nie kontrolliert wurdest. Du weißt, dass ich alles weiß.«

Obwohl Theodor nicht von seinem langweiligen Tonfall abwich, sah ich, wie sich Schweiß auf seiner Oberlippe bildete.

»Was weißt du, Adams?«, fragte Brandon. »Dass ich bei einem Gewitter nackt am Steinkreis herumgerannt bin? Na und? Das tun die Neo-Druiden allbeständig.«

»Verdammt«, murmelte ich.

»Was ist?«, fragte Brandon barsch.

»Du hast mir gerade ein Kopfkino von einem nackten Alex Parkins beschert. Das hatte ich vor drei Jahren erlebt und nur mit Mühe verbannt.«

Ich schloss die Augen und versuchte dieses elende Bild loszuwerden. An jenem Abend hatten Colin, Chris, Rebecca, Shakti und ich uns wieder auf dem Spielplatz in der Nähe vom Steinkreis versammelt, weil wir mitbekommen hatten, dass ein geheimes Ritual stattfinden sollte. Als die ersten Neo-Druiden – Männer! – ihre Kutten fallen ließen und hüllenlos zu tanzen begannen, hatte Shakti sofort das Weite gesucht.

Wir hatten uns ihr nach einer kleinen Schockstarre angeschlossen, doch das Bild eines wie ein Bär behaarten Alex Parkins hatte sich eingebrannt. Und ich wusste nicht, was schlimmer war, das Gebaumel oder die Bierbäuche mancher, die für alles unterhalb der Hüfte einen Spiegel brauchten, um es zu betrachten.

»Meredith, vergiss die nackten Männer, wir müssen noch zwanzig Kilometer hinter uns bringen.«

»'tschuldigung«, murmelte ich verlegen. Doch Brandon hatte sich schon wieder dem eigentlichen Problem zugewandt.

»Theodor, wenn du die Uhrzeit wissen willst, frag mich. Ich hab eine Armbanduhr. Wenn du die Polizei auf uns hetzen willst, bitte, aber dann wirst du deinen Bruder so schnell nicht wiedersehen.«

Falls es überhaupt jemals dazu kommt, fügte ich in Gedanken düster hinzu.

Theodor starrte, ohne zu blinzeln, zurück. Kein Nicken, keine Regung, ob er ihn verstanden hatte, nichts. Nach ein paar bewegungslosen Sekunden wandte Brandon sich um und ging voraus.

Ich seufzte und wir setzten uns wieder in Bewegung.

Nach zehn Metern fing Theodor erneut an. »Ich hab das Handy aus. Könnt ihr mir jetzt sagen, wohin wir gehen?«

Er hob zur Bestätigung beide Hände in die Luft, als würde er mit einer Waffe bedroht.

»Gretna Green, hat Meredith doch erklärt«, gab Brandon zur Antwort.

»Und da treffen wir auf Colin, der Elizabeth heiraten will?« Sieh an. Theodor hatte doch Humor. »Sollte er vorhaben Meredith zu ehelichen, werde ich allerdings einschreiten müssen. Unser Vater würde mich sonst auch enterben«, fügte er hinzu.

Nein, das war kein Humor, korrigierte ich mich selbst. Das war purer Eigennutz. Er hätte gern, dass Colin enterbt würde, dann gäbe es mehr für ihn. Dabei war Theodor strohdoof. Gretna Green lag nämlich in der entgegengesetzten Richtung.

Wir waren ohne Pause seit Stunden unterwegs, als ich zum x-ten Mal stolperte. Meine Beine waren so schwer. Ich spürte jeden einzelnen Muskel meiner Oberschenkel und die drückten meine Füße auf den Boden, wie es kein Zementblock besser gekonnt hätte.

»Typisch Meredith. Du konntest noch nie geradeaus gehen«, raunte Theodor. Normalerweise bekam er einen passenden Spruch zurückgepfeffert, doch dieses Mal hatte ich einfach keine Kraft mehr dafür.

Ich ließ mich auf der Stelle auf den Boden sinken. Was für eine Wohltat. Meine müden Beine streckten sich von ganz allein aus, ich ließ mich zurücksinken, lehnte mich gegen den Rucksack und wollte einfach nur so sitzen bleiben. Scheiß auf Cromwell. Scheiß auf Rituale, Lochsteine, Zeitreisende und Weltuntergänge.

»Meredith, komm. Wir müssen noch wenigstens zwei Stunden gehen, ehe es hell wird.« Brandon beugte sich über mich. Ich sah die Runzeln auf seiner Stirn. Er war auch müde.

Er hielt mir eine Hand hin, um mich hochzuziehen. Doch ich ergriff sie nicht.

»Nein. Geht vor. Ich komme nach. Ich brauche eine Pause«, erklärte ich matt. Er ließ seine Hand wieder sinken und hockte sich vor mich.

»Meredith, ich verspreche dir, wenn wir Aberdeen erreicht haben, kannst du stundenlang schlafen. Bis dahin gibt es leider nur kurze Pausen.«

»Ohne Schlaf? Ohne mich.«

»Meredith, bitte. Aberdeen ist keine Weltreise.«

»Doch, ist es wohl! Ich bin todmüde.«

»Aha, wir gehen also nach Aberdeen«, sagte Theodor hinter ihm. »Warum? Wollt ihr shoppen? Weshalb ist das ein so großes Geheimnis?«

Keiner antwortete ihm.

»Du musst aufstehen«, beharrte Brandon und stand auf. Er hielt mir erneut die Hand hin.

Ich schüttelte den Kopf, ließ die Arme locker neben mich fallen und schloss die Augen.

Es knackte und Sekunden später troff mir Wasser ins Gesicht.

»Was soll das?«, prustete ich.

»So macht man das, Gigolo«, sagte Theodor mit einer Wasserflasche in der Hand.

Ich wischte mir die Tropfen aus dem Gesicht.

»Theodor, ich schwöre, wenn ich nicht so müde wäre, würde ich dich … ich würde dich …«

Ich war sogar zu müde, um eine angemessene Strafe zu überlegen.

Brandon reichte mir die Flasche. »Trink was«, befahl er. Ich gehorchte schlapp. Das Wasser tat gut, es belebte ein wenig. Ich trank die halbe Flasche leer, ehe ich sie zudrehte. Ich hielt sie Brandon wieder hin, doch er packte meinen Ellbogen und zog mich mit Schwung auf die Beine. Ich schwankte und prallte der Länge nach gegen ihn. Als ich mich an seinen Schultern festhielt, streifte ich mit einem Finger seinen Nacken. Sofort erschien wieder dieses Lächeln, mit dem er mich stets bedachte, wenn er meine Haut berührte. Es war so liebevoll und sehnsüchtig, als wäre ich die Liebe seines Lebens. Ich war es nicht, doch er hielt nun viel sanfter meinen Arm und seine andere Hand wischte einen letzten Tropfen von meiner Wange.

»Es ist nicht mehr weit. Versprochen«, sagte er leise. Dann klopfte er aufmunternd auf meine Schultern, wie ich es schon bei Fußballtrainern und ihren Spielern gesehen hatte, und wandte sich ab.

Er übernahm die Führung, ich zockelte hinterher und Theodor bildete das Schlusslicht.

Jeder Schritt fiel mir schwer und am Himmel zeigte sich bereits ein heller Streifen, der sich viel zu schnell ausdehnte. Brandon sah sich nach einem Versteck um. Gar nicht so einfach in den Lowlands, wo es wenig Wald, aber viel Wiese, Feld und entfernt auch ein Moor gab. Wir hatten uns ein ganzes Stück vom Meer entfernt.

Endlich erreichten wir einen Wald. Ich wunderte mich, wie zielsicher Brandon die Richtung beibehielt. Er musste genauso müde sein wie ich und ich hatte jegliche Orientierung verloren, Sonnenaufgang hin oder her. Sogar Theodor hatte aufgehört zu reden. Wir brauchten Schlaf, alle drei und ich am meisten, beschloss ich.

Es wäre mir auch egal gewesen, wenn Theodor gleich ausbüxen wollte, um uns zu verpfeifen. Mir war alles egal, ich wollte nur noch schlafen.

Mein Magen knurrte laut. Wie peinlich.

»Okay, essen wir was«, sagte Brandon. Er hatte flugs ein kleines Lagerfeuer in einem Wäldchen entfacht und wenig später blubberte in dessen Mitte der Inhalt einer Konservendose. Wieder Eintopf.

Das Essen machte mich allerdings ein wenig wacher und kurz danach ging es auch schon weiter. Wir müssten noch ein Stück hinter uns bringen, ehe wir schlafen durften, erklärte Brandon. Die Rast hatte insgesamt keine Stunde gedauert.

Jetzt, wo ich wach war und sonst keine andere Beschäftigung hatte, außer hinter Brandon herzudackeln, machte ich mir große Sorgen um Colin und Elizabeth. Wie weit waren sie gekommen? Würden wir es erfahren, sollte Cromwell sie erwischen?

Cromwell hatte Elizabeth zum Kennet Tomb entführt, ehe er sie töten wollte. Hieß das, die Platoniden mussten an einer keltischen Stätte sterben, damit nicht eintrat, was jetzt geschehen war – dass die Schwerkraft nachließ? War das jetzt eine Chance oder ein Fluch? Eine Chance, weil Colin und Elizabeth nicht einfach erschossen werden konnten, oder ein Fluch, weil Cromwell sämtliche keltischen Stätten überwachen lassen würde?

Er verfügte zumindest über die nötigen Mittel und war jahrelang im Besitz der Urkunden gewesen. Doch hatte er sie auch nur zum Bruchteil lesen und deuten können? Im Gegensatz zu ihm hatten wir ja den Bergkristall …

All diese Gedanken kreisten Stunde um Stunde in meinem Kopf und machten diese Nacht noch anstrengender als die letzte.

»Brandon, glaubst du nicht, wir könnten Chris anrufen?«, fragte ich, als ich wieder zu stolpern begann.

»Nein«, lautete die entschiedene Antwort.

»Ein Taxi«, murmelte Theodor. »Wieso können wir nicht ein Taxi rufen?«

»Nein«, sagte Brandon erneut.

»Das ist Folter!«, maulte Theodor jetzt laut. »Was soll das überhaupt? Wieso rennen wir nachts durch die Lowlands? Warum habt ihr mich eigentlich mitgeschleift?«

»Fängst du schon wieder damit an? Wir haben dich nicht mitgeschleift, du hast dich uns aufgedrängt«, widersprach ich.

»Ich wurde gezwungen! Ihr seid auf irgendeiner geheimen Mission, mein Bruder ist wer weiß wo! Das könnte man als Entführung auslegen.«

Ich holte tief Luft, um ihm die Meinung zu geigen. Noch war ich nicht so k. o. wie vor der Rast.

»Stehen bleiben!«, zischte Brandon unvermittelt.

Zu spät, ich stand nämlich schon, bereit diesem unausstehlichen Wortverdreher eine reinzuhauen.

»Wir haben dich gewarnt, aber du elender, mie…«

»Sei still!«, zischte Brandon und klatschte mir eine Hand vor den Mund.

Huch. Erschrocken zuckte ich zusammen, ich hatte ihn in meiner Rage überhaupt nicht näher kommen hören.

»Hört ihr das?«, fragte er in die Stille. Ich horchte. Wir waren so stramm marschiert, ich nahm nur meinen eigenen, lauten Atem wahr und das Pochen meines Pulses. Doch dann hörte ich es. Das Pochen war nicht mein Herzschlag. Das Pochen kam … *aus der Erde*? Der Kratzer auf meinem Handrücken begann im selben Moment im gleichen Takt zu pochen. Ich rieb kurz darüber und dann bückte ich mich, um wie ein Indianer ein Ohr auf den Boden zu legen. Noch während ich in die Knie ging, hörte das Pochen auf und ein anderes Geräusch ertönte.

Es krachte. Laut, lang und schallend. Das kam aus Theodors Richtung und die Luft um uns herum begann zu stinken.

»Scheiß Eintopf«, sagte Theodor.

Ich richtete mich wieder auf und brachte mich schnell aus der Smogzone.

»Seid ihr selber schuld. Dosenfraß«, sagte er vorwurfsvoll und ohne den geringsten Hauch von Beschämung zu Brandon.

Brandon rollte die Augen, schüttelte kurz den Kopf, so als resignierte er, und wanderte, ohne ein Wort zu verlieren, weiter. Ich folgte ihm. Nicht nur, um der Dunstwolke zu entkommen, sondern weil ich hoffte, das Pochen noch einmal zu hören.

Es war fort. Dafür vernahm ich überdeutlich Theodors Magen, der ständig rumorte. Was war das gewesen? Es hatte geklungen, als stampfe eine Baggerschaufel tief unter der Erde im Rhythmus meines Blutes. Wollte ich weiter darüber nachdenken? Sogar in meinen Ohren klang das sehr bedrohlich. *Die Erde pochte im Rhythmus meines Pulsschlags.* Der Kratzer auf meiner Hand brannte auch nicht länger. Ich strich ein paarmal darüber und nur dann fühlte ich einen leichten Schmerz. Ein Gedanke schoss mir noch durch den Kopf: Die Erde bebte und Theodors Furz hatte sie zum Stillstand gebracht.

Als wir endlich einen Schlafplatz gefunden hatten, legte ich so viel Abstand wie möglich zwischen Theodor und mich.

5. Kapitel

Die nächste Nachtwanderung war nicht minder anstrengend. Auch wenn ich ein paar Stunden am Stück hatte schlafen können, mein Tagesrhythmus war ein anderer. Brandon wollte noch immer nichts davon hören, Chris anzurufen. Er behauptete, Cromwell lasse alle überwachen, die mit mir zu tun hätten.

Es war Nacht, es war feuchtkalt auch ohne Regen, wir gingen über unbefestigte Feldwege und Brandon gab wie immer ein strammes Tempo vor. Man hätte meinen können, er wolle Aberdeen schon in den frühen Morgenstunden erreichen. Was natürlich unmöglich war, denn es lagen noch zwei Nachtwanderungen vor uns.

Sogar Theodor hatte das Reden eingestellt. Es war so still, beinahe unheimlich. In der Dunkelheit zwitscherten keine Vögel, fernab der Straßen war auch kaum Autolärm zu vernehmen und höchstens ab und an rief ein Käuzchen. In der Ferne hörte ich wieder das Meer rauschen. Wir hatten demnach wohl einen Bogen gemacht. Ich bezweifelte, dass ich das Rauschen von Wellen je wieder mit Romantik in Verbindung bringen würde.

Theodor ging neben mir. Seine Finger spielten nervös mit den Schlaufen seiner Hose oder er ließ die Gelenke knacken. Es schien, als wüsste er nicht, was er damit anfangen sollte, weil er sein teures Smartphone nicht nutzen durfte. Brandon hatte beim Aufbruch dabei zugesehen, wie er es ausschaltete. Und es blieb aus. Er unternahm nicht einmal den Versuch, es aus der Hosentasche zu ziehen, was wohl der eindeutige Hinweis auf seine Erschöpfung war. Noch deutlicher wurde seine Müdigkeit bei Tagesanbruch. Allmählich tauchte die Landschaft aus den Schatten, wenngleich leichter Nebel über den Wiesen hing. Je heller es wurde, desto dunkler färbten sich die Schatten unter seinen Augen. Auch zeigten sich ein paar einsame Bartstoppeln an Kinn und da, wo Männer aus der Regency-Zeit sich Koteletten hatten wachsen lassen. Theodors Augen waren rot geädert.

Vermutlich sah ich nicht viel besser aus – nur ohne Bart. Brandon hielt, nach einem kurzen Blick zurück zu uns, direkt auf einen Wald zu.

Dieser Wald war dichter als der letzte. Die Landschaft ganz anders als bei uns in Wiltshire. Hier war irgendwie alles weiter und flacher.

In der Ferne konnte man die beginnenden Highlands sehen, aber bis dahin erstreckten sich unzählige Felder, die goldgelb zu dieser Jahreszeit schimmerten. Nicht einmal die sonst so typischen Hecken am Straßenrand waren hier besonders hoch. Das lag vermutlich an dem scharfen Wind, der vom Meer über das Flachland wehte.

Mir wurde immer kälter. Der Nebel kurz vor Sonnenaufgang war extrem dicht und durchdrang meine dünne Sommerjacke. Erst jetzt fiel mir auf, dass das Meeresrauschen verschwunden war. Wie Brandon diesen dichten Wald gefunden hatte, wusste ich beim besten Willen nicht zu sagen. Er musste Instinkte besitzen, die uns modernen Menschen abhandengekommen waren.

Doch ich war sehr froh darüber, denn inmitten einer kleinen Schlucht befand er es sicher genug, um ein Feuer zu entfachen. Hierher kam keine Sonne, während rundum alles heller wurde, blieb in dieser Schlucht der Schatten.

Theodor packte, ohne zu fragen, Brandons Schlafsack aus, während wir beide Holz sammelten, und schlief eine Minute später darin ein.

»Bist du sehr müde?«, fragte Brandon.

Ich war nahezu tot. Dennoch nahm ich den angespannten Unterton in seiner Frage wahr.

»Du etwa nicht? Du hast noch gar nicht geschlafen«, sagte ich.

»Doch. In den ersten vier Stunden unserer Pausen konnte ich sicher sein, dass Theodor nicht aufwacht. Das reicht vorerst«, erklärte er. »Also? Wie sieht es aus?«

»Der Kodex?«, fragte ich matt.

Er nickte. »Adams schläft die nächsten Stunden. Das ist die beste Gelegenheit, sich in Ruhe mit dem Ritual zu befassen und den genauen Standort des ersten Meridians zu bestimmen.«

Ich beneidete Theodor. Zum ersten Mal in meinem Leben. Ich hätte nämlich jetzt auch gern geschlafen.

»Dir ist schon klar, dass ich mich nicht wirklich kotzetrieren kann? Äh … Konzentrieren, meine ich.«

»Ich werde mir einfach deinen Schlafsack nehmen. Kälte hält wach«, erklärte Brandon und grinste.

»Wag es ja nicht«, murmelte ich, gähnte laut und schüttelte den Kopf, um etwas fitter zu werden.

»Ich habe eine bessere Idee. Ich werde uns beiden Kaffee kochen.« Sein Grinsen wurde breiter.

Er hatte auch Bartstoppeln. Doch im Gegensatz zu Theodor waren seine dichter, wie bei Liam Hemsworth. Das ließ auch seine Augen noch blauer leuchten als ohnehin schon.

Fast so blau wie Colins Augen. Wie ging es Colin in diesem Moment? Elizabeth bestand garantiert auf angemessenen Pausen. Als ein geborenes Edelfräulein war sie Gewaltmärsche bestimmt nicht gewohnt.

»Dahinten ist ein Bach. Gehst du Wasser holen?« Brandon riss mich aus meinen Gedanken und drückte mir einen kleinen Alutopf in die Hand. Ich fragte gar nicht, woher er von dem Bach wusste. Vielleicht konnten Ritter Wasser riechen …

Er hatte ihn ganz einfach auf dem Weg hierher gesehen, fiel mir auf, als ich die Stelle, auf die er gedeutet hatte, erreichte. Im Gegensatz zu mir hatte er die Augen noch überall.

Am Bach nutzte ich die Gelegenheit, mir Wasser ins Gesicht zu spritzen, zog Jacke und Shirt aus und wusch auch meinen Oberkörper und ganz energisch den Bereich unter den Armen. Obwohl es eiskalt war, fühlte ich mich danach wesentlich besser.

Als ich mit gefülltem Topf zu unserem Lagerplatz zurückkehrte, hatte Brandon die grüne Fleecedecke ausgebreitet. Darauf lagen die vergilbten Pergamentblätter sowie ein paar Kekse, die im Circlin' Stone zum Cappuccino serviert wurden. Neben dem Feuer standen zwei Becher mit Instant-Kaffeepulver.

Ein wahres Festmahl!

Ich nahm den Bergkristall in die Hand, der die Urkunden beschwerte.

»Das hier ist meiner Ansicht nach das erste Blatt.« Er zog eines der Pergamente hervor und hielt den Kristall darüber.

Der Bergkristall schimmerte im Morgenlicht, das durch die Blätter fiel.

Brandon setzte sich dicht neben mich und ließ den Kristall langsam über die Zeilen gleiten.

»Ich habe gestern, als du geschlafen hast, ein wenig über das Ritual herausgefunden«, sagte er. »Es wird dir nicht gefallen.«

»Das hier gefällt mir auch nicht«, sagte ich mit einer Handbewegung die Situation einfangend. In diesem Moment fing Theodor an zu schnarchen. »Und *das* gefällt mir noch weniger«, sagte ich mit Blick zu ihm. »Trotzdem muss ich da durch.«

»Tapferes Mädchen.« Brandon schenkte mir ein strahlendes Lächeln. Er wandte sich wieder zu den Pergamentblättern auf seinem Schoß. »Zuerst zum einfachen Teil. Wir benötigen einen Kelch, einen Eichenstab und einen Ring.«

»Da du einfach sagst, gehe ich davon aus, es ist egal, um was für einen Kelch und Ring es sich handelt, und den Eichenstab können wir schon hier pflücken?«, fragte ich hoffnungsvoll.

»Jein«, meinte Brandon. »Beim Ring können wir mit ziemlicher Sicherheit davon ausgehen, dass dieser gemeint ist.«

Wir blickten beide auf den Silberring, den er am linken Zeigefinger trug.

»Cromwell hat ihn erkannt«, murmelte ich und strich über das ungewöhnliche Linienmuster des Rings.

Brandon hielt seine Hand ganz still und ließ mich gewähren. Colin hatte etwas gesehen, als er diesen Ring berührte, fiel mir wieder ein.

»Seit wann hast du ihn?«, fragte ich Brandon.

Er antwortete nicht und ich hörte, wie flach er atmete. Erschrocken sah ich ihm ins Gesicht. Er war doch wohl nicht eingeschlafen ...?

Nein, er starrte mich an. Sehr durchdringend, sehr intensiv. Shakti nannte diesen Blick bei Jungs immer »Schlafzimmerblick«. Mir wurde warm.

»Ich muss dir was gestehen«, sagte ich leise.

»Ich glaube, ich dir auch.« Seine Stimme krächzte.

»Oh. Okay.« *Du bist die umwerfendste Frau, der ich je begegnet bin. Du bist mir schon vor Jahren aufgefallen ... Wie gut, dass die Welt untergeht, denn so sind wir uns nahegekommen ... ich hatte mich bislang nicht getraut dich anzusprechen ...*

Unglaublich, was einem innerhalb eines Wimpernschlags durch den Kopf schießen konnte. Mein Herz begann ein wenig schneller zu schlagen.

»Du zuerst«, sagte er und sein Blick war noch immer schlafzimmerartig.

Äh. Nun ja. Ich sortierte flugs meine Gedanken. »Ähm, also ...«

»Ja?«, versuchte er mir zu helfen und fuhr mir mit dem beringten Finger über meine Wange.

»Colin hatte eine Vision, als er deinen Ring berührte.«

Schlagartig hörte er auf mich zu streicheln.

Verflixt. Hatte ich das wirklich sagen wollen?

»Colin hatte *was*?« Seine Stimme war nun wieder fest und der Schlafzimmerblick verschwunden.

»Nun ja, als du bei mir gekocht hast, du weißt schon«, ich wollte nicht wirklich einen der peinlichsten Momente meines Lebens wiederholen, »nun ja, ich hatte ihn gebeten dich zu berühren, weil ich ja wusste, dass er Visionen hatte, und vor allem bei Elizabeth, die er in Tudorkleidung sehen konnte, und das eine völlig andere Vision war, als er bei jedem anderen zuvor …«

»Komm zur Sache, Meredith«, unterbrach Brandon.

»Äh ja. Also, er hat zufällig dabei deinen Ring berührt und er konnte sehen, dass der Ring ebenfalls aus der Tudorzeit ist. Er glaubte, er gehöre einem Vorbesitzer, der dir sehr ähnlich …« Ich stockte und sah ihn groß an. »Nein, das warst *du*! Du in deinen Tudor-Klamotten«, ging mir auf. Wieso war mir das nicht früher eingefallen? Ich erinnerte mich genau an Colins Worte. Er hatte ausnahmsweise keine Vision gehabt, als er Brandon berührte, sondern als er den Ring anfasste.

»Seit wann hast du ihn?«, wiederholte ich meine Frage. Das Wasser auf dem Feuer war zwischenzeitlich am Kochen. Brandon kippte es vorsichtig in die Tassen und reichte mir eine. Mir fiel auf, dass er es vermied, mich zu berühren. Dann nahm er den Ring von seinem Finger und betrachtete ihn nachdenklich.

»Siehst du auch etwas, wenn du Menschen berührst?«, fragte er schließlich.

»Nein«, antwortete ich. »Ich fühle auch nichts, so wie du oder Elizabeth.« Ich nippte an meinem Kaffee. Das tat so gut! Auch wenn ich noch unaufgelöstes Kaffeepulver zwischen den Zähnen spürte.

»Wer sagt, dass sie was fühlt?«, fragte er erstaunt.

»Tut sie das nicht? Sie lächelt immer so ähnlich wie du, wenn sie Colin berührt.«

Brandon erwiderte nichts. Er trank an seinem Kaffee und ich wusste genau, dass er damit einer weiteren Frage aus dem Weg ging.

»Findest du das Gefühl, das du bei der Berührung von Menschen hast, nicht schön?«, fragte ich vorsichtig.

Er zuckte mit der Schulter.

»Nicht immer. Die meisten haben oberflächliche Gefühle, oft ist es Unzufriedenheit oder auch Enttäuschung. Manchmal Frust. Wenn es geht, vermeide ich eine belanglose Berührung, denn bei manchen Mädchen hat sie die Wirkung eines Eimers voller Eiswasser. Dann halte ich es auch höchstens noch fünf Minuten in ihrer Gegenwart aus. Acht, wenn ich angetrunken bin.«

»So genau weißt du das? Aber immer noch besser als Colins Vision«, sagte ich prompt und hätte mir im selben Moment am liebsten auf die Zunge gebissen.

»Was sieht er?«, fragte Brandon hellhörig. »Und du brauchst deinen besten Freund nicht schon wieder in Schutz zu nehmen, wir spielen mit offenen Karten, falls du es noch nicht gemerkt haben solltest. Wir müssen so viele Informationen zusammentragen, wie es nur geht. Du hast mal von Schreckensbildern gesprochen …«

Ich haderte noch immer. Brandon hatte natürlich einerseits Recht, andererseits wahrte ich Colins Geheimnisse schon so lange.

»Er sah Menschen kurz vor ihrem Tod«, gestand ich schließlich, und als Brandon eine auffordernde Handbewegung machte, erzählte ich ihm, wie es dazu gekommen war, dass er den Tod des Großvaters mit neun Jahren vorausgesehen hatte und den der Nachbarin und folglich den von jedem anderen, dessen Haut er berührte.

»Auch den deinen?«, fragte Brandon leise.

»Ja, klar«, antwortete ich so selbstverständlich wie möglich. Anfangs hatte mir die Vorstellung ein wenig Angst eingejagt. Und dann war mir aufgegangen, wie viel Angst Colin haben musste, der diese Bilder *sah.*

Es hatte eine Weile gebraucht, bis ich mir sagte, jeder Mensch musste eines Tages sterben, sogar die Queen, auch wenn man den Eindruck hatte, sie würde ewig regieren.

Colin hatte mich immer mit weißen Haaren gesehen, also musste ich nicht befürchten, es würde in den nächsten fünf Jahren geschehen. Und genau das ließ mich diese Vision relativ gelassen annehmen. Bis zu jener Gewitternacht im Mai. Da hatten sich seine Visionen verändert.

»Was mag Cromwell sehen, wenn er jemanden berührt?«, versuchte ich abzulenken.

Es funktionierte.

»Darüber hab ich mir auch schon Gedanken gemacht. Vielleicht fühlt er auch nur etwas, so wie ich.«

»Erzähl mir, was du über das Ritual herausgefunden hast«, wechselte ich abrupt das Thema. Ich fühlte Brandons neugierigen Blick auf mir ruhen, aber ich beugte mich geflissentlich über das alte Dokument in seinem Schoß.

Er seufzte, dann deutete er auf eine Passage mitten im Text.

Ich las:

Gewitter können Löcher in der Zeitatmosphäre verursachen. Steinkreise, Dolmen und Hünengräber wurden dort errichtet, wo die Kraft der Erde am stärksten ist. Sie vereinen alle Elemente. Auch das Feuer, das tief unter der Erde allgegenwärtig ist.

»Du musst das Ritual vollziehen, indem du alle Elemente einsetzt. Gleichzeitig.«

»Hä? Wo steht denn das?«

»Pssst!«, wies er mich mit Blick zu Theodor zurecht. Er hatte bei meinem Ausruf sein Schnarchen kurz unterbrochen. Ich kniff die Lippen zusammen und suchte das Pergament nach seinen Worten ab. Beziehungsweise nach den Worten: Elemente, gleichzeitig, Meredith (na ja, Gaianidin).

»Hier!« Brandon deutete mit seinem Finger auf eine Zeile und hielt den Kristall darüber.

»Ich lese nur Ritualplatz, Stein und Fußabdruck«, flüsterte ich aufgeregt.

»Du kannst die Schrift doch nicht lesen«, stellte er fest. »Alle vier Elemente müssen von der Gaianidin herbeigerufen und das Blut aller Elementträger in einem Kelch aufgefangen werden. Um das Ritual wirksam zu machen, muss es die Gaianidin dann aufnehmen.«

»WAS?«

Ich konnte mich nicht bremsen. Theodor brummte etwas und rollte sich auf die andere Seite. Zum Glück wachte er nicht auf, sein Schnarchen wurde nur leiser.

»Sei still«, sagte Brandon und verdrehte die Augen. »Das mit dem Blut ist eine uralte Geschichte. Mein Vater hat mir einmal davon erzählt. Er sprach davon, als er mir den Ring übergab.«

»Dein Vater hat dir davon erzählt?«

Das war es also, was er in der Höhle verschwiegen hatte. Sein Vater hatte wohl mehr gewusst, als Brandon ahnte.

»Das ist doch jetzt nicht mehr wichtig, oder?«, meinte er ungehalten. Sein Vater stand ihm wohl sehr nahe. »Blut bedeutet Leben und du benötigst eben etwas von unser aller Leben.«

»Das ist nicht dein Ernst, oder?«, fragte ich und fühlte mich auf einmal ganz matt. »Muss es mir gespritzt werden? Was, wenn sich Cromwell eine Hepatitis eingefangen hat? Reiche Männer haben neben ihrer Familie doch immer Affären. Oder du bei einer deiner …« Ich brach den Satz ab, als ich seinen warnenden Blick bemerkte.

»Ich habe keine Syphilis oder was immer du gerade gemeint hast«, erklärte er barsch. »Was mich vielmehr stutzig macht: Du kannst den Text wirklich nicht lesen?«

»Doch, aber ich lese hier: Mitten im Ritualkreis befindet sich die wirksamste Stelle, der machtvollste Platz, um eine Zeremonie zu vollziehen. Von dort aus lassen sich die Elemente am besten herbeirufen und man erfährt bei einem Gewitter den stärksten Schutz.«

Brandon runzelte die Stirn. »Das … steht da nicht.« Er las vor:

Nur der Gaianidin ist es vorbehalten, Gewitter heraufzubeschwören. Die Gaianidin beherrscht alle Elemente, die man für das Ritual der Umkehr benötigt. Am ersten Meridian befindet sich eine Lücke im Stein, die die mächtige Kraft von zwei Seiten vereint. Zwei Hälften, links und rechts, die sich durch das Loch zu einem Ganzen verbinden. Nur wegen diesem Durchgang kann dieses eine Ritual der Umkehrung überhaupt eröffnet werden. Dort muss das erste Ritual vollzogen werden. Alle Rituale müssen bis Lughnasad vollendet sein, dem Tag, an dem das Sternbild des Großen Hundes am hellsten erstrahlt.

»Das hieße ja, wir müssten bis spätestens zum fünften August fertig sein!« Ich zischte vor Entsetzen.

Brandon nickte.

»Na super! Nur keinen Druck. Das schaffen wir nie! Das ist ja schon in zwei Wochen!«

Nicht darüber nachdenken, Meredith, sagte ich mir, doch das war gar nicht so einfach. Vierzehn Tage! Und wir mussten den ersten Ort noch suchen. Panik machte sich in mir breit. Wie sollten wir das schaffen? Die Zeit war viel zu knapp. Ich besann mich auf Mums goldene Regel: Ein Schritt nach dem anderen. Brandon wusste schon mal die grobe Richtung, jetzt ging es darum, den Kodex zu entschlüsseln, um alle Details zu erfahren. Ich atmete tief durch und beugte mich über den Text.

»Was meinen die mit: Gewitter heraufbeschwören? Ich hab es bisher nur regnen lassen … Das ist seltsam«, flüsterte ich. Noch einmal lasen wir uns die Textstelle vor. Plötzlich kam mir ein Gedanke.

»Brandon, was ist, wenn jeder Platonid den Text anders liest und alle vier notwendig sind, damit man das Ritual richtig vollzieht?«

»Das wäre … schlecht«, sagte er langsam. Wir wussten beide, dass Cromwell niemals kooperieren würde.

»Lass uns die anderen Texte durchgehen. Je besser wir unseren Teil schon mal kennen, desto einfacher sollte es werden.«

Wir lasen uns alle Urkunden nacheinander leise vor. Mir war kalt – trotz der Sommerhitze, die in diese düstere Schlucht nicht wirklich vordrang. Der Kaffee wirkte nicht mehr und deshalb dauerte es ein wenig, bis wir erkannten, dass keine einzige Textstelle identisch war. Immer las Brandon etwas anderes als ich. Anfangs schob ich es auf mein Zittern und die Müdigkeit. Ich krabbelte in Brandons Schlafsack. Es wurde ein wenig wärmer, vor allem weil sich Brandon dicht neben mich setzte.

»Noch mal von vorn«, sagte er unerbittlich, legte aber einen Arm um meine Schultern und nahm mir die leere Kaffeetasse ab.

Als wir die Blätter erneut durchgelesen hatten, ging mir endlich auf, was an unseren jeweiligen Texten anders war.

»Du liest alles über den Ablauf des Rituals und ich über die Standorte.« Ich rieb mir die Augen. Sie brannten inzwischen, aber ich *musste* mich konzentrieren. Das hier war wichtig.

»Das heißt, wir müssen herausfinden, was die anderen drei hier drin lesen. Bei Elizabeth und Colin wird das kein Problem sein«, sagte Brandon düster. Aber Cromwell? Der würde uns nie unterstützen.

»Standort, Ritual, was gibt es denn noch, was wir wissen müssen?«, fragte ich und gähnte laut. Mittlerweile stand die Sonne schon hoch oben am Himmel und rings um uns herum zwitscherte und raschelte es munter. Ich war todmüde. Noch einmal beugte ich mich über die vergilbten Blätter und fragte mich immer wieder: Ritual, Standort, was noch? Aber weiter kam ich nicht. Die Schrift verschwamm vor meinen Augen.

6. Kapitel

»Verdammt, habt ihr keinen Anstand?«

Etwas oder jemand trat mir in die Rippen. Ich schlug die Augen auf und mein Blick fiel auf Brandons unrasiertes Gesicht, das dicht vor meinem lag. Ein dauerhafter Drei-Tage-Bart würde ihm sehr gut stehen. Er schlief allerdings nicht mehr tief und fest, denn seine Augen begannen zu zucken.

Wieder wurde ich getreten und ich schaute nach oben.

Theodor stand über uns. Und der sah richtig zickig aus.

Ehrlich, er ähnelte Rebecca, wenn sie mit etwas nicht einverstanden war. Sogar seine Haare waren ein wenig verfilzt, fast so wie ihre Dreadlocks.

»Hör auf mich zu treten«, grummelte ich und versuchte mich aus dem Schlafsack zu schälen. Jetzt merkte ich erst, dass ich in Brandons Schlafsack steckte. Ich fühlte seine Beine an meinen. Ach herrje, warum konnte ich mich nicht daran erinnern? Nein, *er* war in *meinem* Schlafsack. Wann war er denn da reingekommen? Und wie? Es war so eng! Ein Bein lag über meinen und schlagartig wurde mir so heiß, als wären wir in einer Sauna. Wenn Theodors Tritte mich nicht schon wach gemacht hätten, wäre ich es spätestens jetzt. Durch mein Gewusel wurde auch Brandon munter. Er schlug die Augen auf.

»Wieso bist du in meinem Schlafsack? Raus hier!«, fauchte

ich ihn an. Ich wusste, ich roch langsam auch nicht mehr wirklich taufrisch, trotz der Wäsche am Bach gestern … äh, heute Morgen. Im Gegensatz zu Mr Stinktier war mir das äußerst unangenehm.

»Ich wollte nicht mit dir schlafen«, sagte ich und suchte den Reißverschluss.

»Und dabei hast du noch nicht mal dafür getanzt«, sagte Brandon und streckte sich genüsslich.

»Einschlafen, meinte ich«, korrigierte ich mich und krabbelte sehr unelegant aus dem engen Sack, um prompt hinterrücks zu kippen, als ich endlich frei war.

»Verdammt, Meredith, ich dachte immer, du wärst hinter meinem Bruder her.« Theodor schien ehrlich betroffen. Er hatte zweimal Verdammt gesagt und nicht Scheiße. Sehr untypisch für ihn.

»Ihr war kalt. Sie hat im Schlaf gezittert«, sagte Brandon und kroch ebenfalls aus dem Schlafsack – wesentlich sportlicher als ich.

Die Urkunden! Schlagartig fiel mir ein, weshalb Brandon und ich zusammengesessen hatten, während Theodor am Schnarchen gewesen war.

Ich sah mich um. Nichts. Brandon musste sie verstaut haben, nachdem ich eingeschlafen war.

Erleichtert wischte ich mir übers Gesicht und registrierte erst jetzt, dass die Sonne schon unterging.

»Verdammt, Meredith, du schläfst mit ihm?« Ein drittes Verdammt. Ich wollte den Mund öffnen und alles abstreiten, als Brandon mir ins Wort fiel.

»Und wennschon, Adams. Das geht dich nichts an.« Brandon blieb locker. Doch Theodor kochte.

»Warum sind wir dann unterwegs? Wenn sie doch mit dir was hat und ich eigentlich meinen Bruder vor einer Mesalliance bewahren soll.«

»Du hast das mit Gretna Green ehrlich geglaubt?«, fragte Brandon überrascht.

»Ach, Elizabeth stellt keine Mesalliance dar?«, fragte ich empört.

»Natürlich nicht. Sie ist von adliger Geburt«, erwiderte er.

»Ja klar«, höhnte ich. »Adel aus dem sechzehnten Jahrhundert.«

Ups. Das hätte ich besser nicht gesagt, denn Theodors Augen blitzten auf.

»Ist sie etwa auch eine Zeitreisende? Das würde so manches erklären. Sechzehntes Jahrhundert? Das ist ja Wahnsinn!«

Brandon warf mir einen »Na toll, gut gemacht!«-Blick zu.

Ich versuchte zu retten, was zu retten war.

»Du würdest deinem Bruder also eine Frau zubilligen, die in diesem Jahrhundert überhaupt nichts zu bieten hat? Immerhin ist ihr Adelstitel seit langem erloschen und sie kann nichts. Außer Feuer machen.«

Ups. Schon wieder zu viel gesagt. Zum Glück fasste Theodor das anders auf.

»Das macht nichts. Ihr Aussehen und ihr Auftreten machen das alles wett. Dann kann ich mich jetzt um sie bemühen.«

Blödmann.

»Sehen wir, dass wir wegkommen. Es wird gleich dunkel«, sagte Brandon, während er in seinem Rucksack kramte. Ich griff nach meinem und suchte Saft, Toastbrot, Schokolade und die Kräcker, die ich eingepackt hatte. Ich fand nichts.

»Wo sind die Lebensmittel?«, fragte ich entsetzt.

Ich fand nur eine leere Schokoladenpackung und zog sie langsam heraus. Strafend hielt ich sie Theodor vor die Nase.

»Wo ist die Schokolade? Wo sind die Kekse? Wo ist der Toast?«, fauchte ich.

»Ich hatte Hunger«, sagte Theodor achselzuckend.

»Ich *habe* Hunger«, schrie ich und wollte ihm die leere Packung überpfeffern. Leider war sie so leicht, sie schwebte kurz in der Luft, ehe sie sanft gegen seine Brust stupste und dann wie eine Feder zu Boden segelte.

Mein Magen knurrte laut, und was die Verpackung nicht geschafft hatte, wollte ich nachholen. Brandon hinderte mich daran. Er umfasste meine Handgelenke und hielt mich zurück.

»Lass es, Meredith. Du brauchst alle Kraft für die Wanderung. Ich besorg uns baldmöglichst was zu essen. Versprochen.«

Ich wollte mich losreißen, hatte aber keine Chance. Und er hatte Recht. Meine Kräfte ließen augenblicklich nach.

Betrübt betrachtete ich die leere Schokopackung. Ich hatte meine Brille nicht auf, weswegen ich mir nicht sicher war, ob sie lose auf ein paar Grashalmen lag oder über dem Boden schwebte. Zumindest dämpfte das ein wenig meine Wut.

Brandon ließ mich langsam los und hob einen abgebrochenen Zweig voller welker Blätter an. Darunter lagen die restlichen Verpackungen. Die von den Keksen, den Salzkräckern, dem Toast und die leeren Saftflaschen.

»Wir haben noch Glück im Unglück«, sagte Brandon und nahm die zerknüllten Saftflaschen an sich. Er streifte Theodor mit strafendem Blick, als er an ihm vorbeiging. Ich folgte ihm (nicht ohne Theodor zu schubsen, als ich an ihm vorbeiging). Brandon ging zum Bach.

»Was meinst du damit? Glück im Unglück. Wir haben nichts mehr zu essen.« Mein Magen war hohl und allein der Gedanke, ihn nicht auch nur annähernd in den nächsten Stunden füllen zu können, ließ es in meinem Kopf sofort schwummerig werden.

»Wir haben Hochsommer. Überall sind die Beeren reif und die ersten Nüsse ebenfalls. Ich habe auch eine Angelschnur dabei. Vielleicht schaffe ich es, einen Fisch zu fangen. Ansonsten bastle ich mir einen Bogen und erlege ein Eichhörnchen.«

Oh. Mein. Gott.

Brandon sah mein angewidertes Gesicht. »Unser Geld muss noch für die Überfahrt zu den Orkneys reichen. Die Fähre ist nicht billig. Jetzt kannst du froh sein mit einem Ritter zu reisen.«

Falls das aufmunternd gemeint war, verfehlte es komplett seine Wirkung. Unwillkürlich wünschte ich mir mit Colin unterwegs zu sein. Er würde mir nie Eichhörnchen zum Essen zumuten.

Brandon reichte mir eine gefüllte Saftflasche. »Trink das schon mal. Das stillt den ersten Hunger. Und den Eichenstab haben wir auch schon.«

Er entlaubte den Zweig, unter dem die Verpackungen gelegen hatten, und verstaute ihn in seinem Rucksack.

Ich trank gierig. Er hatte Recht. Erneut füllte ich die Flasche und ging mit ihm zurück zum Lager. Dort schulterte er seinen Rucksack und stapfte – ohne sich zu überzeugen, ob wir ihm folgten – voraus.

Das Wasser reichte nicht lange. Schon nach zwei Kilometern war die Flasche leer und mein Magen machte sich unangenehm bemerkbar. Auch Theodors Magen knurrte. Ich hörte ihn ganz deutlich. Zu deutlich. Doch mein schummeriges, unterzuckertes Hirn konnte sich das auch nur einbilden. Brandon lenkte ein. Ich vermutete, er fühlte sich ebenfalls matt, auch wenn ich seinen Magen nicht grummeln hörte. Wir kamen einer Ortschaft immer näher. Die Straßenlaternen leuchteten weithin. Mein Herz begann aufgeregt zu pochen. Würde man uns erkennen? Doch meine Sorge war unbegründet. Das Dorf war sehr klein, der Bahnhof, auf den Brandon zuhielt, stand ein wenig außerhalb. Es war weit und breit keine Menschenseele zu sehen. In keinem der Häuser brannte Licht. Brave Bürger, die zeitig ins Bett gingen, um am Morgen pünktlich zur Arbeit zu fahren. Eine Arbeit, die sie bald nicht mehr ausüben mussten, sollten wir scheitern.

Brandon tastete nach seinem Geldbeutel und mir fiel ein, dass er ihn auf der Flucht vor den Polizisten verloren hatte. Also investierte ich Geld in den Sandwichautomaten am nicht überdachten Bahnsteig. Aber nur in zwei Sandwichpakete. Eines für Brandon, eines für mich.

»Ich will auch eins«, sagte Theodor.

»Du hast selber Geld«, sagte Brandon und biss in sein Sandwich.

»Wieso hast du deines dann von Meredith bezahlt bekommen? Wieso bekomme ich nichts von ihr bezahlt? Immerhin bin ich eure Geisel!«

»Zum allerletzten Mal, Theodor«, zischte ich. »Du wolltest mitkommen. Du bist freiwillig hier.«

Theodor starrte nicht mich an, er starrte auf mein Sandwich.

»Gut. Ich hab's mir anders überlegt. Ich will jetzt heim. Ich werde mit dem nächsten Zug heimfahren«, erklärte er und setzte sich auf die Wartebank. »Ich werde *mein* Geld in viele Sandwiches *und* eine Fahrkarte nach Hause investieren.«

»Das wirst du nicht«, erwiderte Brandon fest. »Du wolltest mitkommen, jetzt bleibst du dabei. Bis zum Schluss.«

Mir war klar, warum. Theodor wusste zu viel. Wir durften ihn nicht fortlassen – höchstens zurücklassen, denn die Vorstellung von ihm gefesselt an einem einsamen Ort hatte etwas sehr Befriedigendes.

»Zwing mich doch«, zischte Theodor, stemmte die Fersen in den Boden und verschränkte die Arme.

Brandon sah ihn mitleidig an und einen Wimpernschlag später war die Eisenbank unter Theodors Hintern zu Staub gebröselt und er saß auf dem Boden.

»Verdammt!«, fluchte er und rappelte sich auf.

Als er Brandon ansah, war sein Blick nicht mehr ganz so energisch. Er sah sogar aus, als habe er zum ersten Mal wirklich Respekt, nein, vielmehr Angst vor ihm.

»Können wir? Ich will hier weg. Und wenn du jetzt schreien solltest, mache ich mit dir das Gleiche wie mit der Bank«, sagte Brandon warnend.

Dieses Mal achtete er sorgsam darauf, dass Theodor mit uns ging. Und der folgte, sogar ohne einen weiteren Blick zum Sandwichautomaten.

7. Kapitel

Es dauerte nicht sonderlich lange, bis Theodor wieder unausstehlich wurde. Er hatte Hunger.

Unterwegs fanden wir ein paar Brombeeren, doch die waren noch nicht reif. Das Sandwich hatte auch nur den gröbsten Hunger überbrückt. Jetzt war er zurück und der Gedanke, dass es nichts mehr gab, machte es noch schlimmer. Theodor war eine Plage. Er bohrte noch penetranter nach unseren Beweggründen. Je stiller Brandon und ich wurden, desto mehr stocherte er. Er wurde auch teilweise sehr ausfallend und persönlich. Ich hörte seinen Magen laut grummeln und Gelenke knacken. Wieso konnte ich das hören? War das Theodors angehende Arthritis? Doch ein Blick nach vorn zeigte, dass Brandon die Fäuste ballte. Es waren seine Fingergelenke, die ich hörte. Was zum Teufel war das schon wieder? Das Pochen hatte ich nicht mehr vernommen. Aber darüber wollte ich auch lieber nicht nachdenken.

Ich war sehr dankbar, als es wieder heller wurde. Allerdings war weit und breit kein Wald in Sicht. Wir mussten in einem verlassenen Haus über- … tja, wie nannte man das? Übernachten war wohl das falsche Wort, aber übertagen klang sehr befremdlich. Egal wie heruntergekommen das Haus war (mehr eine Ruine denn ein Haus, es gab keine einzige intakte Fensterscheibe), geschweige denn Türen oder Möbel. Aber es war ein

Stück Zivilisation. Das Gebäude stand weit entfernt von jeder Ortschaft, jedoch in Sichtweite einer viel befahrenen Straße. Wir mussten also vorsichtig sein und diesen Tag unbedingt abwechselnd Wache schieben.

Brandon ließ mir ritterlich den Vortritt beim Pausieren und weckte mich nach vier Stunden. Direkt aus meiner Tiefschlafphase. Doch ich konnte sehen, dass die Ringe unter seinen Augen die Größe von schwarzen Löchern angenommen hatten. Er war schon eingeschlafen, noch ehe sein Kopf den Boden berührte – in meinem Schlafsack wieder einmal. In seinem hätte ich auch nicht mehr übernachten wollen. Nicht, da Theodor seit drei Nächten darin schlief – ein paar Tage mehr und Cromwell würde uns wegen seines Geruchs verfolgen können.

Hundemüde ließ ich mich neben dem Fenster mit den eingeschlagenen Scheiben nieder und dachte an zu Hause. An Mum, die mit Sicherheit außer sich vor Sorge war und schon Dad kontaktiert hatte, aber hoffentlich nicht die Polizei. Ob meine Nachricht sie hatte überzeugen können?

Ich dachte auch an Chris, der jetzt seine Villa wieder für sich alleine hatte, da sein Vater garantiert irgendwo in der Weltgeschichte unterwegs war. Chris hatte Elizabeths Anwesenheit sichtlich genossen. Vielleicht war er auch einfach nur froh gewesen einmal nicht allein in diesem riesigen Haus zu sein. Er hatte mir bestimmt schon unzählige Nachrichten auf mein Handy geschickt, und sei es, um zu erfahren, was wir am Wochenende unternehmen würden. Es juckte mich regelrecht nachzuschauen, doch ich wusste, Brandon hatte Recht. Damit wären wir so einfach zu lokalisieren.

Autos brausten vorbei und Abgaswolken wehten sogar bis hierher, obwohl wir noch einige Meter von der Straße entfernt waren. Am unangenehmsten war es, wenn ein Lkw vorbeidonnerte. Kein Wunder, dass es immer wärmer wurde bei den Emissionsstoffen, die die Menschheit in die Luft pustete. Obwohl Cromwell ja behauptet hatte, es läge an den Platoniden …

Durch die gesprungene Fensterscheibe sah ich ein schwarzes großes Auto vorbeirauschen. Schlagartig war ich hellwach und mein Magen drehte sich.

O Gott! War das eine schwarze Limousine oder einfach nur irgendein 5er BMW gewesen?

Ich nahm die Straße genauer in Augenschein und zählte mit. Nach neun Vauxhall, siebzehn silbernen Golf, zwei Bentleys, einem grünen Bus und zwölf schwarzen Fahrzeugen (keine Limousinen) wurden mir die Lider schwer. Ich musste dringend damit aufhören. Das war so einschläfernd wie Schafe zählen.

Bei jedem schwarzen Auto schoss ein wenig Adrenalin durch meine Adern. Wie viele Limousinen mochte Cromwell wohl besitzen? Zwei hatten Brandon und ich schon demoliert. Was wohl Elizabeth mit ihrer Feuerkunst getan hätte?

Die Feuerwand in der Villa war erschreckend gewesen. Ja, die roten Haare machten ihr und ihrem Temperament alle Ehre. War sie eigentlich immun gegen ihr eigenes Element? Ich war mir nicht mehr sicher … hatte sie inmitten der Flammen gestanden oder die Feuerwand vor uns aufragen lassen?

Wusch!

Direkt vor mir, das hieß, unmittelbar neben Theodors Füßen hatte es zu brennen begonnen.

»Mist«, murmelte ich, sprang auf und sah mich hektisch nach etwas um, womit ich das Feuer löschen könnte.

Wo war meine Wasserflasche? Ich eilte zum Rucksack und durchwühlte ihn. Da war sie nicht! *WUSCH!*

Die Flammen wurden größer und jetzt roch es intensiv nach Chesterkäse. Der Schlafsack schmorte bereits an Theodors Füßen, seine Beine begannen zu zucken.

Panisch sah ich mich um. Innerhalb von Sekunden war es stickig heiß und der Qualm biss in Augen und Nase. Wenn ich nicht gleich dieses Feuer löschte, würde man es von der Straße aus sehen und die Feuerwehr …

Da war ja das verflixte Miststück von Flasche! Neben dem Fenster, wo ich gerade noch gesessen hatte. Ich schüttete den Inhalt ins Feuer … doch es loderte nur stärker, als wäre in der Flasche Kerosin gewesen statt Wasser.

»Herrgott, Meredith!« Brandon stand plötzlich neben mir und schlug mit seiner giftgrünen Decke auf die Flammen ein.

»Was … wieso …?«

Theodor war ebenfalls aufgewacht und zog hastig die Füße und den angekokelten Schlafsack aus der Reichweite der Flammen.

»Herrgott!«, wiederholte Brandon, als er sah, dass seine Decke große Schmelzlöcher bekam.

»Wie konnte das geschehen?«, rief Theodor. Er wartete die Antwort gar nicht erst ab, sondern rannte aus dem Haus.

Brandon warf mir einen wissenden Blick zu und warf die geschmolzene Decke ins Feuer. Dann raffte er die restlichen Sachen zusammen.

»Wir müssen abhauen«, sagte er.

»Bring mir meine Schuhe mit!«, rief Theodor von außen.

»SOFORT!«, rief Brandon, schulterte die Rucksäcke und deutete zum Fenster. Hinter der eingeschlagenen Scheibe konnte ich erkennen, dass ein Auto angehalten hatte und ein Mann mit Handy am Ohr im Begriff war auszusteigen.

»Los!«, rief Brandon und ich dachte, dass es richtig, *richtig* gut wäre, wenn ich jetzt einen Schwall Wasser herbeirufen könnte. Nicht nur das bisschen Regen wie in meinem Zimmer, sondern eher eine Welle wie am Kennet-Weiher.

»AAAAH!« Von draußen drangen Schreie herein. Obwohl ich schon im Vorraum war, drehte ich mich noch einmal um.

Der Mann mit dem Handy war inzwischen ausgestiegen und stand nun triefend nass und ganz baff vor der Hausfront.

»Was zum Teufel ...«, rief er noch, dann stieg er wieder in sein Auto und brauste davon.

»Gut gemacht, Meredith«, sagte Brandon.

»Wieso klingt das so sarkastisch?«, fragte ich.

»Weil es genau so gemeint war. Der Typ ruft jetzt die Feuerwehr und wird ihnen gleich erzählen, was passiert ist. Und rate mal, wer bei einem solchen Brand noch eingeschaltet wird?«

Die letzte Frage war rhetorisch. Bei einem unerklärlichen Brand wurde immer die Polizei alarmiert wegen der Möglichkeit von Brandstiftung.

»Kann ich jetzt meine Schuhe holen?«, fragte Theodor spitz. Ohne eine Antwort abzuwarten, ging er zurück ins Haus und kam Sekunden später hustend wieder heraus. Das Feuer war schon verglüht und es qualmte nur noch. Trotzdem mussten wir schnellstens weg.

Theodor schlüpfte in seine Latschen und sah dann Brandon an. »Und jetzt wüsste ich gern, wie das Feuer entstanden ist und wieso der Typ so nass wurde.«

»Du spekulierst doch so gerne. Ich überlasse die Antworten also ganz dir«, sagte Brandon.

»Du bist ein Dämon«, sagte Theodor viel später und starrte Brandon an. Wir waren von dem verlassenen Haus in einen leer stehenden Schuppen geflüchtet. Hier gab es überall Schuppen und Scheunen, passend zu den vielen Feldern und Äckern, die wir bei unseren Nachtwanderungen passierten. Wir hatten dort noch ein paar Stunden geschlafen, ehe Brandon wieder zum Aufbruch rüstete.

»Du spinnst«, sagte ich.

»Das muss es sein«, widersprach Theodor. »Bänke, die verpuffen, Feuer, das aus dem Nichts entsteht, Wasser, das unerklärlich vom Himmel kommt …«

»Das nennt man Regen«, unterbrach ich ihn.

»Du weißt genau, dass kein Regen sich wie ein umgekippter Wassereimer nur über einer Person ausschüttet«, entgegnete Theodor. Obwohl er klang, als zitiere er gerade wieder einen Paragrafen zu irgendeinem Gesetz, wurde mir siedend heiß.

Er hatte es gesehen!?

Doch sogleich meldete sich mein Hirn zu Wort. Er konnte es

unmöglich gesehen haben. Zwei Mauern hatten zwischen ihm und dem Autofahrer gestanden.

»Und außerdem ist er viel zu attraktiv für einen normalen Menschen«, fügte Theodor noch hinzu.

Jetzt konnte ich nicht anders. Ich lachte. Auch Brandon musste grinsen.

»Brandon, wenn er es jetzt weiß, wie sollen wir deinen Meister rufen? Wenn er herausfindet, dass es einen neuen Mitwisser gibt …«, fragte ich in einem entsetzten Tonfall. »Theodor muss ebenfalls mit nach Mordor.«

Brandon runzelte die Stirn. »Nach Mordor? Wir müssen doch auf die Orkneys …«

»Es gibt kein Mordor, du däml…« Theodor brach ab, als er Brandons warnenden Blick sah.

»Weshalb bist du dir so sicher, dass es so was wie Mordor nicht gibt? Immerhin gibt es auch Zeitreisende«, wandte ich schnell ein, ehe Brandon noch mehr verriet.

Brandon ging auf das Geplänkel nicht ein. »Lass ihn einfach denken, was er will. Wenn er glaubt, man könne uns nichts anhaben, ist mir das nur recht.«

Ich seufzte. Wie humorlos. Ein bisschen Aufmunterung hätte uns allen gutgetan. Colin wäre garantiert darauf eingegangen. Wir hätten uns die ganze Wanderung mit Späßen über Dämonen die Zeit vertrieben und versucht Theodor davon zu überzeugen, dass er richtiglag.

Die Dämonen-These war vorerst aber abgehakt.

Schade. Ich hätte Theodor gern noch ein wenig damit aufgezogen.

Stattdessen wandte er sich seinem neuen Lieblingsthema zu.

»Ich habe Hunger.«

»Ich auch«, antwortete ich wie immer, wenn er damit anfing.

Der Himmel war bedeckt und die Luft roch anders. Ich vermutete, dass wir uns wieder einmal dem Meer näherten. Es war auch recht finster heute Nacht. Wir konnten in der Ferne Lichter einer Ortschaft erkennen, doch Brandon entfernte sich von ihnen.

»Ist das Dundee?«

»Dundee haben wir noch im Zug hinter uns gelassen.« In Geografie schien Theodor sich wirklich nicht auszukennen.

»Außerdem werden wir weiterhin sämtliche Orte meiden«, erklärte Brandon. »Je weniger Menschen wir begegnen, desto besser.«

»*Was*?!« Theodor blieb stehen. »Aber ich dachte, dort können wir was zu essen kaufen oder mal in einen McDonald's gehen. Ich habe schon die ganze Zeit darüber nachgedacht, welchen Whopper ich essen werde.«

»Falsches Restaurant«, sagte ich automatisch und fügte sarkastisch hinzu: »Zumal es hier bestimmt nicht so gut schmeckt wie in Oxford.«

Doch der Gedanke an gegrilltes Fleisch ließ mich wieder an das Feuer denken. Weshalb hatte ich es nicht kontrollieren können? Andererseits: Ich hatte es endlich geschafft, zwei verschiedene Elemente herbeizurufen, ob gewollt oder nicht. Feuer und Wasser. Elizabeth und Colin.

»Wenn es nach mir ginge, bekämen wir jeden Morgen Eier mit gebratenem Speck und knusprigen Toast. Aber du willst ja nicht mal in einen Supermarkt gehen«, maulte Theodor. »Genau genommen willst du überhaupt nichts essen, weil uns das angeblich nur Zeit kostet. Wovon lebst du? Luft und Liebe? An Frauen mangelt es dir ja wahrhaftig nicht.«

»Bist du eifersüchtig, Adams?«, fauchte Brandon ungewohnt gereizt. »Du solltest öfter duschen, dann hättest du vielleicht auch mal eine Chance.«

»Wer sagt, dass ich keine Chancen habe? Meredith wird schon noch erkennen, dass ich eine bessere Partie als mein Bruder bin.«

»Wieso Meredith?« Brandon sah mich an, als würde er mir tatsächlich ein Techtelmechtel mit Theodor unterstellen.

»Nein, das wird Meredith nie erkennen«, sagte ich.

»Du mit deinem Gehirn und ich mit meinem Fachwissen, wir werden London erobern«, kam Theodor mal wieder mit seinen ehrgeizigen Plänen an.

»Die Gleichung wird nicht aufgehen. Wir sind absolut inkompatibel.«

»Ich gebe mir Mühe, oder nicht? Ich begleite euch bei was-immer-ihr-vorhabt und benutze jeden Tag sein Deo.« Theodor schien ehrlich gekränkt.

»Das merkt man nicht«, erklärte ich ihm.

»Du benutzt *was*?« Brandon war fassungslos.

»In deinem Rucksack findet man immer noch den ein oder anderen Keks aus dem Circlin' Stone«, erklärte Theodor, als sei das völlig normal.

Brandon wurde blass. Bestimmt dachte er an den Kodex.

Theodor zuckte nur die Schultern.

»Vermutlich bist du solche Hunger-Eskapaden und Gewaltmärsche gewohnt. Aber ich brauche meine täglichen Vitamine.

Als Deserteur weiß man natürlich, wie man mit kargen Mahlzeiten umgeht.«

»Deserteur?! Du hältst mich für einen Feigling?«

Ich hörte an Brandons Tonfall, dass ich an Theodors Stelle vorsichtig wäre. Er hatte den Bogen überspannt.

»Theodor meinte garantiert: Dämon«, wandte ich ein. »Dämonen trinken nur Blut und leben von der Boshaftigkeit und Intoleranz der Menschen. Keine Sorge, Theodor. Brandon wird satt und wird uns den richtigen Weg weisen. Dämonen können auch im Dunkeln sehen.«

»Meredith, was ist die Quadratwurzel aus fünftausendsechshundertzweiunddreißig?«

»Fünfundsiebzig Komma null fünf – aufgerundet«, antwortete ich prompt. »Wieso?«

»Weil ich mich frage, wie jemand, der so intelligent ist wie du, dermaßen beschränkt sein kann. Du bist wohl der beste Beweis, dass Genie und Wahnsinn eng beieinanderliegen.«

»Theo, halt die Klappe«, sagte Brandon und es klang, als hätte er die Zähne zusammengebissen.

»Du wirst mir doch nicht vorschreiben wollen, wann ich reden darf?« Theodor verschwendete keinen Gedanken daran, dass Klappehalten besser für ihn wäre.

Ich war mir nicht sicher, ob Brandon Theodors Worte verstanden hatte, denn er ging schneller. Seine schemenhaften Umrisse waren in der Dunkelheit kaum noch auszumachen.

Bewölkte Nächte fern von jeglichem elektrischen Licht waren extrem düster – und gefährlich. Mir war nie zuvor klar gewesen, wie wichtig der Mond sein konnte. Vor allem, wenn er fehlte, wie heute. Es gab weder Mond- noch Sternenlicht. Ich wunderte mich, wie Brandon so zielsicher die Richtung in dieser Finsternis beibehielt.

»Woher weißt du, dass wir in die richtige Richtung gehen?«, fragte ich ihn.

»Ich bin schon des Öfteren in solchen Nächten unterwegs gewesen. Ich kenne die richtigen Anhaltspunkte«, sagte er nur. Ehe ich fragen konnte, was das für Anhaltspunkte waren, machte es hinter uns laut: »Ah!«

Wir hörten etwas zu Boden plumpsen und dann rascheln.

»Was ist?«, fauchte Brandon und blieb stehen. Ich rannte in ihn.

Sofort umfasste er meine Arme, damit ich uns beide nicht umwarf. Sein Duft umfing mich. Er roch nicht mehr nach Irish Moos wie sonst, eher etwas herber. Und ich spürte seinen Atem in meinem Gesicht.

»Ich bin gefallen«, rief Theodor. Ich löste mich aus Brandons Händen und machte einen Schritt zur Seite. Ein Fehler, denn ich verlor ebenfalls den Halt und rutschte aus. Unsanft landete ich auf meinem Hinterteil in etwas Nassem.

»Hier ist ein Graben, verdammt noch mal«, maulte ich und rappelte mich auf.

Zum Glück hatte ich mir nicht wehgetan. Nur meine Hose war feucht und schmierig. Ich wischte über den Hosenboden und meine Finger waren voller Schleim.

»Igitt! Ich glaube, da ist alles voll Froschlaich.«

Ein Licht erschien urplötzlich und ich konnte durchsichtigen Glibber auf meinen Händen erkennen.

»Mach das Handy aus«, raunte Brandon. Theodor reagierte nicht, sondern betrachtete im Schein der Taschenlampen-App die Bescherung auf meiner Hose. Seine Schuhe waren ebenfalls voller Glibber.

»Wie soll ich in nassen Socken noch weiterlaufen?«, fragte er.

»Um Himmels willen, schalte das Handy aus!«, sagte Brandon und klang dieses Mal regelrecht wütend.

»Du kapierst einfach nicht, dass ich im Dunkeln nun mal keine Socken wechseln kann«, sagte Theodor stur und begann sich die Schuhe auszuziehen.

»Du hast nichts zum Wechseln«, widersprach ich. »Deine Klamotten liegen noch im Zug.«

»Er kapiert einfach nicht, dass er uns mit seinem Handy gefährdet«, zischte Brandon und wollte es ihm aus der Hand reißen. Doch Theodor hatte ungeahnte Reflexe, denn das Handy war augenblicklich in seiner Jacke verschwunden und tauchte uns alle wieder in die tintenschwarze Nacht.

Mit Ausnahme eines winzigen Lichtschimmers aus Theodors Anorak. Was die Umgebung jetzt beinahe noch schwärzer machte.

»Schalt. Es. Aus.« Brandon betonte jede Silbe.

»Gib mir trockene Socken und Schuhe. Dann schalte ich es aus.«

Ich wusste, Brandon war kurz davor, sich auf Theodor zu stürzen. Je nachdem, wie hart es zuginge, würde uns das um Stunden zurückwerfen. Und ich war mir sicher, es würde sehr hart zugehen, denn Brandon kochte.

Mit abgehackten Bewegungen streifte er den Rucksack ab, griff in die Seitentasche und zog ein Paar frische Socken heraus.

War Brandon nun gezwungen morgen Theodors Socken anzuziehen? Wie ekelhaft. Er hatte mein größtes Mitgefühl.

»Meine Schuhe sind dir zu klein«, knurrte er, als er sie Theodor entgegenwarf.

Das Leuchten in Theodors Innentasche erlosch, alles war wieder stockfinster und ich hörte, wie Brandon seinen Rucksack schulterte. Meine Augen hatten sich noch nicht an die erneute Dunkelheit gewöhnt, doch meine Ohren nahmen ganz genau wahr, wie sich Schritte entfernten. Ohne zu warten, ging Brandon voraus.

Ich fühlte mich unwohl. Jetzt roch ich nämlich auch, dass es vermutlich kein Laich in dem Graben gewesen war, sondern eine Art Gülle. Meine Hose müffelte extrem nach Dung. Außerdem war der nasse Stoff alles andere als angenehm.

Theodor rempelte mich an, als er vorbeiging. Es war keine Absicht, sondern einfach zu dunkel. Trotzdem stolperte ich wieder rückwärts in den Graben.

»Ach, Mist!«, rief ich wütend, als ich mich erneut aus dem stinkenden Glibber aufraffte. Keiner der beiden blieb stehen. Ich hörte Theodors keuchenden Atem und Brandons ausholende Schritte.

»Keine Sorge, ich bin okay«, rief ich den Kerlen wütend hinterher.

Keiner reagierte und ich korrigierte mich: Mistkerle.

Ich hätte Brandon einfach mal auf Theodor losgehen lassen sollen. Im besten Fall hätten sich beide so geprügelt, dass wir Rast hätten machen müssen.

Rast an einem Graben voller Gülle.

Seufzend schulterte ich meinen Rucksack und trottete den beiden hinterher. Das dumpfe Pochen fiel mir erst wieder auf, als es verstummte. Bis dahin hatte ich gedacht, es sei mein Herzschlag, der kräftiger war, weil ich sauer war. Doch als es wieder mucksmäuschenstill war, kapierte ich, dass es nichts mit meinen Organen zu tun hatte. Vor allem weil die Stille, die daraufhin folgte, wesentlich unheimlicher war als zuvor. Alles war still. Alles war ruhig. Nicht mal Autolärm in der Ferne war zu hören, kein Knacken, kein Rascheln. Es war, als würden alle Tiere aus Angst die Luft anhalten. Das dauerte ungefähr eine halbe Stunde an. Eine halbe Stunde, in denen nur die Schritte von Theodor und Brandon zu hören waren. Mir wurde ganz komisch zu Mute und ich beeilte mich aufzuschließen.

In den nächsten Stunden sprachen weder Brandon noch ich ein Wort. Nur Theodor jammerte und spekulierte weiter über Brandons Herkunft. Er merkte überhaupt nicht, wie sehr er uns auf den Senkel ging. Ich war kurz davor, ihm einen Stein an den Kopf zu werfen. Die Tatsache, dass ich seinen Hinterkopf mittlerweile deutlich erkennen konnte, deutete an, dass ein neuer Morgen anbrach. Und es rettete ihn nur eines: das Meer.

Der Anblick der aufgehenden Sonne über dem endlosen Wasser versöhnte mich ein wenig mit dieser furchtbaren Nacht.

Brandon fand einen Platz am Strand, der von ein paar Hügeln und einem Felsen gut geschützt lag. Hinter uns befand sich ein Elektrizitätswerk, weshalb nicht mit Touristen und Strandgängern zu rechnen war. Perfekt also.

Wir konnten demnach getrost ausruhen und würden am

nächsten Tag frisch aussehen, wenn wir die Fähre betraten. Ich ging ans Wasser und wusch meine stinkenden Klamotten aus, so gut es ging. Das Wasser war bitterkalt. Als ich mit den nackten Füßen ins Wasser ging, hatte ich die Befürchtung, es würde gleich zu zischen beginnen. Ich schrubbte, bis meine Haut nicht nur vor Kälte kribbelte. Nach einer intensiven Wäsche fühlte ich mich wesentlich besser.

Als ich mich später in den noch einigermaßen sauberen Wechselklamotten in meinen Schlafsack kuschelte, mit dem Meer vor Augen, fühlte ich mich so entspannt wie schon lange nicht mehr.

Die Wellen rauschten sacht. Gegen Morgen hatte sich die Wolkendecke verzogen und jetzt waren die verblassenden Sterne am Himmel ganz deutlich zu erkennen. Auch die Flugzeuge, die darunter hinwegflogen. Es war beinahe zu hell, um einzuschlafen.

Neben mir begann Brandon leise zu summen. Ein gutes Zeichen, dass auch er entspannte.

Meine Augenlider wurden immer schwerer, dabei wollte ich diesen Moment festhalten. So lange auskosten, wie es nur möglich war. Mein letzter Gedanke galt Colin, der dieselben Sterne sah wie ich.

Bald würde ich ihn wiedersehen.

8. Kapitel

Als ich aufwachte, hatte ich noch immer das Lied im Kopf, das Brandon gesummt hatte. Jetzt ging mir auf, um welchen Song es sich handelte. Ein uraltes Volkslied. *Greensleeves.*

Ich streckte mich. Und dann kratzte ich mich. Es juckte. Es juckte an den Beinen, am Rücken, am Bauch. Es juckte in meiner Unterhose.

Dieser verfluchte Sand! Außerdem kitzelte es in meiner Nase. Ich nieste.

»Endlich wach, Schneewittchen?« Brandon klang amüsiert.

»Du kannst es dir einfach nicht merken, nicht wahr? Du meinst Dornröschen«, murmelte ich und erhob mich steif. Meine linke Pobacke war eingeschlafen. »Schneewittchen war diejenige, die mit den Zwergen im Wald lebte.«

»So weit bin ich von Schneewittchen gar nicht entfernt«, sagte Brandon lächelnd. »Immerhin warst du mit zwei Männern im Wald unterwegs. Na, sagen wir eineinhalb. Der andere ist eine Memme.«

So ein Mist. Nicht nur die Pobacke, auch mein linker Arm. Er begann unangenehm zu prickeln, als würde man ein Nadelkissen hineindrücken.

»Damit wäre eine These widerlegt«, sagte ich und streckte die Finger meiner linken Hand.

»Welche?«, fragte Brandon. Ihm schien das nichts auszumachen. Er klang richtig fröhlich.

Ich sah auf. Kein Wunder. Er trug bis auf eine offene Jeans nichts und war offensichtlich schwimmen gewesen. Und der Bart war weg.

»Sex am Strand ist nicht romantisch. Es ist äußerst unbequem.«

»Das kannst du doch gar nicht beurteilen, *Dornröschen.* Du verschläfst ja alles.«

Ich zog eine Grimasse.

»Warte, ich helfe dir.« Er stand neben mir und begann mit kräftigen Strichen meinen Arm zu massieren. Eine Minute später hörte es auf.

Ich sah auf.

»Meine Pobacke ist auch eingeschlafen. Massierst du die auch, wenn ich es dir sage?«

Jetzt grinste er wieder. »Was immer du willst, Röschen.«

»Schon gut«, seufzte ich. »Wo ist Theodor?«

»Unsere Heulsuse besorgt was zu essen. Er hatte wohl keine Lust auf frischen Fisch.«

Entsetzt sah ich Brandon an. »Er ist losgegangen? Allein? Und du hast ihn gehen lassen?«

Brandon schnaubte. »Ich hab einen Zettel neben meiner Decke gefunden. Ich hätte ihn sonst garantiert daran gehindert. Aber er hat nun mal mehr Geld als ich. Ich hab nichts mehr.«

Mit meinen Finanzen sah es auch nicht rosig aus. Die Fähre würde teuer werden. Brandon begann zu pfeifen. Dieses Mal war es Ed Sheeran, *Lego House.* Weit entfernt von jeder Volksweise.

»Wie kannst du so ruhig bleiben? Hast du keine Bedenken, er könnte direkt hinter dem Hügel die Polizei anrufen?«, fragte ich und betrachtete mit Staunen sein breites Grinsen.

»Nein. Ich hab ihm nämlich nach dem Vorfall gestern die SIM-Karte aus dem Handy genommen, sobald er eingeschlafen war. Er will seinen Bruder wiedersehen. Er kommt zurück.«

Und dann hatte er hoffentlich Frühstück dabei.

Der Gedanke an Toast und vielleicht sogar Nutella munterten mich etwas auf. Theodor liebte Nutella. Daran würde er nicht vorbeigehen können. Ich musste erneut niesen.

Deswegen ging mir erst jetzt auf, dass Brandon noch immer dicht und halb nackt neben mir stand.

»Du bist echt seltsam«, sagte er.

Es klebte noch etwas Rasierschaum an seinem rechten Wangenknochen.

Ohne nachzudenken, strich ich ihn weg.

Seine Haut fühlte sich glatt und weich an. Gar nicht rau, wie ich es mir immer vorgestellt hatte. Aber bis auf meinen Vater hatte ich nie einen Mann im Gesicht berührt. Abgesehen vielleicht von Colin, bevor er die Visionen bekam, aber das war auch lange vor seinem Bartwuchs gewesen. Ich konnte mich nur an das Gefühl seiner Lippen erinnern.

Brandons Haut fühlte sich gut an. Auf einmal merkte ich, dass er schneller atmete. Ich auch. Mir war schlecht, denn ich hatte Hunger. Wir hatten seit Ewigkeiten nichts mehr gegessen und fast das ganze Wasser getrunken.

Mein Magen grollte regelrecht und machte die ganze Stimmung zunichte.

Erschrocken machte ich einen Schritt zurück und stolperte über meinen Schlafsack.

Brandon fing mich auf, ehe ich rücklings in den Sand fiel.

Jetzt berührte ich seine Brust. Sie war auch unbehaart und die Muskeln waren deutlich zu spüren. Er hatte zwar noch kein Aftershave aufgetragen, doch er roch auch ohne gut. Frisch gewaschen und eben nach Brandon.

»Kein Nutella«, tönte Theodors Stimme in diesem Moment hinter uns. Brandon und ich trennten uns schnell.

Theodor stellte eine Tüte mit Lebensmitteln neben dem Schlafsack ab.

»Was hast du besorgt?«, fragte ich und wollte die Tüte neugierig öffnen. Mein Magen war so hohl wie der Korpus einer Gitarre. Und er erklang beim Anblick der Tüten auch so laut. Wie gern hätte ich noch mal ein Ei gegessen. Oder Marmelade.

»Pfoten weg.« Theodor schlug mir auf die Finger.

»Hey! Ich hab auch Hunger«, fauchte ich und rieb mir die brennende Hand.

»Du hast mir auch nichts abgegeben letztens am Sandwichautomaten«, sagte Theodor. Ich konnte einen Blick auf ein frisches Käsesandwich mit Salat, Tomaten und Ei werfen, außerdem Kekse und Schokolade.

»Ich will auch so was essen«, sagte ich und deutete auf das Sandwich.

»Vergiss es.« Theodor biss herzhaft hinein.

»Du widerwärtiger …«, setzte ich an. Mir wurde schummerig vor Augen.

»Spar es dir, Meredith«, sagte Theodor mit vollem Mund.

Ei quoll zwischen seinen Lippen heraus. Ich wandte mich angewidert ab, doch als er mit beiden Händen das Sandwich zum Mund führte, krallte ich mir die Tüte. Sie war erstaunlich leicht für all die Packungen, die ich darin gesehen hatte.

Ich drehte sie um und leere Folien schwebten zu Boden. Sprachlos starrte ich auf den Müll zu meinen Füßen. Ein Sechserpack Donuts, zwei Schokoladenpapiere, eine Tüte Chips und sogar ein Obstnetz lagen da.

»Ich fasse es nicht.«

Ich wollte mich auf Theodor stürzen und ihm die Ohrfeige seines Lebens verpassen. Blöderweise stolperte ich über das Obstnetz (an dem ein Zettel »Granny Smith« hing) und schlug daher nur das Sandwich. Das flog in hohem Bogen in den Sand.

»Scheiße, Meredith, sieh nur, was du angerichtet hast!« Theodors Stimme klang richtig aufgebracht.

»*Ich* angerichtet …? *ICH?*«

Ich rappelte mich auf und stieß ihn vor die Brust. Er kippte hinterrücks in den Sand.

Brandon umfasste meine Mitte und hielt mich zurück.

»Hör auf, Meredith!«, rief er und ich wusste, er hatte Mühe, mich festzuhalten, denn ich wollte Theodor die Augen auskratzen. Mir war übel vor Hunger.

Mit einem zufriedenen Lächeln stand der auch seelenruhig auf, klopfte sich den Hosenboden ab und betrachtete das sandverschmierte Sandwich.

Ich wollte dieses dämliche Lächeln aus seinem Gesicht wischen. Ich wollte ihn wütend machen. Ich konnte seine sonore, träge Stimme nicht mehr ertragen.

Ich wollte ihn schreien hören. Am liebsten vor Schmerzen! Doch Brandon hielt mich davon ab.

»Hör auf damit. Das nützt uns nichts und bestenfalls …« Doch er brachte den Satz nicht zu Ende.

»Was ist das da?«, unterbrach ihn Theodor und deutete auf meine Füße.

»Müll!«, fauchte ich. »Dein verdammter Müll, von dem du uns nichts abgegeben hast.«

Ich wusste sofort, als Brandon mich losließ, dass er nicht das meinte. Es pochte in meinen Ohren. Nein! Es pochte weiter unten. Ich senkte den Blick.

Die leeren Folien und das Obstnetz schwebten um mich herum.

Natürlich war es windig, am Meer gab es immer Wind, doch sie schwebten um meine Knie herum, raschelten durch die Brise, wurden aber nicht fortgeweht. Es sah in etwa so aus wie bei diesen magnetischen Spielen, wo ein Zapfen unsichtbar über der Platte hing.

»Du musst dich beruhigen«, flüsterte mir Brandon ins Ohr. Er hatte mich zwar losgelassen, aber er stand noch immer ganz dicht hinter mir.

Ich atmete tief durch und schaute auf. Direkt in Theodors wachsames Gesicht.

»Was flüstert ihr da? Ist er doch ein Dämon? Das da ist nicht normal.«

Nein, das war nicht normal. Allerdings raffte Theodor immer noch nicht, dass es nichts mit Brandon zu tun hatte. Ich würde einen Teufel tun und es ihm auf die Nase binden. Das Pulsieren war noch immer da und es wurde etwas lauter. Doch nur Brandon schien es zu hören. Er stand reglos neben mir und lauschte. Theodor hörte es offenbar nicht. Er hatte nur Brandon im Visier.

»Ja«, zischte ich. »Er ist ein Dämon. Er hat dir einen Bandwurm verpasst und wird dich im Meer ersaufen, solltest du uns noch einmal so hintergehen. Und er merkt auch sofort, wenn du lügst.« Ich konzentrierte mich. Ich musste es noch einmal mit Manipulation versuchen. »Hast du dein Handy angeschaltet, als du allein unterwegs warst?«

»Ja, klar«, gab er, ohne zu zögern, zu. »Ich habe meine WhatsApp-Nachrichten gecheckt – keine Sorge, die GPS-Funktion ist aus –, doch ich musste wissen, was ich in Oxford bislang verpasst habe. Außerdem habe ich Dad eine Nachricht geschickt und ihm versichert, dass Colin bei uns ist und es uns gut geht. Sei froh, dass ich im Gegensatz zu dir lügen kann. Dad hätte sonst schon längst die Polizei informiert.«

Das klang verblüffend aufrichtig. Konnte ich Theodor doch manipulieren oder war die Wahrheit dieses Mal so naheliegend?

Ich sah Brandon an und er nickte kaum merklich. Also glaubte er Theodor ebenfalls.

Ich atmete zweimal tief ein und aus und beruhigte mich. Das Pochen ließ nach, wurde leiser und verstummte. Die leeren Tüten wurden in die Dünen geweht und blieben schließlich am Zaun des Elektrizitätswerkes hängen. Nur das schwebende Gefühl in meinem Kopf hielt weiter an. Inzwischen war ich beinahe so weit ein Eichhörnchen zu vertilgen.

»Du musst das mitnehmen und ordentlich entsorgen«, wies ich Theodor auf die leeren Tüten hin.

»Wenn es dich stört, pack du es ein«, sagte er nur achselzuckend.

Meine wiedergekehrte Ruhe verschwand augenblicklich. Theodor machte Anstalten, sein Sandwich vom Sand zu befreien.

»Du bist doch wirklich das Allerletzte«, zischte ich.

Er zuckte unbeteiligt die Schultern und stapfte weiter.

Ich musste noch einmal niesen.

Hätte ich mir mal besser die Nase zugehalten.

Denn mein Niesen war kein einfaches Hatschi. Mein Niesen hatte einen kleinen Orkan ausgelöst. Ähnlich wie bei der Superwelle im Kennet-Weiher damals wirbelte ich den gesamten Sand vor mir auf. Eine Windbö, die jeden Baum zum Entwurzeln gebracht hätte, hob Theodor kurzzeitig in die Luft und warf ihn zu Boden. Am Zaun klebte mein Rucksack. Brandon hatte glücklicherweise hinter mir gestanden.

Als ich mich zu ihm umdrehte, machte ich mich auf ein entsetztes und vor allem vorwurfsvolles Gesicht gefasst, weil ich meine Superkräfte nicht steuern konnte.

Das breite Grinsen war allerdings eine Überraschung.

»Luft ist auf alle Fälle dein Element. Ich glaube, du brauchst ein Taschentuch«, sagte er und griff in seine Hosentasche.

Erschrocken fasste ich mir an die Nase. Da hing doch hoffentlich nicht … nein. Alles trocken.

»Nur für alle Fälle«, erklärte er und lachte dann lauthals.

Theodor für seinen Teil betrachtete düster sein Sandwich, das nun absolut nicht mehr zu retten war.

Mit knurrendem Magen machten wir uns auf den Weg zum Hafen. In Theodors Haaren klebte noch Ei, als wir die Fähre betraten.

»Willmær, ich habe Angst.«

»Wovor, Meiriona? Vertrau auf Gott. Er wird mich beschützen.«

Er lächelte die Frau, die neben ihm auf der Bank saß, nachsichtig an. Ihr Aussehen bereitete ihm ein wenig Sorgen. Ihre Haut war so blass und die Augen, so grün wie ein Blatt im Frühling, schimmerten heute allerdings ein wenig fiebrig. Er wusste, dass sie mit diesen Augen und den glänzenden schwarzen Haaren bei allen Männern sehr begehrt war.

»Ich habe doch nicht um dich Angst, du eingebildeter Kerl«, widersprach sie trocken. »Du weißt, ich glaube nicht an deinen Zimmermannssohn.«

Er seufzte. Nein, sie glaubte weiterhin an die alten Götzen, die noch immer große Macht in Britannien hatten. Oder eher gesagt, ihre Priester hatten die Macht.

»Die Druiden mögen dich zwar hassen, weil du es gewagt hast, dieses Haus auf ihre heilige Stätte zu bauen. Nein, ich habe Angst vor meinen Träumen. Manchmal träume ich am helllichten Tag. Und es ist immer dasselbe.«

Er horchte auf und unterbrach das Binden von Johanniskraut- und Kamillensträußen.

»Schwester, du musst diese Träume unterdrücken«, sagte er eindringlich, wohl wissend, dass es nicht einfach war und er selbst es auch nicht immer vermochte. Doch das würde er ihr verschweigen.

Sie schüttelte den Kopf. »Das wäre gefährlich«, sagte sie leise. »Nein, es ist *gefährlich, es zu ignorieren.«*

Besorgt sah er ihre Augen sich verdunkeln.

»Meiriona, das muss aufhören. Das ist gegen den Willen Gottes, gegen die Natur des Menschen.«

»Willmær, du hast doch auf deinen Reisen diese Schrift gelernt«, überging sie seine Worte.

Er nickte.

»Schreib sie auf, meine Träume. Du musst sie für die Nachwelt aufzeichnen«, sagte sie.

Er schüttelte den Kopf. »Das ist zu kostspielig. Dafür braucht man teures Pergament und ich muss erst Tinte herstellen und mir ein Schilfrohr zurechtschleifen. Aber allem voran: Ich kann mir kein Pergament leisten.«

»Ich werde es besorgen. Stell du die Tinte her und besorg dir ein Schilfrohr zum Schreiben. Aber wir müssen diese Träume aufschreiben.«

Er zögerte noch immer.

»Bitte!«, sie ergriff seine Hand. Doch sobald ihre Finger seine Haut berührten, erstarrte sie. Er sah verschiedene Gefühle über ihr Gesicht huschen. Freude, Trauer und Entsetzen. Das Entsetzen gewann endlich die Oberhand und sie ließ seine Hand fallen, als hätte sie sich in ein glühendes Eisen verwandelt.

Er sah sie die Hände über ihrem Mund zusammenschlagen.

»Meiriona«, rief er erschrocken und wollte sie umarmen, sie behutsam an sich drücken, wie das kleine Mädchen, das sich in ihrer beider Kindheit immer so vertrauensvoll an ihn geschmiegt hatte, wenn er das tat. Doch dieses Mal wich sie zurück.

»Nicht. Bitte nicht.« Er sah ihre Lippen beben und sie am ganzen Körper zittern, als sie von ihm wich.

»Ich besorge das Pergament. Wir müssen es aufschreiben.«

Dann verließ sie seine Lichtung und er fühlte sich zum ersten Mal, seit er es gewagt hatte, das Haus hier auf diesem druidischen Boden zu errichten, unsicher und einsam.

9. Kapitel

Wir hatten die erste Fähre nach Kirkwall, der Hauptstadt der Orkneyinseln, erwischt. Die Überfahrt hatte sechs Stunden gedauert. Sechs Stunden, von denen wir uns eine Stunde lang im Bordrestaurant aufhielten und eine warme Mahlzeit gönnten. Die restlichen fünf Stunden verbrachte Theodor damit, abwechselnd Brandon und mich misstrauisch anzustarren. Er schien sich nicht ganz sicher zu sein, ob wirklich ich den Orkan am Strand ausgelöst hatte oder Brandon mit der Kraft seiner Gedanken.

Während Theodors lästiger Fragerei, auf die niemand einging, übte ich die Manipulation. Ich wollte ihn über Bord springen lassen. Wir hatten Ende Juli, es war unnatürlich heiß und es waren genügend Menschen vor Ort, die ihn retten konnten. Nein, das war kein Mordversuch. Das war Selbstschutz. Das viele Salzwasser wäre nämlich gegen Theodors beißenden Schweiß sehr wirksam.

Leider funktionierten meine Manipulationsversuche nur bedingt. Theodor reagierte nicht. Dafür kletterte Brandon plötzlich auf die Brüstung.

Ich holte ihn schnell herunter, ehe einer der anderen Passagiere etwas bemerkte – oder ebenfalls vom Drang zu springen übermannt wurde.

Danach gab ich es auf. Zumindest wusste ich jetzt, dass es funktionierte. Nur leider wie all meine Kräfte: unkontrolliert.

Wir hatten Kirkwall ohne weitere Zwischenfälle erreicht und im Schutz der vielen Touristen, die im Sommer hierherkamen, die Stadt in Richtung Stromness verlassen. Brandon hatte eine Inselkarte erstanden, um den Standort des Odin Stone zu lokalisieren. Darin waren zwei bekannte Steinkreise und die bronzezeitliche Siedlung Skara Brae aufgeführt, leider kein Odin Stone.

Brandon schlug einen Weg fernab der Hauptstraße nach Stromness ein. Wir wanderten mal wieder über Feldwege, die teilweise von Trockensteinmauern gesäumt waren.

Allerdings war es eine angenehme Abwechslung, bei Tag zu wandern. Man konnte den Unebenheiten ausweichen und von überall sah man das Meer.

Zum Glück fielen wir zwischen all den Rucksacktouristen nicht auf.

Die meisten sprachen deutsch, italienisch oder hatten einen amerikanischen Akzent. Wenn die allerdings ebenfalls zu den Steinkreisen pilgerten, hatten wir ein Problem. Wie sollten wir ein aufwendiges Ritual abhalten, wenn dort ständig kamerabewaffnete Touris herumschwirrten? Ich wollte keinesfalls in einem YouTube-Video auftauchen, in dem ich so wahnsinnig rüberkam wie Alex Parkins und seine Neo-Druiden.

Doch irgendwann bog Brandon ab. Wir verließen die anderen Pilger und waren wieder nur zu dritt.

Wir hatten zwei Fußstunden hinter Kirkwall eine kleine versteckte Schlucht gefunden, in der wir Rast machen und die Nacht verbringen konnten. Brandons Orientierung war wirklich bewundernswert. Satt und froh eine weitere Hürde in Form der Überfahrt gemeistert zu haben, schlief ich relativ schnell ein.

Ein Klicken und Rascheln weckte mich. Die Sonne war gerade im Begriff aufzugehen. Es dauerte einen Moment, bis ich einigermaßen klar denken und mich erinnern konnte.

Vermutlich lag es an den wenigen Kilometern Wanderweg, denn mich hätte das Klicken nicht geweckt, wenn wir wieder so einen Gewaltmarsch absolviert hätten wie in den Nächten zuvor. Das Klicken hörte sich an wie das von einer Kamera.

Schlagartig war ich hellwach, bewegte mich allerdings ganz vorsichtig, um abzuschätzen, wer dort Fotos machte und warum.

Der Anblick überraschte mich. Es war weder ein Polizist noch ein Tourist oder gar ein neolithischer Anhänger, der uns gefolgt war. Es war Theodor. Er beugte sich über Brandons Rucksack und hatte die Mappe mit dem Kodex in der einen Hand. In der anderen hielt er sein Smartphone und blätterte hektisch die Pergamentseiten, um weiterzufotografieren. Brandon war nirgends zu sehen. Also musste ich handeln.

»Was tust du da?«, fragte ich und krabbelte aus dem Schlafsack. Blöderweise verhedderte ich mich und es dauerte fünf Sekunden länger. Fünf Sekunden, in denen er sein Handy an einem sicheren Ort verstaut hatte: seiner vorderen Hosentasche. Die Pergamente hielt er allerdings weiterhin in seiner Hand, als hätte er alles Recht der Welt dazu.

»Interessant, was der so alles als Notfallgepäck bezeichnet«, sagte er, griff erneut in den Rucksack und zog das Tuch heraus, in das der antike Bergkristall gewickelt war.

»Das geht dich nichts an. Das ist Privateigentum«, fauchte ich und wollte ihm die Pergamente aus der Hand nehmen. Er zog sie fort. Man konnte schlecht an ihnen zerren, die alte Lederhaut würde sofort brechen oder reißen.

»Privateigentum von wem? Garantiert nicht von einem Gigolo aus vergangenen Zeiten. Denn so alt wie diese Papiere ist er niemals«, höhnte Theodor.

»Er ist dreiundzwanzig. Glaube ich jedenfalls«, entgegnete ich und nahm wenigstens den Bergkristall an mich.

»Was wollt ihr damit? Kannst du das etwa lesen? Ist das Griechisch oder Aramäisch? Ich habe mir sagen lassen, dass Mathematiker und Physiker oft keine Probleme mit diesen Sprachen haben.«

»Theodor, du schnallst überhaupt nichts. So alt sind diese Seiten nun auch wieder nicht.« Der Kodex war in Angelsächsisch verfasst. Jeder, der einigermaßen im Geschichtsunterricht aufgepasst hatte, wusste, dass die griechischen Naturwissenschaftler ihre Blütezeit sechshundert Jahre vor Christus hatten.

»Das spielt keine Rolle. Sie sind alt und wertvoll und weder er noch du kann sich so was leisten.« Theodor betrachtete sie wieder eingehend.

»Wieso hast du sie fotografiert? Was interessieren sie dich?«, fragte ich alarmiert.

»So ein Dokument kostet ungefähr fünfhundert Pfund. Wenn ich euch künftig mitversorgen soll, muss ich abschätzen, wie viel ihr mir zurückzahlen könnt.«

»Beweis erst mal, dass du uns was abgibst und nicht alles alleine futterst«, schlug ich ihm vor.

»Wenn sie bemalt wären, hätten sie einen noch viel größeren Wert. Vielleicht den einer Pizza für euch beide. Aber so …«, überlegte er.

Das glaubte aber auch nur er. Für uns waren sie unbezahlbar. Für uns, für Cromwell und für den Rest der Welt.

»Was tut ihr da?« Brandon trat aus dem Dickicht. Ich atmete erleichtert auf. Er würde Theodor in wenigen Sekunden überwältigen können und die Dokumente in Sicherheit bringen.

»Er hat in deinem Rucksack geschnüffelt, als ich aufgewacht bin«, petzte ich. »Und er hat Fotos von den Dokumenten gemacht.«

»Und ich werde sie verbrennen, wenn ihr mir nicht endlich sagt, was das alles soll«, sagte Theodor und zog zu meinem Entsetzen ein Feuerzug aus dem Rucksack, der offen vor ihm lag.

»Mir ist mittlerweile klar, dass Meredith mit keinem durchbrennen will. Weder mit dir noch mit meinem Bruder. Und der ist auch nicht mit Elizabeth durchgebrannt. Ihr seid auf irgendeiner Mission.« Theodor begann mit dem Feuerzeug zu spielen. »Chris weiß nichts davon. Auch die Pfarrerstochter und die Inderin haben keine Ahnung.« Theodor konnte sich noch immer nicht Rebeccas und Shaktis Namen merken.

»Woher weißt du das?«, fragte ich hellhörig. Mir war übel.

»Die wären hier dabei, wenn sie was mit dem Ganzen zu tun hätten. Ich bin doch nicht von gestern – im Gegensatz zu unserem Möchtegern-Barkeeper.«

Ich wusste, Theodor würde keine Ruhe geben und womöglich noch die Touristen am Steinkreis auf uns aufmerksam machen, wenn er jetzt nicht wenigstens ein paar Informationen bekam.

Wenigstens irgendetwas ganz Harmloses, Offensichtliches. »Wir sind auf der Suche nach bestimmten Ritualplätzen, um Brandon und Elizabeth in ihre Zeit zurückzuschicken«, sagte ich und umging damit den ganzen Platoniden-Gaianidin-Kram. Ich ignorierte Brandons mahnenden Blick.

»In Schottland? Auf diesen Inseln?«, fragte Theodor ungläubig.

»So steht es in diesen Dokumenten«, sagte ich und deutete auf die Mappe in seiner Hand. »Und wir brauchen sie, um die korrekten Standorte zu finden und zu wissen, wie man das Ritual vollzieht.«

»Wieso können die beiden das nicht allein?«, wollte Theodor wissen. Eine durchaus berechtigte Frage. Doch er beantwortete sich die Frage selbst: »Sie brauchen Menschen mit besonderen Fähigkeiten. Deswegen kommt Colin ins Spiel. Und weil er nichts ohne dich unternimmt, bist du ebenfalls dabei.« Er nickte zufrieden mit dieser Antwort. »Dann verstehe ich es.« Er packte die Dokumente wieder sorgfältig zurück in die Mappe. Allerdings verstaute er sie nicht mehr in Brandons Rucksack, sondern legte sie neben sich.

Brandon bückte sich nach der Mappe. Doch Theodor war schneller und schnappte sie sich erneut.

»Ich behalte den Kram. Ich traue euch nicht.«

Das aus dem Mund von Theodor Adams zu hören war mehr als ironisch. Er fasste unter sein Hemd und zog eine zerknautschte Packung Shortbread hervor, riss die Folie auf und …

Schwupp!

Der Keks verschwand innerhalb eines Lidschlags und die Pergamente wehten zu uns herüber. Brandon fing sie geschickt auf. Ich holte erleichtert Luft. Wenigstens er konnte seine Kräfte bei Bedarf einsetzen. Theodor hatte bereits zugebissen und seine Zähne klackten laut. »Verdammt noch mal! Wo ist der …?« Sein Blick fiel auf den Krümelhaufen vor sich im Sand und damit auf den leeren Platz, wo vorhin noch der Kodex gelegen hatte. »He! Die Unterlagen …«

»Gehören immer noch mir«, sagte Brandon fest und verstaute sie sicher in seinem Rucksack, den er sofort schulterte. Damit war klar, dass es keine weiteren Diskussionen geben würde.

Theodor betrachtete missmutig den Keks in seiner Hand und warf ihn schließlich weg.

»Ihr seid es schuld, wenn ich gleich unleidlich werde«, murrte er.

»Vorsicht, Theodor, du verlierst deine Contenance«, sagte ich und konnte ein Grinsen nicht unterdrücken.

»Und du hast keine Hose an«, gab er postwendend zurück.

Erschrocken blickte ich an mir herab. O Gott. Er hatte Recht! Ich hatte meine Jeans gestern Abend im Schlafsack ausgezogen, damit es nicht zu warm wurde. Das hatte ich vor lauter Empörung vorhin glatt vergessen.

Wozu Theodor einen bringen konnte …

Wie peinlich. Nicht nur peinlich, sondern megapeinlich. Ich wollte, es wäre wieder Nacht, aber dafür war es noch zu früh. Viel zu früh.

Doch hier – fernab der Touristenströme – war es einfacher, sich aufzuhalten, ohne doch noch von jemandem entdeckt zu werden. Cromwells Leute machten bestimmt nicht vor den Inseln Halt. Brandon versuchte mich aufzumuntern.

»Ich hab dich schon in deiner Unterwäsche gesehen. Die ist ganz niedlich und du hast keinen Grund, dich zu verstecken.«

Das war die falsche Art der Aufmunterung. Definitiv.

Ich barg mein Gesicht in den Händen. Rebecca und Shakti würden grölen, wenn sie davon erfuhren.

»Ich such mir ein abgeschiedenes Plätzchen«, sagte Theodor, schnappte sich ein Paket Papiertaschentücher und verschwand hinter ein paar Hügeln. Den waren wir vorerst los. Brandon wandte sich mir wieder zu.

»Meredith, du hast überhaupt kein Selbstvertrauen. Wenn du die auffällige Brille absetzt, bist du richtig hübsch.« Er lächelte. »Außerdem bist du sehr lernfähig. Bedenke doch nur, was du in den letzten Tagen alles geschafft hast.« Dann begann er aufzuzählen. »Du hast Steine bewegt, Feuer entfacht und einen Schwall Wasser herbeibeschworen. Du hast einen Orkan verursacht und den Kodex gerettet, der sonst vermutlich statt der Taschentücher Theodor als …«

»Okay, okay, das reicht«, unterbrach ich ihn und versuchte das Kopfkino auszuschalten. Brandon grinste, fuhr aber unvermindert fort:

»Was ich sagen wollte: Das ist ein Riesenfortschritt und ich setze große Hoffnung in dich, wieder in meine Zeit zurückzukommen. Wenn man bedenkt, was *der da*«, er deutete zu den Hügeln, hinter denen Theodor verschwunden war, »bislang erreicht hat … Er hat uns in Lebensgefahr gebracht, uns hungern lassen und die Luft verpestet.«

Ich kicherte. Doch etwas anderes hatte meine Aufmerksamkeit gefangen. Brandons Bemerkung, die er so nebenbei hatte fallenlassen.

»Möchtest du denn gerne wieder zurück?«, fragte ich und jetzt traute ich mich ihm wieder in die Augen zu schauen. »Ich meine in deine Zeit. Immerhin gab es keine medizinische Versorgung, dafür Hungersnöte und manchmal auch noch die Pest. Und das Fernsehprogramm war dürftig.«

Brandons Lächeln wurde etwas melancholisch. Sein Blick glitt über die sanften, wenn auch kargen Hügel vor uns.

»Mag sein«, sagte er gedehnt. »Andererseits war es sehr aufregend. Aufregender als heute, wo man sich Gedanken um den Schaum auf dem Cappuccino macht oder ob man Jeans mit weißen Slippern kombinieren kann. Solche Fragen stellten sich einem im sechzehnten Jahrhundert nie. Man macht sich Gedanken darum, wie man einen Kampf am besten ausführt oder um den nächsten Schlag seines Gegners oder wie man sein Pferd und seinen Falken gut versorgt.«

Ich hielt den Atem an. So viel hatte er noch nie von seiner Zeit erzählt.

»Man macht sich Gedanken um seine Mitmenschen, ob sie gut versorgt sind, wie man ihnen helfen, sie unterstützen kann. Gedanken um die Ernte und den nächsten Winter und wie man den Pächtern hilft, wenn er zu hart wird. Das sind Gedanken, die einen *wirklich* ausfüllen. Und nicht, ob der Keks beim Kaffee liegt oder ob Prinz Harry eine Freundin hat. Selbstverständlich sind wir auch hungrig nach Neuigkeiten vom königlichen Hof. Aber dann geht es darum, von neuen Liedern oder Theaterstücken zu hören oder zu erfahren ob die Königin wieder jemanden in Ungnade gestoßen hat. Blöderweise steht meine Familie bei Hofe in keinem guten Licht. Du weißt, dass meine Cousine Jane Grey war?«

Ich nickte. Die Neun-Tage-Königin, die Königin Mary Tudor hatte köpfen lassen, obwohl das Mädchen von ihren ehrgeizigen Verwandten die Krone aufs Haupt gesetzt bekommen hatte.

Brandons Lächeln war dieses Mal ein wenig schmerzlich. »Ich bin der jüngere Sohn. Ich erbe so gut wie nichts, weshalb man mir eine ausgezeichnete Ausbildung zukommen ließ. Aber genau das macht es wieder aufregend. Ich kann wesentlich besser kämpfen, rechnen, schreiben und sogar besser singen als mein Bruder. Ich werde mir alles erarbeiten. Und ich weiß, dass ich es kann.«

»Das könntest du hier auch«, wandte ich ein.

Er sah wieder in die Ferne und fuhr fort: »Nein, hier ist mir zu viel Zeitdruck. Hier zählen Minuten, nicht Tage. Mir fehlt der Schwertkampf. Darauf freue ich mich schon sehr. Ich freue mich auf das Wiedersehen mit meiner Schwester, die ich vermisse. Aber ich glaube, am meisten freue ich mich auf den süßen Topfkuchen, den unsere Köchin immer gebacken hat. Ich hab's versucht, ich bekomme ihn einfach nicht so hin.«

»Was wirst du am meisten vermissen?«, fragte ich leise.

Er zuckte die Schultern. »Auf keinen Fall das Fernsehprogramm. Aber manche Musik. Fritten mit Ketchup. Der Geruch nach frischem Kaffee. Vermutlich bei der nächsten Hungersnot auch das Circlin' Stone mit seiner sicheren Einkommensquelle. Obwohl mir die Arbeit dort meistens zu eintönig ist.«

»Keine Sorge«, sagte ich trocken. »Du wirst so oder so nie mehr hinter dem Tresen stehen. Entweder kehrst du in deine Zeit zurück oder …«

Ich musste den Satz nicht beenden. Wie zum Beweis begannen neben mir ein Taschentuch und ein Stück Folie zu schweben. Ich dachte an einen Kreis und sofort tanzten sie rund. Einfach so. Jetzt war ich mir nicht mehr so sicher, ob Brandon vorhin Theodors Keks zum Verschwinden gebracht hatte oder ob ich es gewesen war. Brandon sah mir zu und sagte dann:

»Stimmt. Das hatte ich für einen winzigen Moment lang vergessen.« Er sortierte die Pergamente in seinen Händen und räusperte sich geschäftlich. »Lass uns noch einmal alles durchgehen.«

Verflixt. Mit meiner unbedachten Äußerung hatte ich diesen besonderen Augenblick zerstört. Allerdings rief es mir in Erinnerung, wie wenig Zeit uns noch blieb. Wie viele Tage waren wir schon unterwegs? Welches Datum hatten wir heute? Wie viel Zeit blieb uns noch? Brandon schien das ebenfalls in den Sinn zu kommen, denn er konzentrierte sich auf die Schrift vor uns. Er wiederholte einen Abschnitt, den wir bereits kannten:

»In der Mitte des Ritualplatzes befindet sich die wirksamste Stelle, der machtvollste Platz, um die Zeremonie auszuüben.« Er deutete mit dem Kristall auf eine Passage darunter: »Und hier steht das über die Lücke im Stein, du weißt schon. Das kann nur der Odin Stone sein.«

Odin Stone!

Allein der Name klang schon gewaltig und mächtig.

Odin, der nordische Obergott, der in Walhalla aus den Schädeln seiner Feinde trank. Je nachdem, was das Ritual bewirkte, hoffte ich, ich müsse nicht das Blut eines jeden aus einem echten Schädel trinken. Mit so einer Voraussetzung wäre der Weltuntergang garantiert.

Brandon seufzte und es klang erleichtert. »Damit hätten wir den Standort schon mal geklärt.« Mein Blick ruhte auf Brandons Finger mit dem Ring und mir kam eine Idee. »Darf ich den Ring mal haben?«, fragte ich aufgeregt.

»Ja, klar. Du musst ihn sowieso während des Rituals tragen.« Er streifte ihn ab und nahm meine Hand fest in die seine. Sanft zog er mit seinem Daumen kleine Kreise auf meinem Handrücken und steckte mir schließlich den Ring auf meinen Zeigefinger.

Doch er ließ meine Hand nicht los.

»Meredith, würdest du mich nicht gern küssen?«, fragte er leise und rückte ein wenig näher.

Ich wusste genau, was ihn dazu veranlasste, und rückte etwas ab.

»Nein«, sagte ich fest und entzog ihm meine Hand. Ich sah ihm ins Gesicht und bemerkte seine Enttäuschung und den Frust.

»Ich werde niemanden mehr küssen, ehe ich richtig geduscht und mir ausgiebig die Zähne geputzt habe«, erklärte ich ihm schnell.

Sein Blick flackerte und dann schlich sich ein Grinsen auf sein Gesicht. »Wir sind wohl alle nicht mehr ganz taufrisch im Moment«, gab er zu.

Dabei roch er gar nicht so schlecht. Aber das war jetzt zweitrangig.

Ich beugte mich mit dem Ring am Finger und dem Kristall in der Hand über die Dokumente.

»Ha!«, rief ich. »Jetzt kann ich es auch lesen! Da steht genau das, was du gesagt hast.« Ich streifte den Ring ab. »Und jetzt lese ich: *Nur der Gaianidin ist es vorbehalten, Gewitter heraufzubeschwören. Die Gaianidin beherrscht alle Elemente, die man für das Ritual der Umkehr benötigt.* Brandon, wir brauchen nicht alle Platoniden, um den Text zu entschlüsseln. Der Ring allein reicht!«

Schwarz auf weiß stand es da: Ich musste ein Gewitter herbeirufen. Und dabei beherrschte ich noch nicht mal eines der Elemente richtig. Mit Colin hatte ich monate-, ja sogar jahrelang geübt, damit er nicht Kugelschreiber durch die Luft schweben ließ oder … Moment mal … Blätter und Schraubenzieher? Das konnte nicht sein. Colin konnte nur Dinge bewegen, die Flüssigkeit, also Wasser, enthielten. Das war ihm auch nach kurzem Üben schon sehr leichtgefallen, fiel mir jetzt ein. Er hatte sich viel schwerer getan das Werkzeug bei Chris nicht schweben zu lassen. Und dann kapierte ich.

Ich hatte es schweben lassen. Nicht Colin. *Ich* war aufgeregt gewesen. Ich hatte es unbewusst getan. Colin konnte keine Schraubenzieher oder Hammer bewegen, höchstens mit den Händen, wie jeder andere Mensch auch. Die Phiolen im Chemielabor waren zerbrochen, nachdem ich ihm erklärt hatte, ich wäre nicht in ihn verliebt. Es waren die gefüllten Phiolen zerbrochen, die mit Flüssigkeit drin. In dem Moment war Colin sehr emotional gewesen.

Ich musste Colin davon erzählen. Er hatte keine Ahnung, was seit unserem Aufbruch alles geschehen war. Er wusste ja nicht einmal, dass sein Bruder sich uns angeschlossen hatte. Wir mussten ihn unbedingt auf den neuesten Stand bringen. Außerdem war es an der Zeit, einen Treffpunkt zu vereinbaren. Hier im Nirgendwo auf der Hauptinsel der Orkneys würden er und Elizabeth uns nie finden.

»Ich muss Colin anrufen«, sagte ich laut.

»Nein!«

»Brandon, er muss wissen, was wir schon alles herausgefunden haben.«

»Das kannst du ihm sagen, wenn er hier ist.«

Es war zum Haareraufen. Doch das unterließ ich besser. Dank dem momentanen Fettgehalt in ihnen blieben die immer in der Richtung stehen, in die meine Finger sie gebracht hatten.

»Wie soll er uns denn hier finden? Außerdem wüsste ich gern, wie weit er und Elizabeth schon gekommen sind oder ob sie noch in Frankreich festhängen.«

Er knickte ein. »Okay, aber nur den Standort durchgeben. Am besten verschlüsselt, für den Fall, dass unsere Leitung abgehört werden sollte.«

»Wir sind nicht James Bond.« Ich rollte die Augen, war insgeheim aber erleichtert.

»Nein, aber Cromwell hat Kontakte zum MI5.«

»Ja, und wenn er den Kodex so lesen konnte wie ich ohne Ring, weiß er, wo der erste Meridian ist, und das ganze Versteckspiel hat dann sowieso ein Ende.«

Brandon sah mich frustriert an. »Verdammt, warum musst du immer so einen kühlen Kopf bewahren?«

»Ich bin die Gaianidin«, sagte ich achselzuckend.

Er lachte kurz und wurde dann wieder ernst. »Was glaubst du, könnte Cromwell die schwindende Schwerkraft zurückholen, wenn er einen von uns Platoniden einfach tötet?«

Ich schluckte und warf wieder einen Blick auf die vergilbten Pergamentblätter in meinem Schoß.

»Ich glaube nicht. Dafür ist es schon zu weit vorangeschritten mit dem stockenden Magnetismus. Hier, sieh mal.«

Ich deutete mit dem beringten Finger auf eine Textpassage.

Kommen alle Elemente zusammen, muss das Ritual der Umkehrung vollzogen werden. Der Magnetismus der Erde ist irreparabel beschädigt und nur diese eine Person, die alle Elemente in sich vereint, kann es wieder in Stand setzen.

»Der zweite Meridian befindet sich im Wald von Arden, nahe der alten Salzhandelsroute. Himmel und Erde vereinen an diesem Platz ihre Kräfte«, las Brandon leise vor.

»Äh …«, machte ich, doch es bestätigte meine These, als wir den Ring wieder tauschten und er mit großen Augen erneut die Stelle las. Der Ring war ein wichtiger Schlüssel zur Entzifferung der Dokumente.

Das wertete ich als großen Vorteil, denn Cromwell war nie im Besitz des Ringes gewesen.

»An eurer Stelle würde ich die Hecke da in dieser Senke in der nächsten Zeit meiden.« Theodor kam zurück, warf die übrigen Papiertücher auf die Decke und kratzte sich am Hintern.

Beim nächsten Einkauf würde ich auf Feuchttüchern und Desinfektionsmittel bestehen.

Eine Ecke von Theodors Handy lugte aus seiner Hosentasche. Irgendetwas stimmte nicht … Doch das Handy erinnerte mich wieder an Brandons Zugeständnis. Sofort griff ich nach meinem Gerät und schaltete es ein. Hoffentlich hatte es noch Saft. Das Aufleuchten des Logos ließ mich erleichtert aufseufzen. Es funktionierte, hurra!

»Meredith darf telefonieren?« Theodor warf mir einen missbilligenden Blick zu. Klang da tatsächlich so was wie Sehnsucht in seiner Stimme?

»Wie ungewöhnlich. Sonst achtest du doch darauf, dass niemand von uns der Elektronik auch nur zu nahe kommt«, wandte er sich an Brandon.

»Hast du nicht noch irgendwo einen Keks, den du heimlich essen gehen könntest?«, fragte ich und tippte hastig Colins Nummer.

Irgendetwas störte mich. Es hatte mit Theodor zu tun. Das lag dieses Mal nicht an dem Geruch oder seiner sonoren Stimme, sondern …

Ich wurde abgelenkt, denn mein Gerät klingelte und kündigte ungefähr hundert verpasste Anrufe und SMS an.

Es hörte überhaupt nicht mehr auf zu klingeln. »Grundgütiger«, murmelte Brandon genervt.

Donnerwetter, ich hätte nicht gedacht, dass ich allen so fehlen würde.

»Geh endlich ran!«, riet mir Theodor.

Ich runzelte die Stirn. Tatsächlich. Da rief jemand an. Es war Mum!

10. Kapitel

Ich wusste genau, was jetzt kommen würde. Wenn sie anrief, sobald ich das Handy auch nur einschaltete, konnte ich mir in etwa ausmalen, wie lange sie schon an ihrem Telefon hing, um mich zu erreichen. Mein schlechtes Gewissen schrillte wie eine Sirene bei einem Luftangriff.

Ich konnte sie nicht einfach wegdrücken. Sie würde mir den Kopf abreißen. Also ging ich ran.

»Hallo, M…«, weiter kam ich nicht.

»Meredith! Wo um alles in der Welt bist du?« Mums Stimme klang ganz aufgelöst. So kannte ich sie gar nicht.

»Das kann ich dir nicht sagen. Mir geht es gut. Ich komme bald nach Hause. Hast du meine Nachricht nicht erhalten?«, plapperte ich schnell, damit sie mir keine Vorhaltungen machte.

»Und ob ich die erhalten habe. Außerdem war Stuart Cromwell hier und hat dich gesucht. Du wärst nicht auf der Arbeit erschienen. Ich dachte, wir waren uns einig, dass du dir vor dem Abschluss der A-Levels keinen Nebenjob suchst.«

»Ich arbeite nicht für Cromwell«, sagte ich verblüfft.

»Das hat sich bei ihm aber anders angehört.«

»Leg auf«, zischte Brandon neben mir.

»Wo bist du? Was tust du? Und was sollte der Unsinn mit

die Welt retten?«, fragte meine Mutter und klang langsam richtig wütend.

»Mum, ich muss auflegen, mein Telefon wird wahrscheinlich überwacht. Von Cromwell, um genau zu sein. Mir geht es gut, ehrlich. Theodor und Brandon sind bei mir. Mir kann nichts geschehen, die beiden passen auf mich auf.«

Ich sah zu meinen Aufpassern. Der eine rollte die Augen, der andere grinste süffisant.

»Geh Cromwell aus dem Weg, Mum, ich bin bald wieder zu Hause.«

»Meredith! Wag es ja nicht aufzulegen! Ich habe dir immer vertraut, aber das hier übersteigt meine Toleranzgrenze. Die Karten sagen mir, dass du gegen deine Erzieher rebellierst, und Mrs Hensley meinte, nach einer Trennung ist es normal, dass die Kinder seltsam reagieren. Doch das da geht eindeutig zu weit.«

Die Trennung meiner Eltern hatte ich durch unsere Strapaze erfolgreich verdrängt. Musste sie jetzt damit anfangen?

»Komm nach Hause. Ich erwarte dich in einer Stunde. Egal wo du jetzt bist.«

»Das ist wirklich schwierig, Mum«, sagte ich zerknirscht. So hatte sie noch nie zu mir gesprochen. Ich wusste ja, dass sie sich sorgte, aber diesen harten Ton hatte sie nie zuvor angeschlagen.

»Wir sind in Schottland, weißt du«, fügte ich hinzu und schon wurde mir das Handy aus der Hand gerissen.

»Alice, ich kümmere mich um Meredith. Wir müssen Colin und Elizabeth helfen. Bitte entschuldige, aber es ist sehr wichtig. Ich verspreche dir, ich bringe dir Meredith heil nach Hause.« Brandon legte auf.

Ich starrte ihn ungläubig an.

»Das musste sein, ehe du noch mehr verraten hättest«, erklärte er.

»Das verstehe ich«, sagte ich langsam.

Er sah mich an. »Und was stimmt dann nicht?«, fragte er irritiert.

»Alice?«, sagte ich. »Du nennst meine Mutter Alice?«

»Ja, wir arbeiten zusammen. Hast du das vergessen?« Brandon verstand immer noch nicht.

»Kein Mensch nennt Merediths Mutter beim Vornamen, außer ihr Vater«, klärte Theodor ihn auf und klang ein wenig eingeschnappt. »Das ist in ganz Lansbury bekannt.«

Jetzt war Brandon überrascht. »Wird sie nicht mal in der Drogerie geduzt?«

Ich schüttelte den Kopf.

Inzwischen verstand ich auch, warum. Es war für sie eine Art Schutz, niemanden näher an sich rankommen zu lassen. Sie war auch kein Mitglied in irgendeinem Verein oder Schulkomitee. Sie arbeitete oder war zu Hause – bei mir. So musste sie nie jemandem über ihre Vergangenheit Rede und Antwort stehen. Eine Vergangenheit, in der mein Bruder noch gelebt hatte und die sie nie verwinden würde.

»Ruf Colin endlich an und schalte dann das Handy wieder aus«, sagte Brandon in die Stille hinein.

»Sogar die unnahbare Mrs Wisdom fällt auf ein hübsches Gesicht rein«, hörte ich Theodor murmeln, ehe er aufstand und ein paar Meter weiterging.

Ich ignorierte die vierundfünfzig verpassten Anrufe und siebenunddreißig Nachrichten und wählte Colins Nummer. Mit angehaltenem Atem lauschte ich. Ein klein wenig hatte ich Angst, er könne sein Handy ebenfalls ausgeschaltet haben. Das Freizeichen ertönte. Einmal, zweimal …

Geh ran, geh ran, dachte ich und biss mir auf die Lippe.

»Hallo?«, erklang seine wohlbekannte Stimme.

»Colin!«, rief ich aufgeregt. Er war dran!

»Hey!«, rief er nicht minder aufgeregt ins Telefon.

»Wie geht es dir? Wo seid ihr? Hat die Rückfahrt problemlos geklappt? Habt ihr noch genügend Geld, um auf die Orkneys zu kommen? Geht es dir gut?«

Ich hörte Elizabeth im Hintergrund reden, konnte aber nicht verstehen, was sie sagte, denn Colin erklärte lachend: »Uns geht's prima. Wir sind schon in Aberdeen und warten auf die Fähre, die legt aber erst morgen früh ab.«

Uns geht's gut? Das klang irgendwie … komisch. Nicht im Kontext, sondern wegen der Art und Weise, wie er es aussprach. So, als seien er und Elizabeth eine Einheit.

»Wir sind unterwegs zum Odin Stone. Er gehört zu den Stones of Stenness. Ihr müsst euch in Richtung Stromness halten, wenn ihr in Kirkwall ankommt, also einmal quer über die Insel, aber das sind nur drei oder vier Stunden zu Fuß. Folgt einfach Theodors Geruch, dann findet ihr uns.«

»Theodor?«, fragte Colin verblüfft.

»Oh. Ja. Ähm. Dein Bruder ist hier bei uns. Er wollte dich vor einer Mesalliance bewahren.«

»Was heißt das?«, fragte Colin. »Wovor wollte er mich bewahren?«

»Er dachte, wir beide würden durchbrennen, um in Gretna Green zu heiraten.«

Colin lachte laut. Anscheinend hörten das sogar Brandon und Theodor, denn beide sahen zu mir.

War die Vorstellung, mich zu heiraten, so lustig?

Ein wenig pikiert sagte ich: »Wir campen momentan mitten in der Pampa, wo ihr uns wohl nie finden werdet. Am besten treffen wir uns direkt an den Stones of Stenness. Hast du dir den Namen gemerkt?«

»Hab ich.« Er gluckste immer noch.

»Gut. Wir müssen unsere Handys ausschalten, damit wir nicht geortet werden. Ich will sicher sein, dass du genau weißt, wohin du kommen musst.«

Das Glucksen hörte auf. »Mere, ich mag nicht dein überdurchschnittlich gutes Gedächtnis haben, aber …«

Doch ehe er den Satz vollenden konnte, wurde mir das Handy erneut vom Ohr gerissen.

»Wie geht es Elizabeth? Gib sie mir«, sagte Brandon. Er lauschte und nickte und sah erleichtert aus.

Wie sollte es ihr schon gehen? Sie hatte mit Sicherheit nicht mit so viel Gepäck auf dem Buckel Gewaltmärsche bestritten. Und sie war bei Colin, der garantiert ihre Sachen trug – Gentleman, der er war. Außerdem musste sie nicht die Welt retten und dafür sämtliche Elemente beherrschen lernen.

»Alles klar bei euch?« Er horchte und ich konnte Elizabeths aufgeregte Stimme vernehmen. Leider verstand ich nach wie vor kein Wort. Brandon nickte. »Ja, meine Liebe. Natürlich. Sie macht sich. Bis morgen bei den Stones of Stenness«, sagte er dann, schaltete das Handy aus und steckte es in die Tasche. *Meine Liebe? Sie macht sich?* Und jetzt war mein Handy konfisziert?

»Ich nehm es wieder«, sagte ich und streckte die Hand danach aus.

»Du brauchst es nicht mehr«, erklärte er. »Wir sind ja jetzt zusammen und morgen treffen wir Colin und Elizabeth.«

Er vertraute mir nicht.

»Was glaubst du, wen ich anrufe? Stuart Cromwell?«, fragte ich empört.

»Hast du etwa Cromwells Telefonnummer?« Theodor hatte wirklich die Gabe, sich im ungünstigsten Moment einzumischen.

Scheibenkleister.

»Wieso solltest du Stuart Cromwell anrufen?«, hakte er nach.

»Das war nur so dahergesagt«, wich ich aus. »Ich hätte auch Prinz William sagen können. Oder Alex Pettyfer.«

Theodors Blick war nach wie vor skeptisch, doch er fragte nicht weiter nach. Sofort kehrte mein Gefühl zurück, ich hätte was bei ihm übersehen. Doch mir wollte partout nicht mehr einfallen, was es war.

11. Kapitel

Ein Fußmarsch von zweieinhalb Stunden war ein Klacks im Gegensatz zu den vorigen Nachtwanderungen. Wir sahen die Stones of Stenness schon von weitem. Und viele Menschen, die zwischen ihnen umherwuselten.

Es war Hochsaison. Wie sollten wir hier ein geheimes Ritual abhalten?

Wir mischten uns unter die Touristen, die wild fotografierten und Selfies schossen. Das beliebteste Motiv waren die Steine mit dem See im Hintergrund, wo das Wasser heute tiefblau glitzerte.

Brandon erschauerte. Ich sah ihn überrascht an.

»Spürst du es nicht?«, fragte er und seine Stimme klang ehrfürchtig.

»Was?«

»Die Kraft, die Urgewalt, die Schwingungen«, sagte Theodor neben mir.

Brandon und ich starrten ihn an.

Theodor prustete. »Oh, bitte! Das sagen die Neo-Druiden immer, wenn sie stoned sind.«

Brandons Gesichtsausdruck verfinsterte sich.

»Ich bin nicht stoned«, presste er zwischen zusammengebissenen Zähnen hervor.

»Nein, was das Ganze noch schlimmer macht.«

»Theodor, hör auf damit!«, fauchte ich. Theodor zückte sein Handy und schoss ein Foto von Brandon mit einem der Megalithen im Hintergrund.

»Ein Bild vom neuen Oberdruiden wird auf Instagram bestimmt gut ankommen«, sagte Theodor nur und schlagartig wusste ich wieder, was mich gestört hatte.

»Wieso vermisst du deine SIM-Karte nicht?«, fragte ich.

Theodor sagte nichts. Doch Brandon sprang direkt darauf an.

»Was meinst du?«, hakte er nach. Seine Stimme hatte einen drohenden Unterton.

»Sobald man das Handy einschaltet, wird einem angezeigt, dass die SIM-Karte fehlt. Doch er hat nicht darüber gemeckert«, erklärte ich ihm.

Brandon starrte Theodor jetzt ebenfalls argwöhnisch an.

Der setzte wieder sein süffisantes Lächeln auf. »Natürlich wurde mir das angezeigt. Mir war auch klar, wer sie genommen hat. Was glaubst du, wie ich auf die Unterlagen gestoßen bin?«

»Meredith, geh mal spazieren«, sagte Brandon und schob mich zur Seite.

»Was? Nein! Lass das! Du wirst …«, ehe ich *Aufsehen erregen* sagen konnte, lag Theodor schon auf dem Boden. Dieses Mal war Brandon nicht mehr zu halten. Theodor hatte ihn einmal zu oft gereizt.

»Du«, fauchte er über Theodor, »bist nur stillschweigend geduldet. Wag es nicht, auf uns aufmerksam zu machen, und schrei bloß nicht. Oder ich stopfe dir dein Maul. Und jetzt gibst du mir das Handy.«

In Theodors Augen blitzte es. Der Idiot wollte sich doch nicht ernsthaft mit Brandon anlegen? Egal wie viele Jahre Brandon schon nicht mehr den Zweikampf trainierte – Theodor mit seiner schwammigen Figur wäre ihm auch noch unterlegen, wenn er das Doppelte an Gewicht hätte.

Das schien ihm auch einzuleuchten, denn er blieb liegen und hielt den Mund.

»Ist bei euch alles klar?«, fragte eine fremde Stimme.

Ein junger Mann, der Brandon um einen Kopf überragte, tauchte hinter uns auf. Er hatte einen Helm mit Kamera auf dem Kopf und schob mit einer Hand ein Mountainbike neben sich her.

»Alles klar«, sagte Brandon finster.

»Das sieht mir nicht danach aus. Bist du verletzt?« Der Riese ließ sich nicht so leicht abwimmeln und streckte Theodor die andere Hand hin.

Seine Nasenflügel bebten, als Theodor durch den Schwung unmittelbar vor ihm auf die Füße kam.

Er rieb sich die Schulter, da, wo Brandon ihn geboxt hatte.

»Der hat mich geschlagen«, erklärte er unnötigerweise und deutete auf Brandon.

»Ich hab's gesehen«, antwortete der Radfahrer und musterte uns drei nacheinander.

»Bist du okay? Sind alle Zähne noch drin? Soll ich die Polizei holen?«

Ich hielt erschrocken die Luft an.

Keine Polizei! Bloß keine Polizei! Wir dürfen nicht auffallen.

»Ja, das wäre nett«, sagte Theodor prompt. »Ich wurde entführt und die beiden haben mittelalterliche Dokumente geklaut. Du findest sie in seinem Rucksack.«

Was zur Hölle war in Theodor gefahren?

Halt die Klappe, du Idiot!, schoss es mir durch den Kopf.

»An deiner Stelle würde ich die Klappe halten«, sagte der Riese zu unserer Überraschung. »Ich glaube, es ist keine Polizei nötig.« Er schwang sich aufs Rad. »Du musst dringend duschen. Du stinkst«, fügte er noch hinzu und radelte davon.

Ich starrte ihm verblüfft hinterher. Genauso verdutzt waren Brandon und Theodor.

»Das warst du«, stellte Theodor zu mir gewandt fest.

»Du spürst es also doch!« Brandon klopfte mir anerkennend auf den Rücken.

Theodor sah mich an.

»Du kannst mich nicht ewig hinhalten, Meredith. Ihr beide nicht. Sobald Colin eintrifft, werde ich ihn mir schnappen und wir machen uns auf den Heimweg. Und wenn du noch so oft versuchst mich zu manipulieren, du kannst mich nicht aufhalten. Was hast du?« Ich blinzelte und atmete so flach und wenig wie möglich.

»Atemnot«, gestand ich heiser.

»Du hast den Typen manipuliert«, warf er mir vor. »Dich selbst kannst du doch wohl nicht manipulieren, oder?«

»Nein«, sagte ich.

»Dann tu nicht so als ob.«

»Wie meinst du das?« Ich sah ihn ratlos an.

»Na, der Radfahrer hat behauptet, ich müsse duschen.«

»Theodor«, sagte ich und befreite mich aus seinem Griff.

»Das war keine Manipulation. Das war die reine Wahrheit.«

»Meredith, leg dich nicht mit mir an«, drohte er jetzt.

»Keine Sorge. Ich werde dir nicht mehr zu nahe kommen. Versprochen.«

12. Kapitel

Wir verbrachten Stunden in diesem Steinkreis, so lange, bis es dunkler wurde. Die Besucher wurden nach und nach weniger und schließlich waren wir allein. Auf der Straße in ein paar Metern Entfernung fuhren nur noch vereinzelt Autos vorbei. Ein Bus hatte vor einer halben Stunde die letzten Besucher eingesammelt.

Ich wickelte die Jacke fester um mich und starrte zum Himmel. Es war sternenklar, eisig kalt und mir war tierisch langweilig. Brandon und ich hatten jeden Stein genauestens untersucht. Wir waren sogar zu dem Ring of Brodgar, einem zweiten Steinkreis in eineinhalb Kilometern Entfernung gewandert und hatten dort alles unter die Lupe genommen. Es gab weit und breit keinen Stein mit Loch. Nicht einen. Die Suche war frustrierend. Jetzt waren wir endlich auf dem ersten Ritualplatz und nun fanden wir nicht den richtigen Stein. Was, wenn er unter der Erde verborgen lag? Es wäre nicht der erste Megalith, der umgekippt und überwuchert war. Statt einem Loch hatten die verbliebenen Steine eine Menge Kritzeleien. Was für einen Mist die Leute einritzten.

Ich war hier.

Na toll, ich auch.

Fred auch.

Harry Potter nicht.

Ich sah eingeritzte Daten, Steinkreise, Krönchen, Tiere, einen Phallus … Meine Güte.

Theodor verkündete, er wolle an der Tankstelle zwei Meilen weiter etwas zu essen besorgen. Brandon wollte ihn unter keinen Umständen allein gehen lassen und schloss sich an. Ich blieb allein zurück. Musste ich jetzt ein weiteres Mal die Megalithen abklappern?

Ich sollte besser etwas Sinnvolles tun, statt nach Steinen zu suchen, die nicht vor Ort waren. Ein Feuer mit meinen Gedanken entfachen zum Beispiel. Steine zu Staub werden lassen. Na, vielleicht besser nicht hier am UNESCO-Weltkulturerbe.

Doch ich konnte wenigstens versuchen das zu erspüren, was Brandon wohl gefühlt hatte, als wir den Steinkreis betraten.

Ich lehnte mich in meinen Schlafsack gekuschelt an einen der fünf verbliebenen Megalithen. Genau genommen den, der zum Wasser stand und mich somit ein bisschen vorm Wind schützte. Gab es hier besondere Kräfte? Wenn hier ein Meridian war, sollte ich doch mit Leichtigkeit meine Kräfte einsetzen können, oder nicht? Dummerweise war hier nur Wiese, es gab kein Laub oder Holz, das ich zum Schweben bringen könnte. Nicht einmal ein Regenwurm war zu sehen und ich fühlte auch keine Schwingungen oder irgendwelche Urkräfte. Ich legte auch wieder ein Ohr auf den Boden, in der Hoffnung, das seltsame Pochen zu vernehmen, das wir bereits dreimal gehört hatten.

Ich hörte nichts und ich spürte nichts außer einem scharfen Wind, der vom Wasser hierherzog. Der Steinkreis stand genau vor einer Art natürlicher Brücke, die den See von Stenness von dem See von Harray trennte. Ein Feuer wäre wirklich toll.

Doch sosehr ich mich auch anstrengte, es klappte nicht. Ich dachte an Vulkane, die Bilder der Feuersbrunst im Windsor-Palast 1992 und kalifornische Waldbrände. Doch nicht mal ein winziger Funke erglomm. Vermutlich hatte ich zu großen Hunger und mir war zu kühl. Wenigstens gegen Letzteres konnte ich etwas tun. Ich wühlte in meinem Rucksack nach sämtlichen Kleidungsstücken, die ich besaß, zog alle über und stieß dabei auf mein Buch.

Wenn ich mir schon nicht einheizen konnte, konnte es vielleicht Christian Grey. Die Kleider wärmten mich langsam auf und nach ein paar Minuten konnte ich mich auf den Text konzentrieren. Mir kam der Gedanke, dass Anabel Steele in der Folterkammer vermutlich übler dran war als ich an diesem zugigen Fleck in Schottland. Brandon und Theodor waren noch immer nicht zurück. Die Tankstelle war wohl weiter entfernt als vermutet. Der letzte Gedanke war, dass ich das Buch verstecken musste, ehe Brandon und Theodor zurückkamen.

»Igitt! Wer hätte gedacht, dass es so etwas gibt!«, sagte neben mir eine vertraute Stimme. Ich machte vor Schreck einen Satz in die Luft. Dabei stieß ich mit meinem Ellbogen gegen den dunklen, riesigen Stein hinter mir. Heftig. Der Musikknochen in meinem Ellbogen vibrierte und trieb mir Tränen in die Augen.

»Mein Gott, bist du empfindlich«, sagte Elizabeth.

»Und gefährlich«, hörte ich Colin murmeln.

Colin!

Ich sah mich um. Die Sonne war bereits aufgegangen und da war er. Er und Elizabeth standen in den Strahlen der Morgensonne, die zwischen den riesigen Menhiren durchschienen. Ich sah, dass Elizabeth mein Buch aufgeschlagen in der Hand hielt.

Doch anstatt weiterzulesen oder mich anzusehen, starrten sie mit großen Augen auf etwas neben mir.

»Vielleicht weckt ihr mich das nächste Mal ein wenig sanfter«, murrte ich Elizabeth an.

»Versprochen«, stimmte sie seltsam gefügig zu. Da Colin mich noch immer nicht ansah, folgte ich seinem Blick.

Der riesige Stein, der Menhir, war … ein Haufen Kies.

»Verdammt«, murmelte ich. Jetzt waren nur noch vier von ehemals siebenundzwanzig Menhiren übrig. »Brandon kann das hoffentlich reparieren.«

Immerhin war Erde sein Element und er konnte Steine wieder zusammenschmelzen. Nur das mit dem Aufrichten würde ein Problem werden.

»Schön dich zu sehen, Mere«, sagte Colin in die peinliche Stille hinein. Er umarmte mich und ich klammerte mich an ihn. Es fühlte sich so gut an. Als hätte mich ein Stück Zuhause eingeholt. Er war das komplette Gegenteil seines Bruders. Er roch frisch und sauber. Er roch sogar noch viel besser als Brandon. Nach Colin eben. Ich löste mich ein wenig befangen und sah ihm in sein lächelndes Gesicht. Seine hellblauen Augen waren so vertraut, sein Haar war wieder länger und wuscheliger und an seinem Kinn waren dunkle Stoppeln. Ich hatte ihn noch nie unrasiert gesehen. Wer hätte gedacht, dass er damit viel männlicher und erwachsener wirkte?

»Lass uns Brandon wecken, damit er das da richtet, ehe die ersten Schaulustigen aufkreuzen«, unterbrach Elizabeth unser Wiedersehen.

Sie trat zu dem zweiten Megalithen, in dessen Windschutz Brandon sitzend eingeschlafen war.

»Wie habt ihr es geschafft, so früh hierherzukommen?«, fragte ich Colin.

»Unsere Fähre ging erst abends und wir kamen gegen elf Uhr in Kirkwall an. Auf der Fähre trafen wir einen Bauern, der hier in der Nähe lebt. Wir haben bei ihm übernachtet und sind direkt nach dem Frühstück losmarschiert«, erklärte Colin.

Ich schluckte. »Ihr habt bei einem Fremden übernachtet?« Ich war ein wenig neidisch. Ein anständiges Frühstück und ein bequemes Bett hätte ich auch gern gehabt nach all den Nächten auf unebenen, kalten Böden.

»Wir mussten in der Nacht zuvor in einem Schuppen schlafen, du weißt schon, so ein Holzschober, die die Bauern auf ihren Feldern haben«, begann Colin und klang etwas entschuldigend. »Ansonsten war unsere Reise recht angenehm. Ein Frühstück im Bed and Breakfast ist erstaunlich vielseitig und lecker.«

Bei dem Wort Frühstück wurde mir beinahe schlecht vor Hunger.

»Ihr habt in Bed and Breakfasts übernachtet?«, entfuhr es mir.

»Ja, natürlich. Wo hätten wir sonst schlafen sollen?« Colin sah mich an und schüttelte den Kopf, als hätte ich vergessen, was eins und eins ergab.

»Aber dort muss man doch seinen Ausweis vorlegen!«, erinnerte ich ihn. »Elizabeth hat überhaupt keinen.«

Colin grinste. »Stimmt. Wir haben jedes Mal gelogen, unsere Taschen durchwühlt und dann so getan, als hätten wir ihn vergessen. Elizabeth ist eine gute Schauspielerin.«

Das glaubte ich sofort. Colin blickte sich nach ihr um. Sie ging neben Brandon in die Hocke und rüttelte ihn sanft an der Schulter. Trotz unseres Gesprächs schlief er noch immer. Der Arme musste noch erschöpfter sein als ich, immerhin hatte er die längsten Wachen übernommen.

Ich sah zu, wie Brandon erwachte und sich zweimal die Augen rieb, um sicherzugehen nicht zu träumen. Er freute sich eindeutig Elizabeth zu sehen. Seine Augen leuchteten und er wirkte aufgekratzt.

Theodor war ebenfalls erwacht und schien sich auch zu freuen. Allerdings aus einem anderen Grund, als ich dachte.

»Gut. Colin, du bist endlich da. Jetzt können wir nach Hause«, sagte er und klopfte sich seinen Hosenboden sauber.

Colin schüttelte den Kopf. »Ich komme noch nicht mit nach Hause. Ich muss erst noch was erledigen«, erklärte er.

Theodors Gesicht verfinsterte sich. »Du wirst auf der Stelle mit mir kommen oder ich werde …« Sein Blick fiel auf den Haufen Schutt hinter mir. »Was ist da passiert?«, fragte er.

Das klang genau so, als wolle er wissen, was seine Mutter heute Mittag gekocht hätte. Theodor war nach wie vor seltsam emotionslos.

»Meredith hat ihre Kräfte entdeckt«, erklärte Elizabeth.

Augenblicklich wanderten alle Blicke zu mir. Verdammt, dabei hatte ich noch nicht mal meine Zähne geputzt oder die Haare gekämmt.

»Vor allem verlassen Meredith ihre Kräfte bald, wenn sie nicht schnell was zu essen bekommt«, sagte ich ein wenig trotzig.

Sofort kramte Brandon in seinem Rucksack und zauberte ein eingepacktes Sandwich hervor. »Entschuldige. Du hast schon geschlafen, als wir zurückgekommen sind.«

Ich verschlang es mit großen Bissen und bekam dadurch nur halbwegs mit, wie Theodor langsam wiederholte: »Meredith …«

Sein Gesicht war finster. Richtig finster. Oha. Jetzt hatte er es geschnallt.

Er wurde laut. »Colin. Wir gehen jetzt. Ich habe lange genug mit diesen Verbrechern rumgehangen. Ich will nach Hause. Dad erwartet uns. Dahinten ist eine Bushaltestelle und du wirst mit mir kommen.«

»Theo, ich kann noch nicht nach Hause«, sagte Colin ruhig. »Ich muss noch hierbleiben. Spätestens in zwei Wochen komme ich nach. Du kannst ruhig gehen.«

»Ich muss unterbrechen«, mischte Brandon sich ein. »Theodor muss ebenfalls mitkommen. Er kennt den Kodex.«

Colins Mund öffnete sich erschrocken.

Theodor nutzte das, um Colin am Arm zu fassen. »Euer Kodex ist mir schnurzegal. Ich will heim, und wenn du nicht auf der Stelle dein Zeug zusammenkramst, werde ich …«

»Wirst du was?«, hakte ich nach, als Theodor den Satz nicht beendete.

Er starrte mich wutentbrannt an, griff in die Hosentasche und zog sein Handy hervor. Was sollte das?

Brandon war pfeilschnell bei ihm und wollte ihm das Handy entreißen, doch Theodor war darauf vorbereitet. Die beiden rangelten um das Mobiltelefon und in diesem Gerangel rief Theodor auf einmal: »Ja, Mr Cromwell, sie sind hier in Schottland. Bei den Stones of Stenness …«

Endlich hatte Brandon das Handy in seiner Gewalt, legte auf und ließ das Smartphone zu einem Klumpen verschmelzen.

»Du Bastard!«, schrie Theodor aufgebracht. Er wollte den Klumpen Plastik aufheben, doch der schien heiß zu sein, denn Theodor ließ ihn sofort wieder fallen.

»Du hast ein brandneues Samsung Galaxy ruiniert. Das wirst du mir bezahlen.« Er stürzte sich auf Brandon.

»Und du Mistkerl hast den Mann auf uns gehetzt, der uns umbringen will«, knurrte Brandon und stieß Theodor vor die Brust. »Wo ist Cromwell?«, rief er aufgebracht, packte Theodor am Kragen und begann ihn zu schütteln. Theodor holte aus und wollte Brandon ins Gesicht schlagen, doch der sah den Schlag kommen und wich ihm gekonnt aus. Dummerweise stand ich unmittelbar hinter Brandon und ging augenblicklich zu Boden. Mir wurde übel und vor meinen Augen flimmerten Sterne.

Meine linke Gesichtshälfte schmerzte, als sei einer der Megalithen daraufgeknallt.

»O Gott, Meredith, es tut mir leid.« Ich nahm gerade noch wahr, dass Brandon neben mir kniete und nach meiner Hand griff, jener, die meine schmerzende Wange hielt. Ich wehrte ab. Das tat mehr als nur weh. Das war furchtbar. Vorsichtig versuchte ich den Mund zu öffnen. Mein Kiefer knackte.

»Meine Güte«, nuschelte ich. Sprechen tat weh. Atmen tat

weh. Ich hielt kurz die Luft an. Die Gesichtshälfte war halb taub. Leider nicht ganz, sonst hätte ich nicht solche Schmerzen gehabt.

»Es tut mir so leid«, sagte Brandon. Er sah wirklich betroffen aus. Seine Augen waren schreckgeweitet.

»Männer dürfen keine Mädchen schlagen«, wollte ich sagen, aber es klang mehr nach »Mäschen hagen«.

»Was sagt sie?«, fragte Colin.

»Irgendwas von Häschen naschen«, übersetzte Elizabeth. »Ich glaube, jetzt ist sie simpel. Der Sohn unseres Knechts wurde von einem durchgehenden Pferd überrannt und danach konnte er nicht mehr rechnen und keine ganzen Sätze sagen. Er war dadurch auch simpel.«

Simpel?!

Ich versuchte empört auszusehen, aber das tat so weh. Ich schloss die Augen. Mein Magen rebellierte noch stärker und mir kam das Sandwich wieder hoch.

»Du solltest beten, dass sie nicht simpel ist, sonst hätten wir ein Riesenproblem«, sagte Brandon heiser und wollte mir den Mund abwischen. Ich nahm ihm das Taschentuch ab, ließ ihn aber nicht näher ran.

»Meredith, bitte mach die Augen auf!«, rief Colin besorgt. Ich öffnete sie einen Spalt und sah sein Gesicht dicht über meinem.

Der Drei-Tage-Bart war echt sexy. Wesentlich hübscher als Brandons. Von Theodors Drei-Härchen-Flaum am Wangenknochen brauchten wir gar nicht erst zu reden. Der war alles andere als ansehnlich.

»Meredith, was ist die Quadratwurzel aus zweihunderteinundfünfzig?«, fragte Colin.

»Hä?«, machte Elizabeth.

»Fünfschehnkongaachtvier«, murmelte ich nach einer Sekunde.

»Sie wird wieder«, sagte Colin erleichtert zu den anderen.

Es brauchte ein paar Schmerztabletten, ehe ich wieder einigermaßen klar sehen konnte. Außerdem spuckte ich noch etwas Galle, da mein Magen restlos leer war.

Brandon war wirklich zerknirscht – im Gegensatz zu Theodor, den es offenbar überhaupt nicht juckte, dass er die Ursache für mein Unwohlsein war. Wir hätten ihn einfach gehen lassen sollen, behauptete er stur. Brandon hatte ihn gefesselt. Nicht wie in einem schlechten Robin-Hood-Film, sondern eher wie in einem James-Bond-Streifen. Mit Kabelbindern.

Er saß ein wenig abseits, nicht in direkter Sicht zu den Touristen, die langsam eintrudelten.

Wir mussten so bald als möglich weg. Nur wegen meiner leichten Gehirnerschütterung hatten wir so lange hier ausgeharrt. Die Wiese zwischen den Steinen hatte sich schon wieder mit Touristen gefüllt und der Verkehr auf der Straße zugenommen.

»Also, was suchen wir genau?«, fragte Colin.

»Den Odin Stone«, sagte Brandon. »Wir haben gestern hier im Umkreis alles abgesucht. Wir waren sogar an diesem Grab Maes Howe dahinten und beim Ring of Brodgar, dem nächsten Steinkreis eine Meile weiter. Der Odin Stone ist nirgends zu finden, dabei müsste er hier sein.«

»Vielleicht liegt er flach«, überlegte Colin.

»Vielleicht hat Meredith ihn versehentlich in Kies verwandelt«, höhnte Elizabeth.

»Also doch!«, sagte Theodor und sah mich an. »Du kannst außer dem Manipulieren noch mehr! Das Feuer in der Ruine hast du auch gemacht. Du hast mir die Füße angesengt.«

»Ich hätte den Wasserschwall besser über dir herunterkommen lassen sollen statt über dem armen Autofahrer«, wollte ich kontern, doch es hörte sich eher an wie »Ifätle Waffer diff«. Mein Kiefer und meine Zunge gehorchten mir noch nicht. Verdammt, wie sollte ich so ein kompliziertes Ritual abhalten? Und dann auch noch in der kurzen Zeit, die uns blieb? Der Gedanke löste eine kleine Panik in mir aus. Das war zu viel. Alles war zu viel! Ich würde es nicht schaffen. Die Erde würde untergehen.

»Wir müssen jemanden fragen. Die Insel ist voll von diesen alten Kultstätten und wir haben keine Zeit, um jeden Quadratmeter auf eigene Faust zu erkunden. Vor allem jetzt nicht mehr, wo Cromwell weiß, wo wir sind«, erklärte Colin und sah neugierig von mir zu Theodor und wieder zu mir.

»Was machen wir mit ihm?«, fragte Elizabeth.

»Lassen wir ihn hier«, schlug Brandon vor. Ich war auch dafür. Wegen ihm waren wir jetzt in Zeitnot und ich hatte eine Gehirnerschütterung.

»Überlasst das mir«, sagte Colin und erhob sich. Er ging zu Theodor und sprach leise zu ihm. Theodor hörte zu. Sein Blick huschte ständig zu mir und dann nickte er. Mir war ganz unbehaglich zu Mute. Was sagte Colin zu ihm? Mein Schädel dröhnte einfach zu sehr. Colin durchtrennte die Kabelbinder und kam zu uns zurück.

»Er wird nichts tun. Er wird weder Cromwell kontaktieren noch uns an die Polizei verraten. Stimmt doch, Theo?«, wandte sich Colin an seinen Bruder.

Der nickte einmal kurz.

Seine Augen funkelten hasserfüllt. So emotionsgeladen hatte ich ihn noch nie gesehen.

Colin war wirklich der gutmütigste Mensch auf der Erde. Jeder andere konnte sehen, dass dieses Versprechen bei der nächstbesten Gelegenheit gebrochen werden würde.

»Meiriona, was du da sagst, ist schrecklich. Das ist unmöglich.«

Erschüttert setzte er das Schilfrohr ab.

»Das habe ich dir ständig versucht klarzumachen«, sagte sie. Beide schwiegen eine Weile. Er starrte noch immer betroffen auf die Worte, die er geschrieben hatte.

»Es kommt niemand hierher, nicht wahr?«, sagte seine Schwester nach einer Weile.

Er schüttelte den Kopf.

»Sie haben Angst, Willmær«, sagte sie und wollte schon nach seiner Hand greifen. Im letzten Moment unterließ sie es. »Sie fürchten sich jetzt vor diesem Ort. Du hättest ihn entweiht, indem du das Kreuz deines Gottes und ihm ein Haus hier aufgestellt hast.«

Die Druiden schürten das Misstrauen gegen ihn. Sie konnten ihm nicht verzeihen. Sie hatten ihn zum Hohepriester ernennen wollen, weil er der Sohn seiner Mutter war, einer der Letzten des alten Volkes. Doch er hatte sich für einen anderen Glauben entschieden. Ein Glaube an Liebe und Frieden und nicht den von rächenden Geistern, Gewalt und Toten, die einen verfolgten. Und keiner von den jetzigen Druiden besaß auch nur annähernd die Kräfte, die sie besessen hatte. Außer seiner Schwester. Meirionas Kräfte waren noch stärker.

»Weißt du noch, was Mutter immer über die Elemente der Erde gesagt hat?«, fragte er leise.

»Meinst du ihre Prognose, dass dein Dickschädel nie zu Staub zerfallen wird?«, neckte sie ihn.

Er lächelte leicht. »Nein, ich meine, dass dies ein Ort der Liebe und des Friedens ist und sie hier begraben werden wollte. Sie glaubte, hier könne man viel Gutes bewirken, wenn der Ort nicht besudelt werden würde.«

»Die Druiden haben eine andere Stelle als Opferstelle auserkoren«, erzählte sie unvermittelt. »Sie nennen es Kennet und haben dort aus Steinblöcken einen riesigen Altar errichtet, der aussieht wie ein Haus. Dort wollen sie fortan den Göttern opfern.«

Das war zu erwarten gewesen. Trotzdem war er enttäuscht.

Meiriona sah zum Himmel, wo die ersten Sterne aufleuchteten. »Die Opferstelle ist neben einer Quelle. Du weißt, was das bedeutet.«

Er erschrak. Ja, das wusste er. Ihre Mutter hatte stets gesagt, Wasser müsse heilig gehalten werden und dürfe nie mit gewaltsamem Blut verunreinigt werden. Ansonsten würden sich die Elemente gegen die Menschen stellen.

»Das Sternbild des Großen Hundes ist unnatürlich klar zu sehen«, unterbrach seine Schwester seine Gedanken. »Schreib auf, Willmær. Schreib, dass nur die Gaianidin uns davor retten kann.«

»Was ist eine Gaianidin?«, fragte er erstaunt.

»Woher soll ich das wissen?«, sagte sie achselzuckend.

»Warum nennst du sie dann so?«

»Weil es mir in meinen Träumen gesagt wurde«, erklärte sie lapidar. »Du weißt, dass Mutter auch das immer predigte: Schenkt euren Träumen Vertrauen. Und meine Träume sagen mir nun mal diesen Unsinn mit diesen seltsamen Fremdwörtern. Schreib das auf. Nicht den Satz mit dem Unsinn über Fremdwörter, sondern Folgendes: Die Gaianidin wird ein Mädchen sein, das noch lernen muss seine Kräfte – unser beider Kräfte – zu beherrschen, um uns alle zu retten. Und wenn das nächste Mal das Sternbild so hell erstrahlt, wird sie es sehen können.«

13. Kapitel

Colin hatte mit Brandon noch einmal jeden Stein untersucht, der im Umkreis des Steinrings stand. Ich weigerte mich. Wenn ich mir den Inhalt eines prall gefüllten Kühlschranks innerhalb von einer Sekunde merken konnte, hätte ich wohl auch gestern schon eine Besonderheit bei einem der Steine entdeckt. Außerdem war mir noch immer etwas übel und ich brauchte die Zeit, um wieder klar sehen und ohne Probleme reden zu können. Meine Wange war ein wenig geschwollen, doch zum Glück gehörte zu Brandons Notfallgepäck auch Eisspray – falls sich jemand eine Zerrung zuziehen sollte, hatte er gemeint.

Theodor leistete mir in düsterem Schweigen Gesellschaft – allerdings mit respektvollem Abstand.

Elizabeth war den beiden erst hinterhergedackelt, aber schon nach zwei Kilometern das Marschieren leid. Wir standen ratlos am Straßenrand. Ehe wir E aufhalten konnten, steuerte sie das einsame Farmhaus gegenüber der Bushaltestelle an.

»Wie seid ihr gereist? Mit dem Taxi?«, fragte ich Colin kopfschüttelnd. Nicht gut. Das tat noch weh.

»Die meiste Zeit haben wir getrampt oder sind mit öffentlichen Verkehrsmitteln gefahren«, lautete die Antwort.

Und mich hatte Brandon zig Kilometer zu Fuß durch unebenes Gelände gejagt.

Obwohl Brandon Bedenken hatte, sah auch er ein, dass wir ohne Hilfe nicht weiterkamen. Deswegen ließ er auch zu, dass sie an der Haustür schellte.

Ein Mann in Gummistiefeln trat aus dem Nebengebäude, aus dem es määähte.

»Shaun das Schaf«, murmelte Colin neben mir und ich kicherte. Au! Sogar das tat noch weh.

Elizabeth trug dem Farmer unser Anliegen vor.

»Odin Stone? Wo kommt ihr denn her?« Der Bauer kratzte sich die Stirn unter seiner Kappe und grinste amüsiert.

»Wir wollten ihn besichtigen«, erklärte Elizabeth und an ihrem Tonfall konnte ich erkennen, dass sie kurz vorm Platzen war. Mir war klar, warum. Niemand amüsierte sich auf Kosten einer Lady Elizabeth Ashton. »Diese vorgeschichtlichen Quader werden doch von sehr vielen Schaulustigen frequentiert.«

»Frequentiert? Soso«, sagte der Bauer und jetzt lachte er schallend.

»Höre sich einmal jemand diesen …«, begann E und stemmte empört die Hände in die Hüften.

»Sei still«, zischte ich. Es überraschte mich nicht, dass der Bauer sich über ihre gestelzte Ausdrucksweise lustig machte.

»Wo steht er denn nun, der Odin Stone?«, fragte ich bemüht höflich.

»Ihr seid seltsame Touristen. Vor allem die holde Maid«, lachte der Bauer noch immer.

Elizabeth öffnete den Mund und schloss ihn wieder, als Colin sanft seine Hand auf ihren Arm legte. Ich registrierte das vertrauliche Lächeln, das sich bei seiner Berührung in ihr Gesicht schlich.

»Er muss doch hier in der Nähe stehen, doch wir haben ihn nirgends gefunden. Ist er umgesiedelt worden?«, fragte Colin.

»Nee. Der ist vernichtet worden«, antwortete der Bauer schmunzelnd.

Wir starrten ihn betroffen an und mir kam es so vor, als würde ihm unsere Reaktion tierischen Spaß bereiten.

»Jeder Bronzezeit-Tourist weiß das. Dieser verfluchte Mackay hat ihn weggeschafft.« Er spuckte auf den Boden. Elizabeth trat schnell einen Schritt zurück.

»Welcher Mackay?«, hakte ich schnell nach.

»Na, dieser Fremdling, der sich hier niedergelassen und Angst um seinen kümmerlichen Acker hatte«, fuhr der Bauer fort und wischte mit dem Handrücken über seinen Mund.

»Dem sind die Pilger zu oft übers Feld getrampelt, da hat er den Stein einfach umgeworfen und verkauft.«

Mir rutschte das Herz in den Magen.

»Er hat … *was* getan?«, fragte ich ungläubig. »Wo ist der Stein jetzt?«

Der Bauer sah mich irritiert an.

»Sag mal, wo kommt ihr Steinkreisjäger her? Der Odin Stone ist futsch, das weiß jeder. Wegen diesem Loch hat man ihn noch ein paar Jahre lang in einer Pferdemühle benutzt …«

»Kann man ihn dort aufsuchen?«, unterbrach Brandon ihn.

»Lass mich ausreden«, sagte der Bauer.

»Die Mühle war in den Vierzigern des letzten Jahrhunderts baufällig und wurde abgerissen. Und weil der damalige Besitzer nicht wusste, um was für einen Stein es sich handelte, machte er Kies draus.«

Jetzt wurde mir richtig schlecht. Auch Colin und Brandon wurden blass. Sogar Elizabeth klappte der Unterkiefer herunter.

Der Bauer kniff die Augen zusammen und betrachtete uns nacheinander eingehend, obwohl er immer noch belustigt schien.

»Wie sieht's aus, möchtet ihr nicht reinkommen? Ich koche euch einen Kaffee. Du machst den Eindruck, als ob du einen brauchen könntest«, wandte er sich an mich.

»Sehr …«

»Nein, tut mir leid, wir müssen weiter«, unterbrach Brandon Elizabeth, ehe sie zustimmen konnte.

»Nicht doch. Gönnt euch etwas Erholung. Das Umherstreunen zwischen diesen alten Steinen kann sehr anstrengend sein. Vor allem weil es ja so viele hier auf den Orkneys gibt.«

Jetzt hielt auch Elizabeth ihre Klappe und merkte, dass mit dem Bauern etwas nicht stimmte. Sein Blick blieb an mir hängen.

»Wissen Sie was? Ich könnte wirklich einen Kaffee vertragen«, sagte ich und lächelte ihn so fröhlich an, wie es mein wundes Gesicht zuließ.

»Meredith, wir müssen weiter«, zischte Brandon und wollte mich zurückhalten.

»Aber, aber, so eilig werdet ihr es wohl nicht haben, wenn ihr nach einem Stein sucht, der schon seit nahezu zweihundert Jahren nicht mehr existiert.«

Der Bauer ließ nicht locker und ich wollte wissen, was es Neues gab. Wir waren seit einer Woche unterwegs und hatten keine Nachrichten mehr gehört. Wir hätten es nicht mal mitbekommen, wenn Nordkorea eine Wasserstoffbombe gezündet hätte.

»Das ist wirklich sehr freundlich von Ihnen. Ein Tee wäre mir allerdings noch lieber.«

Ohne mich um die anderen zu kümmern, betrat ich sein Haus. Es roch nach Schafen und abgestandener Luft, so als sei ewig nicht mehr gelüftet worden.

Mum bekam schon Zustände, wenn ich morgens vergaß mein Schlafzimmerfenster zu öffnen. Was sie wohl hier denken würde?

Der Gedanke an Mum schmerzte. Das Telefonat war nicht sonderlich gut verlaufen und ich vermisste sie. Ich vermisste vor allem ihr gutes Essen, den frischen Salat aus ihrem Garten und ihre Eintöpfe. Mein Magen begann lautstark zu knurren.

»Ich hab auch noch etwas Haggis von gestern übrig«, sagte der Bauer hinter mir wohlwollend und dirigierte mich in eine recht schmuddelige Küche.

Nach einem Blick ins Waschbecken, das überquoll von schmutzigem Geschirr, und auf den lautlos laufenden Fernseher war mir klar, dass er wohl Junggeselle war.

Haggis war ein traditionelles schottisches Gericht und bestand aus gekochten Schafinnereien, wenn ich mich recht erinnerte. Mein Magen knurrte wieder – dieses Mal allerdings aus Rebellion. Nur gut, dass er wieder leer war, sonst hätte ich für nichts garantieren können.

Der Bauer räumte ein paar benutzte Tassen vom Küchentisch und bedeutete uns Platz zu nehmen.

Elizabeth setzte sich ganz vorsichtig auf die Kante.

Theodor blieb stehen. Ausgerechnet er machte ein angewidertes Gesicht.

Colin und Brandon sahen mich gleichermaßen auffordernd an. Ich wusste, was sie wollten. Ich sollte uns verabschieden, damit wir verschwinden konnten. Doch ich hatte was anderes im Sinn. Ich dachte angestrengt an den Wetterbericht.

»Ihr habt vielleicht ein Glück, dieses Jahr die Inseln zu besuchen«, sagte der Bauer. »Wir hatten noch nie so lange am Stück Sonne. Für uns Landwirte ist das nicht so toll, aber die Touristen kommen in Massen.«

Er nestelte am Wasserkocher herum. Theodor machte ein seltsames Geräusch. Colin stieß mich unauffällig mit dem Fuß an. Ich folgte seinem Blick und erstarrte. Auf dem Fernsehbildschirm flimmerten die Bilder eines Erdbebens. Eines furchtbaren Erdbebens in … *Cornwall*?

»Ach herrje, die Milch ist leer«, sagte der Schäfer und verschwand in der Diele.

»Ich schalt mal den Ton an«, sagte Colin und drückte auf der Fernbedienung, die direkt vor ihm lag.

»… Vermutungen von einer Verschiebung der Kontinentalplatten«, sagte eine düster dreinblickende Moderatorin in die Kamera. »Wir schalten jetzt zu dem seismologischen Experten Professor Dr. Paul McNamara. Dr. McNamara, eine Erdbebenstärke von acht Komma zwei wurde in England noch nie gemessen. Sogar das Erdbeben im Februar 2008 war nicht so stark. Gibt es irgendwelche Hinweise auf den Auslöser?«

Der Professor begann zu reden und wir alle hielten den Atem

an, denn es wurden Bilder von Chaos, Ruinen und Unmengen Staub gezeigt. Truro, County Town, stand darunter.

»Was ist das?«, fragte Elizabeth und klang atemlos.

»Pst!«, machte Brandon.

»England war zwar schon in der Vergangenheit Opfer von Erdbeben. Ich erinnere an die letzten großen Beben 2008 und 1984. Bei diesen Beben konnten wir sicher sein, dass die eurasische Erdplatte an der nordamerikanischen gerieben hatte, die Beben fanden bei Argyll in Schottland statt. Allerdings liegt das Epizentrum dieses Erdbebens bei St. Buryan, genau genommen in dem bekannten Steinkreis der Merry Maidens. Sehr weit weg von allen Erdplatten und Gebirgen. Momentan ist es uns noch unerklärlich, wie hier die Erde so stark beben konnte wie bei dem Fukushima-Unglück in Japan.«

»Ist das nicht furchtbar? Die armen Teufel in Cornwall. Sogar Tintagel hat es ins Meer geweht.« Der Schäfer kam zurück mit der Tüte Milch. »Im Fernsehen zeigen sie die abgebrochenen Klippen, wo einst die Mauerreste der Artusburg standen. Das Erdbeben hat in der Bretagne einen Tsunami ausgelöst. Brest ist beinahe komplett überflutet. Sämtliche Kanalinseln sind ganz weg.«

Und wir hatten nichts mitbekommen. Entsetzt suchte ich Colins Blick. Was hatte er für ein Glück gehabt! Noch vor zwei Tagen hatten er und Elizabeth den Ärmelkanal durchquert. Doch Colin sah Elizabeth an. Er nahm ihre Hand.

Colin berührte sie? Wie … ungewöhnlich.

»Wir müssen gehen«, sagte Brandon und stand auf.

»Aber wieso denn? Der Tee ist gleich fertig«, sagte der Bauer und wollte Brandon zurück auf den Stuhl drücken. Brandons Gesicht zeigte unverhohlenen Unwillen und noch etwas anderes: Angst. »Vielen Dank für Ihr Angebot. Wir müssen wirklich weiter.«

»Der Odin Stone kommt nicht zurück und hier auf der Insel gibt es keinen anderen Lochstein.«

»Das stimmt, doch meiner Freundin geht es nicht gut. Sie muss sich hinlegen.«

Seiner Freundin?

Brandon sah mich eindringlich an.

»Du bist sehr blass, Meredith.« Keine Frage. Brandon wollte unbedingt raus, warum auch immer. Ich musste also mit meinem Programm starten.

»Kopfschmerzen«, sagte ich matt und dachte an ein heißes Bügeleisen auf kariertem Hemd.

Der Farmer sprang unwillkürlich auf. »Ich ... ihr müsst gehen. Ich hab was vergessen.«

Ha! Es funktionierte! Wir sprangen alle gleichzeitig auf und eilten hinaus.

»Wartet mal!«, rief Elizabeth, als Brandon bereits die Haustür geöffnet hatte. Wir drehten uns um.

Der Schäfer war hinter uns im Flur stehen geblieben, mitten in einer Bewegung erstarrt.

Erstaunt sahen wir zu, wie sich sein Gesicht verzog, während er kreidebleich wurde.

»Nicht gehen. Kro... eisen... Sch... eisen... Sch...«, nuschelte er noch, ehe er zu Boden sackte.

Colin war mit zwei Schritten neben ihm. Er fühlte seinen

Puls und dem Schafbauern entwich ein Stöhnen bei der Berührung.

Colin sah mich an. »Mere, hast du ihn gerade manipuliert?«

»Na ja … Aber er sollte nicht ohnmächtig werden, sondern nach seinem Bügeleisen schauen«, sagte ich schnell.

»Glaubst du, es ist möglich, dass er vor dir schon einmal manipuliert wurde?« Colin winkte mit der Hand vor dem dumpfen Blick des Schäfers und kontrollierte irgendwelche Vitalfunktionen. Was er sich vermutlich bei seinem Vater abgeschaut hatte.

»Doppelt manipuliert? Du meinst, Cromwell war schon hier?«

»Das ist nicht ausgeschlossen«, überlegte ich und hielt mir meine schmerzende Wange. Das würde auf alle Fälle das seltsame Verhalten erklären, mit dem er uns zum Bleiben bewegen wollte.

Elizabeth beugte sich dicht über den Schäfer und lauschte seinem Gebrabbel. »Er redet von *heiß* und *Kro… Kro…* und zischt ständig ein SCH. Er meinte doch wohl nicht Schei… äh Fäkalien? Oder kann jemandem der Kropf heiß werden?« Elizabeth sah uns nacheinander fragend an.

»Wohl eher nicht«, sagte Brandon. »Außer mir, wenn ich nicht gleich etwas Alkohol bekomme.«

»Jetzt ist guter Rat teuer«, sagte Colin eine ganze Weile später. Wir hatten den Bauern auf die Küchenbank gelegt. Er war eingeschlafen und wachte nicht mehr auf, atmete aber ruhig und gleichmäßig, so dass wir es wagten. keinen Arzt zu rufen. Ich weiß nicht mehr, wer auf die Idee kam, etwas im Pub zwei Kilometer weiter zu trinken, doch der Vorschlag wurde einstimmig angenommen. Brandon war der Ansicht, die aktuellen Nachrichten würden die polizeiliche Suche nach uns in den Hintergrund rücken. Davon mal abgesehen, dass sich gerade der erste Ritualplatz als zerstört herausgestellt hatte, war es ohnehin egal, ob Cromwell uns erwischte. Alkohol erschien in diesem Moment irgendwie passend.

Im Pub saßen wir um einen Tisch herum und starrten düster in unsere Getränke. Ich hoffte sehr, dass der Schäfer keinen Schlaganfall erlitten hatte, und beruhigte mich mit dem Wissen, dass dann eine Gesichtshälfte muskuläre Probleme gezeigt hätte. Er hatte so komisch unzusammenhängend gestammelt. Was hatte er uns sagen wollen?

Die Bilder aus dem Erdbebengebiet und der zusammengebrochene Schäfer hatten uns alle ganz schön mitgenommen. Ich ahnte, dass keine Erdplattenverschiebung für diese Katastrophe verantwortlich war, sondern es sich hier um Vorboten für den nahenden Untergang handelte. Und dann noch ein Tsunami … Konnten wir jetzt überhaupt noch was retten? Sollte jetzt wirklich alles zu spät sein?

Den Kies des ehemaligen Odin Stone zu finden wäre mühsamer als die berühmte Nadel im Heuhaufen. Die wäre wenigstens noch ganz.

Und wer konnte uns sagen, dass die zerbröckelten Überreste auch noch ihre Kraft besaßen?

Ausgerechnet beim ersten Ritual war es schon mehr als fraglich, ob wir es hinbekämen, weil Dilettanten den Ritualplatz zerstört hatten. Meine Kopfschmerzen waren stärker geworden und wurden beinahe unerträglich, als mir aufging, was das bedeutete – und dass die Zeit auch immer knapper wurde. Uns blieben nur noch ein paar Tage.

»Stand da irgendwas von einem Plan B in den Unterlagen?«, fragte Theodor.

Brandon schüttelte den Kopf und trank sein Glas in einem Zug leer.

»Ihr seid ja großartige Spurensucher«, höhnte Theodor. »Ach kommt schon. Wie schlimm kann es sein, dass ein dämlicher uralter Stein zu Mehl wurde? Das wird wohl nicht das Erdbeben in Cornwall ausgelöst haben. Immerhin ist der Stein seit zweihundert Jahren hinüber.«

Wenn der wüsste … Das Ganze schien ihm zu gefallen. Unsere Niederlage wohlgemerkt.

»Baut euch doch einen Lochstein.« Theodor lehnte sich zurück und kreuzte selbstgefällig die Arme vor der Brust.

»Unsere kluge Meredith überlegt garantiert gerade, welches Werkzeug man für das Loch benötigt, wie man es ansetzt, in welchem Winkel, um dann die Beschaffenheit und Dichte des Steins zu kalkulieren, damit die Bohrung auch gelingt.«

»Nein. Weißt du, was ich gerade wirklich kalkuliere?«, fragte ich und sah ihm in die Augen. »Wie schaffe ich es, eine Leiche verschwinden zu lassen, die etwa deine Körpergröße und dein Übergewicht hat. Wie kann ich den Kadaver zum nächsten Megalithen schleifen, diesen anheben, den Leichnam darunterlegen, ohne eine Schleifspur zu hinterlassen oder Fußabdrücke, so dass du die nächsten fünfhundert Jahre genauso verschollen bist wie die beiden Prinzen im Tower.«

Theodor grinste, nicht im Mindesten eingeschüchtert.

Keine Frage, er genoss unser Debakel.

»Lasst uns ein Zimmer mieten, um noch einmal richtig auszuruhen und Kraft zu tanken. Brandon kann dort noch einmal in Ruhe den Kodex durchgehen. Ich bin mir sicher, ausgeruht und gestärkt finden wir einen Ausweg«, schlug Colin vor.

»Ich glaube, ich brauche vorher einen weiteren Drink«, murmelte Brandon und begab sich zur Theke. Mir war klar, dass Brandon keinesfalls ein Zimmer mieten wollte. E konnte vielleicht vorspielen, dass sie ihren Ausweis verloren hätte, aber direkt zwei von unserer Gruppe? Das war so unwahrscheinlich. Obwohl der Gedanke an ein Bett, eine Dusche, saubere Bettwäsche und morgen ein ausgiebiges Frühstück so verlockend waren, dass ich dafür mit Freuden noch zehn Kilometer wandern würde.

Elizabeth unterdrückte ganz damenhaft ein Gähnen. Sie schlug vor, die Darts-Scheibe zu nutzen, die weiter hinten im Pub hing, bis wir wussten, wie es weiterging.

Colin wehrte ab. »Nein, mit Meredith zu darten macht keinen Spaß.«

»Also ich fand's ganz lustig beim letzten Mal«, sagte Theodor. Auf Colins verwirrten Blick hin fügte Theodor hinzu: »Ich hab sie haushoch geschlagen.«

Colin grinste. »Da hat sie dich aber schön angeschmiert. Niemand schlägt Meredith beim Darts. Kann es sein, dass sie was von dir wollte?«

Theodors Grinsen verblasste. Er starrte mich an. Ich lächelte unschuldig.

»Ich brauche auch noch was zu trinken.« Er stand auf, doch ehe er zur Theke ging, wandte er sich an Elizabeth.

»Wir könnten Karten spielen oder würfeln. Und derjenige, der verliert, muss einen Whisky trinken. Wir sind immerhin in Schottland.«

»Ein Kartenspiel wäre nett«, stimmte sie zu.

Colin meldete sich zu Wort. »Karten spielen ist ähnlich wie Darts. Meredith …«

»Sag's nicht«, zischte E und funkelte mich an. »Du bist unnormal. Ich nehme einen Whisky.«

»E, das ist keine gute Idee«, warnte Colin und sah sich Hilfe suchend nach Brandon um. Der stand noch an der Theke und plauderte mit dem Wirt.

Ehe er sie aufhalten konnte, war E aufgesprungen und zu Brandon gegangen.

Wir hörten sie sagen: »Die mögen alle nicht mit mir Darts spielen. Hast du Lust dazu?«

»Da mache ich mit«, erklärte Theodor und eilte den beiden hinterher.

Wie wunderbar! Endlich war ich mit Colin allein. Zum ersten Mal seit er mit Elizabeth aufgebrochen war. Ich hatte so oft an ihn gedacht und hatte so viele Fragen über alles, was ihm unterwegs geschehen war, wollte erfahren, wie er auf die Idee gekommen war, sich einen kleinen Bart stehenzulassen, der ihm verdammt gut stand. Ich wollte alles wissen, doch Colins Blick hing an Elizabeth, die gerade von Brandon die Pfeile entgegennahm und dabei wieder dieses strahlende Lächeln aufsetzte. Ich war endlich wieder mit ihm zusammen und allein und doch fühlte ich mich wie vor den Kopf gestoßen.

Jetzt wusste ich nicht mehr, was ich hatte sagen wollen, womit ich hatte anfangen wollen.

»Wie war es denn mit den beiden bis hierher?«, eröffnete Colin das Gespräch. Zumindest sah er mich wieder dabei an.

Ich schnaubte. »Was glaubst du wohl? Ein einziger Albtraum. Irgendwie hatte ich mir einen Road Trip immer anders ausgemalt.«

Colin begann einen Bierdeckel zu zerpflücken. »Aha.«

»Nichts für ungut, aber du weißt, was ich von deinem Bruder halte, und jetzt halte ich noch weniger von ihm«, machte ich endlich meinem Frust Luft. Colin lehnte sich zurück und drehte den Kopf zur Darts-Scheibe.

»Elizabeth hat mir viel von ihrer Familie erzählt. Auch von ihrem Leben und dass sie kurz davor war, an den königlichen Hof zu gehen.« Ich starrte ihn betroffen an. Hatte er mir überhaupt zugehört? Doch jetzt sah er mich wieder an. Seine Augen leuchteten. »Sie sollte eine Hofdame der Königin werden. Überleg nur! Wir bekommen Einblicke, um die uns jeder Geschichtsprofessor beneiden würde. Ist das nicht aufregend?«

»Ja, sehr aufregend«, murrte ich. Ich hatte keine Lust, mir ein Loblied auf Elizabeth anzuhören. Ich wollte Colin für mich. Zumindest jetzt hier in diesem Moment.

»Ach Mere, betrachte das alles doch einfach als ein riesengroßes Abenteuer. Stell dir vor: Ich war noch nie auf den Orkneys und ich finde es toll hier.«

Ich sah aus dem Augenwinkel, wie Theodor einen Pfeil ins Bulls Eye warf und sich von dem Gastwirt einen neuen Whisky bringen ließ, den er großzügig an Elizabeth weiterreichte. Nein, ich fand es lange nicht so toll hier.

»Ich habe ständig die Bilder von diesem Erdbeben in Cornwall vor Augen«, erinnerte ich ihn düster. Schutt und abgebrochene Klippen und hilflose Menschen, Bilder von weinenden Kindern und dann die Worte des Seismologen: *Das Epizentrum liegt in St. Buryan. Es ist unerklärlich, wie die Erde hier so stark beben konnte …*

Und es lag an mir, solche Katastrophen zu stoppen – innerhalb von einer Woche. Der Gedanke ließ mich erzittern. Ich griff mit beiden Händen nach dem Glas vor mir und trank einen Schluck.

Kein Wunder, dass Colin nun alle Menschen so sah, wie sie jetzt waren, statt alt und runzelig. Er hatte immer jeden so gesehen, seine Mutter, seinen Vater, Theodor, mich. Restlos alle bis auf eine. Und die klatschte gerade über einen gelungenen Wurf in die Hände.

»Haben sich deine Visionen eigentlich verändert, wenn du sie berührst?«, fragte ich nach einer Weile.

»Interessanterweise nicht.« Er nippte an seinem Ale. »Sie trägt in meinen Visionen noch immer diese langen, steifen Kleider mit Halskrause. Das ist doch ein gutes Zeichen, denkst du nicht?«

»Bei ihr ist das Ansichtssache«, sagte ich düster und sah, wie Brandon ihr bei der Zielführung ihres Dartspfeils behilflich war. Okay, ich *war* eifersüchtig. Ich hätte nie gedacht so kleinlich sein zu können.

»Ich wollte, ich könnte das Feuer so entzünden, wie sie es kann«, seufzte ich.

Colin nippte nachdenklich an seinem Bier. So starker Alkohol wie Whisky wäre für ihn nicht in Frage gekommen. »Weißt du schon, was du bei diesem Ritual genau machen musst? Kann ich dir irgendwie helfen?«

»Weißt du noch, wie wir damals geübt haben, damit du deine Fähigkeiten zu verbergen lernst?«, fragte ich dagegen.

Er schnaubte: »Und ob.«

»Ich muss genau das Gegenteil können, auf Kommando. Doch es klappt einfach nicht«, seufzte ich und massierte meine Schläfen. »Brandon verliert schon langsam die Geduld deswegen. Ich weiß, dass ich alle Elemente beherrschen muss, aber ich beherrsche noch nicht ein einziges richtig. Es geschieht immer unkontrolliert.«

Colin sah mich mitfühlend an. »Das stell ich mir auch sehr schwierig vor. Was kann ich tun?«

»Du könntest mir wirklich helfen. Du könntest mit mir üben, so wie wir damals geübt haben.«

»Dann versuch doch einfach mal das Glas vor dir zum Schweben zu bringen«, schlug Colin vor.

Ich sah mich um. Der Wirt sah Elizabeth und Theodor beim Dartsspiel zu und Brandon war von den beiden übrigen Gästen, blonden Mädchen in unserem Alter, vereinnahmt worden. Sie hatten nur Augen für ihn und er schien ihre Aufmerksamkeit sichtlich zu genießen. Mit gekreuzten Knöcheln lehnte er lässig neben ihnen an der Wand und nippte an seinem Whiskyglas. Niemand beachtete Colin und mich.

Colin lächelte aufmunternd. Ich entspannte mich. Ich wusste, er würde nicht entnervt stöhnen oder zetern, wenn es nicht funktionierte. Er würde mich einfach auffordern es noch einmal zu versuchen und mir alle Zeit der Welt dafür geben. Und er würde keinesfalls darauf hindeuten, dass wir die nicht hatten. Mit Colin war es immer so … befreiend einfach.

Ich dachte an einen Tag in der Abtei, wo wir zwischen den alten Gräbern liegend einem Falkenpärchen zugeschaut hatten. Die beiden Falken hatten lange und geduldig in der Luft geschwebt. Ihr Flug war vollendet gewesen. Wir hatten versucht auszumachen, was für ein Tier sie wohl beobachteten, doch wir hatten es nicht sehen können. Die Falken hatten endlos über der Wiese verharrt. Ich erinnerte mich, sogar ihren Schatten auf dem Rasen gesehen zu haben.

»Meredith, sieh nur.«

Ich hatte so sehr die Falken vor Augen gehabt, dass ich meine Umgebung vollkommen ausgeschaltet hatte. Jetzt fiel das Glas und drohte umzukippen. Colin fing es auf, ehe das Bier rausfloss.

14. Kapitel

»Es hat funktioniert«, sagte ich erstaunt zu Colin.

Er lächelte mich aufmunternd an. »Na, siehst du. Das wird schon. Vielleicht solltest du einfach mit jemandem üben, der dich nicht nervös macht.«

Ich spürte, wie mir die Hitze ins Gesicht stieg.

Vor uns polterte es.

Es war nur Elizabeth, die sich an Theodor festkrallte. Moment mal! Sie klammerte an *Theodor*?

»Meine Güte, die ist so dicht wie damals bei der Mittsommerfeier«, sagte Colin und klang äußerst besorgt. Wir standen auf und gingen zu ihnen hinüber.

»Sie ist noch betrunkener«, sagte ich amüsiert. Aus nächster Nähe war das offensichtlich. Sie versuchte sich wieder aufzurappeln und aufrecht zu stehen, doch sie verdrehte ständig ihre Augen und sah echt gruselig aus mit weißen Augäpfeln.

»Sternhagelvoll«, kommentierte Theodor und schob sie von sich.

E kippte zur Seite. Ganz langsam, wie in Zeitlupe. Ich dachte, sie schwanke, doch als sie einen gewissen Winkel erreicht hatte, war klar, dass sie gleich fallen würde. Colin sprang hinzu, fing sie auf und brachte sie zurück in eine aufrechte Position. Der Wirt eilte herbei und half ihm.

Colin scherte nicht Brandons Zögern wegen eines Bed and Breakfast, er fragte den Wirt nach einer Übernachtungsmöglichkeit.

»Meine Schwester hat noch zwei freie Gästezimmer. Ich vermiete sie für sie hier im Pub. Wenn ihr wollt, könnt ihr die haben. Dann telefoniere ich schnell und kündige euch an.«

Theodor war sofort Feuer und Flamme. Mir erging es allerdings ähnlich. Bei Theodor war es garantiert die Aussicht auf ein Bett. Ich meinerseits konnte es kaum erwarten, unter die Dusche zu steigen. Wir würden Brandon einfach vor vollendete Tatsachen stellen.

»Ich bringe sie hin«, sagte Colin. »Theo, hilf mir mal.«

Theodor fügte sich ohne Widerworte. Ich starrte ihn groß an, als er hilfsbereit E unter die Arme griff, obwohl er sie vorhin noch weggeschoben hatte.

Das war vermutlich das erste Mal in seinem Leben, dass er einer Aufforderung nachkam, ohne einen Nutzen daraus zu ziehen. Was E nicht alles bewerkstelligen konnte. Und dann auch noch ohne Verstand.

»Die Zimmer sind für euch bereit«, sagte der Wirt und erklärte uns den Weg.

»Bis später, Mere«, keuchte Colin. Elizabeth hing zwischen ihm und seinem Bruder alles andere als damenhaft und elegant. Sie hatte die Konsistenz eines nassen Sacks.

»Kann ich nicht mitkommen?« E wie eine Marionette ohne Puppenspieler hängen zu sehen war durchaus spaßiger, als Brandon beim Flirten zu beobachten. Hatte er wirklich noch nichts hiervon mitbekommen? Offensichtlich nicht, denn die zwei

Grazien lachten und kicherten die ganze Zeit über wie Hühner, die gerade einen Fuchs gesehen hatten.

»Ja ja, schon gut«, seufzte ich und ging zurück zu dem Tisch, an dem wir vorhin noch einträchtig gesessen hatten. Ich sah den beiden Brüdern hinterher, die die nahezu bewusstlose Elizabeth aus dem Pub schleiften.

Theodors Hand umspannte Es Pobacke und der andere Arm stützte den Oberkörper; ich sah die Finger verdächtig weit oben unter ihrer Achsel. Jetzt war mir auch klar, warum er so erpicht darauf gewesen war, Colin zu begleiten. So ein mieser Grapscher.

Colin hatte seine liebe Not, E zu halten, und merkte nichts von Theodors *Hilfestellung.*

Ich lehnte mich zurück und gönnte es Elizabeth ein klein wenig. Vielleicht würde ich ihr morgen sogar noch erzählen, sie habe heiß mit Theodor geknutscht. Auf das Gesicht freute ich mich jetzt schon. Natürlich würde Colin es klarstellen, aber diese eine Minute, in der sie es hörte … wäre eine süße kleine Rache.

Apropos knutschen! Ich wandte mich wieder zu meinem letzten Begleiter. Brandon hatte soeben eine Hand auf den Unterarm von einer der beiden Blondinen gelegt.

He, Moment mal! Er hatte doch gesagt, er vermeide belanglose Berührungen. Oha, dann hatte er hier wohl keine *belanglosen* Absichten. Er lächelte sie jetzt mit halb geschlossenen Augen an. Das sollte ich nicht sehen. Es ging mich nichts an, wenn Brandon mit einem Mädchen etwas Spaß haben wollte. Doch ich konnte nicht weggucken. Zu meiner Überraschung zog er die Hand wieder zurück und in sein Lächeln schlich sich beinahe etwas Gequältes. Okay, kein Geknutsche.

Ich beschloss, es war höchste Zeit, den Pub zu verlassen.

Auf mich wartete ein Bett! *Und eine Dusche!* Ja, es war allerhöchste Zeit. Entschlossen stand ich auf und ging zu ihm und den Mädchen.

»Schatz, können wir gehen?«, fragte ich und legte Brandon eine Hand in den Nacken. Sofort wandte er mir sein selig lächelndes Gesicht zu. Die Mädchen schauten erst ganz betroffen drein und dann sauer.

»Du bist also doch mit einer zusammen?«, fauchte eine der beiden.

»Äh …« Brandons glasige Augen sprachen Bände.

Ich zog an seinem Arm, damit er aufstand.

»Lass uns gehen«, sagte ich noch einmal.

Brandon erhob sich schwankend und taumelte ein wenig gegen mich. Seine Arme umschlangen meine Taille und er lächelte zu mir hinunter. Ich war mir ganz sicher, genauso lächelte Edward Cullen Bella Swan an.

»Ach, Meredith, du bist und bleibst die Einzige, bei der ich so fühle.«

Die Mädchen seufzten. Allerdings kannten sie Brandon nicht so gut, wie ich ihn mittlerweile kannte, und wussten daher nicht, wie bedauernd sein Tonfall klang. Ich befreite mich aus seiner Umarmung. Sein Atem roch unangenehm säuerlich durch den Alkohol. Ich ging an die Theke. Brandon folgte mir.

Er beugte sich zu mir und flüsterte vertrauensvoll: »Ich bin leider nur ein bisschen betrunken. Ehrlich gesagt habe ich sogar kurzzeitig mit dem Gedanken gespielt, Alkoholiker zu werden.«

»Mach ruhig weiter so. Das wird schon«, erklärte ich.

»Willst du noch was trinken?«, fragte mich der Wirt.

Nein, ich wollte bezahlen und duschen.

»Sie bekommt eine Cola«, bestellte Brandon für mich. »Es sei denn, Sie können einen *Sex on the Beach.*«

»Das ist ein Pub«, knurrte der Wirt amüsiert.

»Ich meinte natürlich, einen *Safe Sex on the Beach.* Sie darf keinen Alkohol trinken«, erklärte Brandon dem Wirt und wandte sich dann zu mir. »Du musst das Ritual vollziehen und kannst noch immer nicht alles wirklich gut. Mit Alkohol im Blut wird es garantiert nicht besser.«

Wie viel hatte er schon getrunken in der kurzen Zeit? Er sprach vor einem Fremden vom Ritual.

Außerdem lallte er etwas.

»Äh, Brandon, ich glaube, du hast auch genug Alkohol für heute.«

»Seid ihr verwandt?«, fragte der Wirt.

»Sehen wir uns ähnlich?«, fragte ich perplex und mein Blick fiel auf Brandons blonden Schopf, während meiner doch fast schwarz war.

Der Wirt grinste. »Ich würde ja eigentlich auf ein altes Ehepaar tippen, aber dafür seid ihr zu jung.«

Brandon lachte. »Ich verrate Ihnen was. Meredith kann noch nicht mal flirten.«

Das tat weh. Und er war noch nicht fertig.

»Sie hat sich sogar Tipps von einem Freund geben lassen.«

»Scheint aber gewirkt zu haben«, sagte der Wirt und lehnte sich an den Tresen.

»Wie kommen Sie darauf?«

»Immerhin ist sie mit dir hier auf den Orkneyinseln, oder etwa nicht?«

Ich sah Brandon den Mund öffnen und befürchtete, er wolle in seinem Zustand dem Wirt erklären, warum wir tatsächlich unterwegs waren. Ich trat ihn gegen sein Schienbein.

Er zuckte. »Aua!«

Gut so. »Brandon, ich glaube wirklich, du hast genug«, sagte ich streng. Ich hatte auch genug.

»Wovon? Vom Flirten? Bestimmt nicht. Seit wir unterwegs sind, hat niemand mehr mit mir geflirtet. Du siehst mich auch nicht mehr so an.«

»Ich seh dich doch an«, widersprach ich und sah ihm ins Gesicht.

»Nein, tust du nicht. Zumindest nicht mehr so, wie am Kennet-Weiher.«

»Und wie soll ich dich ansehen?«, fragte ich entnervt.

»So.« Er drehte sich zu dem Tisch mit den Blondinen um und zwinkerte ihnen zu.

Sofort begannen alle beide wieder zu kichern.

»Dein Beuteschema ist dasselbe und ich gehöre nicht dazu«, stellte ich ungerührt fest. Musste er das vor dem Wirt alles ansprechen? Ich war genervt, doch ich erkannte, dass Brandon noch nicht bereit war zu gehen.

»Aber weißt du was? Ich denke, du kannst dir ein bisschen Spaß gönnen. Geh rüber und setz dich wieder zu ihnen. Ich warte dahinten, bis du fertig bist – oder granatendicht.«

»Wie meine Eltern kurz vor ihrer goldenen Hochzeit«, hörte ich den Wirt murmeln. Er reichte mir eine Cola und ich ging frustriert zurück an den Tisch, wo ich vorhin noch mit Colin gesessen hatte.

Goldene Hochzeit. Verwandt. Also ehrlich.

Ich nahm mir eine Zeitschrift und blätterte lustlos. Von meinem Platz aus konnte ich sehen, dass Brandon sein Glas nahm und sich wieder zu den Blondinen setzte. Dieses Mal allerdings neben die andere.

Ich sah ihn mit beiden lachen. War das flirten? Dieses Kopfschräg-Halten und Blicke-von-unten-Senden, was die Blondine gerade tat? Oder mit dem Finger sehr bedächtig über den Glasrand streifen?

Was zum Teufel signalisierte das einem Mann? Bereitwilligkeit? Jetzt wischte sie mit ihrem Zeigefinger Brandon einen Tropfen vom Mundwinkel und leckte ihn dann ab. Ach du Schande!

Hatte Elizabeth das auch schon getan? Womöglich bei Colin? In meinem Magen breitete sich ein Ballon aus, der sämtliche Organe verschob. Vor allem das Herz. So etwas würde eine Lady doch wohl nie tun, oder?

Ich wollte mich ablenken. Die Zeitschrift war voller Klatsch und Tratsch über Kim Kardashian, Victoria Beckham und Ricky Gervais. Da ich Ricky Gervais nicht ausstehen konnte, schlug ich die Zeitung wieder zu. Also begann ich die Einrichtung im Pub in Primzahlen einzuteilen. Ich war schnell durch. Müde nahm ich meine Brille ab und rieb mir die Augen.

Als ich sie wieder öffnete, begann die Zeitung vor mir zu schweben. Schnell stellte ich meine Cola darauf und sah wieder zu Brandon.

Die Blonde schien sein Zustand überhaupt nicht zu stören.

Ich sah sie ihre Hand auf seine legen. Die Zeitung blieb brav auf dem Tisch liegen.

Brandon zuckte zusammen.

Schon sah ich ihn ein verbindliches Lächeln auflegen und wusste, gleich war es mit dem Flirten ganz vorbei. Wie lange, hatte er gesagt, hielt er es dann bei solchen Personen aus? Fünf Minuten oder waren es acht?

15. Kapitel

Er ging schon nach nur drei Minuten und kam schnurstracks zu mir. Er setzte sich auf den Stuhl direkt neben dem meinen, streckte seine Beine aus, kreuzte sie an den Knöcheln und lächelte mich an. Der Vergleich mit dem alten Ehepaar war irgendwie passend, dachte ich. Es war so selbstverständlich. Für ihn als auch für mich.

»Marybeth?«

Autsch. Vielleicht hatte ich mich doch getäuscht.

»Ich heiße Meredith«, korrigierte ich scharf.

»Weiß ich doch«, sagte er und lächelte mich weiterhin an. »Die tapfere Meredith, die uns alle retten wird. Die Geistermönche sieht und es in geschlossenen Räumen regnen lassen kann.«

»Das hast du hoffentlich nicht der Blonden erzählt«, sagte ich nüchtern.

»Nee. Ich bin ja nicht dumm.«

Nein, nur betrunken.

»Du bist ohne Brille lange nicht so unattraktiv wie mit.«

Schlagartig wurde meine Sicht trüb. Meine Brille lag noch immer auf dem Tisch vor mir. Wieso zum Teufel konnte ich manchmal ohne diese unzähligen Minusdioptrien trotzdem gut sehen? War das ein weiteres Gaianidinnen-Ding? Das wäre zumindest eines, was ich unbedingt üben musste.

Ich zog meine Brille auf und Brandon blinzelte kurz.

»Darf ich deine Hand halten?«, fragte er unvermittelt und sah mir tief in die Augen. Ganz so, als wolle er mit mir flirten. Ganz so, als wäre ich blond.

»Die Blonde hat das Feingefühl von Bloody Mary, leider ohne deren Entschlossenheit und Durchsetzungsvermögen.« Er schüttelte sich leicht.

»Hast du etwa Königin Mary je die Hand geben können?«, fragte ich erstaunt.

»Natürlich nicht«, wehrte er ungehalten ab. »Ich bin der zweite Sohn des Earl of Stanford. Mir steht es nicht zu, bei Hofe zu erscheinen.«

Ich hatte an seine Eitelkeit gekratzt. Der zweite Sohn des Earl of Stanford war auf alle Fälle nicht gern zweiter Sohn, egal was er mir im nüchternen Zustand von erarbeiten und aufregend erzählt hatte.

»Die blonde Sylvia dahinten wird eines Tages einen Ehemann schrecklich langweilen – falls sie es nicht schon tut«, sagte er mit Blick zur Blondine, die noch immer in seine Richtung lächelte. Er lächelte zurück, machte aber keine Anstalten mehr, zu ihr zu gehen. Stattdessen sah er mir direkt in die Augen.

»Weißt du, dass du die schönsten grünen Augen hast, die ich kenne?« Wie ein Kurzsichtiger kniff er die Augen zusammen. Er stutzte einen winzigen Augenblick.

»Die sehen Elizabeths Augen verblüffend ähnlich.«

Er hätte mir nichts Abtörnenderes sagen können. Mein Herzschlag setzte eine Sekunde lang aus und danach pochte es ruhiger. Wesentlich ruhiger.

»Maryb… o entschuldige. Meredith wollte ich sagen. Du hast nicht nur die schönsten Augen, du hast auch die wunderschönsten Gefühle. Darf ich?«

»Du weißt schon, dass dieses Gesülze eher abschreckt, ja?« Ich legte meine Hände auf meinen Schoß, unter den Tisch und damit aus seiner Reichweite. Mein Herz hätte vor drei Wochen Saltos hingelegt, wenn er mich so angesehen hätte. Jetzt war da nichts mehr. Ich fühlte nur noch Frust.

»Ich will doch nur deine Hand halten.« Er lächelte betörend. »Ich würde dich auch gern noch mal küssen. Du küsst fast genauso gut wie …«

»Bitte«, sagte ich schnell und gab ihm meine Hand. »Ich will keine Vergleiche zu all den Lucys, Lilys, Hollys oder Sylvias hören.«

Er schwieg einen Moment lang, schloss die Augen, und das entrückte Lächeln – ein ehrliches Lächeln, nicht dieses Ich-will-etwas-haben-Lächeln – lag auf seinem Gesicht. Er sah aus wie ein Weinkenner, der gerade ein ganz edles Bouquet genoss.

»Eigentlich wollte ich einen Vergleich hören«, sagte er nach einer Weile. »Wie küsse ich?«

»Gut«, sagte ich ausweichend und nippte an meiner Cola. Das schien zu reichen.

»Meredith, du bist das warmherzigste Wesen, dem ich je begegnet bin.« Brandon zog an meiner Hand und sorgte so dafür, dass ich ihn ansah. »Ist das auch noch Gesülze?«

Ohne die Nachfrage wäre es das.

»Lass uns gehen, Brandon«, sagte ich, statt zu antworten. »Die frische Luft wird dir guttun.«

»Will nicht. Will hier bei dir bleiben. Ich muss dich doch beschützen.«

»Ja, du bist mein Ritter.« Ich musste lächeln.

»Pst«, machte er und legte einen Finger an die Lippen. An meine Lippen, und sofort lächelte er wieder. Noch ein bisschen strahlender als vorhin. »Darf doch niemand wissen.«

»Okay. Ich kann den Mund halten«, flüsterte ich zurück. Irgendwie war er niedlich. Er erinnerte mich in dieser Verfassung ein bisschen an Wall-E, Colins Beagle.

»Denk doch einfach, dass du bald wieder zu Hause bist und ein echter Ritter sein kannst.«

Er lächelte noch einmal zu den Blondinen hinüber. Sie beobachteten uns und ihr Lächeln fiel dieses Mal sehr mager aus.

»Dann hast du mich schnell vergessen«, fügte ich trocken hinzu.

Er blinzelte und ließ meine Hand los.

»Stimmt. Lass uns gehen.« Brandon sprang auf. Auch betrunken war er wesentlich geschmeidiger als jeder andere, den ich kannte.

Er legte das Geld für die Getränke auf den Tisch und verließ den Pub, ohne sich nach mir umzudrehen. In der Zwischenzeit war es Abend geworden, die Sonne war schon untergegangen und ein weiterer Tag verstrichen, ohne dass wir etwas erreicht hatten. Aber ich wollte mich davon nicht zu sehr beunruhigen lassen. Nicht jetzt, wo gleich eine Dusche und ein Bett auf mich warteten. Brandon stiefelte voraus.

Natürlich kam er nicht weit und ich musste ihm sagen, wo es langging. Die Nachtluft war nicht wirklich kühl und die Straße um diese Uhrzeit recht verlassen. Nicht jedes Haus war bewohnt, wie man unschwer an verwilderten Vorgärten und matten, dunklen Fensterscheiben erkennen konnte. Ein trostloser Ort.

»Marybeth? Wenn du könntest, würdest du mich begleiten?«

»Tu ich gerade, Brandon«, sagte ich und keuchte etwas. Er hatte einen Arm um meine Mitte gelegt und ließ sich ein wenig hängen. Brandon mochte nicht ganz so groß sein wie Colin, aber er war zumindest kräftiger und muskulöser.

»Jetzt bis zu unserer Unterkunft und dann, bis du wieder heimkannst«, fügte ich seufzend hinzu.

»Ja, genau das meine ich«, Brandon blieb stehen und zwang mich damit ebenfalls stehen zu bleiben. »Würdest du mich nach Hause begleiten?«

Er legte mir beide Hände auf die Schultern. Ganz langsam wanderten sie in Richtung Hals, bis er wieder meine Haut berührte, und dann wanderten sie weiter, bis er meinen Kopf umfing. Ganz zart.

»Wenn ich zurück ins sechzehnte Jahrhundert gehe – falls es gelingt –, würdest du mit mir kommen? Mein Leben dort mag einfach sein und primitiver als heutzutage und ich bin nur der zweite Sohn, ich werde vermutlich bei meinem Bruder wohnen und ihm den Haushalt und die Ländereien leiten. Aber das Leben im sechzehnten Jahrhundert hat auch sehr schöne Seiten. Ich versichere dir, du würdest es zu schätzen lernen. Außerdem liebt man sich dort öfter – ich rätsele noch, ob das am mangelnden Fernsehprogramm liegt oder an der Idylle.«

Wie gut, dass wir standen. Ich hätte sowieso keinen Schritt

gehen können. Vor Lachen. Doch ich musste ernst bleiben, denn er meinte es auch so.

»Brandon«, sagte ich endlich. »Du sülzt schon wieder.«

»Ich meine es ernst, Meredith. Ich könnte mir ein Leben mit dir an meiner Seite schon vorstellen. Du bist klug, du bist schlagfertig, du bist loyal. Das sind Eigenschaften, die ich sehr schätze. Und das Wichtigste ist: Deine Gefühle sind immer echt. Du bist so wunderbar warmherzig. Ich möchte dich am liebsten ständig berühren. Ich möchte nicht mehr darauf verzichten.«

So also fühlte es sich an, wenn der jahrelange Schwarm einem eine Liebeserklärung machte. Brandon umfasste mich und zog mich ganz eng an sich heran, so dass sich unsere Brustkörbe berührten. Ich hielt den Atem an. Zu dem schon gewohnten männlichen Duft mischte sich dieses Mal der säuerliche Alkoholgeruch. Das war nicht sehr angenehm. Er beugte sein Gesicht über mich, lehnte seine Stirn an die meine. Seine Lippen waren ganz nah, ich konnte ihre Wärme spüren. Er sinnierte weiter:

»Du würdest meiner künftigen Schwägerin zur Hand gehen und mit deinen Rechenkünsten und mit deinem physikalischen Wissen wärst du eine Bereicherung für jeden Haushalt. Na, was denkst du? Wir gäben ein großartiges Team ab.«

Ich hatte auf die Schmetterlinge gewartet, die waren ausgeblieben, aber sein letzter Satz hatte stattdessen Wackersteine in meinen Magen plumpsen lassen. Ich kniff meine Lippen zusammen und zog den Kopf zurück.

»Meredith …« Er klang ein wenig verzweifelt.

»Brandon, liebst du mich?«, fragte ich ihn rundheraus.

Er antwortete nicht, stattdessen zog er mich wieder fest an seinen Körper. Ich klebte jetzt quasi an ihm.

Und ich konnte fühlen, dass er mich zumindest begehrte.

»Na, hör mal«, sagte er. Er klang entrüstet, lächelte aber dabei sein umwerfendes Lächeln.

»Es ist mir ernst«, sagte ich und jetzt versuchte ich mich aus seinem Griff zu befreien. »Bist du in mich verliebt? Damit meine ich das Gefühl, wenn dein Magen Purzelbäume schlägt, weil du mich siehst, oder dein Kopf auf einmal ganz leicht wird, nur weil ich dich anlächle. Fühlst du irgendwas davon, wenn du mich siehst? Wenn wir zusammen sind?«

»Elizabeth hat es doch schon gesagt. In diesem Zeitalter wird viel zu viel Wert auf Liebe gelegt. Und dabei gibt es hier mehr Scheidungen, als Heinrich VIII. sie je zugelassen hätte. Vergiss diese Gefühlsduselei. Die ist immer nur vorübergehend. Wir beide hätten etwas Dauerhafteres. Wir würden einen Kompromiss eingehen und eine Gemeinschaft bilden, die über Jahre hinweg auf Achtung und Loyalität fußt.«

»Du klingst wie Theodor«, rutschte es mir raus.

Nun ließ er den Abstand zu, den ich schuf. Nein, er liebte mich nicht. Er wollte einfach nicht auf ein Gefühl verzichten, das ihm Geborgenheit versprach. Das Dumme war: Ich glaubte an die Liebe. Ganz fest sogar. Und ich wollte genauso geliebt werden, wie ich sie empfand. Wenn ich so warmherzig war, wie würde ich wohl in zehn Jahren fühlen, wenn ich nicht genauso zurückgeliebt wurde? Und was würde dann aus uns werden? Würde er dann Verbitterung und Enttäuschung bei meiner Berührung spüren?

Ich dachte, dass ich wohl vor einigen Wochen noch nach so einer Bitte das glücklichste Mädchen von ganz England gewesen wäre.

Jetzt zählte ich auf alle Fälle zu den unglücklichsten.

Als wir das Bed and Breakfast erreichten, torkelte er durch die von einem erschöpften Colin geöffnete Tür.

Elizabeth in ihr Bett zu verfrachten sei eine große Anstrengung gewesen, meinte Colin noch. Gleich darauf schloss er auch wieder die Tür, ohne mir eine gute Nacht zu wünschen.

Was für ein mieser Tag. Was für eine Ernüchterung.

Das Einzige, was mich aufmunterte, war die heiße Dusche, die ich so lange nutzte, bis das Wasser nur noch lauwarm war.

Elizabeth schnarchte und röchelte in dem zweiten Bett, als ich unser Zimmer betrat. Ich sah, wenn auch ein wenig verschwommen, wie ihr Sabber aus dem Mundwinkel aufs Kopfkissen tropfte. Lecker. Ich legte mich ins Bett und versuchte das Gerassel aus dem Nebenbett auszuschalten. Immerhin lag ich in einem Bett! Nicht in dem miefigen Schlafsack auf hartem Boden, sondern auf einer weichen Matratze mit sauberen Decken und einem bequemen Kissen. Und doch wollte sich kein Hochgefühl einstellen.

Es lag nicht mal an all den Katastrophen, die ich stoppen musste, oder daran, dass die Ketten- bzw. Nervensäge hier neben mir alle Aufmerksamkeit auf sich zog, oder dass Theodor mich niedergestreckt und dann auch noch Brandon mich auf diese unromantische Weise angemacht hatte. Nein, es lag vielmehr daran, dass mein bester Freund den ganzen Tag über mehr Vertraulichkeiten mit einer anderen ausgetauscht hatte als mit mir.

Es stimmte, was man sagte: Träume konnten tierisch in die Hose gehen. Und meine Seifenblase vom Schwarm Brandon war endgültig zerplatzt.

16. Kapitel

Ich hatte in einem Bett geschlafen. Ich hatte geduscht. Ich hatte einen Abend in der Zivilisation verbracht – sofern man einen Pub am Ende der Welt so nennen konnte. Man sollte meinen, ich wäre fit und ausgeruht und bereit allem Kommenden entgegenzutreten. Doch als ich kurz nach Sonnenaufgang erwachte, hatte ich Kopfschmerzen, die mich beinahe umbrachten. Ich konnte nicht einmal sagen, ob das noch von Brandons Backpfeife herrührte oder ob ich eine ungewöhnlich starke Migräne hatte. Cromwell hatte behauptet, die Migräne hätte was mit meinem Status als Gaianidin zu tun. Sollte sie in der jetzigen Situation dann nicht verschwunden sein? Sie hätte auf alle Fälle zu keinem unpassenderen Zeitpunkt kommen können.

Mein Frühstück fiel dadurch flach. Allein der Gedanke an gebratenen Speck und Ei ließ mich würgen. Also blieb ich mit einer Flasche Wasser im Zimmer, bis wir auschecken mussten. Ich hätte heulen können. Das erste anständige Essen seit einer gefühlten Ewigkeit – wann waren wir aufgebrochen? Vor vier oder fünf Tagen oder war es noch länger her? – und dann konnte ich nichts zu mir nehmen.

»Hast du geheult?«, fragte Theodor, als ich zu den anderen stieß. Colin wisperte gerade mit Elizabeth, die ungerechterweise keinen Kater zu haben schien, sondern so frisch und strahlend aussah, als sei sie gestern Abend auf einer Preisverleihung gefeiert worden. Auch Theodor sah bestens gelaunt aus. Und er hatte geduscht.

»Mere, alles okay?«, fragte Colin. Er war aufmerksam wie immer, obwohl Elizabeth seine Hand umklammert hielt.

»Ihr geht es gut«, antwortete sie für mich. »Sie sieht wesentlich frischer aus als gestern.«

»Was du überhaupt nicht beurteilen kannst, du Schnapsdrossel«, sprang mir Theodor unerwartet zu Hilfe.

»Ich hab dir was zu essen eingepackt«, sagte Brandon, der mir meinen Rucksack abnahm und zusätzlich zu seinem schulterte. »Na komm, ich helfe dir.«

Ich ahnte, er hatte wohl ein schlechtes Gewissen. Wie viel mochte er noch von seinem Gesülze von letzter Nacht wissen? Allein der Gedanke daran verursachte mir noch mehr Übelkeit. Ich konnte mich nicht mal zum Straßengraben schleppen und kübelte Brandon ein wenig Galle auf die Schuhe.

»Brandon, sie kann unmöglich in diesem Zustand gehen«, sagte Colin.

»Wir könnten doch noch etwas hierbleiben«, schlug Theodor hoffnungsvoll vor. »Die Vermieterin sagt, die Zimmer seien erst wieder ab Freitag vermietet.«

»Wir haben keine Zeit dafür«, sagte Brandon gepresst. Ich rechnete ihm hoch an, dass er mich stützte, anstatt seine Schuhe sauber zu machen.

Ich klammerte mich an ihn und spürte seine Hände warm und fest um meine Taille.

»Meredith, es tut mir leid, aber wir müssen …«

Ich nickte. Nein, ich *wollte* nicken, aber es gelang mir nicht. Also atmete ich zweimal tief durch und richtete mich auf.

»Du bist wirklich tapfer.« Brandon lächelte. »Das wird auch keine sehr lange Wanderung. Skara Brae ist die nächste neolithische Ausgrabungsstätte, wo wir nach einem Lochstein suchen können, und die liegt ungefähr zwei Stunden entfernt.«

»Müssen wir denn unbedingt laufen? Können wir nicht den Bus nehmen?«

»Ich fürchte, die Fahrt bekommt ihr noch weniger als ein Fußmarsch«, sagte Colin, der genau wusste, wie sehr das Schaukeln meinen Zustand verschlimmern würde.

Ich konnte im Nachhinein nicht mehr sagen, wie lange wir unterwegs waren. Ich geriet nicht nur andauernd ins Straucheln, weil ich alles doppelt sah durch die Kopfschmerzen, sondern mir war auch nach wie vor schlecht und ich hatte mich noch zweimal in den Straßengraben übergeben. Colin und Brandon stützten mich abwechselnd.

»Hat sie das öfter?«, hörte ich Elizabeth fragen. Sie klang angewidert. »Das kann doch unmöglich noch von dem Schlag herrühren.«

Colin antwortete ihr leise und ich vernahm nur *Arme Mere … geplagt … immer öfter* und *hoffentlich nichts Ernstes.*

»Der Fluch der Gaianidin.« Das war Brandons Stimme.

Fluch der Gaianidin. Das war ein echter Fluch.

»Hier«, er reichte mir ein Papiertaschentuch und eine kleine Wasserflasche, als ich zum vierten Mal Galle spuckte. Ich spülte mir den Mund aus. Ich hatte noch keinen Bissen essen können und behielt nicht mal Wasser bei mir, was meinen Kopf fast zum

Explodieren brachte. Wenn ich die Augen geschlossen hielt, bildete ich mir ein, dass es ein wenig besser wäre. Colin hatte mir irgendwann unterwegs die Brille abgenommen und im Rucksack verstaut. Sogar die Bügel meiner heiß geliebten Hornbrille drückten.

»Alles in Ordnung mit ihr?«, hörte ich eine fremde Stimme.

Ich blinzelte und sah schemenhaft einen jungen Fahrradfahrer, der mit Rucksack und Freundin bei uns angehalten hatte.

»Sie hat starke Kopfschmerzen und wir wollten eigentlich zum Skara Brae, um uns den Tempel anzusehen«, erklärte Elizabeth und sofort schenkte der Junge ihr seine komplette Aufmerksamkeit. Ich schloss besser wieder die Augen.

»Davon wird sie in dem Zustand nicht viel haben. Es ist noch eine gute Stunde zu Fuß bis zur Siedlung. Wir kommen gerade von dort. Übrigens ist Skara Brae eine neolithische Wohnsiedlung, kein Tempel«, korrigierte er Elizabeth.

»Eine Siedlung? Gibt es denn dort keine Megalithen?«, hakte Brandon nach.

»Nein. Skara Brae hat die besterhaltenen Wohnhäuser aus der Jungsteinzeit. Auf alle Fälle einen Besuch wert. Na, in eurem Fall vielleicht besser ein andermal.« Ich brauchte nicht aufzusehen, um zu wissen, dass sein Blick auf mir ruhte.

»Wenn ich euch einen Tipp geben darf«, sagte der Typ und sah mich wieder mitleidig an. »Geht nach Stromness. Das ist echt sehenswert und dort findet ihr eine Apotheke und einen Arzt. Im Notfall gibt es in Kirkwall auch ein kleines Krankenhaus.«

»Sie hat eine starke Migräne. Ich denke, sie braucht nur etwas

Ruhe und Schlaf. Vielen Dank.« Colin legte jetzt einen Arm um meine Taille und stützte mich fester.

»Oje, die Arme«, sagte die Freundin mitfühlend. Alle redeten über mich, als sei ich nicht anwesend. Doch ich war zu erschöpft, um sie darauf hinzuweisen.

»Ihr habt nicht zufällig am Ring of Brodgar oder bei den Stones of Stenness was schweben sehen?«, fragte das Mädchen.

Brandon warf mir einen scharfen Blick zu. »Äh, nö.«

»Wieso?«, fragte Colin.

»Da kursiert gerade ein irres YouTube-Video durchs Netz. In Warwickshire ist jemand von einem Dolmen gesprungen. Du weißt schon, das sind diese uralten Gebilde, wo drei aufrechte Steine einen weiteren wie ein Dach tragen.« Ja, das wussten wohl alle hier. »Auf jeden Fall ist er nicht ganz normal auf dem Boden aufgekommen – der Dolmen ist drei Meter hoch –, er hätte sich den Hals brechen können. Stattdessen ist er heruntergeschwebt wie Superman.«

Ein Dolmen in Warwickshire? Da gab es nur einen. Und der stand noch auf unserer Liste von Meridianen, wenn ich mich nicht täuschte.

»Hier könnt ihr es sehen.« Der Junge legte sein Fahrrad vorsichtig auf den Boden, zückte ein Smartphone und tippte kurz darauf herum, dann hielt er es uns vor die Nase.

Das war eindeutig das Hünengrab, an dem mein Bruder getötet worden war. Ein Typ in roten Shorts und blauem T-Shirt war auf den Dachstein geklettert. Er breitete die Arme aus und rief: »Ich bin der König der Welt!«

Der Typ, der die Kamera hielt, lachte, das Bild wackelte dadurch ein wenig. Dann sprang der Junge und es war genau, wie das Mädchen gesagt hatte: Er schwebte regelrecht, so wie Superman, wenn er langsam zu Boden glitt, mit ausgestreckten Armen, gebeugten Knien, die nur leicht einknickten, als er das Gras berührte. Dann stellte er sich aufrecht hin, hob beide Arme siegesmäßig in die Luft. Die Kamera zoomte auf seine Füße und zeigte dort ein paar schwebende Blätter. Keine Blätter. Es war Schafdung.

»Du meine Güte«, murmelte Theodor. »Die Scheiße lernt fliegen.«

»Laufen kann sie ja schon«, meinte Brandon trocken und sah ihn an.

»Ich finde, mit Durchfallerkrankungen ist nicht zu scherzen«, mahnte Theodor.

»Das hab ich auch nicht gemeint«, erwiderte Brandon. Ich drehte mich schnell weg, um mein Grinsen zu verbergen. Das war ein Fehler.

Meine Kopfschmerzen, die für ein paar Sekunden in den Hintergrund gedrängt worden waren, kehrten voller Wucht zurück.

Meine Beine knickten weg, und wenn Colin mich nicht schon so fest umklammert hätte, wäre ich wie ein Stein zu Boden geplumpst.

»Wir werden in Stromness übernachten. Du brauchst Ruhe«, sagte Brandon zu meiner Überraschung. Ich wollte abwehren, immerhin drängte die Zeit, doch ich konnte nicht.

Sprechen war so anstrengend. Ich wusste auch nicht mehr, wann wir weitergegangen waren oder was aus dem Pärchen auf den Fahrrädern geworden war. Ich hing abwechselnd an Colin und Brandon und bekam nur noch halbwegs mit, dass wir durch eine kleine Stadt gingen und vor irgendeinem Haus Halt machten.

Man verfrachtete mich in ein bequemes Bett mit rosa geblümter Steppdecke.

Dann endlich konnte ich die Augen schließen und die doppelten Blümchen auf der Tapete ausblenden.

Als ich erwachte, war es dunkel. Vom Fenster her drang das gedämpfte Licht einer Straßenlaterne herein und ich brauchte einen Moment, um mich an die Blümchentapete und -steppdecke und somit an das Bed and Breakfast zu erinnern, in dem wir abgestiegen waren.

Mein Kopf fühlte sich besser an und übel war mir auch nicht mehr. Ich warf einen Blick auf den Radiowecker. Neun Uhr abends. Mein Magen machte sich bemerkbar und rumorte vor Hunger. Ich brauchte was zu essen. Dringend.

Die anderen waren garantiert im Aufenthaltsraum – falls es so was hier gab – oder besorgten Verpflegung. Wie ich Colin kannte, würde er sich darum kümmern. Das Geld, das ich ihm überwiesen hatte, sollte reichen. Und Colin würde sicher für etwas Anständiges sorgen und mir meine Portion zurücklegen. Vielleicht war es sogar etwas Warmes?

Bei dem Gedanken an einen Burger lief mir das Wasser im Mund zusammen. Oder eine Pizza. Oder chinesisch. Ich würde sogar Haggis essen, Hauptsache, mal was Richtiges. Das würde Colin mir niemals verweigern.

Ich duschte ausgiebig. Dann zog ich mich an, putzte mir gründlich die Zähne und warf einen Blick in den Spiegel, um meine Haare zu richten. Der war etwas verschwommen. Wo war meine Brille? Ah, da lag sie, säuberlich geputzt auf dem Nachttisch. Jetzt konnte ich sehen, dass es nicht viel zu richten gab. Seit meine Haare so kurz waren, fielen sie von selbst in Form. Obwohl – die widerspenstige Strähne begann sich erneut nach außen zu drehen.

Ich klatschte sie mit ein wenig Wasser fest und machte mich dann auf die Suche nach meinen Begleitern. Unser Vermieter, ein sehr netter älterer Herr mit Strickweste und Halbbrille auf der Nasenspitze, erzählte mir, sie seien im *Fish and Seal*, einem Pub zwei Straßen weiter. Er empfahl mir die Fish & Chips oder noch besser: die frittierten Krabben. Die seien dort ganz frisch und extrem lecker zubereitet.

Ich machte mich auf den Weg und hatte es eilig, zu den anderen zu stoßen – oder frittierte Krabben zu futtern.

Stromness war ein altes Fischerstädtchen mit holprigem Pflaster. Ich hatte es wohl zu eilig, denn ich war noch keine zwanzig Meter weit gekommen, als ich stolperte und hinfiel.

»Mist«, murrte ich. Mein Knie brannte, und als ich danach tastete, fühlte ich ein Loch in der Hose.

Ein Schubs in meinen Rücken ließ mich erneut vornüberkippen.

»Aua!«, rief ich ungehalten.

Schwungvoll wurde ich hochgerissen und auf die Beine gestellt. Doch ehe ich dem Rüpel ins Gesicht sehen konnte, presste mir jemand eine Hand über Mund und Nase. Ich bekam kaum noch Luft und versuchte mich zu befreien. Keine Chance, ich wurde festgehalten, meine Arme auf meinen Rücken gepresst und dann fühlte ich hartes Plastik an meinen Handgelenken. Panisch mobilisierte ich noch einmal alle Kräfte, doch zu spät. Man hatte mich schon gefesselt und in ein paar Metern Entfernung öffnete sich eine Autotür. Es war eine schwarze Limousine.

17. Kapitel

Ich wurde ins Auto gestoßen und knallte mit dem Gesicht nach vorn auf einen hellbraunen Ledersitz.

»Es wurde auch Zeit, dass wir dich ausfindig gemacht haben«, hörte ich eine bekannte Stimme sagen und augenblicklich schrillten alle Alarmglocken. Auf dem Platz mir gegenüber saß Stuart Cromwell. Die ganze Zeit über hatten wir gedacht, er würde uns die Polizei auf den Hals hetzen. Stattdessen war er uns persönlich auf den Fersen gewesen.

Der Wagen hatte sich in Bewegung gesetzt, noch ehe die Tür hinter mir zugefallen war. Ich hatte ja solchen Hunger! Der Gedanke an die verpassten Shrimps machte es noch schlimmer. Das Schaukeln gepaart mit dem Geruch von imprägniertem Leder verursachte mir Übelkeit.

»Ich würde ja gern sagen, schön dich zu sehen, aber das wäre komplett gelogen«, sagte Cromwell. Ich rappelte mich umständlich auf. Ohne Hände war das gar nicht so einfach und sah bestimmt sehr lächerlich aus. Ausgerechnet vor Cromwell wollte ich nicht lächerlich wirken. Er trug einen seiner maßgeschneiderten Anzüge und hielt ein Glas mit einer goldbraunen Flüssigkeit in der Hand. Der makellose Geschäftsmann. Nachdem der erste Schock vorüber war, spürte ich auch mein Knie.

»Es gibt in der Minibar nicht zufällig ein Pflaster? Oder einen Burger?«, stöhnte ich.

»Meredith, Meredith, immer noch in der Versuchung, witzig zu sein, obwohl die Situation alles andere als lustig ist.«

Wenn er das schon witzig fand, sollte er mich mal in einem nicht nervösen Zustand erleben. Er könnte sich vermutlich nicht mehr halten vor Lachen. Mir war überhaupt nicht zum Lachen zu Mute. Die Fesseln schnitten in meine Handgelenke. Ich blickte aus dem Fenster. Wir verließen Stromness viel schneller, als mir lieb war.

»Du kannst mich nicht töten. Das steht im Kodex«, sagte ich.

»Du kannst zwar sicher sein nicht getötet zu werden, aber von Folter stand darin nichts«, fügte er hinzu und sämtliche Härchen an meinen Armen richteten sich auf.

Ich blinzelte erschrocken. Folter? Hatte er ein paar spanische Stiefel im Kofferraum? Oder gar eine Eiserne Jungfrau? Sein Vater hatte nicht gezögert den König zu köpfen.

»Was willst du, Stuart?«

Er zuckte zusammen. Mir war schon bei unserer letzten Begegnung aufgefallen, dass er es nicht mochte, so persönlich angesprochen zu werden. Er fasste sich schnell wieder.

»Das ist doch offensichtlich«, sagte er und leerte sein Glas in einem Zug.

»Es gibt kein Zurück. Du siehst doch in den Nachrichten, was geschieht«, erklärte ich schleppend.

»Mir ist klar, dass du das Ritual jetzt durchziehen musst«, sagte er ruhig.

Hieß das, er würde uns ab sofort helfen? Er wollte doch garantiert nicht, dass die Erde unterging? Das würde auch ihn vernichten.

»Ich will hierbleiben«, sagte er und sein Blick durchbohrte mich. Das war keine Bitte. Das war ein Befehl. Als ob ich das beeinflussen könnte?

»Und du wirst mir dabei helfen.«

»Ich werde niemanden töten«, sagte ich, so fest ich das konnte, denn mein Magen knurrte laut vernehmlich.

»Das würde jetzt auch nichts mehr nützen«, winkte er ab. »Du wirst statt meiner gehen.«

Ich starrte ihn an. Hatte ich richtig gehört?

»Du hast richtig gehört. Du wirst statt meiner ins siebzehnte Jahrhundert gehen. Ich werde hierbleiben. Du bist die Gaianidin. Das sollte dir gelingen.«

Cromwell sah mich an, als hätte er mir gerade das Angebot gemacht, in St. Andrews studieren zu können.

»Ich dachte, du seist hochbegabt. Meine Sekretärin hatte Informationen über dich eingeholt und die besagten einen ungewöhnlich hohen Intellekt. Doch wenn ich dich jetzt so sehe, zweifle ich sehr daran.« Cromwell lehnte sich wieder zurück und kreuzte die Arme vor der Brust.

»Der Kodex verlangt nicht wortwörtlich, dass der Platonid in die Zeit zurückmuss, aus der er kam. Wenn du nicht gehen willst, können wir auch deinen Freund, den Arztsohn, schicken. Hauptsache, wir bringen alle Platoniden aus dieser Zeit. Bis auf einen. Und dieser eine werde ich sein«, fügte er hinzu. »Ich bin gerade dabei, einen weltweiten Konzern in den Boden zu stampfen. Und ich habe noch viel mehr vor. Ich kann es wesentlich weiter bringen, als mein Vater es je geschafft hat. Mir stehen Technologien zur Verfügung, um die mich mein Vater beneiden würde. Ich will mein Unternehmen weltweit monopolisieren, ich stehe kurz davor. Und dann werde ich in die Politik gehen. England wird mir gehören. Im Gegensatz zu meinem Vater würde ich die Krone nicht ablehnen.«

Ach du meine Güte. Er hatte einen Ödipus-Komplex. Er machte das alles nur, um seinem Vater zu imponieren, der das nie erfahren würde. Immerhin war der seit über dreihundert Jahren tot.

Ich würde nicht für Cromwell gehen. Und ich würde auf keinen Fall Colin gehen lassen. Niemals!

Ach herrje, ich wiederholte mich schon in Gedanken. Doch der Gedanke, Colin würde im siebzehnten Jahrhundert verschwinden, löste in meinem Inneren eine Übelkeit aus, die den Kopfschmerzen in nichts nachstanden. Er musste hierbleiben. Sosehr er sich auch für Geschichte interessierte, er würde im Cromwell-England kaputtgehen. Das durfte ich nicht zulassen.

»Ich werde dir jetzt erklären, was du tun musst. Das ist gar nicht so schwer, doch es darf erst ganz am Schluss geschehen. Wir brauchen dich, um die Schwerkraft wieder in Gang zu setzen. Natürlich nicht nur dich allein, sondern auch die anderen Platoniden. Leider hat sich Chris Harris als Irrtum entpuppt. Ich hatte ihn für einen Platoniden gehalten.«

Mir gefror das Blut in den Adern. »Chris? Was hast du mit ihm gemacht?« Meine Stimme klang ganz heiser.

»Nur ein paar Experimente durchgeführt. Keine Bange, er

kann sich an nichts erinnern und das blaue Auge sollte bald verschwunden sein.«

O mein Gott! Nur weil Chris Elizabeth beherbergt hatte, war Cromwell auf ihn aufmerksam geworden und jetzt auch noch angegriffen worden.

Ich blickte Cromwell so hasserfüllt an, wie es ging. Falls irgendetwas an dem Spruch »mit Blicken töten können« dran war, dann sollte ja wohl ich diejenige sein, die es umsetzen konnte. Ich, die Gaianidin, die alle Elemente vereinte und …

»Wenn du auch nur einen Versuch wagen solltest, noch einmal eins meiner Autos zu beschädigen, werde ich dir so wehtun, dass du für den Rest deines Lebens schielst«, sagte Cromwell und lehnte sich lässig in seinen Sitz zurück. »Ich mag meine Autos und nehme dir sehr übel, wie du meinen Bentley vor dem Krankenhaus zugerichtet hast. Von dem Mercedes ganz zu schweigen.«

Und was hatte er mir angetan? Oder Chris? Ich wollte ihm das an den Kopf werfen, doch er gab mir keine Gelegenheit dazu.

»Kommen wir endlich zu dem wirklich wichtigen Thema: der vierte Elementträger. Du bist mit vier Leutchen aus Lansbury unterwegs, wobei wir bereits wissen, dass dein Busenfreund ein Platonid ist, genau wie die rothaarige Tudor-Lady. Bleibt nur noch die Frage, ob sich die Begabung innerhalb der Familie weitervererbt oder unser beliebter Barkeeper mehr zu verbergen hat als all die Stringtangas hinter seiner Theke.«

»Brandon hat Stringtangas hinter seiner Theke?«, fragte ich erstaunt.

»Ich konnte ihm sein kleines Geheimnis entlocken. Er sammelt seine Trophäen in einer Tüte zwischen dem Tequila und dem Sambuca.«

Mir klappte der Mund auf. Ich wusste nicht, ob ich erleichtert sein sollte, weil er (noch) nicht Brandons richtiges Geheimnis kannte, oder schockiert, weil Brandon so was … so was … – was war das richtige Wort? Mir fielen direkt mehrere ein: Abartiges, Widerliches und Sexistisches getan hatte. Mit einem Mal war klar, warum er die »belanglose Berührung« auf die Minute genau bestimmen konnte.

»Du erwartest aber nicht, dass ich dir sage, ob meiner auch da liegt, oder?«, versuchte ich ein wenig Zeit zu gewinnen. Stromness lag jetzt bereits weit hinter uns und links und rechts von uns schimmerte Wasser und wir passierten hoch stehende Steine. Den Ring of Brodgar hätte ich nach unserer intensiven Suche überall erkannt. Ich musste hier raus!

Es gab nicht viel Spielraum für eine Flucht. Es sei denn, ich schaffte es noch einmal, die Scheiben zerbersten zu lassen.

Cromwell schenkte sich ein wenig aus der Minibar nach. Einen großzügigen Schluck von der goldbraunen Flüssigkeit – garantiert Whisky – und noch etwas Wasser obendrauf.

Komm schon, Meredith, du hast es in deinem Zimmer regnen lassen. Konzentrier dich, wie Brandon es dir gezeigt hat.

Dummerweise fiel mir das extrem schwer. Damals war ich sehr aufgewühlt gewesen. Jetzt hatte ich Angst. Ich musste Zeit schinden, damit ich überlegen konnte, wie ich hier rauskam.

»Woher kennst du eigentlich den Geistermönch? Wann ist er dir schon erschienen?«

»Geistermönch?« Cromwell sah einen Moment lang irritiert aus, doch dann wurde sein Blick scharf.

»Na, der Typ in der Kutte, der dich an den Kodex erinnert hat, als du mich erschießen wolltest. Der mich als Gaianidin bezeichnete und dem du sofort geglaubt hast.«

Cromwell sagte nichts. Er musterte mich nur. Mein Magen knurrte erneut laut. Ich sollte mich wirklich besser konzentrieren, um irgendwas zu bewerkstelligen. Zum Beispiel Cromwells Sitz zum Kochen bringen. Damit hätte er einen *echten* heißen Hintern. Was seine petzende, anhimmelnde Sekretärin mit dem schwarzen BH dann wohl von ihm hielt?

»Du kannst ihn sehen.«

Ich war in Gedanken noch immer bei der Schwarzer-BH-Trägerin, die unsere Schulklasse mit großzügig aufgeknöpfter Bluse durch seine Firma geführt hatte.

»Hä?«, machte ich deshalb verwirrt.

»Du kannst ihn sehen. Ich nannte ihn immer nur *Das Orakel.* Doch du sagst, er sei ein Mönch. Also kannst du ihn sehen. Nicht nur hören und fühlen.«

Damit war eine These schon mal bestätigt. Ob mir das einen Nachteil einbrachte, darüber war ich mir noch nicht im Klaren.

»Ein Mönch, soso.«

Nachteil. Definitiv. Denn ich sah, wie er zu überlegen begann und vermutlich ausrechnete, wo und wie er an mehr Informationen gelangen konnte. Ich hätte ihm sagen können, dass in der Kathedrale von Salisbury ein Gedenkstein für Willmær angebracht war und der Mönch im neunten Jahrhundert gelebt hatte.

Auch wenn ich nicht wusste, was er mit diesem Wissen anfangen wollte: Einem Stuart Cromwell sagte man lieber weniger als auch nur ein Wort zu viel.

»Irgendetwas stimmt nicht«, sagte er langsam. »Ein Mönch, der nach seinem Tod Weissagungen trifft, die mit übernatürlichen Kräften zu tun haben. Da fehlt ein Puzzleteil.«

So?

Wieso?

»Wieso?«, wiederholte ich laut.

»Weil wir es mit heidnischen Kultstätten zu tun haben. Wie passt da ein Mönch hinein?«

Warum war mir das noch nicht aufgefallen? Da war natürlich was dran. Cromwell starrte mich an.

»Du kannst ihn tatsächlich sehen«, wiederholte er und musterte mich wieder, als wolle er prüfen, ob ich auch einen schwarzen BH trug.

»Ich trage keinen schwarzen BH«, sagte ich laut.

Was plapperte ich da? Cromwell presste frustriert die Lippen zusammen und mir wurde klar, dass er gerade versucht hatte mich zu manipulieren.

»Hast du den Schäfer bei den Stones of Stenness manipuliert?«, überging ich seinen Versuch.

»Ich habe schon bemerkt, dass du auf diesem Gebiet auch recht geübt bist. Der arme Mr Fergurson wird ein paar Tage brauchen, um wieder völlig auf dem Damm zu sein. Zumindest konnte er euch noch gut beschreiben. Ihr seid also auf der Suche nach dem ersten Meridian.«

Woher wusste er von den Meridianen?, schoss es mir durch den Kopf. Er hatte den Kodex doch nicht so lesen können wie wir.

»Ist dir das Orakel, also der Mönch schon öfter begegnet?« Wenn, dann konnte er nur von Willmær selber etwas wissen.

»Hin und wieder«, war die vage Antwort. Ich deutete das als ein Ja. Sein linkes Augenlid zuckte. Bei Pokerspielern waren solche Kleinigkeiten Indizien fürs Bluffen.

Mein Magen knurrte wieder, dieses Mal extrem laut. Wenn es wenigstens etwas zu trinken gäbe.

Wasser. Wasser, das er auch in seinen Whisky schüttete.

Das füllte schon mal den Bauch. Ich hatte solchen Durst. Und Hunger! Der Burger fiel mir wieder ein und ich stellte mir den Bratenduft vor. Es tropfte auf meine Hose und ich wollte es abwischen, doch meine Hände waren auf dem Rücken gefesselt. Fing ich etwa an zu sabbern? Trotz trockenem Mund?

»Kann ich …«, wollte ich soeben um ein Taschentuch bitten, als es mich ins Gesicht traf.

Ein Wasserschwall. Cromwell hatte nicht sein Glas verschüttet – es regnete. Es regnete in der Limousine!

»Verdammte …«, schrie Cromwell und ich hörte, wie die Verbindungsscheibe zum Chauffeur herunterfuhr.

»Sir! Da ist Wasser!«, schrie der Chauffeur. Cromwell fluchte. Das Auto hielt an und ich zerrte an meinen Fesseln. Zu meiner Überraschung gaben sie nach. Endlich konnte ich meine Hände wieder frei bewegen. Sofort rutschte ich näher zur Tür und tastete nach dem Türgriff. Sehen konnten wir nichts in diesem Regen. Das Wasser prasselte brutal auf uns herunter, um meine Füße bildete sich eine knöcheltiefe Pfütze. Meine Finger fanden den Türgriff nicht und dann bekam ich einen Schlag auf die Brust, der mich zurück auf den Sitz prallen ließ. Cromwell drückte mich weiter in den Sitz, ein Knie auf meinem Unterleib, den Unterarm gegen meinen Hals gepresst, so dass mir die Luft wegblieb.

»Halt das an!«, schrie er mich an, seine Nasenspitze dicht vor meiner. Seine sonst so perfekt frisierten Haare hingen platt ins Gesicht.

Mir war nie zuvor aufgefallen, dass er so ähnliche Augen hatte wie Colin. Genauso hellblau. Wie paradox. Colin war so gutmütig und könnte nie einem anderen wehtun.

»Stopp das.«

»Lass mich raus«, keuchte ich.

»Du ruinierst mein Auto. Ein hundertfünfzigtausend Pfund teures Auto. Und es ist bereits das dritte. Stell den Regen ab.«

»Kann ich nicht. Du musst mich rauslassen«, ich hustete. Der Regen hatte dermaßen meine Brille beschmiert, ich sah Cromwell in Schlieren.

Einen Moment lang verstärkte sich der Druck auf meinen Hals, ich hustete noch mehr und sofort wurde der Regen stärker und kleine Hagelkörner mischten sich darunter.

Dann ließ er mich los, die Tür wurde aufgerissen und ich wurde hinausgestoßen.

Der Regen folgte mir, wie schon geahnt. Aber ich dachte nicht daran, ihn abzustellen. Ich dachte an Eis und Schnee und den Nordpol und Disneys Eiskönigin mit dem riesigen Michelin-Männchen, das Olaf, Anna und Sven gejagt hatte.

Die Hagelkörner wurden dicker.

»Sir, steigen Sie ins Auto, Sir«, rief der Chauffeur vom Fahrersitz aus.

Cromwell hörte nicht auf ihn und verdrehte mir die Arme auf den Rücken.

»Das tut *weh*!«

»Dann stell es ab!«, schrie er aufgebracht zurück. »Und wenn du die ganzen Nordwinde hier hindurchwehen lässt: Ich werde nicht in dieses dreckige Zeitalter zurückkehren. Du wirst an meiner Stelle gehen. Das klären wir jetzt ein für alle Mal. Du kommst mit.«

»Wo bringst du mich denn hin?«

»Wir fahren zum ersten Ritualplatz und setzen dem Spuk ein Ende«, fauchte er und schrie dann auf.

»Sir, Sie sind verletzt, kommen Sie ins Auto«, rief der Chauffeur.

»Chartern Sie sofort ein Flugzeug nach Shetland, Cunnings!«, schrie Cromwell zurück. So wütend hatte ich ihn noch nie erlebt. Und er ließ es an mir aus, denn meine Arme waren bis zum Anschlag verdreht. Elizabeth hatte er einen Arm ausgekugelt, ehe er ihr ein Messer in die Brust gerammt hatte.

»Du tust mir weh, Stuart! Denk an den Kodex!«, schrie ich verzweifelt. Ein Hagelkorn traf dieses Mal meine Brille. Es knackte, sie rutschte von meiner Nase zu Boden. Cromwell machte einen Schritt und durch den Regen- und durch den Hagelschauer hindurch hörte ich das Glas brechen.

So ein Mistkerl!

»Das wirst du mir bezahlen!«, zischte Cromwell mir ins Ohr. Die Maske des gewieften Geschäftsmanns bröckelte und zurück blieb die ausführende Hand seines Vaters, des Königsmörders und Lordprotektors Oliver Cromwell.

»Du schuldest mir eine Brille«, heulte ich, denn der Schmerz zwischen meinen Schulterblättern war unmenschlich.

Er drückte noch einmal zu. Die Hagelkörner kamen schneller und wurden noch größer. Ich spürte jedes einzelne.

»Und du schuldest mir drei Limousinen.«

Es knallte. Cromwell heulte auf und plötzlich war ich frei.

»Sir!«, hörte ich durch den Hagel hindurch den Chauffeur schreien. Tennisballgroße Eisklumpen mischten sich unter die kleineren Körnchen. Cromwell hielt sich den Kopf. »Mein Kopf!«, rief er. »Ich wurde getroffen. Cunnings, helfen Sie mir! Wir müssen dich nach Shetland bringen … ohne mein Blut kannst du das Ritual nicht vollziehen.«

»Sir! Kommen Sie, Sir!«

Der Chauffeur stürzte trotz des Hagels aus dem Wagen, doch Cromwell war noch nicht ganz bereit zu gehen.

»Nur mit ihr.«

Die Hagelkörner nahmen jetzt die Größe von Pflastersteinen an. Cromwell ließ mich endgültig los und legte schützend die Arme über seinen Kopf. Ich machte es ihm nach und konnte nicht verhindern, dass ich doch noch an der Wange getroffen wurde, wo Brandon mich geschlagen hatte. Das tat weh! Doch endlich zeigte sich die erhoffte Wirkung.

Der Chauffeur Cunnings griff beherzt nach seinem Arbeitgeber und zerrte ihn zum Auto.

»Du kannst das Ritual nicht ohne mein Blut vollziehen, Meredith Wisdom«, rief Cromwell, ehe er in den Wagen stieg. »Und mein Blut bekommst du erst am letzten Meridian.«

Der Chauffeur fuhr bereits an, ehe die Tür geschlossen war.

Ich konnte noch sehen, dass die Füße Cromwells im Wasser standen. Der Hagel hörte auf und ich ließ es Bindfäden regnen, bis das Auto hinter der nächsten Kurve verschwunden war. Dann dachte ich an blauen, wolkenlosen Himmel, Wüste und Kalifornien – wo immer die Sonne schien. Der Regen ließ nach und schließlich trocknete auch der letzte Tropfen.

Meine Brillengläser waren zerbrochen und ein Bügel war ab. Betrübt hob ich mein Flohmarktgestell auf. Das Glas bröckelte sofort aus der Fassung.

Daneben sah ich noch was anderes liegen. Ich bückte mich, weil ich ohne Brille nicht erkennen konnte, was es war.

Es war ein Stück Seil. Und es war an einer Ecke angeschmort. Ich umfasste meine Handgelenke. Dort klebte auch noch etwas. Ebenfalls angeschmorte Fasern. Brandon würde stolz auf mich sein. Ich hatte das Seil zum Schmelzen gebracht.

Ein kleiner Fortschritt in dieser Misere. Und es war nicht der einzige: Cromwell hatte verraten, dass der erste Ritualplatz auf den Shetlandinseln lag. Wir mussten nur herausfinden, wo genau.

Doch das Hochgefühl verflog, als ich mich umdrehte. Ich stand am Ring of Brodgar. Mist. Damit war ich jetzt wieder zwei Stunden Fußmarsch von Stromness entfernt.

18. Kapitel

»Wo zum Teufel bist du gewesen?«

Brandon schrie beinahe, als ich durch die Eingangstür unseres Bed and Breakfasts trat.

»Grundgütiger, Meredith, was ist geschehen?« Colin war ziemlich weiß um die Nase.

»Du bist so blass um die Nase«, sagte ich schleppend und schwankte im Türrahmen.

»Du müsstest dich mal sehen«, konterte er und war schon an meiner Seite, um mich zu stützen. »Du hast Blut an der Stirn.«

Er zog ein sauberes Taschentuch hervor und tupfte vorsichtig unter meinem Haaransatz. Die Hagelkörner hatten mich wohl etwas heftig erwischt. Das hatte ich gar nicht gemerkt, weil meine Schultern noch so verspannt waren und die Wange wieder schmerzte.

»Wo warst du? Was ist passiert? Wieso bist du nicht in deinem Zimmer geblieben?« Brandon ließ einfach nicht locker. Das war zu erwarten gewesen.

»Ich hatte Hunger«, gab ich zur Antwort.

»Und dann sieht man aus, als sei man dem großen, bösen Wolf in die Arme gerannt?«, sagte Theodor und ich warf ihm einen finsteren Blick zu.

»Woher wusste Cromwell, wo wir sind?«, fragte ich ihn direkt.

»Cromwell!?«, hauchte Elizabeth entsetzt und klammerte sich an Colins andere Seite.

Alle starrten Theodor an.

»Jetzt wird mir auch klar, warum du ein Drei-Gänge-Menü gegessen hast«, sagte Colin und sah seinen Bruder an, als habe der sich in ein ekelerregendes Insekt verwandelt. »Theo, ich bin so enttäuscht.« Als ob das Theodor kümmern würde.

Er zuckte auch nur die Achseln.

Das reichte, um mich endgültig aus der Fassung zu bringen.

Ich stürzte auf Theodor, und ehe irgendjemand reagieren konnte, hatte ich ihm links und rechts klatschende Backpfeifen verpasst, die seine Wange sofort purpurrot schimmern ließen. Ich sollte es über ihm ebenfalls hageln lassen. Meteoritengroße Hagelkörner waren noch zu klein für einen Theodor Adams.

»Hey! Was soll das?«, fragte er allen Ernstes.

»Du verdammter Mistkerl! Du egoistischer Bastard! Du mieses Stück Dreck!«, schimpfte Elizabeth und spuckte Theodor vor die Füße.

»Elizabeth!«, rief Brandon entsetzt.

»Nein, sie hat ganz Recht«, unterstützte ich sie.

Theodor hatte sich von der Überraschung erholt und starrte mich wütend an.

»Was hab ich denn getan, he? Er hat behauptet, er müsse dich beschützen und ich solle ihn immer davon in Kenntnis setzen, wo wir sind und ob es dir gut geht. Also hab ich ihn gestern vom Restaurant aus angerufen, als ihr alle geglaubt habt, ich sei auf dem Klo«, verteidigte sich Theodor, der jetzt nicht mehr ganz so gelassen war wie noch vorhin.

»Wie doof kann man sein?« Ich rollte die Augen. »Du kaufst ihm das doch nur ab, weil er ein großes Auto fährt. Du bist so oberflächlich. Weißt du eigentlich, was für Männer große Autos fahren? Die mit einem kleinen …«

»Meredith, ich glaube, es wird Zeit, dass du was zu essen bekommst und dich wieder hinlegst«, mischte Colin sich ein und umfasste mich von hinten.

Er hatte nicht Unrecht. Seine Berührung ließ mich erschauern und augenblicklich fühlte ich alle Erschöpfung über mich einbrechen. Doch Brandon war noch nicht mit Theodor fertig. Er hatte ihn am Kragen gepackt und schüttelte ihn.

»Wo ist Cromwell jetzt? Was hat er vor? Weiß er, wo wir sind und was unser Plan ist? Überwacht er den Ritualplatz? *Weiß er etwa, wo der sich befindet?*«

»Auf den Shetlandinseln«, antwortete ich. Brandon ließ Theodor so abrupt los, dass der nach hinten strauchelte und dabei eine Vase von einem Tischchen zu Boden fegte.

Das Geschepper rief den Vermieter herbei. Er hatte auch gleich schon Handfeger und Kehrschaufel dabei.

»Oje. Die werde ich Ihnen aber in Rechnung stellen müssen, junger Mann«, sagte er und bückte sich, um die Scherben aufzufegen.

Theodor zuckte nur wieder mit den Schultern. Ja klar. Wenn er uns an Cromwell verpfiffen hatte, war sein Geldbeutel garantiert gut gefüllt.

Wir warteten nicht, bis er und der Vermieter fertig waren. Brandon lotste uns in sein und Colins Zimmer.

»Ich will ins Bett«, maulte ich, sobald die Tür geschlossen war.

»Mir ist kalt, ich bin nass und vor allem hab ich wieder furchtbare Kopfschmerzen, weil Hagelkörner auf mich niedergeprasselt sind, ich seit über vierundzwanzig Stunden nichts mehr gegessen habe und mir deswegen schon so übel ist, dass ich vorerst auch nichts mehr runterbekomme.«

»Zuerst musst du uns sagen, wie du Cromwell entkommen konntest und was du mit Shetlandinseln gemeint hast«, verlangte Brandon unerbittlich.

»Genau!«, bekräftigte Elizabeth. »Sucht er auch nach mir und Colin? Sind wir gefährdet? Hast du ihn womöglich direkt hierhergeführt?«

»Spielt das noch eine Rolle, wenn Theodor uns sowieso verpfiffen hat?«, konterte ich müde.

»Nein, aber wir müssen es trotzdem wissen.« Colin legte eine Hand auf meinen Arm. Ich blickte auf seine langen, feingliedrigen Finger, die ermutigend meinen Unterarm drückten. Wie schaffte er es, die Fingernägel so sauber zu halten? Doch seine Berührung war angenehm und gab mir ein wenig Kraft.

Also erzählte ich von der Entführung, Cromwells Plan, seinem Hinweis auf die Shetlandinseln und meinem Rückweg.

Ich hatte zum Glück nicht den ganzen Weg laufen müssen. Nach einem Kilometer hatte mich ein älterer Herr in seinem klapprigen Vauxhall bis nach Stromness mitgenommen. Im Wagen stank es zwar nach Fisch, doch glücklicherweise war der Fahrer von der verschlossenen Sorte und stellte kaum Fragen. Nach nur zwanzig Minuten waren wir da gewesen. Und trotzdem war ich am Ende meiner Kräfte. Unterzuckert, durstig, und die Kopfschmerzen waren mit voller Wucht zurückgekehrt.

Nachdem ich es ohnehin schon so lange ohne Essen ausgehalten hatte, wollte ich nur noch ins Bett.

Colin hatte schließlich Mitleid mit mir und endlich durfte ich mich hinlegen.

Kaum dass ich die Augen geschlossen hatte, hörte ich die Zimmertür auf- und zugehen.

»Bleib liegen«, sagte Elizabeth und knipste das Licht an. Sofort verschlimmerten sich meine Kopfschmerzen. Wusste sie das nicht? Oder war es ihr egal?

»Ich kann dir helfen«, sagte sie und setzte sich zu mir ans Bett. »Rutsch mal ein wenig tiefer, damit ich deinen Hinterkopf umfassen kann.« Moment mal! Wollte sie mich wieder hypnotisieren? Ich wollte schlafen und keine Traumreise unternehmen.

»Sei nicht so verkrampft. Lass mich dich ein bisschen massieren.«

Massage klang gut. Das hatte bei früheren Migränen auch ein wenig die Schmerzen gelindert. Dafür würde ich sogar das grelle Licht in Kauf nehmen.

Ihre Finger fuhren ganz zart in meine Haare und suchten sich eine bestimmte Position auf meiner Kopfhaut. Es kribbelte angenehm. Ich entspannte mich ein wenig. Dann hörte ich ihre Worte.

»Entspann dich, lieg ganz locker, lass deine Arme und Beine schwer werden. Denk an Wolken, die vorüberziehen, und Rauch, der entschwebt. Lass alles vorbeiziehen, klammere dich an nichts.«

Das tat richtig gut. Ich ließ alles hinter mir. Ich ließ mich treiben.

Ich schwebte. Ich flog wie ein Vogel durch die Nacht. Eine sehr seltsame Nacht. Der Himmel über mir war zwar sternenklar und die Mondsichel hing hell direkt voraus, doch auf dem Boden konnte ich kein Licht ausmachen. Keine elektrischen Straßenlaternen, keine Kerzenflammen, keinen Feuerschein.

Es gab hier nur trockene Wiesen und haufenweise Steine. Irgendwo weiter vorn war das Meer.

Und dann traf es mich. Kein Gedanke oder eine Idee, sondern ich wurde wirklich getroffen. Etwas schlug mir in den Rücken und ich begann zu fallen. Schließlich landete ich unsanft auf der Erde. Es raubte mir für ein paar Sekunden den Atem. Obwohl ich nicht wirklich gefallen sein konnte – denn einen Sturz aus dieser Höhe hätte ich nie überlebt –, war ich unfähig mich zu bewegen. Ich hatte keine Schmerzen, aber es fühlte sich trotzdem an wie ein Sturz. Unangenehm. Und dann schlug neben mir etwas anderes ein.

Es hinterließ einen kreisrunden Brandfleck. Ein wenig weiter entfernt schlug wieder etwas ein. Augenblicklich verdorrte das Gras. Ein Blitz! Ich befand mich in einem Gewitter. Weitere Blitze schossen vom Himmel. Ach du meine Güte, was, wenn mich einer traf?

Auch wenn ich mich in Hypnose befand, wollte ich nicht noch herausfinden, wie sich ein Blitzschlag anfühlte.

Und dann hörte ich eine Stimme.

»Nehmt dieses Opfer an, ihr Götter. Blut für die Erde, Fleisch wird zur Asche und Knochen werden zu Staub.«

Woher kam die Stimme? Ich rappelte mich auf und sah mich nach einem Unterschlupf um. Direkt neben mir war ein Teich. Wasser war nie gut bei einem Gewitter, schoss es mir durch den Kopf.

Vor mir befand sich ein Dolmen, ein Hünengrab aus drei aufragenden und einem quer darüberliegenden Felsen.

Gestalten in langen Gewändern standen in einem Kreis drum herum. Herrje, ich war in ein Ritual hineingeplatzt. Ein Ritual von dem selbst ernannten Hohepriester Alex Parkins und seinen Anhängern von Neo-Druiden!

Doch dann sah ich, dass die Gewänder nicht weiß, sondern grün waren und die Bärte nicht ordentlich gestutzt, sondern wild wuchernd. Ein Haufen Catweazles. Ausnahmslos alle hatten struppige Bärte und Haare, die mit Sicherheit noch nie eine Schere gesehen hatten.

Deswegen dauerte es einen Augenblick, bis ich erkannte, dass auf dem Dachstein noch eine Person war. Eine Frau.

Und jetzt wimmerte sie.

»Nicht. Fehler. Ihr macht Fehler.«

Ich sah mit Entsetzen, wie einer der Männer ein Messer an ihrer Stirn ansetzte, während ein zweiter hilfsbereit eine Schale unter ihren Kopf hielt.

Sie schrie nicht, als er zu schneiden begann. Sie wimmerte nur weiter. Immer die gleichen Sätze: »Nicht hier. Großer Fehler. Nicht. Blut wird ins Wasser sickern.«

O mein Gott! Er schnitt ihr ihre schwarzen Haare ab. Inklusive Kopfhaut.

Neben mir schlug ein weiterer Blitz ein. Jetzt fing es zu regnen an. Doch genau wie ich vorhin keine Schmerzen verspürte, fühlte ich auch die dicken Tropfen nicht. Ich musste der Frau helfen. Ich musste doch irgendetwas tun! Ließ Elizabeth mich das hier absichtlich sehen? Was bezweckte sie damit? Wieso schickte sie mich zu einer rituellen Opferung? Die Erinnerung hieran würde mir garantiert noch wochenlang den Appetit verderben.

Ich eilte näher, wollte einen Stein aufheben, um ihn zu werfen, doch ich schaffte es nicht. Genau wie in meinen vorigen Hypnosen konnte ich nichts bewegen. Ich war quasi ein Geist.

Das Blut, das jetzt von dem kahlen Schädel heruntertroff, fing ein anderer Catweazle mit einer Schale auf.

Alle Druiden standen sehr locker inmitten des Gewitters, fiel mir auf, als die Blitze in immer kürzeren Abständen einschlugen. Waren sie so high, dass sie das Wetter nicht mitbekamen?

Jetzt begannen diese Irren auch noch zu singen. Einer stimmte ein Lied an und die anderen sangen mit.

Das machte der Frau auf dem Stein mehr zu schaffen, als der Verlust ihres Skalps.

»Hört auf! Haltet's Maul. Haltet eure Mäuler!«, schrie sie und wand sich auf dem Stein. Sie war festgebunden. Nur ihren Kopf konnte sie bewegen und sie warf ihn panisch hin und her.

Ein Donnerschlag ertönte und krachte so gewaltig, als sei der Dolmen eingestürzt. Die Wasseroberfläche kräuselte sich durch den Regen.

Schlagartig fiel mir auf, dass die Druiden nicht nass waren. Überhaupt war in diesem Kreis, den sie bildeten, niemand nass. Sie waren nicht high.

Das Gewitter fand außerhalb dieses Kreises statt!

Mit dem Donnerschlag hatten alle aufgehört zu singen.

»Die Elemente gehorchen jetzt uns«, sagte der Druide, der ihr die Haare samt Haut abgeschnitten hatte. Er griff nach der Schüssel mit dem Blut und goss es über den kahlen Kopf, als wolle er sie damit taufen.

»Halt's Maul«, wimmerte die Frau.

Ansonsten war es auf einmal mucksmäuschenstill. Als habe man eine schalldichte Tür geschlossen und das Gewitter ausgesperrt. Doch rings-

um entstanden weiterhin kleine Blitzkrater. Sie bildeten ein Muster. Das Muster eines Sternbilds, und ich erkannte, dass es der Große Hund war.

Ich hörte das Blut zu Boden tropfen und musste würgen. Konnten Geister kotzen?

Der Druide griff wieder nach dem Messer an seinem Gürtel. Sein grünes Gewand hatte dort einen großen, dunklen Fleck vom Blut. Er ging um den Stein herum und setzte das Messer an ihrem Hals an.

Ein anderer Druide nieste laut.

»Halt's Maul!«, schrie die Frau wieder und drehte den Kopf in die Richtung. Dabei fiel ihr Blick auf mich.

Sie sah mir direkt in die Augen.

Es waren meine Augen.

Dasselbe Grün. Die gleichen dunklen Wimpern. Mein Gesicht!

Sie sah mich mit großen Augen an und sagte:

»Du hast ein Problem, Medraut«, sagte sie und mit einem Mal stammelte sie nicht mehr. Ihr Stimme erklang klar und fest. »Da steht die Gaianidin. Sie wird die Elemente fortan beherrschen. Nicht du. Du hast die Kräfte auf sie übertragen.«

Das Messer schwankte einen Moment lang, als er in meine Richtung sah. Er konnte mich nicht sehen, so viel war klar, denn er fixierte nichts mit seinem Blick.

Wieder nieste einer der Druiden und die Frau schrie noch einmal noch lauter »HALT'S MAUL«, dann stach der Druide ihr das Messer in die Kehle und ich schrie ebenfalls.

Sämtliche Blitze erstrahlten wie gebündelt, fuhren durch mich hindurch und schleuderten mich zu Boden. Das Letzte, was ich sah, war das ungläubige Gesicht des Hohepriesters, der sich suchend umblickte, als hätte er meinen Schrei gehört.

»Elizabeth, das war keine gute Hypnose«, krächzte ich, als ich die Augen aufschlug und sie über mir sah. »Ich musste mit ansehen, wie jemand skalpiert wurde. Das war so was von eklig.«

»Sind deine Kopfschmerzen nicht weg?«, fragte sie und lächelte vorsichtig.

Ich stutzte.

»Doch. Sie sind weg«, gestand ich endlich. Allerdings war ihr seltsames Lächeln verdächtig.

»Dann hat es doch Wirkung gezeigt«, sagte sie und erhob sich.

Er sah seine Schwester groß an. Seine einstige Erziehung sagte ihm, er müsse stolz auf sie sein. Seine neue Religion trauerte, weil er ein Schaf seiner Herde verloren hatte.

»Druidin?«, wiederholte er ihre Worte.

»Nicht bloß Druidin. Ich werde zur Hohepriesterin ausgebildet. Ich bin schon in die Fußstapfen der Alten getreten. Es ist damit ganz offiziell!«, erklärte sie und klang dabei ganz aufgeregt. »Überleg nur, Willmær, was das bedeutet.«

Es bedeutete, dass die Druiden geschickt ihre Ränke zu spinnen wussten.

»Es bedeutet, ich lerne alle meine Gaben zu kontrollieren und zu bündeln. Es bedeutet, ich lerne die Visionen besser zu deuten, die Kräfte der Natur mir untertan zu machen. Willmær, ich kann es dir dann auch beibringen. Du brauchst keine Angst mehr zu haben, versehentlich etwas in Brand zu stecken.«

»Das ist nur einmal passiert und es war direkt nach Mutters Tod«, sagte er zögernd. Es war der kleine Unterstand fürs Vieh gewesen, dorthin hatte er sich zurückgezogen, um zu trauern.

Er war elf Jahre alt gewesen und voller Zorn auf die Männer, die seine Mutter getötet hatten. Ein Opfer für die Götter hatten sie es genannt. Doch er war mit seinen elf Jahren alt genug, um zu wissen, dass seine Mutter nur nicht dem Hohepriester hatte zu Willen sein wollen.

Meiriona war damals noch zu klein gewesen und er hatte es ihr nie erzählt. Mit vierzehn war er aufgebrochen, um herauszufinden, was die

Götter wirklich wollten. Bei dieser Suche hatte er den anderen, einen Gott gefunden.

»Willmær, du hast die gleichen Kräfte wie ich, vielleicht nicht so ausgeprägt, aber du besitzt welche. Bislang ist es nur deiner Einsamkeit zu verdanken, dass du nichts mehr in Brand gesetzt oder unfreiwillig gelöscht hast, doch ich kann mich noch gut daran erinnern, dass es dem Jungen damals im Jähzorn passierte. Willst du das nicht auch kontrollieren können?«

»Ich kann meinen Jähzorn kontrollieren, das ist viel wichtiger«, lächelte er.

Meiriona sah ihn durchdringend an. »Als Hohepriesterin habe ich auch einen gewissen Einfluss auf die Bewohner, wie du wohl weißt.«

Er kniff die Augen zusammen. »Versuchst du gerade mich zu manipulieren, Schwester?«

»Aber nicht doch«, sagte sie und grinste schelmisch. »Ich will nur, dass du weißt, welche Möglichkeiten sich für dich und mich dadurch ergeben.«

»Verführerin«, murmelte er und wollte sie an sich drücken.

Sobald er sie berührte, zuckte sie erschrocken zurück.

»Was …?«

Doch sie schüttelte den Kopf. »Bitte frag nicht. Lass mich es erst richtig zu deuten lernen.«

Er nickte zögerlich. Als sie zwischen den Bäumen verschwand, hatte er selber auch eine Vision. Er sah sich. Gefesselt und nackt an einen Stein gebunden.

Und er wusste genau, das waren ihre Gedanken. Er konnte ihre Gedanken lesen und die Angst fühlen, die sie dabei verspürte.

19. Kapitel

Am nächsten Tag fühlte ich mich so frisch wie schon lange nicht mehr. Ich verputzte zum Frühstück den ganzen Speck und eine Menge Spiegeleier, so dass Theodor sich lauthals beschwerte.

Doch Theodor war mir heute schnuppe.

Ich hatte geduscht, ich war satt, die Kopfschmerzen waren weg, das unheimliche Pochen war schon seit Tagen nicht mehr zu hören, um mich herum schwebte nichts, wir hatten den Standort des ersten Meridians lokalisiert – wenigstens einigermaßen – und ich hatte Stuart Cromwell in seine Schranken gewiesen. Eigentlich sollte sich das absolute Hochgefühl einstellen, doch meine Gedanken kreisten noch immer um das Szenario, das ich während der Hypnose mitbekommen hatte.

Elizabeth hatte mich heute Morgen in unserem Zimmer nach dieser Vision befragt. Doch ich wollte partout nicht darüber reden. Wie sollte ich einen skalpierten Kopf beschreiben? All das Blut …

Bloß nicht daran denken, sonst kommt das wunderbare Frühstück sofort wieder hoch. Brandon und Colin schienen erleichtert, dass es mir besser ging. Es war so angenehm friedlich, ich sagte nichts von Elizabeths »Massage«, um nichts von der Vision erzählen zu müssen, und sie verschwieg es ebenfalls.

Nach dem gestrigen Desaster bezweifelte ich außerdem, dass

Cromwell noch einmal versuchen würde mich oder einen von uns zu entführen. Er hing an seinen Autos, was er zweifelsfrei gezeigt hatte. Brandon war derselben Meinung und entschied, dass wir ruhigen Gewissens den Bus nach Kirkwall und dort die Fähre zu den Shetlandinseln besteigen konnten.

Wir kamen tatsächlich ungehindert nach Kirkwall. Zu unserer Enttäuschung legte die nächste Fähre jedoch erst in vier Tagen ab.

Vier Tage waren definitiv zu lang, denn es blieben uns nur noch fünf, um wieder in Lansbury anzukommen. Und es wurde höchste Zeit, die Katastrophen nahmen zu. An einem Kiosk auf dem Titelblatt der *Sun* lasen wir die Schlagzeile, dass es in Südostasien eine Sonnenfinsternis gegeben habe, die ungefähr eine halbe Stunde angedauert hatte. Ein außergewöhnliches und unvorhergesehenes Naturphänomen, vor allem weil die letzte Sonnenfinsternis in dieser Region erst vor ein paar Monaten stattgefunden hatte. In Syrien hatte es ein Erdbeben gegeben, die antike Stadt Palmyra war stark beschädigt worden und in der Antarktis hatte man einen Meteoriten landen sehen. Der Einschlagkrater musste so groß sein wie der Viktoriasee. Die Fachwelt begann zu rätseln, was die Ursache für all diese ungewöhnlichen Vorkommnisse sein konnte. Keiner der befragten Wissenschaftler würde den tatsächlichen Grund akzeptieren.

In meinen Ohren hörte ich wieder die wimmernde Stimme der Frau: *Fehler. Großer Fehler.*

»Wie kommen wir jetzt zu den Shetlandinseln?«, fragte Theodor. »Wir können ja schlecht dahin schwimmen.«

»DU brauchst überhaupt nicht dahin«, sagte ich. »Wir anderen sind Auserwählte. Wir können übers Wasser gehen.«

»Sehr witzig, Meredith, vor allem von jemandem, der überhaupt nichts unter Kontrolle hat.« Dabei sah Theodor auf Brandon. »Weder den Gigolo noch deine Superkräfte. Oder warum hat er die Blondinen im Pub angebaggert und gestern die Kellnerin?«

»Wir fliegen«, sagte Colin und beendete damit eine aufkommende Diskussion.

Ich starrte ihn an. »Ich kann nicht fliegen«, sagte ich mit Nachdruck. »Ich kriege noch nicht mal das Feuermachen ordentlich hin.«

Colin starrte mich eine Sekunde lang an, dann brach er in Gelächter aus. »Ich dachte an ein Flugzeug. Ich weiß, dass Shetland auch angeflogen wird.«

Oh. Ja, klar. Ich kam mir ziemlich dämlich vor. Diese Hypnose verfolgte mich dermaßen, ich konnte gar nicht klar denken.

»Da Cromwell ja sowieso weiß, wo wir sind, könnten wir den Flug einfach online buchen, oder?«, fragte Colin und zückte, ohne Brandons Antwort abzuwarten, sein Handy.

Fünf Minuten später verkündete er, er habe vier Plätze gebucht für den Flug in einer Stunde.

»Vier?«, hakte Elizabeth nach und zählte uns ab.

»Theodor nicht«, erklärte Colin. »Er braucht uns nicht länger zu begleiten und er kann nicht mehr Schaden anrichten, als er es schon getan hat, wenn wir ihn zurücklassen. Ich muss an mein Geld denken.« Ich staunte. War das Colin? So rigoros kannte ich ihn überhaupt nicht.

Theodor starrte seinen Bruder mit verkniffenem Mund an. Ehe wir ihn hindern konnten, hatte er sich Colins Handy geschnappt und rannte damit weg.

»Wollt ihr ihm nicht nachlaufen?«, fragte E verblüfft.

»Nein. Lass ihn ruhig«, sagte Brandon achselzuckend. »Wenn wir Glück haben, sind wir ihn endlich los. Und Colin hat Recht. Er kann uns nicht noch mehr schaden als bislang.«

Wir vier stiegen in ein Taxi, das uns zum Flughafen von Kirkwall brachte.

Ich konnte es nicht fassen: Wir waren Theodor los!

»Was für ein Glück!«, seufzte E und kuschelte sich wohlig an Colin. »Und wir haben noch dabei gespart. Colin hat mit Theodors Geld auch den Flug bezahlt.«

»Was? Wie das?« Ich sah sie groß an.

»Er kannte seine … wie heißt das? Banknummer?«

Colin hatte rote Ohren. Für so durchtrieben hätte ich ihn nicht gehalten. Hatte er das getan, weil er so sauer auf Theodor war? Weil er mich an Cromwell verraten hatte? Oder hatte Elizabeth ihn dazu angestiftet? *Mein* Colin hätte niemals jemanden so hintergangen. Vor allem nicht seinen Bruder. Verrat hin oder her. Diese Reise machte aus uns allen andere Menschen.

Ich musste mit Colin reden. Unbedingt. Nicht nur über seine seltsamen Verhaltensweisen, sondern auch über meine Hypnose. Ich hoffte sehr, dass es keine Vision oder ein früherer Tod von mir gewesen war. Das Einzige, was dagegensprach, war, dass die skalpierte Frau mich angesehen hatte. Ein Gedanke durchzuckte mich.

Hoffentlich war ich nicht in einem Paralleluniversum gelandet! Hoffentlich hatte George R. R. Martin keine Visionen gehabt und *Game of Thrones* basierte nicht auf einer realen Welt. Einer Welt, die ich womöglich besuchen konnte.

Meine Güte! Wie furchtbar!

Ich schüttelte den Kopf. Der Hagel hat meine Birne wohl zu weich geklopft.

Die Maschine hatte richtige Propeller und ich befürchtete schon, der Pilot würde gleich mit Lederkappe und Fliegerbrille auftauchen. Zum Glück tat er das nicht. Er trug allerdings auch keine Uniform, sondern ein kariertes Hemd auf Jeans. Sehr … schottisch. Und dann sahen wir, dass wir uns zu früh gefreut hatten. Wir saßen bereits alle in diesem winzigen Flugzeug, als ein weiterer Passagier sich zu uns gesellte: Theodor.

Er sprach kein Wort, starrte uns alle nur finster an, setzte sich zwei Reihen vor uns und drehte sich kein einziges Mal zu uns um. Es flogen ansonsten nur zehn weitere Passagiere mit.

Der Flug war holprig und die Maschine flog nicht hoch.

Meine Brille fehlte mir. Alle anderen bestaunten die Landschaft unter uns, ich sah alles unscharf. Die Orkneyinseln wirkten auf mich wie unregelmäßige schwarz-grüne Flecken. Irgendjemand rief mal, da seien Seehunde, doch ich konnte nichts erkennen. Jeder klebte an einer Fensterscheibe und bestaunte den Felsen, der aus dem Meer ragte. Elizabeth rief, das sehe aus wie Maden auf einem Stück Fleisch. Ich sah nur einen schwarzen Tupfen. Der Flug dauerte knapp vierzig Minuten.

Vierzig Minuten, in denen Theodor kein Wort mit uns wechselte, nicht meckerte und sich erstaunlich ruhig verhielt.

Er sprach noch immer nicht, als wir das Flugzeug verließen und zur Bushaltestelle gingen.

Brandon hatte sich am Flughafen schlau gemacht. Es gab einen Megalithen! Im Norden auf der Hauptinsel. Er sei der einzige Menhir und konnte nur zu Fuß erreicht werden. Zumindest konnten wir den größten Teil der Strecke auf der Straße hinter sich bringen. Vor uns lägen zweieinhalb Stunden Fahrt bis zur Nähe unseres Ziels, erklärte die freundliche Ticketverkäuferin am Schalter und verkaufte uns auch direkt die Bustickets für dorthin.

Die Landschaft, die wir mit dem Bus durchfuhren, war noch karger und rauer als auf den Orkneys. Irgendwie wirkte alles sehr braun, steinig und nicht besonders einladend – sogar die Wiesen, auf denen man oft die zotteligen Ponys sah. Und beinahe von überall konnte man das Meer sehen. Noch ungestümer und dunkler, als ich es bislang kannte, denn auch ohne Brille konnte ich die weiße Gischt auf dem Wasser ausmachen.

Die Hauptstadt Lerwick erschien mir nicht viel größer als Lansbury und alle weiteren Ortschaften bestanden einzig und allein aus einzelnen Gehöften oder höchstens fünf Häusern. An genau einem solchen Ort stiegen wir auf Brandons Geheiß hin aus. Theodor folgte uns stumm.

Es gab keinen richtigen Campingplatz auf Shetland, nur einen Hof, der die Wiese davor an Camper vermietete. Um den richtigen Lochstein zu finden, mussten wir bis morgen warten. Der Weg wäre für heute zu weit, wir kämen erst im Dunkeln an. Brandon befand es für angenehmer – vor allem für mich –, wenn wir mit ein wenig Komfort übernachteten und morgen frisch ausgeruht wären und direkt das Ritual durchziehen könnten.

Als wir einen recht ebenen Platz auf der Camperwiese gefunden hatten, wurde uns auch klar, warum Theodor seit Kirkwall nicht mehr gesprochen hatte. Er schwitzte unmenschlich und seine Augen waren glasig. Er war uns also nicht wirklich aus Neugierde gefolgt, sondern machte eher den Eindruck, ohne uns komplett hilflos zu sein.

Noch während wir unser Lager aufschlugen, legte er sich hin und schlief sofort ein.

Colin legte ihm vorsichtig eine Hand auf die Stirn.

»Er glüht«, sagte er.

»Du hast ihm mit deinem Geständnis alle Kraft geraubt«, sagte Elizabeth.

Colin zwinkerte ihr zu, dann durchwühlte er Theodors Taschen, bis er sein Handy wiedergefunden hatte. Zufrieden tippte er darauf herum, ehe er es in seiner Hosentasche verschwinden ließ. Was war in den paar Tagen mit ihm geschehen, die er mit ihr allein gewesen war? Hatte sie ihn hypnotisiert? Konnte sie ihn mittels Handzeichen manipulieren?

Mir fiel auf, wie vertraut sie miteinander umgingen. Sie reichte ihm ganz selbstverständlich, was er gerade zu brauchen schien. Das konnte ich jetzt sogar deutlich ohne Brille erkennen! Colin musste nur die Hand aufhalten und schon legte sie es hinein. In diesem Fall war es eine Flasche Wasser. Das war mir bisher noch nicht aufgefallen. Hatten meine Schmerzen meine Sicht so getrübt?

»Ich hab Aspirin dabei, falls es schlimmer werden sollte«, bot

Brandon an. Ich würde Theodor ja schmorenlassen. Er hatte ein paar Schmerzen durchaus verdient.

»Wollt ihr ein Feuer machen?«, fragte Colin.

Elizabeth sprang direkt auf. »Der Hofbesitzer verkauft Feuerholz. Ich gehe uns welches besorgen.«

»Wozu brauchen wir Holz?«, fragte ich spitz. »Du kannst doch Feuer in der Luft brennen lassen.«

»Aber sobald ich einschlafe, geht es aus«, antwortete sie in einem Tonfall, als sei ich total doof.

Sie verschwand zwischen ein paar anderen Zelten in Richtung Wohnhaus.

»Unglaublich«, sagte ich.

»Sie kann sehr hilfsbereit sein«, sagte Colin.

»Das meine ich nicht. Hier gibt es tatsächlich noch mehr Touristen außer uns«, stellte ich richtig. »Hier gibt es nämlich sonst nichts. Nur Landschaft. Wieso macht man hier Urlaub?«

»Wieso haben hier schon vor Hunderten von Jahren Menschen gelebt und Kultstätten errichtet?«, stellte Brandon die Gegenfrage.

»War es damals hier wärmer? Gab es Palmen? Sandstrände? Gold?«

»Ich würde mal glatt behaupten, es gab Magie. Kräfte, die die Menschen spürten und sich zu Nutze machten«, sagte Brandon.

»Ob Cromwell am Lochstein auf uns wartet?«, überlegte ich.

»Möglich«, meinte Brandon. »Doch was soll er da? Er kann das Ritual nicht vollziehen und es aufzuhalten wäre sein sicherer Tod. Unser aller Tod.«

»Sollen wir das Ritual nicht doch noch heute durchziehen?«, fragte ich, obwohl mir bei dem Gedanken ganz beklommen zu Mute wurde.

»Nein, du brauchst noch eine Nacht, um dich restlos zu erholen. Das war doch ein bisschen viel in den letzten Tagen.« Brandon zog sein Handy heraus und tippte darauf herum. »Ich bin der König der Welt!«, hörte ich Sekunden später und wusste, er hatte noch einmal das Video aufgerufen, das uns der Fahrradfahrer gezeigt hatte.

»Wieso schaust du es dir noch mal an?«, fragte ich und trat neugierig näher. Zwecklos, es war zu verschwommen für mich.

»Weil daneben noch andere, ähnliche Videos aufgetaucht sind in den letzten vierundzwanzig Stunden. Hier, sieh mal.« Er hielt mir das Display vor die Nase, und weil ich es selber halten konnte, konnte ich es nah genug vor meine Augen führen. Da warfen ein paar Jugendliche Steine von einer Brücke. Keine kleinen Kiesel, sondern Pflastersteine, die zwar in Richtung des darunterliegenden Flusses fielen, allerdings in Zeitlupe. Man konnte jedoch an den Gesten und dem Gelächter der Jungs erkennen, dass die Aufnahme keine Zeitlupe war.

»Nimm auch noch das Nächste«, forderte mich Brandon auf. In diesem Clip war Cornwall zu erkennen. Die Ruinen der einst prächtigen Kathedrale von Truro. Wenn es nicht daruntergestanden hätte, wäre es nicht zu erkennen gewesen. Zwischen den Trümmern und dem Staub zoomte die Kamera auf etwas, das wohl die Apsis der Kathedrale oder der Altar gewesen war. Ich blinzelte. Nein, ich täuschte mich nicht. Da schwebte etwas. Ein Buch. Im Sonnenlicht blinkte es golden.

Und jetzt erkannte ich auch, dass rundum ein paar Menschen knieten und mit gefalteten Händen und teilweise geschlossenen Augen beteten.

»Es gibt noch mehr Videos mit solchen Phänomenen«, erklärte Brandon und nahm das Handy wieder an sich. »Ich bin gespannt, ob das alles nach dem Ritual morgen auch noch schwebt.«

Das war ich ebenfalls.

Theodor begann sich unter den Decken zu krümmen und dann nieste er laut.

»HALT'S MAUL!«, schrie ich Theodor an.

Theodor war sofort hellwach und blickte verwirrt um sich. Auch Colin und Brandon sahen mich verblüfft an.

Ich wusste nicht, was in mich gefahren war. Ich hatte eigentlich mehr an die Videos gedacht.

Brandon kramte in seinem Rucksack und warf Colin ein Päckchen Aspirin zu. »Hier. Wenn er morgen nicht besser dran ist, muss er hierbleiben.«

Theodor wollte soeben protestieren, doch da kam Elizabeth mit dem Hofbesitzer zurück, der einen riesigen Korb voller Holz trug. Er war ein Mann von Anfang vierzig und die sechzehnjährige Elizabeth flirtete ganz offen mit ihm. Genauso wie sie auch mit dem Wirt im Pub geflirtet hatte.

»Tom hat etwas Holz übrig. Das ist so nett, Tom. Vielen, vielen Dank.«

»Gern geschehen, Elizabeth«, säuselte er und stellte verliebt den Korb ab.

Sie strahlte ihn an. Ich wollte mit Colin einen amüsierten Blick tauschen, doch der runzelte missbilligend die Stirn. Brandon betrachtete Tom ebenfalls, als wäre er ein Mitglied der *Hells Angels*.

»Oh, dein Hemd ist jetzt ganz schmutzig.« Elizabeth begann ein paar Sägespäne von seiner Brust zu klopfen. Staub wirbelte auf. Tom fing ihre Hand ein und drückte sie sanft.

»Ist schon gut«, sagte er ein wenig heiser.

Eine letzte Staubwolke stob in die Luft.

Tom nieste.

»HALT'S MAUL!«, schrie ich ihn an.

Alle erstarrten. Ich auch. Ich schlug mir erschrocken die Hände vor den Mund.

Was war in mich gefahren?

Fünf Augenpaare sahen mich an, als hätte ich ihn geohrfeigt.

Ich fühlte mich auch so. Wieso schrie ich den netten Hofbesitzer an, obwohl der uns gerade teures Feuerholz geschenkt hatte?

Bei Theodor, na ja, in gewisser Weise verständlich, aber dieser Tom?

»Ich glaube, Meredith hat ihre Kopfschmerzen noch immer nicht überwunden«, sagte Elizabeth und sah entschuldigend zu ihrem Begleiter auf. »Du musst wissen, sie wird ganz fürchterlich von Maigrine geplagt, dann kann sie niemanden um sich herum ertragen.«

Tom wirkte ein wenig verwirrt. »Maigrine?«

»So heißt es doch, wenn die Kopfschmerzen so schlimm sind, dass man glaubt, jemand hätte einen skalpiert, oder?«

Und jetzt ging mir ein Licht auf. Ein ganzer Kronleuchter! Nein, ein Fußballstadion voller Flutstrahler.

»Das heißt Migräne, E«, korrigierte Brandon sie. »Doch sie hat

Recht, Meredith hat schon seit ein paar Tagen damit zu kämpfen. Bitte entschuldigen Sie ihr Verhalten. Sie braucht jetzt einfach Ruhe.«

Tom nickte, warf mir noch mal einen skeptischen Blick zu und verschwand dann – ohne Elizabeth noch einmal anzuschauen.

Kaum dass er außer Hörweite war, wollte ich sie mir krallen, doch ich wurde selbst gekrallt.

»Was zum Teufel ist bloß los mit dir?«, fauchte Brandon.

»Das ist nicht meine Schuld«, platzte es aus mir raus. »Sondern ihre! Du hinterlistiges Biest.«

Sie hatte mich hypnotisiert und mir dabei was untergejubelt! Weshalb sonst hätte sie von skalpierten Schädeln reden können? Außer ihr hatte ich mit niemandem darüber geredet. Die Erinnerung daran verursachte mir jetzt noch Übelkeit.

»Was hat sie denn damit zu tun? DU schnauzt hier doch grundlos jeden an.« Brandon kochte.

Ich war fassungslos.

»Meredith, das war äußerst unhöflich von dir«, stand ihm jetzt auch noch Colin bei. »Wenn du schon wieder so starke Schmerzen hast, warum hast du die ganze Zeit über nichts gesagt? Leg dich am besten hin und kurier dich aus.«

Das war ja wohl nicht sein Ernst!

»Kapiert ihr denn nicht, was hier läuft? Was sie getan hat?« Ich deutete auf Elizabeth, die aussah, als sei sie die Unschuld in Person. Jetzt zog sie auch noch einen Schmollmund.

»Lass Elizabeth aus dem Spiel«, sagte Colin jetzt streng. »Sie war überhaupt nicht hier, als du angefangen hast rumzukrakeelen.«

Wie konnte er mir so in den Rücken fallen? Er musste doch wissen, dass ich nie grundlos jemanden anbrüllen würde. Schon gar keinen Fremden wie Tom!

»Du hast seit jeher etwas gegen E«, setzte Brandon wieder an. »Bei jeder Gelegenheit versuchst du ihr die Schuld in die Schuhe zu schieben.«

»Das ist nicht wahr!«, versuchte ich mich zu verteidigen. »Sie spielt euch allen die Unschuld vom Lande vor und ihr springt darauf an.«

»Wir oder du?«, entgegnete Brandon. »Momentan bist wohl eher du diejenige, die ausflippt.«

»Ich glaube, dass Meredith auf E eifersüchtig ist«, mischte sich jetzt auch Theodor ein.

Er grinste von seinem Schlafsack zu mir hoch und sah trotz fiebrig-roten Wangen so zufrieden aus, wie er seit Lansbury nicht mehr ausgesehen hatte. »Du weißt, dass du ihr nicht das Wasser reichen kannst. Ihre adlige Geburt zeigt sich ganz deutlich in ihrem Aussehen und ihrem Verhalten.«

Er nieste und ich schrie ihn wieder an: »HALT'S MAUL!«

»Meredith, das reicht jetzt endgültig«, zischte Colin. Er zischte! Colin zischte *mich* an!

Ich war wie vor den Kopf geschlagen. »Tu was. Beende es!«, wandte ich mich an E, der jetzt ein leises Lächeln auf den Lippen lag.

»Was soll sie denn tun? Sie kann deine Kopfschmerzen nicht weghauchen«, fauchte Brandon. »Leg dich schlafen.«

Alle waren gegen mich. Elizabeth genoss diese Situation ungemein. Das konnte ich ihr ansehen.

Keiner von ihnen würde glauben, dass sie mir gestern bei der angeblichen »Massage« was eingeflüstert hatte. Es war genau das eingetreten, was ich schon beim ersten Mal befürchtet hatte.

Ich packte wutentbrannt meinen Schlafsack aus, entfernte mich ein paar Meter von ihnen und krabbelte hinein.

»Theodor, tu uns allen einen Gefallen und halt dir beim nächsten Niesen die Nase zu«, rief ich, ehe ich ihnen den Rücken zuwandte und die Augen schloss.

Ich konnte nicht einschlafen. Ich hörte sie hinter mir reden. Über mich reden. Theodor und Elizabeth machten überhaupt keinen Hehl draus. Brandon und Colin hielten sich zurück.

In mir kochte es und ich kam einfach nicht zur Ruhe. Ich schlief noch immer nicht, als die hinter mir ruhiger wurden und einer nach dem anderen verstummte. Ich schlief erst recht nicht ein, als Theodor wieder anfing zu schnarchen. Noch lauter als sonst, was vermutlich an seiner Erkältung lag. Der Drang, ihm ein Kissen aufs Gesicht zu drücken, war sehr groß.

Es wurde kälter, trotz der ungewöhnlichen Hitze in diesen Breiten. Ich kroch näher ans Feuer und betrachtete alle nacheinander. Ihre Augen waren fest geschlossen – obwohl, Colin hatte eines ein wenig geöffnet, ein eindeutiges Zeichen dafür, dass er wirklich im Tiefschlaf lag. In meinem Inneren zog sich etwas zusammen, als ich ihn so sah. Es schmerzte nicht wenig. Wieso durchschaute er Es Gehabe nicht? Wie schaffte sie es, ihn dermaßen zu blenden? Weil er Colin war, dachte ich unwillkürlich. Der netteste, freundlichste, gutmütigste Mensch ohne Fehl und Tadel. Ein wahrer Ritter.

E schlummerte friedlich wie ein Kätzchen, ihr Schlafsack dicht neben Colins liegend.

Wie gern hätte ich jetzt Elizabeth eins reingewürgt. Wären wir zu Hause gewesen, hätte ich sie angemalt. Mit wasserfester Wimperntusche die Augenbrauen neu modelliert oder mit Nagellack den Haaransatz etwas farbenfroher gestaltet. Nicht dass ich über solche Utensilien verfügen würde, aber dank Mums Job in der Drogerie hatten wir immer etwas Make-up im Haus. Ein paar Vampirringe um die Augen wären auch cool. Vor allem bei Es roten Haaren.

E! Diesen Kosenamen hatte sie überhaupt nicht verdient. Ab sofort würde ich sie nur noch Elizabeth nennen. Oder Miststück. Was bezweckte sie damit? Wollte sie mir Colin entfremden? Das war ihr schon längst gelungen. Unwillkürlich stellte sich mir die unangenehme Frage, ob sie ihn gegen mich aufbringen wollte, damit all unsere gemeinsame Vergangenheit nur noch eine wehmütige Erinnerung wäre. Mir zog sich das Herz zusammen und ich fühlte einen mächtigen Druck hinter meinen Augen.

Das durfte sie nicht. Das konnte ich nicht zulassen. Was wäre ich ohne Colin?

Chris, Rebecca und Shakti waren gute Freunde, keine Frage, aber sie waren nicht Colin. In den letzten Wochen, als sein Vater – oder eher gesagt, Colin – sauer auf mich gewesen war, weil ich ihm nichts von meinem Bruder erzählt hatte, hatte ich gemerkt, wie wichtig er tatsächlich in meinem Leben war. Er durfte sich nicht noch weiter entfremden.

Allein der Gedanke daran presste mein Herz schmerzhaft zusammen. Ich wollte nicht weinen und blinzelte die Tränen weg. Lieber diese düsteren Gedanken vertreiben.

Ich wollte ein freundliches Wort hören, mit jemandem reden, der E genauso wenig mochte wie ich. Ich vermisste Rebecca und Shakti. Und ich vermisste Chris mit seinen lockeren Sprüchen und seiner flapsigen Art, die uns immer zum Lachen brachte.

Kurzerhand zog ich mein Handy hervor und schaltete es ein. Allein das Leuchten des Bildschirms gab mir ein Gefühl von Heimeligkeit. Mein WhatsApp-Postfach quoll fast über. Grundgütiger!

Ich scrollte mich durch die nicht enden wollende Liste in unserer RSCCM Gruppe (**R**ebecca-**S**hakti-**C**hris-**C**olin-**M**eredith).

Erst waren da Kommentare direkt an Colin und mich gerichtet und später, weil wir nicht antworteten, fragten sie sich gegenseitig, was los sein könnte. Rebecca berichtete von einem Anruf an Mum und dass sie erzählt hätte, wir seien alle gemeinsam unterwegs und uns ginge es gut. Nach einem allgemeinen Aufatmen schickten sie Photoshop-Bilder mit Colins und meinem Gesicht: *Vermisst!* In allen erdenklichen Varianten, von dem typischen Westernbild bis hin zu einer Shaun-das-Schaf-Knetausgabe, die Colin mit Bitzer-Mütze und mich mit geblöktem Mund darstellte. Ich musste unwillkürlich kichern. Mein Favorit war allerdings ein Foto von Elizabeth. Vermutlich hatte Chris das Foto aufgenommen, doch es war definitiv von Rebecca bearbeitet und eingestellt worden, die Elizabeth nicht leiden konnte und daraus keinen Hehl machte. Es zeigte E mit Spitzhut und Besen, wie sie vor einer Glaskugel hockte und darin das Foto von Colin beschwor.

Sowohl über Elizabeths Kopf als auch in der Glaskugel prangten das Wort *Wanted!*. Wie treffend.

Ich schrieb direkt darunter: *Vermisse euch jetzt noch mehr.*

Sofort erschien der blaue Haken und die drei vibrierenden Pünktchen leuchteten auf.

Wo bist du? Wo seid ihr? Geht es euch gut? Wieso seid ihr so plötzlich verschwunden? Ist der heiße Barkeeper bei euch? Was läuft zwischen dir und ihm?

Die Fragen wurden abwechselnd von Shakti und Rebecca gestellt, und ehe ich die erste Antwort getippt hatte, klinkte sich auch Chris in die Unterhaltung mit ein.

Natürlich war er es, der sich nach Elizabeths Befinden erkundigte. Ich musste meinem Frust Luft machen und erzählte ihnen von meinen Kopfschmerzen und Elizabeths Hypnose und der Nebenwirkung, für die sie gesorgt hatte.

Falsche Schlange war noch das Harmloseste, das Rebecca daraufhin erwiderte. Auch Shakti äußerte sich mitfühlend und lästerte über Elizabeth. Das tat so gut! Ich fühlte mich sofort etwas besser und mir ging auf, dass es ausgerechnet Colins Ignoranz war, die mich so unglücklich gemacht hatte. Er – gerade er! – hätte doch wissen müssen, dass ich niemals so was unnötig schreien würde. Ich sah, dass Chris sich auch dazu geäußert hatte.

Chris: *Sie ist eifersüchtig auf unsere Meredith.*

Wie bitte? Las ich richtig?

Chris: *Das hat sie nur gemacht, weil sie dir Colin wegschnappen will. Sie glaubt, zwischen dir und ihm läuft was.*
Rebecca: *Wie mies!*
Shakti: *Versteht die nicht, dass Meredith und Colin nur beste Freunde sind?*
Chris: *Sie behauptet, Mädchen und Jungs könnten nicht befreundet sein.*
Shakti: *Hast du mit ihr* Harry und Sally *geguckt, als sie bei dir gewohnt hat?*
Chris: …
Rebecca: *Ziemlich dämlich, Chris.*
Chris: *Uns war langweilig.*
Ich: *Das nächste Mal schaut ihr lieber* Die Hexen von Eastwick.
Chris: *Haben wir. Darüber hat sie nur gelacht. Egal, lass dich nicht von ihr ins Bockshorn jagen, Meredith! Mach sie doch mit ihrem Beschützer eifersüchtig. Ich wette, das gefällt ihr gar nicht.*
Ich: *Ihm auch nicht. Aber danke euch allen. Ihr habt mich ein wenig aufgemuntert. Ihr habt was bei mir gut!*
Rebecca: *Ich wüsste schon was: Schieb die Hexe ab.*

Und genau das hatte ich vor.

20. Kapitel

Nach unserem kleinen Chat schaltete ich mein Handy wieder aus. Ich dachte über die Worte meiner Freunde nach. Nicht den Teil mit der Eifersucht, das war absurd. Nein, ich würde die gute *E* – bevorzugt genannt: das Miststück – abschieben.

Was mich zurück zu dem Ritual und meiner verhängnisvollen Aufgabe morgen brachte. Ich musste E nicht nur abschieben, sondern auch Cromwell, der nicht gehen und mich stattdessen wegschicken wollte.

Ich überlegte, ob er sich einfach in Luft auflösen würde, wenn das Ritual korrekt durchgeführt wäre? Musste er dabei sein? Das hätte ein weiteres Problem zur Folge. Eines, mit dem wir uns vor dem letzten Ritual befassen mussten, denn so lange waren die Platoniden auf alle Fälle noch hier. Ich konnte, solange ich wach war, zumindest ein weiteres Mal üben alle Elemente zu beherrschen.

Luft war ja einigermaßen machbar. Wasser wohl auch, wie ich Cromwell eindrucksvoll bewiesen hatte.

Ich sollte mich mal am Feuer versuchen.

Das Lagerfeuer war schon bis auf die Glut heruntergebrannt. Ich würde es wieder aufflackern lassen. Eine Flamme erzeugen, ohne Holz nachzulegen.

Ich konzentrierte mich auf das Feuer. Auf Flammen. Ich dachte an das Mittsommerfeuer, das die Neo-Druiden im Steinkreis immer entzündeten und das sogar die Megalithen rundherum überragte.

Nichts. Noch nicht einmal die Glut wurde heller. Also warf ich doch einen Holzscheit nach, der Funken aufwirbeln ließ.

Feuer, brenne!, dachte ich und mir fielen Elizabeths Kunststücke ein, die sie während des Sachsen-Festivals zum Besten gegeben hatte. Vor den Augen von ungefähr tausend Schaulustigen – und Stuart Cromwell.

Sie hatte sich mit diesem kurzen Moment des Ruhms in Lebensgefahr gebracht und uns dazu. Und jetzt hatte sie nichts Besseres zu tun, als dämliche Schulmädchenstreiche mit mir zu spielen. Luder.

Brandon hatte nicht ganz Unrecht. Ich hatte von Anfang an was gegen sie gehabt. Aber nicht weil ich neidisch oder eifersüchtig war, sondern weil sie mich seit unserer ersten Begegnung herablassend behandelt hatte.

Wenn wir das hier alles überleben sollten und sie aus irgendeinem dämlichen Grund nicht in ihre Zeit zurückgeschickt werden konnte, würde ich ihr Shelby auf den Hals hetzen. Und Theodor. Der stand ja auf sie.

Ich nahm Brandon auch übel, dass er sich sofort um sie sorgte und mich links liegenließ. Mehr oder weniger. Immer Elizabeth. Alles drehte sich um sie.

Das Feuer begann zu züngeln, doch mir war klar, dass das nicht meinen Fähigkeiten, sondern dem umgekippten Holzscheit zu verdanken war. Vielleicht konnte ich zumindest die Funken tanzen lassen …

Jemand murmelte. Erschrocken sah ich mich um. Colins Lippen bewegten sich.

Colin redete im Schlaf? Seit wann? Und was sagte er? Zu blöd, dass ich es durch Theodors Geschnarche nicht richtig verstehen konnte. Ich schlich näher zu Colin und beugte mich zu ihm. »E … Vorsichtig … Nicht … Mere … E! Bleib!«

Oh, oh. Das war nicht gut.

Sogar im Traum beschäftigte es ihn noch. Er murmelte weiter vor sich hin, doch ich verstand nur das letzte Wort, das er seufzte, bevor er sich schließlich umdrehte: *»Braver Hund.«*

Hatte er jetzt die ganze Zeit von Wall-E oder Elizabeth gesprochen?

Es wäre verständlich, wenn er seinen Hund vermisste, doch ich konnte es nicht eindeutig zuordnen und in meinem Magen machte sich ein unwohles Gefühl breit. Ich setzte mich wieder auf meinen Platz am Feuer. Ich übte eine weitere Stunde lang das Feuer mit meinen Gedanken zu entfachen, aber ich schaffte es nicht. Wie war es mir vorhin und vor ein paar Tagen in dieser Ruine gelungen? Ich gab es auf.

Als Nächstes versuchte ich einen Stein zu verformen. Ich wollte ihn schmelzen lassen, wie Brandon es mir gezeigt hatte. Vielleicht wäre es kuschelig eingepackt ein wenig einfacher. Ich wickelte mich in meinen Schlafsack und legte mich auf die Seite. Jetzt noch eine Wärmflasche und ich wäre … so verweichlicht wie unsere achtundachtzigjährige Nachbarin. Ich atmete tief durch und konzentrierte mich auf den Stein. Das musste mir gelingen. Es musste einfach. Meine Lider wurden immer schwerer. Doch ich wollte nicht so einfach aufgeben. Hatte sich der

Stein bewegt? Oder war es nur der Schein des Feuers? Ich dachte an Wall-E, der immer so fröhlich an der Leine vor Colin herzockelte. Die langen Ohren hüpften dabei und beim kleinsten Wort von Colin horchte er auf. Er blieb stehen und drehte sich um und das Letzte, das ich registrierte, war, dass die Ohren von Wall-E genauso rot waren wie Elizabeths Locken.

»HALT'S MAUL!«

Schlagartig war ich wach. Ob es durch meinen dämlichen Schrei war oder weil Theodor so laut geniest hatte, wusste ich wirklich nicht zu sagen.

Auf alle Fälle bewirkte es zweierlei.

1. Alle anderen waren nun genauso hellwach und 2. erkannten sie, dass mit mir was nicht stimmte.

»Elizabeth?!«, knurrte Brandon. Ha! Endlich kapierten sie es.

»*Ich* habe doch nicht geschrien«, protestierte sie unter seinem finsteren Blick.

»Hast du Meredith hypnotisiert?«, fragte Brandon und an Elizabeths Stelle hätte ich jetzt alles gestanden. Der hübsche Barkeeper konnte genauso beängstigend sein, wie er flirten konnte.

»Sie wollte es doch.«

»Du hast gesagt, du würdest mir die Kopfschmerzen vertreiben«, sagte ich.

»Das hab ich doch. Du sagtest, sie seien weg«, verteidigte sie sich.

»Und dafür pflaume ich jetzt jeden an, der niest«, rief ich empört.

»Beruhige dich, Mere«, mischte Colin sich ein. »Das war bestimmt ein Missverständnis und E kann es wieder rückgängig machen.«

Wie konnte er es wagen?!

Er nahm sie in Schutz, obwohl es jetzt offensichtlich war, dass sie mir absichtlich eins reingewürgt hatte? Ich konnte es nicht fassen. Gutmütig hin oder her, aber das ging zu weit. Ich war maßlos von Colin enttäuscht. Ich hatte immer gedacht, es gäbe niemanden, der mich besser kennen würde als er. Und ausgerechnet er sprang ihr nun zu Hilfe?

»E, kannst du das rückgängig machen?«, fragte Colin und sah Elizabeth aufmunternd an.

Sie lächelte ihm zu, mit einem ähnlichen Lächeln wie gestern beim Campingplatzwärter. Nur wirkte das hier … echter.

»Natürlich kann ich das rückgängig machen«, sagte sie und fügte ein wenig beleidigt hinzu: »Das war doch keine Absicht gewesen. Es sollte ihr nur die Schmerzen nehmen und ihr vielleicht einen Hinweis auf das Ritual liefern.«

»Na vielen Dank auch«, sagte ich trocken. »Ich musste mit ansehen, wie eine Frau skalpiert und dann getötet wurde. HALT'S MAUL!«, schrie ich in Richtung Theodor, der wieder geniest hatte.

»Theo, halt dir beim nächsten Mal vorsichtshalber die Nase zu. Und du«, Brandon zeigte auf Elizabeth, »bringst das augenblicklich in Ordnung. So einen Mist können wir momentan überhaupt nicht gebrauchen. Kapierst du nicht, dass Meredith ganz andere Sachen bevorstehen?«

Alarmiert sah ich Brandon an.

»Du musst dich auf das Ritual konzentrieren«, fügte er schnell hinzu, als er mein Gesicht sah.

Ein paar Camper steckten neugierig ihre Köpfe aus dem Zelt gegenüber. Am Wärterhäuschen konnten wir die Gestalt von Tom in demselben Hemd wie gestern ausmachen.

An Hypnose war hier nicht zu denken.

»Lasst uns alles zusammenpacken und aufbrechen«, mischte Colin sich ein. »Unterwegs finden wir garantiert ein ruhigeres Plätzchen, wo Elizabeth dich wieder geraderücken kann.«

»Ich wusste gar nicht, dass ich krumm bin«, zischte ich und krabbelte aus dem Schlafsack.

»Du weißt, wie ich das meine«, sagte Colin und klang ein wenig genervt.

»Nein, ich weiß es nicht. Ich weiß überhaupt nicht mehr, was du meinst. Du hast dich in den paar Tagen komplett verändert. Damit meine ich nicht nur dein Aussehen.«

»Na, jetzt wird's endlich interessant«, sagte Theodor mit nasaler Stimme.

»Ach, halt's Maul«, fauchte ich in seine Richtung.

»Das höre ich heute nicht zum ersten Mal von dir. Und dabei habe ich gar nicht geniest«, stellte er höhnisch fest.

Ich verkniff mir einen weiteren Spruch und packte mein Zeug zusammen.

Ich war auf hundertachtzig und ich wusste selber nicht genau, ob es an Elizabeth lag, an Colins Verrat, Theodors … ach Theodor nervte generell. Mit hohem Fieber hatte er mir besser gefallen. Das zumindest schien sich dank Brandons Tabletten verflüchtigt zu haben. Geblieben war die Rotznase.

Der Schlafsack wollte nicht mehr in den Rucksack passen. Ich stopfte und fluchte, bis ihn mir jemand aus der Hand nahm.

»Ich mach's.« Brandon zog alles wieder raus und reichte mir stattdessen ein Blatt.

»Was soll ich damit?«, fragte ich ungehalten.

»Ich habe aufgeschrieben, was du beim ersten Ritual zu tun hast.«

Ich warf einen Blick darauf. In einer sehr schnörkeligen Schrift stand da:

Wasser beschwören, Feuer beschwören, Luft beschwören, Erde beschwören, Blut trinken …

»Igitt!«, röchelte ich. Den letzten Punkt hatte ich total verdrängt.

»Pst!«, zischte er mit Blick zu den anderen Campern. »Ich erklär dir den Rest später. Das da unten sind die Beschwörungsformeln, die du sagen musst.«

Ich überflog die schwülstigen Worte und mein Blick blieb an dem Wort Blut hängen. Da stand es schwarz auf weiß. Bäh! Ich schüttelte mich.

»Wann hast du das aufgeschrieben?«, fragte ich, als ich mich ein wenig beruhigt hatte.

»Als du mit den Kopfschmerzen gekämpft hast. Die anderen waren schon essen und ich habe behauptet, meine Rasur bräuchte länger«, sagte er und strich sich dabei über sein heute wieder stoppeliges Kinn.

Der Rucksack wurde fertig gepackt und verschlossen vor mich gestellt.

Ich schulterte mein Gepäck und dabei fiel mein Blick auf einen Stein beim Feuer. Der hatte eine seltsame Form. Die eines … Hundes? Ich steckte ihn kurzerhand in die Tasche.

21. Kapitel

Wir wanderten nur so lange, bis der Hof und das letzte Haus weit genug entfernt waren, und dann hypnotisierte Elizabeth mich erneut – unter der strengen Aufsicht von Brandon – und machte diese Zirkusnummer rückgängig. Es war definitiv keine Manipulation, wie Cromwell sie handhabte. Ich musste mich dabei wirklich flach hinlegen und entspannen (so gut es ging), ganz wie bei den Magiern auf Showbühnen. Zumindest wirkte es.

Wenn Theodor ab sofort nieste, war ich zwar immer noch versucht ihn anzublaffen, aber ich konnte mich zurückhalten. Hoffentlich verging das noch. Ansonsten bekäme ich im Winter ziemliche Probleme am College.

Jetzt konnte ich mich endlich auf die Liste konzentrieren, die Brandon mir erstellt hatte. Das meiste las sich wie ein Pfadfinderauftrag. Die Sache mit dem Blut verursachte nicht nur Übelkeit, sondern auch wieder Kopfschmerzen. Ich schloss zu Brandon auf, der unseren kleinen Trupp anführte.

»Brandon, muss ich das Blut wirklich trinken?«, fragte ich zaghaft. Das konnte unmöglich sein Ernst sein.

»Ich habe am Flughafen eine Limonade gekauft. Wir mischen es, dann sollte es gehen.«

Es *war* sein Ernst.

»Ich möchte mich selber davon überzeugen, dass es in den Unterlagen steht«, insistierte ich.

»Ich kann sie wieder hypnotisieren, damit sie dich in Ruhe lässt«, rief Elizabeth von hinten. Theodor kicherte.

Ich konnte Elizabeth ja nicht in Flammen aufgehen lassen, aber ich wusste mir anderweitig zu helfen.

Drei Minuten später platschte es laut und dann kreischte es hinter uns.

»Was ist das? Wo kommt das auf einmal her?«

Wir blieben stehen und drehten uns um. Brandon war so erschrocken, dass er mit einem Satz bei Elizabeth war. Allerdings machte er sofort wieder einen Satz zurück.

Sie war klatschnass. Die roten Locken klebten ihr strähnig im Gesicht und sie tropfte, als sei sie soeben aus der Dusche gestiegen.

Aus meiner ganz persönlichen Dusche, dachte ich zufrieden.

Ich begegnete Brandons wissendem Blick.

Leider hatte den auch Elizabeth bemerkt.

»Das war *sie*?«, rief sie empört und ungläubig zugleich.

»Du nachtragendes …«

Sie sprach nur nicht weiter, weil Colin ihr eine Hand auf den Arm legte. Auf die nackte Haut ihres Arms.

Sofort stahl sich ein liebevolles Lächeln auf ihr Gesicht und sie warf Colin einen Hundeblick zu, den ich sonst nur von Wall-E kannte. Was zum Teufel war zwischen den beiden vorgefallen in den paar Tagen, in denen sie allein unterwegs gewesen waren?

In meiner Handtasche klingelte es.

»Was um Himmels willen …?«, setzte Brandon an, als er das

Klingeln erkannte. »Sag mir nicht, nur weil wir nicht mehr verfolgt werden, führst du jetzt Small Talk mit all deinen Freundinnen.«

Ich war recht dankbar für das Klingeln, denn es lenkte alle von der nassen Elizabeth ab.

»Wer ruft denn da an?«, fragte Theodor und klang genervt. Er mochte wohl meinen Big-Bang-Theory-Soundtrack-Klingelton nicht.

Ich warf einen Blick aufs Display. Den Anruf musste ich annehmen.

»Meredith?« Mum klang ziemlich aufgeregt. »Meredith, wo bist du? Geht es dir gut? Ist Colin bei dir?«

So viele Fragen, auf welche sollte ich zuerst antworten? »Meredith, ich weiß, dass du dran bist, also: Ist Colin bei dir?«

»Hi Mum, ja er ist hier neben mir.«

Ich hörte sie erleichtert aufatmen. »Oh, gut.«

»Wie geht es dir?«, fragte ich ein wenig zögerlich. Blöde Frage, aber mir fiel leider nichts Besseres ein.

»Mal davon abgesehen, dass ich das ganze Haus für mich habe und jeden Tag nackt darin rumlaufen kann, so viel ich will, und ich deswegen aufpassen muss, dass ich mir keine Erkältung einfange, geht es mir prima.«

Ich wusste, es war sarkastisch, weil sie noch immer in Sorge über meine unerwartete Abreise war. Trotzdem musste ich grinsen. Mum nackt im Haus. Lächerlich.

»Hör mir gut zu: Du musst auf Colin aufpassen! Meredith, hörst du mir überhaupt zu? Bist du noch dran?«

Ich war schlagartig hellwach.

»Ja, Mum, was ist mit Colin?«

Er sah zu mir herüber. Auch Elizabeth horchte auf.

»Er schwebt in Gefahr. Die Karten sagen, er steht vor einer Entscheidung. Die Entscheidung könnte sein Leben verändern. Damit meine ich, sie könnte alles verändern, was ihm bislang lieb und teuer war.«

Die Karten. Na toll. Mum legte Tarotkarten, seit ich denken konnte. Für sich, mich, Dad und gegen Geld auch für andere. Ich hatte sie immer belächelt, weil Tarotkarten a) sehr unterschiedlich interpretiert werden konnten, je nach Gemütszustand, und b) ich nicht glaubte, dass ein Stück Papier aus einer chinesischen Presse meine Zukunft wissen konnte.

Allerdings erinnerte ich mich, dass Mums heiß geliebte Tarotkarten vor kurzem immer die gleichen Legemuster gezeigt hatten, egal wer zog, abhob oder mischte. Legemuster, die meine Mutter als bedrohlich ansah. Zumindest fühlte ich mich ein wenig mulmig seither, wenn ich an die Tarotkarten dachte, die ich sonst mit einer abfälligen Handbewegung abgetan hatte.

»Ich sag es ihm, Mum«, erklärte ich mit Blick zu Colin, der amüsiert lächelte. Wir beide hatten uns ab und an über die Tarotkarten lustig gemacht.

»Meredith, du verstehst mich nicht. Du musst auf ihn achtgeben«, insistierte sie. »Er darf den Stern nicht betreten.«

»Was für einen Stern?«, fragte ich erstaunt.

»Das kann ich dir nicht genau sagen. Aber er ist verloren, wenn er es tut. Halte ihn vom Feuer fern. Pass auf ihn auf, ja? Und auf dich natürlich auch. Wann kommst du nach Hause?«

Gute Frage. Würde ich überhaupt je nach Hause kommen?

»Nächste Woche«, log ich. Falls alles gut ging nach dem fünften August.

»Okay. Achte auf Colin. Es darf ihm nichts passieren. Ich weiß, wie wichtig er dir ist.«

»Versprochen, Mum«, sagte ich und meinte es auch so.

»Mum?«

»Ja, Schatz?«

Was sollte ich sagen? Was, wenn das hier das letzte Gespräch mit meiner Mutter war?

»Meredith, ist alles in Ordnung? Wenn dir diese Reise keinen Spaß mehr macht, komm heim. Ich vermisse dich.«

Es war kein Sarkasmus mehr in ihrer Stimme zu hören. Stattdessen klang sie, als wäre sie kurz vorm Weinen.

»Ich verspreche dir, es ist bald vorbei«, sagte ich und legte auf, ehe ich noch mehr verriet oder sie mehr erriet.

Ich schaltete das Handy ab.

»Was wollte deine Mutter?«, fragte Colin neugierig.

»Sie wünscht uns viel Spaß und ich soll dich vom Feuer fernhalten«, erwiderte ich mit Blick auf Elizabeth.

»Hat mein Dad nach ihm gefragt?«, mutmaßte Theodor und klang dabei verschnupft.

»Nein, es war wirklich meine Mutter, die sagte, Colin dürfe unter keinen Umständen den Stern betreten.«

»Stern? Was für ein Stern?«, hakte Colin nach.

»Was weiß ich«, antwortete ich genervt. »Du kennst doch Mum und ihre Tarotkarten.«

Alle akzeptierten meine Antwort.

Nur Theodor nicht.

Er raffte einen Stein vom Boden auf und warf ihn mit voller Kraft ins Feld. Ein zweiter folgte. Dann ein dritter.

»Theodor, ist irgendwas?«, fragte ich schließlich.

»Nein, alles bestens«, sagte er mit zusammengebissenen Zähnen.

Es war offensichtlich, dass rein gar nichts bestens war, doch nicht mal Colin sprach seinen Bruder darauf an. Deshalb ließ ich es auch bleiben. Nach dem fünften Stein stopfte sich Theodor die Hände tief in die Hosentaschen und marschierte in die Richtung, die Brandon vorgegeben hatte. Wir folgten ihm stumm.

Es war sehr windig. Die Shetlandinseln, normalerweise bekannt für ihren Regen und Nebel, präsentierten sich uns mit zwanzig Grad Celsius ungewöhnlich warm.

Die Wanderung wäre sehr schön gewesen, wenn Elizabeth nicht ständig geredet hätte. Dummerweise hielt sie es erst kurz vor unserem Ziel für nötig, von Stuart Cromwell und seinem Besuch bei Tom, unserem Campingplatzwärter, zu berichten.

»Er war da?«, fragte Brandon fassungslos. »Wieso hast du das nicht früher erzählt?«

Elizabeth zuckte empört zusammen. »Bitte entschuldige. Tom berichtete mir, sie seien noch in heller Aufregung, weil sie nach Cromwells Besuch einen zerstörten Dolmen entdeckt hätten, der seit Urgedenken in der Nähe stand. Ein Touristenmagnet, und jetzt sei es hinüber.«

»Ein Dolmen?«, hakte Colin nach.

»Dahinten, das muss er sein«, sagte Elizabeth und deutete auf eine weit entfernte Wiese, wo ein Haufen zertrümmerter Steine lag. Wir waren daran vorbeigegangen, ohne ihn wahrzunehmen. Hier gab es so viele Steinhaufen …

»Cromwell kann nichts von dem richtigen Stein wissen«, schlussfolgerte Brandon und klang erleichtert.

Ich wusste, was er meinte. Von einem Dolmen war beim ersten Ritualplatz keine Rede. Ich verfiel wieder in Schweigen, denn Mums Anruf hatte mich sehr beunruhigt. Ich suchte andauernd auf dem Boden nach sternähnlichen Steinen, Mustern und dergleichen. Colin durfte nichts geschehen! Und dann schoss mir etwas durch den Kopf. Denn Cromwells letzte Aussage, ehe er fortgefahren war, kam mir in den Sinn.

»Brandon!« Ich packte ihn am Arm und zwang ihn stehen zu bleiben.

Das Lächeln auf seinem Gesicht war so unpassend in diesem Moment.

»Brandon, was geschieht, wenn nicht das ganze Ritual durchgeführt würde? Nur einmal und das am letzten Meridian. Was würde dann geschehen? Würde die Erde sich dann wieder normalisieren? Könnte es sein, dass das ausreicht, um alles wieder ins Lot zu bekommen?«

Brandons liebevolles Lächeln wich, obwohl ich ihn noch festhielt. Er sah mich an und blinzelte ein paarmal.

»Es würde sich normalisieren«, sagte er langsam. Ich konnte es ganz deutlich hören, das Aber.

»Aber dann würde die Gaianidin sterben und womöglich auch die Platoniden. Das Ritual wäre zu mächtig. Die Kräfte sollen verteilt werden, denn sie sind sehr stark.«

Warum wollte Cromwell das riskieren? Mein Leben, okay, aber seines war dann ja auch gefährdet.

»Und auf zwei Rituale verteilt …?«, hakte ich nach.

»Das wäre immer noch lebensgefährlich. Zumindest für die Gaianidin«, lautete die Antwort.

»Wenn er versucht hat diesen Meridian zu zerstören«, dachte ich laut, »glaubst du nicht, er wird auch versuchen den zweiten zu vernichten?«

»Ich weiß nicht. Immerhin ist das der Meridian, wo Cromwell ankam. Ich konnte nicht genau entziffern, wie die Rückkehr vonstattengeht, aber ich glaube, dieser Meridian ist wichtig für Cromwells Rückkehr so wie der Steinkreis für meine und Elizabeths. Ich denke nicht, dass er ihn zerschlagen lässt.«

Das beruhigte mich ein wenig. Wir gingen weiter. Obwohl es helllichter Tag war, prangte der Mond noch ganz blass am Himmel. Ein zunehmender Mond, der in wenigen Tagen ganz rund sein würde. Wenn ich einen Tipp abgeben müsste, wann genau, wäre es der fünfte August.

Kaum war Theodor still, meldete sich E wieder zu Wort und jammerte drauflos. Sie hatte mittlerweile trockene Kleidung an, doch ihre langen Locken waren noch immer feucht. Angeblich pikste das auf der Kopfhaut. Ich stiefelte vorweg neben Brandon und nach einer gefühlten Ewigkeit sagte er endlich: »Hier muss es sein.«

Wir standen mitten auf einem Feld, einer Anhöhe, von wo aus man zur rechten Seite wieder aufs Meer blickte, während sich links ein Hügel und Klippen erhoben. Der Wind pfiff uns um die Ohren. Wie sollte man dabei ein Feuer entzünden?

Mir war bitterkalt, trotz der zwanzig Grad. Vermutlich lag es an meiner Müdigkeit. Ich war viel zu spät eingeschlafen. Die Vögel hatten schon gezwitschert.

Das Feld, auf dem wir standen, war steinig und von Klippen und Findlingen gespickt. Ich hatte einen einzelnen, hoch aufragenden Menhir erwartet, doch hier standen und lagen überall Steine herum in allen erdenklichen Größen. Von Kies bis zu fünf Meter hohen Felsen. Man konnte gar nicht erkennen, welche davon von Menschenhand aufgestellt worden waren und welche naturgemäß schon immer so gelegen hatten. Na bravo. Das würde wieder die berühmte Nadel im Heuhaufen werden.

Wir umrundeten das gesamte Feld.

Große Steine, kleine Steine, lange, flache, doch es gab keinen weiteren Steinkreis oder Dolmen oder ein Hünengrab. Und vor allem keinen Stein mit Loch.

»Bist du sicher, dass wir richtig sind?«, fragte Colin.

»Ziemlich.« Brandon kramte an einer windgeschützten Stelle die Wanderkarte, die er am Flughafen erstanden hatte, aus seinem Rucksack. Als er nach ein paar Minuten nicht weiterkam, packte er den Kodex und den Kristall aus.

Theodor trat neugierig näher.

Brandon legte den Kristall auf das Pergament und Theodor beugte sich über Brandons Schulter, um mitzulesen.

»Gewitter können Löcher in die Zeitatmosphäre schlagen. Steinkreise, Dolmen und Hünengräber sind an perfekt ausgerichteten Orten aufgestellt – dort, wo die Kraft der Erde am größten ist«, las Theodor laut vor. »Wow, ich kann das auch lesen!«

»Ich lese das auch«, sagte Brandon überrascht.

»Das steht ja auch da«, sagte Theodor. Doch ich wusste, was Brandon meinte. Beim letzten Mal hatten wir denselben Text unterschiedlich gelesen.

»Ich verstehe das nicht«, murmelte Brandon.

»Du hältst uns andere wohl für beschränkt«, stichelte Theodor. »Ich will dir mal was sagen: Wir sind wesentlich weiter entwickelt als noch hundert Jahre zuvor. Wenn wir das lesen, steht es auch da.«

»Ich stelle fest, es geht dir wieder besser«, sagte ich zu ihm. »Könntest du uns bitte jetzt mal einen Moment alleine lassen?«

»Wieso?«, fragte er.

»Weil ich bitte gesagt habe«, erwiderte ich.

»Ich finde die Urkunden aber sehr interessant.« Theodor ließ nicht locker.

»Hier.« Brandon reichte ihm die Mappe mit den restlichen Dokumenten und hielt sie ihm vor die Nase.

Begierig griff Theodor danach und trollte sich endlich.

Sobald er weg war, setzte ich mich neben Brandon auf den Fels. Colin war von Elizabeth wieder vereinnahmt worden. Doch in diesem Moment war ich darüber nicht ganz so unglücklich.

»Warum lesen wir jetzt dasselbe?«, fragte ich leise.

Er zuckte die Achseln. »Keine Ahnung. Aber das ist kein gutes Zeichen. Uns fehlen dadurch Hinweise.«

Das wusste ich nur zu gut. Während der Text, den ich gelesen hatte, nur die Standorte enthielt, war es Brandons Part, der die wichtigen Details über den Ablauf des Rituals lieferte.

»Das hier müsste das richtige Feld sein«, fuhr er fort und sah sich noch einmal um. »Dummerweise gibt es hier aber unzählige Felder dieser Art.«

Theodor stand schon wieder neben uns und reichte Brandon die Dokumente. »Das kann ich nicht lesen. Was ist das für ein Kristall? Ist der verzaubert?«

Als Brandon nach den Pergamentblättern griff, fiel mir etwas auf.

»Wo ist dein Ring?«, fragte ich. »Hast du ihn verloren?« Das wäre eine Katastrophe. Wir brauchten den Ring für das Ritual. »Bitte sag, dass du ihn nicht verloren hast«, hauchte ich.

Brandon sah mich überrascht an. »Ach, der Ring! Ich hab ihn ausgezogen, weil meine Finger so angeschwollen sind.«

»Wo ist er dann?«

Er holte ihn aus seiner vorderen Hosentasche.

Der Ring passte nur noch am kleinen Finger. Brandon las abwechselnd mit und ohne Ring.

Theodor hatte sich auf einem Stein niedergelassen, Elizabeth und Colin waren zu uns zurückgekommen und saßen auf ihren Rucksäcken. Über uns kreisten Möwen. Das Rauschen des Meeres war deutlich zu hören, der Wind wurde immer kälter.

»Findest du nichts?«, fragte ich Brandon nach einer Weile. Er ließ das Pergament sinken und fuhr sich mit einer Hand durch seine blonde Mähne und schüttelte dann den Kopf. Er wirkte verzweifelt.

»Darf ich es einmal versuchen?« Ich streckte meine Hände nach Ring und dem Kodex aus.

»Kannst du das denn überhaupt lesen ohne Brille?«, fragte Brandon und reichte mir alles. Das hatte ich wiederum für einen Moment lang völlig vergessen und schlagartig wurde meine Sicht wieder trüber. »Hoffen wir, dass der Kristall ausreicht.« Ich setzte mich auf den Boden, legte das alte Pergament vorsichtig in meinen Schoß und streifte Brandons Ring über.

Meine Nasenspitze berührte beinahe das Papier.

»Kannst du den Standort des Steines bestimmen?«, wollte Brandon wissen.

»Nein«, gab ich zu. »Der Verfasser hat damals wohl nicht damit gerechnet, dass die bronzezeitlichen Stätten in Vergessenheit geraten würden.«

»Oder er wollte die Stätte schützen.«

»Vor wem oder was? Einem zweiten Mackay?«

»Könnte der Geistermönch uns helfen?«, schlug Colin vor.

»Wie denn?«, fragte Brandon ungehalten. »Wir können ihn ja schlecht einfliegen lassen.«

»Das ist Ansichtssache«, sagte Colin. »Er ist ein Geist. Er kann überall sein. Meredith könnte ihn während einer weiteren Hypnose noch einmal aufsuchen.«

»Spinnst du?«, platzte es aus mir heraus. »Keine Hypnose mehr. Die letzte hat ja wohl gereicht. Wir müssen irgendwie anders an den Mönch rankommen.«

Auf Theodors Gesicht breitete sich ein widerliches Grinsen aus. »Wer hätte gedacht, dass unsere Meredith an Geister glaubt«, sagte er.

»Halt's Maul, Theodor«, sagte ich.

»Siehst du? Ich bin mir nach wie vor nicht sicher, ob sie wirklich unter Hypnose stand«, meinte er. »Esoterik ist nicht dein Ding, Meredith, und war es nie.«

»Meine Mutter legt immerhin Tarotkarten«, widersprach ich empört. Die Idee, den Mönch zu befragen, war gar nicht so schlecht. Mums Anruf ließ mich noch immer nicht los. Sie hatte so aufgeregt und eindringlich geklungen. Ich würde den Mönch gerne fragen, was es mit besagtem Stern auf sich hatte.

»Was ist jetzt? Wollen wir?« Elizabeth drückte meine Schultern Richtung Boden. Ich wehrte mich.

Nie wieder, never ever würde ich mich von Elizabeth – dem Luder – Ashton hypnotisieren lassen. Lieber würde ich bei den nächsten Kopfschmerzen von einer der Klippen springen.

»Nein. Wir wollen auf keinen Fall«, sagte ich bestimmt. »Ich werde es alleine versuchen.«

22. Kapitel

Ich ließ mich ein paar Meter von ihnen entfernt nieder, den Rücken an einen großen Felsbrocken gelehnt, und versuchte mich zu entspannen. Das war gar nicht so einfach. Meine Gedanken schweiften ständig ab. Hauptsächlich zu Mums Warnung. Je länger ich darüber nachdachte, desto unruhiger wurde ich. Colin durfte nichts geschehen. Was meinte sie mit dem Stern? Es gab unzählige Sternbilder am Himmel, denen konnte man gar nicht ausweichen.

Wie auch immer, ich musste mich jetzt auf das Naheliegendste konzentrieren. Die Zeit drängte.

Einmal war es uns gelungen, den Geistermönch beim Gläserrücken zu beschwören. Doch mir standen weder ein Glas noch Salz oder eine Kerze zur Verfügung. Davon mal abgesehen würde sie bei dem Wind hier auf dieser Klippenwiese auch nicht brennen. Wie also beschwor man einen Geist?

»Sie ist einfach nur stur«, hörte ich Elizabeth maulen.

»Sie ist einfach nur vorsichtig, was ich auch wäre, wenn du das mit mir gemacht hättest«, fauchte Brandon, ehe er sich wieder in die Dokumente auf seinen Knien vertiefte. Er war sich immer noch sicher, dass wir uns auf dem richtigen Feld befanden.

Meredith, reiß dich zusammen, rief ich mich selbst zur Ordnung. Herrgott, ich konnte die Quadratwurzel von irgendwas aus dem

Effeff benennen, aber mich nicht auf ein einfaches *Nichts* konzentrieren?

So leise, dass niemand mich hören konnte, sagte ich: »Willmær?«

Nichts geschah. Ich saß da, starrte aufs Meer hinaus und wartete. Nicht mal der Wind veränderte die Richtung. Er zerrte an meinen Haaren und trotz fehlender Brille konnte ich im Meer weiter draußen etwas Schwarzes auftauchen sehen. Ich blinzelte, doch ich konnte es nicht deutlicher erkennen. Ein Wunder, dass ich es überhaupt sah aus dieser Entfernung. Wieder zerrte der Wind an meinen Haaren. Es fühlte sich seltsam an.

Ganz so, als würde plötzlich ein Tornado um mich herumwirbeln. Sollte es so einfach sein, den Mönch zu rufen? Obwohl … er war mir auch mal im Spiegel auf dem Gästeklo begegnet.

»Willmær, kannst du mir ein Zeichen geben?«

Ich dachte an ein paar Steine, die seinen Namen bildeten oder dergleichen. Stattdessen wehte der Wind forsch in mein Gesicht.

Vielleicht wollte der Mönch sich ja in einer Windhose zeigen, so wie Scotty die Leute in diesen runden Lichtkegeln hin- und herbeamte.

Doch vom Mönch war leider keine Spur zu sehen. Dafür kam mir ein Gedanke.

Ich dachte an verschiedene geometrische Figuren und der Wind drückte die Grashalme vor mir in entsprechende Quadrate, Kegel und Dreiecke. Damit war schon mal klar, dass ich das Element Luft ziemlich gut beherrschte. Jetzt konnte ich die Winde steuern. Mochte auf dem Meer in einem Segelboot recht nützlich sein, aber leider wehte es keine Antworten herbei.

»Wenn du mit den Spielchen aufhören würdest, könnte ich ein Feuer machen, um was zu braten«, rief Brandon irgendwann zu mir herüber.

Ich konnte nicht nur mathematische Formeln im Kopf ausrechnen, ich wusste auch, wann es genug war. Also stand ich auf, klopfte meine Jeans ab und gesellte mich zu den anderen.

Nach ein paar gerösteten Würstchen streiften die anderen umher und untersuchten erneut Stein für Stein. Mir blieb das erspart, denn ich musste den Ablauf des Rituals auswendig lernen.

Mir grauste, wenn ich das las. Das lag nicht mal mehr an dem Blut, sondern hauptsächlich an dem schwülstigen Text, den ich aufsagen musste. Laut sagen musste.

Brandon hatte alles akribisch genau in seiner seltsamen Handschrift mit den geschwungenen Fs und Gs aufgeschrieben.

1. *Ring am Körper tragen*
2. *Einen Kreis mit dem Eichenstab ziehen, wobei der Stein, Steinkreis, Dolmen oder was auch immer Teil des Kreises ist.*
3. *folgenden Text sagen: Luft beschwöre ich. Wehe, brause, blase, sause. Zeig uns deine Gewalt und deine Anmut.*
4. *Luft beschwören*
5. *folgenden Text sagen: Feuer beschwöre ich. Lodere, brenne, züngle, flackere. Zeig uns deine Kraft und deine Lebendigkeit.*
6. *Flammen beschwören*
7. *folgenden Text sagen: Erde beschwöre ich. Festige, halte, trage uns. Gib uns den nötigen Halt und zeig uns deine Stärke.*
8. *Erde aufheben und beschwören*

9. *Mit beiden Füßen abwechselnd auf den Boden stampfen*
10. *Hände gen Himmel recken*
11. *folgenden Text sagen: Wasser beschwöre ich. Fließe, ströme, plätschere, rinne. Zeig uns deine Energie und Beständigkeit.*
12. *Wasser beschwören (damit sollte auch das Gewitter hereinbrechen)*
13. *Blut trinken*
14. *Das dritte und letzte Ritual abschließen mit folgendem Text: Es ist vollbracht.*

Das Ganze auswendig zu lernen war nicht sonderlich schwer für mich. Nur vierzehn Punkte. Trotzdem war ich nervös. Ich wollte keine Ein-Mann-Show liefern. Nicht mal vor meinen Freunden – und das hier waren nur zum Teil meine Freunde.

Ich beschwor noch einmal jedes Element. Das Feuer funktionierte überhaupt nicht und einmal glaubte ich einen Stein zu bewegen, doch dann sah ich darunter eine dicke Ameise hervorkrabbeln. Der Stein in Hundeform in meiner Tasche war wohl ein Zufall gewesen.

Um mich zu motivieren, ließ ich eine weitere Windhose eine Runde um mich tanzen. Colin schlenderte zu mir und setzte sich neben mich auf den Fels.

»Das ist toll«, lobte er mich.

»Aber es reicht noch nicht«, sagte ich düster. »Ich kann mir einfach keine weichen Steine vorstellen.«

»Ich mir auch nicht«, lachte Colin. Er reichte mir eine Wasserflasche. »Ich wette, du hast den ganzen Tag noch nichts getrunken.«

Fürsorglich wie immer. Ich trank, und als ich die Flasche wieder absetzte, fiel mir etwas ins Auge. Meine kleine Windhose hatte etwas mitgebracht.

Da lag eine Feder. Blau und weiß gestreift zwischen den kurzen Grashalmen. Colin nahm sie mir aus der Hand. Er drehte sie verwundert zwischen den Fingern.

»Das ist schon fast unheimlich«, sagte er. »Ich muss immer an dich denken, wenn ich eine Eichelhäherfeder sehe.«

Ich schluckte. Egal wie sehr Elizabeth ihn vereinnahmte, sie konnte nicht unsere gemeinsame Vergangenheit und die Erinnerung daran rauben. Und Colin dachte an mich!

Wir sahen uns an. Mein ganzer Frust löste sich augenblicklich auf und in meinem Bauch wurde es angenehm warm. Seine blauen Augen waren so vertraut und so schön. Ich wusste, er dachte genau wie ich an die Nacht, in der er mir eine ebensolche Feder geschenkt hatte. Vielleicht dachte er auch an den Kuss, den er mir am Bahnhof gegeben hatte. Dieser Kuss, der in meinem Inneren …

»Ähm …« Brandon räusperte sich hinter uns und wir drehten uns erschrocken um. »Bevor ihr jetzt weitermacht, solltet ihr vielleicht wissen, dass ich Merediths Gedanken lesen kann.«

Ich erstarrte.

Er konnte … WAS?!

Mir klappte die Kinnlade herunter und ich konnte nichts – rein gar nichts – dagegen tun.

»Ich wollte euch nur warnen.« Brandon sah wenigstens ein wenig peinlich berührt aus.

»Seit wann? Und wieso?«, fragte Colin und klang dabei sauer.

Ich wusste, warum. Er dachte, das sei etwas Spezielles zwischen uns beiden, Colin und mir.

Brandon hob abwehrend die Hände. »Hey, ich will euch nicht zu nahe treten. Deswegen sag ich es ja.«

O Gott.

»Kannst du alle meine Gedanken lesen?«, fragte ich. Hoffentlich nicht.

»Jetzt gerade denkst du: Hoffentlich nicht«, sagte er.

O MEIN GOTT! Ich sprang auf und fuhr mit beiden Händen durch meine Haare.

»Das war dir am Gesicht abzulesen«, lachte Brandon. »Ich kann deine Gedanken nur lesen, wenn es dich ganz tief berührt.«

»O mein Gott!«, rief ich. »Seit wann genau?«, krächzte ich.

»Seit … unserem Kuss.«

Colin zuckte nicht zusammen. Im Gegenteil, er wandte ein wenig betreten den Kopf ab. Das ließ mich Übles ahnen.

»Du … du …?«, wandte ich mich an ihn. »Du kannst auch meine Gedanken lesen? Ich meine, ich hab dir davon erzählt in der Abtei, als du sauer warst wegen …« Den Namen meines Bruders mochte ich noch immer nicht vor anderen aussprechen. »Du hast bereits da von dem Kuss gewusst und so getan, als wüsstest du es nicht!«

Colin hob begütigend seine Hände. Es sah aus, als würde ich ihn mit einer Pistole bedrohen.

»Mere, in dieser Nacht, als ich dir die Feder des Eichelhähers geschenkt habe – kannst du dich noch erinnern, warum wir uns auf dem Spielplatz getroffen haben?«

Und ob ich mich erinnerte. Colin hatte an jenem Abend meine Gedanken gesehen. Und zwar als ich an Brandon in seiner roten Badehose gedacht hatte.

»Ehrlich gesagt, Mere«, begann Colin wieder, »konnte ich seither immer in deine Gedanken sehen, sobald dich etwas sehr bewegt hat.«

»Ach du Schande.« Mehr brachte ich nicht heraus. Ja, es war eine Schande. Meine Schande.

»Mir geht es genauso. Sobald du emotional …«, sagte Brandon.

Er wollte noch etwas hinzufügen, doch ich hob meine Hand und hielt ihn davon ab.

»Lasst mich allein. Alle beide.« Sie zögerten nur eine Sekunde, dann trollten sie sich. Was garantiert besser für sie war, denn ich kochte vor Wut und Scham. Wut, weil keiner – nicht einmal Colin – mir davon erzählt hatte, und Scham … na, das war wohl offensichtlich. Sie konnten froh sein, wenn ich nicht handgreiflich werden würde. Obwohl … warum eigentlich nicht?

Ich begann – genau wie Theodor gestern – Steine zu werfen. Gegen die Felsen, über die Felsen hinweg …

Verdammt noch mal: Brandon und Colin konnten meine Gedanken lesen! Wie … unfair! *Ich* war doch die Gaianidin! *Ich* sollte das können. Doch wollte ich wirklich Elizabeth in Colins Kopf herumspuken sehen? O Mann, jetzt fühlte ich mich erst recht mies. Das Einzige, was ich jetzt noch denken konnte, war: *Hilfe!*

»Aha! Es geht doch«, schallte Elizabeths Stimme herüber.

Erstaunt blinzelte ich ein paarmal. Direkt vor mir in der Luft schwebte ein kleines Feuer. Die Flammen züngelten ohne

Brennholz und flackerten ganz beständig trotz des scharfen Meerwindes.

»Wenn wir diesen dämlichen Stein gefunden hätten, könnten wir jetzt loslegen«, sagte Elizabeth zufrieden.

23. Kapitel

Eine so unruhige Nacht hatte wohl zuletzt die königliche Familie nach Lady Dianas Unfall gehabt.

Vielleicht nicht schicksalhaft für England, aber zumindest für mich war die letzte Eröffnung: Colin und Brandon hatten die ganze Zeit über gewusst, was ich dachte. Nein, nicht die ganze Zeit, sondern nur in den Momenten, in denen ich ganz besonders emotional war, was seit Mai ziemlich oft der Fall gewesen war. Zum Beispiel bei den Küssen. Colin hatte demnach jeden Kuss von Brandon miterlebt, als hätte er danebengestanden.

Ich durfte nicht darüber nachdenken. Am liebsten würde ich jetzt aufstehen, zu den Klippen gehen und springen.

Na ja, vielleicht nicht wirklich runterspringen. Aber die Vorstellung, aufzustehen, abzuhauen und alle hier Anwesenden nie wiederzusehen, war auf alle Fälle extrem verlockend. Doch dann kam mir in den Sinn, dass Colin in Gefahr schwebte, wenn man den Tarotkarten meiner Mutter glaubte. Ich musste auf ihn aufpassen! Wer sollte es sonst tun? Lady Ich-brauche-ein-Federbett-und-warme-Decken garantiert nicht.

Ich brauchte mir nichts vorzumachen. Ich musste das Ding durchziehen und erst danach durfte ich mich umbringen. Vielleicht sollten wir doch nach Lansbury zurück und ich müsste nur ein einziges Mal diesen dämlichen Text aufsagen.

Der Wind ließ hier überhaupt nicht nach. Ich hörte die Wellen ganz deutlich und laut gegen die nahen Klippen krachen.

Das Leben war einfach nur grausam. Dann dachte ich an Mum, die schon so viel durchgemacht hatte. Und trotzdem hatte sie ihren Humor wiedergefunden und war immer für mich da gewesen. Ich musste mir an ihr ein Beispiel nehmen. Ich ging zurück zum Feuer und kroch in meinen Schlafsack.

Schlafen unter freiem Himmel. In einer wolkenfreien Nacht. Die Sterne prangten überdeutlich hier oben im Norden. Sie kamen mir noch heller vor und fast zum Greifen nah. Vor allem das eine bestimmte Sternbild, das des Großen Hundes. Ich ging in Gedanken die einzelnen Sternbilder durch, die wir im Physikkurs mal gelernt hatten. Da stimmte was nicht. Beim Großen Hund war etwas anders. Da schimmerte ein Stern, den ich nicht kannte. Und dann sah ich Sternschnuppen. Ein regelrechter Sternschnuppenregen huschte über das Firmament. Ich setzte mich auf und schloss die Arme um meine Knie. Fasziniert sah ich dem Naturschauspiel zu.

»Ist es nicht wunderbar, dass wir das hier oben erleben dürfen?«, hörte ich eine Stimme sagen und zuckte erschrocken zusammen.

Als ich den Kopf wandte, blickte ich direkt in Colins Augen. Er lag in seinem Schlafsack eingekuschelt und dicht dahinter lagen die roten Locken, weshalb er sich nicht bewegte. Doch seine Augen lächelten mich an.

Sie lächelten mich an, wie nur Colin es konnte. Mein Herz machte einen kleinen Hüpfer.

»Mere, du brauchst dir keine Sorgen zu machen«, sagte er. »Ich werde nicht verraten, woran du gerade gedacht hast. Nein, ich verspreche, ich werde es nie wieder zur Sprache bringen, wenn ich deine Gedanken lese.«

Das war … wieder mal typisch für ihn. Immer diplomatisch. Andererseits war es auch unglaublich lieb.

»Du musst mir aber versprechen nicht zu springen«, fügte er halb ernst und halb ironisch hinzu.

»Das kann ich nicht, solange sie in meiner Nähe ist«, flüsterte ich zurück.

Sein Lächeln verblasste. »Ich wollte, du könntest sehen, was ich sehe, wenn ich sie berühre.«

Nein, ich wollte lieber nicht sehen, was er sah. Ich wollte es auch nicht wissen, nicht bei Elizabeth. Insgeheim war ich auch ganz froh, dass ich nichts fühlte, so wie Brandon, wenn er jemanden berührte.

»Ich muss jetzt schlafen«, sagte ich und legte mich zurück in den Schlafsack. »Das Ritual und so. Du weißt schon.«

Ich wartete seine Antwort gar nicht erst ab, sondern drehte ihm den Rücken zu.

Ein Schrei riss mich aus dem Schlaf.

Erschrocken stützte ich mich auf die Ellbogen und sah mich um. Es war hell, ich schätzte es auf fünf Uhr morgens, denn die Sonne war gerade erst aufgegangen.

Theodor lag ein paar Meter entfernt von unserem Lagerplatz am Boden und fluchte laut.

»Wahnsinn! Ich glaube, der ist zwei Meter durch die Luft gewirbelt worden«, sagte Elizabeth mit strahlenden Augen.

»Ich glaub, er hat den Lochstein gefunden«, grummelte Brandon und klang äußerst zufrieden, wenn auch nicht richtig wach.

Theodor rappelte sich auf, machte seinen Hosenstall zu und kam zu uns. »Verdammt, dabei hab ich gedacht, hier wär kein Weidedraht«, murmelte er. Wir starrten auf den nassen Fleck am Schienbein seiner Jeans.

»Scheiße, ich hab mir auf die Hose gepinkelt«, stellte er verärgert fest.

Ich verkniff mir einen passenden Spruch und folgte Brandon. Er ging zu dem aufrechten Stein, den wir gestern schon mindestens zwanzig Mal umrundet hatten. Er war ungefähr zwei Meter hoch, wie so viele andere auf diesem Feld. Hier gab es nirgends einen elektrischen Weidedraht, doch der Stein hatte einen nassen Fleck. Langsam ahnte ich, was Theodor zugestoßen war. Er hatte gegen diesen Stein gepinkelt. Allerdings hatte das einen Schlag ausgelöst, als habe er gegen einen elektrischen Draht uriniert. Nur geschah mir überhaupt nichts, als ich die Hand auf den Stein legte. Im Stillen hatte ich damit gerechnet, dass das Pochen dann wieder einsetzen würde, wenn wir uns dem Meridian näherten. Aber auch das setzte nicht ein.

»Und? Spürst du jetzt auch was wie bei den Stones of Stenness?«, fragte ich ihn sarkastisch.

Doch Brandon ging nicht darauf ein. »Nein. Nichts, sonst hätte ich es dich schon gestern wissen lassen. Wo soll hier ein Loch sein?«

»Hier«, sagte ich matt. Ich hatte mich gebückt, wohlweislich die feuchte Stelle von Theodor meidend. Ungefähr fünf Zentimeter über dem Boden, ein wenig von dem mickrigen Gras verdeckt, war ein kleines Loch. So kreisrund wie mit einem Zirkel ausgelotet und so fein geschliffen wie ein Bachkiesel.

Im Gegensatz zum Odin Stone, wo sich Brautleute die Hand durch die Öffnung gereicht hatten, um den Bund zu besiegeln, war dieses Loch eher ein Öhr, gerade mal schmal genug, um einen Stift hindurchzuschieben. Und der würde drin steckenbleiben, so dick wie der Stein war.

Die anderen kamen ebenfalls herüber, um den Stein in Augenschein zu nehmen, und alle – sogar Theodor – legten sich einmal flach auf den Bauch, um durch das Loch zu gucken. Irgendwie hoffte jeder von uns, dort den Mönch stehen zu sehen. Oder einen echten Druiden. Wir sahen nur das Licht der Sonne, die direkt hinter dem Lochstein im Begriff war aufzugehen.

Und wir entdeckten etwas anderes.

Elizabeth wollte sich gerade wieder aufrichten, als ihre linke Hand absackte.

»Herrjemine«, schimpfte sie, »meine Fingernägel!« Doch dann änderte sich ihr Tonfall. »Hier ist irgendetwas.«

Auf einmal waren die Fingernägel egal, denn sie begann mit beiden Händen zu graben. Sie legte eine Mulde frei. Ein flacher Stein mit einer Aussparung in Form eines …

»Ist das ein Fußabdruck?«

Ich war mir nicht sicher, ob ich das richtig erkannte ohne meine Brille.

»Davon hab ich schon gehört«, sagte Colin aufgeregt. »Es gibt nur ganz wenige davon. Dieser Fußabdruck oder -stapfen gehörte zum Zeremoniell der Inauguration.«

»Solche Wörter kannst du dir merken?« Elizabeth sah bewundernd zu ihm auf. »Ich weiß noch nicht einmal, was es bedeutet.«

»Das war eine Ritualform zum Amtseintritt eines Herrschers«, erklärte ich schnell. Nicht nur Colin konnte sich so was merken. Ich war doch die mit dem fotografischen Gedächtnis. »Damit trat der neue Herrscher quasi in die Fußstapfen seines Vorgängers. Und zumeist mussten sie dafür einen …«

»Hatte ich dir nicht schon einmal erklärt, dass Männer kluges Geschwätz von Frauen nicht mögen?«, unterbrach mich Elizabeth.

Ich schwieg. Aber so was von beleidigt.

»Weißt du was? Stimmt. Ich sollte den Mund halten. Den Mund halten und mich auf den Heimweg machen.«

Ich stand auf, klopfte meine Hose ab. Ich wollte, sie würde wieder nass werden. Und sollte ich dann das Verlangen haben, *Halt's Maul* zu schreien, wenn sie nieste, würde ich dem Verlangen nachgeben.

Über mir braute sich was zusammen. Dicke, schwarze Regenwolken zogen über den Himmel. *So* hatte ich mir das nicht vorgestellt. So würden wir alle nass werden. Hinter mir klatschte es. Ich drehte mich um und konnte erkennen, dass Brandon und Colin sich über E beugten.

Über uns begann es zu grollen.

»Es zieht ein Gewitter auf«, sagte Colin. »Wir müssen irgendwo unterkommen.«

»Das ist kein gewöhnliches Gewitter«, rief Brandon. »Meredith, beruhige dich. Lass uns noch einmal den Ablauf des Rituals durchgehen und dann darfst du loslegen.«

Er klang äußerst zufrieden.

Hatte *ich* etwa das Gewitter verursacht? Es war Sommer, wir waren in Shetland, es war … urplötzlich bitterkalt. Und der Himmel war wolkenlos – nur hier nicht, direkt über uns.

Ich musste es mir eingestehen: Ich hatte es gewittern lassen. Da konnte man mal sehen, wozu das Miststück mich trieb.

24. Kapitel

Du musst dich zuerst in Richtung Osten drehen, das ist hinter dem Stein«, wiederholte Brandon zum x-ten Mal. Wir saßen im Schutz von ein paar Findlingen und Elizabeth hatte ein Feuer gemacht – nachdem ich es nicht hinbekommen hatte. Außerdem hatten Brandon und Colin eine kleine Plane über uns gespannt (die zählte ebenfalls zum Notfallgepäck, hatte Brandon gesagt, als er sie zusammen mit den Kabelbindern aus dem Rucksack zog), die zusätzlich den beißenden Wind abhalten sollte. Tatsächlich war man darunter einigermaßen geschützt.

»Ich weiß, wo Osten ist«, sagte ich genervt.

»Es reicht, Brandon«, sprang Colin mir zu Hilfe.

Sein harter Ton zeigte mir, wie angespannt er ebenfalls war. Wir alle waren es. Nur nicht Theodor, der ständig um den Lochstein herumschlich und seine Kraft zu ergründen versuchte. Andauernd kippte er etwas Wasser dagegen, das sofort verpuffte oder ihm eine Art Stromschlag verpasste. Und vermutlich gab es keine Ritze, die er noch nicht unter die Lupe genommen hatte.

»Du hast jetzt lange genug mit ihr geübt.«

Colin nagelte Brandon mit seinem Blick fest. Wow, so kannte ich ihn überhaupt nicht. Das war … beeindruckend. »Sie hat ein fotografisches Gedächtnis. Du brauchst ihr nicht dauernd diese Liste vorzubeten, die kann sie bestimmt längst auswendig – Wort für Wort.«

Brandon blinzelte ein wenig überrascht, doch dann fasste er sich wieder.

»Gut. Starten wir.« Er stand auf, zerknüllte die Liste, steckte sie in seine Hosentasche und sah mich erwartungsvoll an.

»Was? Jetzt?«, fragte ich.

»Natürlich jetzt. Worauf sollen wir noch warten? Colin hat mir ja gerade ziemlich deutlich gemacht, dass du alles kannst«, zischte er.

Konnte ich? Schlagartig wurde mir ganz anders. Wir würden das Ritual durchziehen, ich würde es durchziehen. Jetzt sofort.

Irgendwie hatte ich es geschafft, diese Ritualgeschichte weitestgehend zu verdrängen, egal wie oft Brandon und ich darüber gesprochen hatten. Doch nun gab es kein Zurück mehr.

Ich war nervös. Tierisch nervös. Das Wetter hätte nicht mieser sein können. Seit Wochen war es heiß und trocken und ausgerechnet jetzt zogen Wolken auf. Der Wind wurde immer stärker und das Meeresrauschen nervte langsam. Riesige Wellen brachen sich an den Klippen. Elizabeths lange Haare wehten ihr ständig ins Gesicht, weshalb sie sich einen Zopf flocht.

Meine Haare hingen mir ebenfalls in die Augen und ich strich sie nervös weg. Meine Hände zitterten.

Die Zuschauer machten es nicht besser. Elizabeth und Theodor saßen auf einem Findling und sahen aus, als warteten sie nur noch auf den Typ mit Bauchladen, um Popcorn und Eis zu ordern, damit die Vorstellung beginnen konnte.

Der Text, den ich sprechen musste, war auch nicht wirklich

originell. Er wirkte wie aus einem Hollywood-Sandalen-Film, zugeschnitten auf das Publikum der fünfziger Jahre.

Und dann das Schlimmste: das Blutritual.

Brandon hatte uns allen ein wenig Blut abgeknöpft. Er verpasste uns einen kleinen Schnitt mit der Spitze seines Taschenmessers in die Fingerkuppe des kleinen Fingers und fing dann die dickflüssigen Tropfen in einem Plastikbecher auf. Bei Colin hatte es stärker geblutet. Mir war ganz schlecht geworden, als ich sah, wie viel aus seinem Schnitt rann. »Elementträger für Wasser«, murmelte Brandon. »Das fließt schneller und besser.«

»Wie ein Bluter?«, fragte ich hellhörig, von Dr. Adams wissend, dass bei denen auch kleine Wunden manchmal erst nach Tagen aufhörten zu bluten. Doch zu meiner Erleichterung hatte es wenig später aufgehört.

Zu guter Letzt hatte er die Folie herausgekramt, in der sich Cromwells Blut befand. Es war braunschwarz und verklumpt.

Ich würde Klümpchen trinken müssen. In der Limo, die schon leicht rot vom Blut der anderen verfärbt war. Der Gedanke an die Klümpchen brachte meinen Magen zum Rebellieren.

»Können wir?«, rief Brandon in die Runde. Er nahm ganz selbstverständlich meine Hand und führte mich vor den Stein. Seine Hände waren feucht. Also war er auch nicht so ruhig, wie er vorgab. Nicht einmal das sonst so übliche liebliche Lächeln huschte über sein Gesicht. Es war eine starre Maske.

»Du weißt, was zu tun ist?«, fragte er ein letztes Mal. Ich nickte nervös.

Meine Hände zitterten stärker. Brandon stellte den Becher auf dem Boden neben dem Stein ab. Er grub ihn sogar ein wenig ein, damit er nicht noch vom Wind umgepustet wurde.

Dann streifte er mir seinen Silberring über den Finger – er passte nur am Daumen –, drückte mir den Eichenstab in die Hand, der nicht viel mehr als ein Stöckchen war, und gesellte sich zu den anderen, die in sicherer Entfernung Stellung bezogen hatten und mir jetzt bei der Ein-Frau-Show zusehen würden.

So was hatte ich schon immer gehasst. Rebecca würde ihnen garantiert eine deftige Show abliefern. Sie liebte den Drama-Kurs auf dem College. Musste ihr im Blut liegen, denn ihr Vater, der Vikar, schrieb seine Predigten in einem Sachsengewand und schwang feurige Reden von der Kanzel seiner Kirche.

»Du schaffst das, Meredith! Wir glauben an dich«, rief Colin. Ich brachte nur ein schiefes Grinsen zu Stande.

Reiß dich zusammen, Meredith, immerhin ist keine Presse dabei und es wird auch nicht auf Facebook gepostet. Vorsichtshalber vergewisserte ich mich, dass wirklich niemand – vor allem nicht Theodor – ein Handy gezückt hielt.

Ich atmete tief durch, zog mit dem dünnen Eichenstab einen Kreis. Der Wind brauste mir um die Ohren. Ein Taschentuch löste sich aus meiner Jacke und flatterte davon. Ich konnte kaum gegen den Wind halten. Mit Blick zu den anderen erkannte ich, dass es ihnen ebenso ging. Sie stemmten sich gegen die Bö, Elizabeth klammerte sich an Colin. Ich ließ den Kreis am Stein beginnen und wieder enden. Nicht dass man die Spur im Gras gut sehen konnte. Die Halme richteten sich beinahe vollständig wieder auf. Doch sobald ich den Kreis schloss, hörte der Wind schlagartig auf. So als hätte jemand eine Tür geschlossen. Und nur durch die eintretende Stille konnte ich ein dumpfes Pochen vernehmen. Es schien tief unter mir aus der Erde zu kommen und ich wusste, wir hatten es schon zweimal gehört. Es war wie ein Pulsschlag, regelmäßig mit kleinem Nachhall. Die verkrustete Wunde vom Hagel an meiner Kopfhaut begann zu pulsieren. Beide, meine heilende Wunde als auch das Pochen tief unter mir, hatten den gleichen Rhythmus.

Es geschah definitiv etwas.

Ich holte tief Luft. Jetzt kam der peinlichste Teil.

Ich räusperte mich, ehe ich mich in Richtung Osten wandte.

»Luft beschwöre ich. Wehe, brause, blase, sause. Zeig uns deine Gewalt und deine Anmut.«

»Lauter!«

Ich erstarrte. Theodor hatte geschrien. »Wir können hier hinten nichts verstehen. Sprich lauter!«

»Du musst auch nichts verstehen«, schrie ich zurück.

»Wenn wir es nicht hören, verstehen es diese Götter erst recht nicht«, konterte er. »Die sind uralt und bestimmt fast taub.«

In diesem Moment wurde ich vom Wind fast umgenietet. Ich war nicht darauf vorbereitet und strauchelte. Es war, als hätte jemand die Tür wieder aufgemacht.

»Sei still«, sagte Brandon zu Theodor. »Fang noch mal an, Meredith.«

Dämlicher Theodor. Er hatte mich aus dem Konzept gebracht. Also noch mal neu. Mist.

Ich wiederholte das Ganze inklusive Kreisziehen, Windstille und prompt erschien direkt neben dem Stein eine Windhose. Sie wirbelte auf der Kreislinie entlang und verharrte dann auf der anderen Seite des Lochsteins.

Jetzt war das Entzünden des Feuers dran.

»Feuer beschwöre ich. Lodere, brenne, züngle, flackere. Zeig uns deine Kraft und deine Lebendigkeit.«

Hoffentlich hörte mich niemand. Anscheinend standen sie zu weit entfernt, denn es kamen keine dämlichen Bemerkungen von Theodor.

Leider kam auch sonst nichts.

Au Mann.

Ich wiederholte die gesülzten Worte und konzentrierte mich.

Feuermachen. Das konnte doch nicht so schwer sein. Elizabeth machte das schließlich andauernd. Dafür hatte sie lange gebraucht, um sich meinen Namen merken zu können. Ich schloss die Augen. Ich wusste, dass mich alle anstarrten. Inklusive Theodor, der trotz zahlreicher Erklärungsversuche noch immer nicht kapierte, worum es tatsächlich ging.

Ich dachte an das Mittsommerfeuer, das die Neo-Druiden jedes Jahr im Steinkreis von Lansbury entfachten.

Groß, hell, mit vielen Funken, die gen Nachthimmel stoben. Aber die hatten wenigstens einen benzingetränkten Zündstein und ein Feuerzeug.

Meine Güte, ich musste doch nur an Flammen denken.

»Es brennt!«, hörte ich Colin begeistert rufen. »Mere, du hast es …«

»Elizabeth, lass das!«, unterbrach Brandon ihn.

Ich öffnete die Augen und sah von hier aus, wie Elizabeth errötete. »Ich wollte nur behilflich sein«, murmelte sie.

»Damit hilfst du uns nicht«, raunte Brandon.

»Moment!«, mischte Theodor sich jetzt ein. »Das Feuer … du kannst Feuer machen? Mit deinen *Gedanken*?«

Er sah Elizabeth mit neuer Bewunderung an. Sie lächelte ihm zu und nickte galant.

»Können wir weitermachen?«, beendete Colin das Geplänkel. »Lösch das Feuer, Elizabeth, und lass Meredith ihre Arbeit tun.«

Sieh an. Colin konnte nicht nur bestimmend, sondern auch energisch werden. Obwohl mir nicht recht gefallen wollte, dass es sich so eifersüchtig anhörte.

Ich hatte es vorhin doch hinbekommen. Ich atmete tief durch. Feuer. Rot, Gelb, ein bisschen Blau und Grün, aber vor allem sämtliche Orangetöne, die man sich vorstellen kann. Wie hatte ich es beim letzten Mal geschafft? Äh ja. Der Gedanke, dass die beiden Jungs, die ich geküsst hatte, meine Gedanken lesen konnten. Waren es jetzt die heißen Küsse gewesen oder deren Einblick in meine Privatsphäre? Ich wusste es nicht, aber ich dachte an Colins leidenschaftlichen Kuss im Labor …

Ein Hüsteln brachte mich wieder ins Hier und Jetzt zurück. Statt Hitze fühlte ich mich, als hätte man mir einen Kübel Eiswasser übergeschüttet.

»So wird das nie was«, murmelte Brandon düster. Colin stand da wie versteinert. O Gott.

»Was ist denn jetzt?«, fragte Theodor.

»Meredith, denk einfach an dasselbe wie beim letzten Mal«, sagte Brandon.

Ich schlug die Augen auf und funkelte ihn wütend an. »Wie

denn? Ihr lest meine Gedanken mit und das gefällt mir ganz und gar nicht.«

»Reicht es nicht, wenn du dich auf Feuer oder Flammen konzentrierst?«, fragte Colin.

»Nein, das tut es augenscheinlich nicht.«

Elizabeth stöhnte entnervt. »Und sie soll die Gaianidin sein? Sie kann nicht mal einen runden Kreis ziehen, das da ist ein Ei«, flüsterte sie Colin deutlich hörbar zu.

Warum konnte sie eigentlich meine Gedanken nicht lesen? Wenn sie den Kuss im Labor sehen würde, wäre sie still.

Allerdings blieb auch die Flamme still.

25. Kapitel

Ich konnte es einfach nicht. Brandon hatte ein knallrotes Gesicht und Colin wusste nicht, wohin er schauen sollte. Mir ging es ähnlich.

Zieh es einfach durch, Meredith, sagte ich mir und probierte es noch einmal.

»Klappe, die dritte«, rief Theodor fröhlich, während ich den Kreis zog.

»Luft beschwöre ich. Wehe, brause, blase, sause. Zeig uns deine Gewalt und deine Anmut.«

Die Windhose erschien auf der Kreislinie. Ich atmete erleichtert auf.

»Feuer beschwöre ich. Lodere, brenne, züngle, flackere. Zeig uns deine Kraft und deine Lebendigkeit.«

Es dauerte etwas. Ungefähr zwei Minuten standen wir da und warteten auf die Flammen. Und dann – aus dem Nichts, unmittelbar vor meinem Gesicht, tauchte eine kleine, zittrige Flamme auf. Sie schwebte in der Luft, nicht größer als die einer Kerze, aber immerhin. Feuer. Erleichtert atmete ich auf.

Ich bückte mich, griff mit beiden Händen in das Loch am Boden, wo wir den Fußabdruck entdeckt hatten. Ich durfte nicht daran denken, wie meine Fingernägel aussahen, ich musste einfach so viel Erde krallen, wie ich konnte.

Meine Hände durchdrangen den Boden, als bestünde er aus Teig.

»Erde beschwöre ich. Festige, halte, trage uns. Gib uns den nötigen Halt und zeig uns deine Stärke.«

Nichts tat sich.

Wieder dauerte es eine kleine Ewigkeit und ich hörte Elizabeth irgendwann ganz laut gähnen. Ich würde mich nicht von ihr oder Theodors hämischen Bemerkungen oder Brandons entnervtem Stöhnen jetzt ablenken lassen. Ich würde diese Erde zu einem Stein verfestigen, wenn nötig zu einem Diamanten. Die Sonne stand schon hoch am Himmel. Das Licht war gleißend hell und nahm nach und nach die goldene Farbe des züngelnden Feuers neben der Windhose an. Ich war von Elementen umgeben. Dieser Gedanke ließ mich endlich spüren, wie der lockere Boden sich zu verhärten begann. Der Erdklumpen verformte sich zwischen meinen Fingern, und obwohl ich ihn lange festgehalten hatte, war er plötzlich ganz kalt. Kalt wie ein Stein. Ich öffnete die Hände und blickte darauf. Der Stein hatte eine eierähnliche Form. Aber er war hart, richtig hart. Puh!

Die Sonne war wieder weitergewandert. Wie lange stand ich schon hier? Verging die Zeit anders, wenn man das Ritual abhielt? Es sah aus, als hätten wir bereits Spätnachmittag.

Es wurde immer dunkler und ich wusste nicht, wie lange das Ritual noch dauern würde, wenn ich für das Wasser ebenso lange brauchte wie für den Stein. Ich hielt meine zu einem Kelch geformten Hände neben die Flamme. Der Stein erhob sich in die Luft und blieb neben der Windhose und dem Feuer auf meiner Augenhöhe schweben.

Nun war das Gewitter an der Reihe und dann kam auch schon der Höhepunkt: Ich musste das Blut trinken.

Ich starrte in den Becher und sah darin ein dunkles Bröckchen schwimmen. Ein kalter Schauer lief mir über den Rücken und ich musste würgen. Nein, das konnte ich nicht. Das würde ich nie, NIEMALS schaffen. Igitt, igitt, igitt. Wenn es wenigstens Guinness wäre! In der dunklen Brühe sähe man Cromwells getrocknetes Bröckchen-Blut nicht. Und man wurde nett beschwipst. Mein Magen rebellierte, ich wollte den Kreis schon verlassen, um mich hinter dem Stein zu übergeben, als mein Blick auf Colin fiel. Elizabeth klammerte sich an seinen Arm, doch er hielt sie nicht fest. Er hatte nur Augen für mich. Es machte den Anschein, als würde er mit mir fühlen, wissen, was ich spürte. War ich jetzt wieder so emotional, dass er und Brandon meine Gedanken lasen?

Colins Lippen formten etwas, das ich erst nach dem dritten Anlauf verstehen konnte: *Ich hab's versprochen.*

Natürlich hatte er das. Er würde mir nicht sagen, was oder wie viel er mitbekam. Er würde so tun, als wäre es zwischen uns wie immer.

Würde er das Blut trinken?, überlegte ich und dachte sofort: Ja. Wenn einer von denen, die dort standen, ohne zu zögern, alles tun würde, um anderen Menschen zu helfen, dann Colin. Und schließlich würde er damit *allen* Menschen helfen.

Nun gut. Ich würde es tun. Eins nach dem anderen.

Ich stampfte mit meinem rechten, dann mit dem linken Fuß auf, hob beide Arme gen Himmel und sagte:

»Wasser beschwöre ich. Fließe, ströme, plätschere, rinne. Zeig uns deine Energie und Beständigkeit.«

Es begann zu regnen. Schlagartig. Doch nur hier, in meinem krummen, eierförmigen, selbst gezogenen Kreis. Ich war nach wenigen Sekunden klatschnass. Selbst mit Brille wäre ich jetzt so gut wie blind gewesen, denn die Haare klebten an meiner Stirn und hingen mir in die Augen. Dann vernahm ich ein Grollen. Aha, das Gewitter setzte ein. Aber nicht nur über mir und meinem Kreis, die Wolkenfront breitete sich über das ganze Feld aus.

Fahrig strich ich mir die Haare aus dem Gesicht und sah, wie Brandon, Colin, Elizabeth und Theodor sich unter die Plane zurückzogen. Diese Feiglinge. Ich musste ausharren. Ich war die Gaianidin und musste das hier durchziehen, während sie sich gemütlich im Trockenen zusammenkuscheln und von dort aus das ganze Spektakel beobachten konnten.

Jetzt war die Sonne vollends verdeckt, schwarze Wolken hingen tief über diesem Feld und schon schlug etwa zehn Meter vor mir der erste Blitz ein. Es folgte ein Donner, der mich beinahe von den Füßen riss. So laut und stark, dass die Erde unter mir bebte. Ja, wirklich. Sie bebte. Und dann schlug der zweite Blitz ein.

Er hinterließ etwas Kreisrundes. Genauso eierförmig rund wie der Kreis, in dem ich stand. So unregelmäßig oval wie der Stein, der vor mir schwebte. Ich blickte zur Stelle, wo der erste Blitz eingeschlagen hatte. Da war es dasselbe. Der nächste Blitz versetzte mir einen Stromschlag. Und was für einen. Ich schrie auf, als weitere Blitze einschlugen. Es war so, als ob jeder einzelne mich treffen würde.

Es fühlte sich nicht nur heiß an, es brannte. *Ich* verbrannte.

Meine Haut warf Blasen und schmolz, ich konnte das Fleisch darunter sehen. Rote Punkte tanzten vor meinen Augen. Noch mehr Blitze schlugen ein und bei jedem einzelnen brannte es stärker. Ich fiel auf die Knie. Die Sonne schien durch das kleine Loch im Stein und ihre Strahlen warfen einen Lichtstrahl auf meinen Handrücken. Es sah aus wie ein gelber Laserpointer, dachte ich noch. Dann wurde alles schwarz.

26. Kapitel

»Meredith.«

Die Stimme kam mir vage bekannt vor. Ich blinzelte und meine Augen blickten mich an. Allerdings waren sie umgeben von einem dämlichen Topfhaarschnitt, wobei ein Teil des Hinterkopfes glänzte wie ein Kieselstein.

»Meredith!«

Ah, jetzt wusste ich es wieder. Der Geistermönch, Willmær!

»Meredith, du musst zu dir kommen!«

Ich war so benommen, so müde. Ich schloss meine Lider wieder. Nur noch fünf Minuten. Bitte.

Doch er ließ mir keine Ruhe und berührte meine Schulter.

»Das Ritual ist noch nicht vollzogen. Du musst das Blut trinken. Jetzt!«

Nur unter größter Anstrengung schaffte ich es, erneut die Augen zu öffnen und offen zu halten.

»Hi!« Ich gähnte, dass mein Kiefer knackte.

»Hi«, lächelte er und streckte mir eine Hand entgegen. »Du musst aufstehen und von neuem beginnen.«

Ich griff einmal daneben, ehe ich sie packen konnte. Schwungvoll wurde ich auf die Beine gezogen und prallte gegen den Mönch. Er musste mich festhalten, denn meine Knie waren so biegsam wie Grashalme und knickten augenblicklich weg.

Ich lehnte an ihm und roch einen sauberen und herben Seifenduft. Doch der war schnell verflogen, weil Willmær mich schüttelte.

»Meredith, du wirst das Ritual jetzt bis zum Ende durchziehen. Du wirst jetzt stark sein und es vollenden!«

»Ich glaube, ich kann nicht gut Blut sehen«, nuschelte ich und sofort wurde mir übel, als ich an die hellrote Flüssigkeit dachte, die unser aller Finger entströmt war. Vor allem bei Colin hatte es ganz schrecklich ausgesehen.

»Meredith, du musst dich zusammenreißen«, sagte Willmær. Er klang auf einmal sehr streng. Das war ungewohnt, denn seine Stimme war doch sonst so sanft.

»Du vergisst jetzt, dass es Blut ist.«

»Leicht gesagt. Da schwimmen Klümpchen in der Limo!«, murmelte ich und wieder musste ich würgen.

»Stell dir vor, es wäre … Wein.«

»Das kann ich nicht«, protestierte ich.

Ich sah ihm in die Augen, die meinen so ähnlich waren, und alle Nachsicht war aus ihnen gewichen.

»Du schaffst das, Meredith. Dieses Mal und die nächsten beiden Rituale. Du wirst alle Platoniden zurückschicken. Hast du mich verstanden, Meredith? Der Große Hund steht im Zenit. Die Erde wird vergehen, wenn du nicht weitermachst. Du wirst die Schmerzen jetzt überwinden und es vollenden.«

»Aber ich fühle mich noch so benommen«, murmelte ich.

»Das liegt daran, dass du ohnmächtig bist. Sobald du aufwachst, wirst du wieder die Schmerzen spüren. Bis hierher hast du es sehr gut gemacht, doch du musst standhaft bleiben. Danach werden die Schmerzen aufhören. Ich verspreche es. Bedenke, du trägst das Herz der Erde in diesem Moment in dir und das ist nicht wenig.«

»Ich glaube, ich kann das nicht«, nuschelte ich. »Ich bin keine Heldin. Ich will nicht sterben.«

»Das verlangt niemand von dir, aber du musst das Feuer ertragen. Bist du bereit? Bei drei bist du wieder wach. Eins.«

Ich war überhaupt nicht bereit. Es kam mir vor, als hätte ich einen Rausch und meine Beine fühlten sich noch wackeliger an als Mums alter Badschemel.

»Zwei, drei«, zählte Willmær ohne Vorwarnung und schlagartig brannte meine Haut, als stünde ich inmitten eines Scheiterhaufens.

Ich konnte nicht anders. Ich schrie.

»O gut, sie ist nicht tot«, hörte ich Elizabeth sagen.

»Meredith! Kannst du mich hören?«

Ich sah Colin dicht über mir. Sein Gesicht war kreidebleich. Ich packte ihn am Kragen und schrie ihm ins Gesicht:

»Mach, dass es aufhört. Lösch das Feuer! Du bist der Wasserträger.«

»Meredith, da ist kein Feuer! Du stehst in einem Kreis, wie damals die Kornkreise zu Hause. Erinnerst du dich? Das verkohlte Korn hat dich schon einmal verbrannt. Damals in Lansbury vor dem Steinkreis und nach dieser Gewitternacht. Du weißt schon.«

Verdammt, verdammt, verdammt. Es tat so *weh*!

»Lass sie uns hier rausbringen«, sagte Brandon. »Das funktioniert so nicht. Sie stirbt, wenn sie noch länger in diesem Blitzkreis bleibt.«

Aber Willmær hatte gesagt, ich müsse das durchziehen.

Ich spürte, wie mich kräftige Hände unter den Achseln packten und hochhoben, und begann mich zu wehren.

»Meredith, sei vernünftig«, sagte Colin.

Ich sah ihn nur noch doppelt. Aber das lag an den Schmerzen. Es war keine verschwommene Sicht, wie wenn ich meine Brille nicht trug, sondern eher so wie bei einem Migräneanfall.

Egal, ich schob ihn weg.

»Nein. Das müssen wir jetzt beenden«, keuchte ich und befreite mich aus seinem Griff. Schweiß rann mir von der Stirn. Ich wischte mir mit der Hand übers Gesicht.

»Geht weg.«

Ich rollte mich auf alle viere und schrie wieder auf, als meine Hände das verbrannte Gras berührten.

Es brannte, als hätte ich auf eine voll aufgedrehte Herdplatte gefasst. Aus den Augenwinkeln sah ich, dass Colin wieder herbeieilte, doch ich rappelte mich auf und hielt ihn mit einer Handbewegung zurück.

»Bleib! Ich schaff das.« Obwohl ich beim besten Willen nicht wusste, wie. Die Schmerzen raubten mir den Atem. Also zwang ich mich zur Ruhe.

Und dann sah ich sie: eine Frau. Sie hatte rote Haare wie Elizabeth, war aber älter. Um die dreißig. Sie kam auf mich zu, zwischen all den Blitzen ging sie ruhig und sicher. Die Blitze hinterließen dunkle, große Male, die sich – je mehr es wurden – zu einem Muster formten.

Die Frau lächelte mich an und dann sah ich von der anderen Seite einen Mann auf mich zukommen. Er hatte blonde Haare und seine blauen Augen waren bis hierhin deutlich zu erkennen. Mir fiel auf, dass ich beide glasklar erkennen konnte. Ohne Brille konnte ich sie so scharf sehen wie sonst nur mit. Trotz des Regens, trotz des Hagels, der sich nun unter die Bindfäden mischte. Beide trugen unterschiedliche Kleidung. Der Mann hatte ein Kettenhemd an. Er sah mir ebenfalls ins Gesicht und kam näher. Immer näher. Und dann waren da noch mehr. Viel mehr. Ich zählte. Einhundertelf. Colin würde lachen und sagen, dass nur ich das in so kurzer Zeit erfassen könnte. Doch trotz der qualvollen Schmerzen war ich mir sicher. Einhundertelf.

Männer und Frauen unterschiedlichen Alters, in völlig unterschiedlichen Kleidern. Einen sah ich mit einem Frack wie aus der Regency-Ära und eine Frau mit voluminöser, weißhaariger Frisur trug ein Kleid aus Rokokozeiten, doch die allermeisten trugen Sachen, die man eher ins Mittelalter oder noch früher einstufen würde.

Ich konnte mich drehen, wohin ich wollte, sie kamen direkt auf mich und meinen Kreis zu. Sie bewegten sich wie in Trance, obgleich sie wach aussahen. Sie schienen nichts von den Schmerzen zu spüren, die ich gerade durchlitt. Ich sackte auf die Knie und jetzt setzten auch meine Kopfschmerzen wieder ein. Genauso heftig und brutal, wie ich sie kannte. Doch gepaart mit dem Brennen war es kaum zu ertragen. Ich senkte den Kopf, umfasste ihn mit meinen blutigen Händen und hätte ihn am liebsten abgenommen und weit von mir geschleudert.

Als ich den Blick wieder hob, sah ich, dass all die Menschen stehen geblieben waren. Sie sammelten sich ungefähr zwei Meter von mir und meinem kleinen, unförmigen Kreis entfernt. Ich blinzelte nur und innerhalb eines Wimpernschlags hatten sie alle keine Haare mehr. Ihnen lief das Blut über das Gesicht und ihre weißen Schädel waren deutlich zu erkennen. Um ihre Hälse waren grobe Stricke gebunden und in den Händen hielten sie ihr Haar. Jeder Einzelne von ihnen. Sie waren die Opfer dieses Ortes! Ein Rudel Zombies! Und sie umrundeten mich, als wäre ich das nächste Opfer. Davon hatte der Mönch nichts gesagt. Ich schrie aus Leibeskräften.

»Helft mir!«, rief ich verzweifelt und meinte damit Colin, Brandon, Elizabeth, ja sogar Theodor. Ich hatte Angst, ich würde gleich ebenfalls meine Kopfhaut mit Haaren in Händen halten. Genau wie die hundertelf hier vor mir. Würde mich gleich ein unsichtbarer Druide skalpieren?

»Helft mir.« Ich suchte Willmær. Er war nicht da.

Ich drehte den Kopf, um den grausigen Anblick nicht länger ertragen zu müssen, blieb kniend so hocken. Dabei registrierte ich, wie durch das Loch des Megalithen die Sonne endgültig unterging.

Durch das winzige, geschliffene Loch. Doch ich hatte mich getäuscht, sie war noch nicht untergegangen. Stattdessen sah ich ein Auge. Ein grünes Auge, das mir aufmunternd zuzwinkerte.

»Trink!«

Trinken? Was denn?

»Trink!«

Ich sollte trinken. Dabei wollte ich mich lieber in die wilden Fluten unterhalb der Klippen stürzen, um das Brennen zu stoppen. Was nutzten Regen und Hagel, wenn sie diese Schmerzen nicht lindern konnten?

»Trink!«

»Was denn?« Ich wimmerte nur noch. Ich hatte keine Kraft mehr zum Schreien.

Der Becher bebte unter einem weiteren Blitzschlag, der mir wieder einen Stromschlag und neue brennende Schmerzen verursachte. Doch damit wurde mir klar, was ich trinken sollte.

Ich tastete nach dem Becher, trotz meiner zitternden Finger sehr darauf bedacht, ihn nicht umzustoßen.

Es war mir so was von egal, was der Becher enthielt. Ich hatte solchen Durst. Also trank ich den Inhalt in einem Zug leer.

Den letzten Tropfen leckte ich mit der Zunge ab, es donnerte noch einmal und dann war der Spuk vorbei.

Der Regen hörte auf, die Blitze waren verschwunden und ich brach zusammen.

»Puh, du hast uns ganz schön Angst eingejagt.«

Ich blinzelte. Colins Gesicht tauchte verschwommen vor meinen Augen auf. Die dichten schwarzen Haare waren länger als sonst und hingen bis über seine Wimpern.

Sein Kinn und die Wangen hatten dunkle Schatten.

Ich streckte eine Hand aus, um den vermeintlichen Schmutz abzuwischen, und fühlte Bartstoppeln.

»Seit wann bist du so erwachsen?«, wollte ich fragen, aber heraus kam nur ein Krächzen.

»Meredith, das Ritual ist viel zu gefährlich«, flüsterte er und hielt meine Hand so fest umklammert, als könnte sie zu Boden fallen und zerbrechen. »Ich dachte wirklich, wir würden dich verlieren. All diese Blitze und deine Schreie.«

O ja. Ich hatte geschrien. Die Schmerzen waren kaum auszuhalten gewesen. Und ich musste sie noch mindestens zweimal durchstehen, ehe alles wieder im Lot war.

Das würde ich nicht überleben. Wenn ich es recht bedachte, hatte nirgends in den dämlichen Unterlagen gestanden, dass die Gaianidin die Rituale überleben musste/würde/sollte.

Sie durfte nur VORHER nicht sterben. Brandon hatte sogar was davon gesagt, wenn sie nur eines ausübte, sterbe sie ganz gewiss.

Mit einem Mal hatte ich Angst. Panische Angst. Angst vor dem nächsten Ritual und Angst davor, dass ich das letzte nicht überleben würde. Ich wollte nicht sterben. Und Colin, der noch immer meine Hand an seine Wange presste und keine Visionen mehr von mir mit weißen Haaren hatte, trug zu meiner Panik bei. Ich begann haltlos zu schluchzen. Ich wollte leben. Und ich wollte diese Schmerzen nie wieder ertragen müssen.

Colin nahm mich in seine Arme und wiegte mich sacht hin und her. So hilflos und verloren hatte ich mich nicht mal in Stuart Cromwells Fängen gefühlt.

Ich hörte Colin ununterbrochen so Dinge murmeln wie *Schh … Alles wird gut … Wir schaffen das … Wir finden einen anderen Weg.*

Es dauerte eine Weile, bis ich mich endlich beruhigt hatte. Mir ging auf, dass ich in meinen Schlafsack gewickelt war und neben der Feuerstelle lag, wo wir die letzte Nacht verbracht hatten.

»Wie lange war ich bewusstlos?«, fragte ich Ewigkeiten später.

»Knapp zehn Stunden.«

»Ist irgendjemand schon zurück in seine Zeit gereist?«, fragte ich weiter und hoffte, er würde Elizabeth sagen.

Colin schüttelte den Kopf. »Nein, niemand. Brandon sagte, das passiert erst beim letzten Ritual. Und dann sind es alle auf einmal.«

Oh.

Aber eigentlich war es logisch. Wir brauchten ja weiterhin das Blut von jedem Platoniden. Ein metallischer Geschmack in meinem Mund erinnerte mich an was.

Igitt, das Blut! Ich hatte Blut getrunken.

»Ich habe Blut getrunken«, sagte ich fassungslos. »Bitte hau mir einen Pflock ins Herz, wenn ich jetzt spitze Eckzähne bekomme oder nur noch nachts rauswill.«

Colins Brust bebte. Vor Lachen.

»Keine Sorge. Du kannst vielleicht Gewitter herbeirufen, aber du bist kein Ungeheuer.«

»Edward Cullen war auch kein Ungeheuer, aber trotzdem …«, murmelte ich und fühlte mich plötzlich so erschöpft, trotz zehn Stunden Koma.

»Du hast einen Kornkreis erschaffen«, sagte Colin noch.

»Hier gibt's keine Getreidefelder«, widersprach ich und kuschelte mich wieder in seine Arme.

»Schlaf jetzt. Wenn du dich ein bisschen erholt hast, werde ich dir alles erklären und den Kornkreis zeigen. Aber jetzt brauchst du Ruhe. Ich bleibe bei dir.«

Das war wirklich beruhigend zu wissen.

Ich hatte wirklich einen Kornkreis geschaffen. Zwar ohne Getreide, dafür mit Gras. Staunend stand ich vor dem Lochstein und begutachtete die verbrannten Muster auf der Wiese um mich herum. Es war wieder eindeutig das Sternbild des Großen Hundes. Und jeder Kreis hatte die Form meines eierförmigen Kreises, den ich für das Ritual gezogen hatte.

Ich ging in die Hocke und berührte das verbrannte Gras. »Autsch!«

Verdammt! Erschrocken zog ich meine Hand zurück. An meinen Fingerspitzen bildeten sich augenblicklich Brandblasen. Genau wie bei dem Kornkreis am Steinkreis von Lansbury.

Colin und Brandon standen neben mir. Brandon hatte den Ring und das Eichenstöckchen wieder an sich genommen und sicher verstaut, während ich geschlafen hatte. Wir waren allein, denn Elizabeth und Theodor hatten sich auf den Weg zum nächsten bewohnten Hof gemacht, um etwas zu essen und zu trinken zu besorgen. »Das hast du doch schon mal gehabt«, sagte Colin. Die Kornkreise, die ab und an in Lansbury auftauchten, hatten ihn von jeher fasziniert.

»Ist denn kein Kornkreis entstanden, als du in unsere Zeit gekommen bist?«, fragte ich Brandon und blies auf meine verbrannten Fingerspitzen. Das nutzte gar nichts, doch es tat auch lange nicht so weh wie die Schmerzen beim Ritual.

»Doch. Aber man hielt es für einen Studentenstreich.«

»Wie immer«, sagte Colin und berührte ebenfalls die verbrannte Erde. Bei ihm geschah nichts. Blöder Gaianidin-Mist.

»Aber ich habe jetzt keinen weiteren Platonid gerufen, oder?«

»Nein«, beruhigte mich Brandon. »Es stehen leider keine Erklärungen für diese Phänomene in den Unterlagen, nur die Ausübung.«

»Die Kreise sehen aus wie das Sternbild des Großen Hundes«, erklärte ich heiser.

Beide, Brandon und Colin, wandten den Blick gen Himmel, als könnten sie das vergleichen. Zumal die Sterne bereits verblasst waren. Es war schon sehr hell, aber bewölkt. Allerdings waren am ganzen Himmel Wolken zu sehen. Seit Wochen gab es zum ersten Mal keinen azurblauen Himmel.

»Äh, ja«, räusperte Brandon sich, als ihm aufging, wie unsinnig das war. »Auf alle Fälle gehört das zum Ritual dazu. Du scheinst also bisher alles richtig gemacht zu haben. Letztendlich werden wir erst beim dritten Ritual sehen, ob alles korrekt war, wenn wir wieder in unserem Zeitalter landen.«

Wir schwiegen. Genau darauf lief es hinaus, nicht wahr? Alle drei Platoniden wieder zurückzuschicken. Und auch wenn Cromwell sich größte Mühe geben würde, dass ich oder Colin an seiner Stelle gingen, würde ich alles daransetzen, dass er hier verschwand.

»Wohin müssen wir als Nächstes?«, fragte ich Brandon.

»Zurück aufs Festland. Genau genommen an diesen Ort namens Lower Millcombe.«

Mir wurde wieder schlecht.

27. Kapitel

Es hätte mich nicht überraschen sollen und doch tat es das. Ich hatte es komplett verdrängt.

»Ich dachte, du hättest was von Arden-Wald und Salzhandelsroute gelesen. Bist du dir da wirklich sicher? Ich meine, bei Lots angeblichem Königreich bist du ja auch von den Orkneys ausgegangen«, rief ich ihm in Erinnerung.

»Heute kann man doch gar nicht mehr nachvollziehen, wie groß das Königreich tatsächlich war. Offensichtlich erstreckte es sich bis zu den Shetlandinseln. Beim nächsten Ritualplatz können wir allerdings sicher sein. Es ist Lower Millcombe. Lage, neolithische Kultstätte, alles stimmt und es gibt im Umkreis von zweihundert Kilometern keine andere.« Brandon war sich sicher.

Lower Millcombe. Ausgerechnet! Ich war seit Olivers Tod nicht mehr an diesem Dolmen gewesen. Und dass ich überhaupt je dort war, wusste ich nur aus meinem Traum oder einer geträumten Erinnerung – wie auch immer. Ich wollte nicht dahin und zum ersten Mal konnte ich meine Mutter verstehen, die sich auch nach all den Jahren noch weigerte über Oliver zu reden.

Ich versuchte, so gut es ging, die schrecklichen Erinnerungen, die ich mit diesem Ort verband, zu unterdrücken. Es gelang mir nicht ganz, denn Colin legte eine Hand auf meine Schulter.

»Lower Millcombe ist also der zweite Ritualplatz?«, fragte Colin. »Wann wurde dann Stonehenge errichtet, wenn Lansbury der dritte ist?«

»Sehr viel später«, sagte Brandon abgelenkt. »Viel wichtiger ist für mich gerade die Frage: Kannst du hier und jetzt ein Feuer entfachen, Meredith?«

Colin sah ihn missbilligend an. »Ist es nicht warm genug? Mere muss sich noch ein wenig erholen.«

»Ich dachte eher daran, gleich eine Suppe aufzuwärmen. Das würde ihr sicher guttun.«

Colin murmelte etwas vor sich hin, das ich nicht verstand. Brandon offenbar schon.

»Natürlich will ich auch nur das Beste für sie«, fauchte er. »Weshalb denkt jeder, Merediths Wohl würde mir nicht am Herzen liegen?«

Colin war nicht im Mindesten eingeschüchtert. »Vielleicht, weil du sie Dinge tun lässt, die sie beinahe umbringen?«

»Wenn sie es nicht tut, bringt es uns bald alle um!«, rief Brandon gereizt. »Du hast keine Visionen mehr. Und warum? Weil du weißt, dass wir alle nicht mehr älter werden!«

Colin wurde zuerst blass und dann rot.

OmeinGottOmeinGott. Brandon hatte ihn gerade mit seinem Geheimnis konfrontiert, von dem außer mir niemand wusste. Ich dachte nur: *Nichts fühlen. Jetzt bloß nichts fühlen, sonst können die beiden wieder in deinen Kopf schauen.*

Colin warf mir einen kurzen Blick zu, stand auf und entfernte sich ein paar Schritte.

Brandon strich mir sanft über die Wange. Auf seinem Gesicht erschien das übliche liebevolle Lächeln. »Keine Sorge, Meredith. Du glaubst doch nicht ernsthaft, ich will dir schaden, oder?«

Ich schüttelte den Kopf. Allerdings dachte ich, er hatte es soeben getan. Colin redete über eine Stunde lang nicht mehr mit mir.

Elizabeth und Theodor hatten tatsächlich Doseneintopf mitgebracht, den wir heißhungrig verschlangen. Den Geschmack nach Kupfer hatte ich danach allerdings trotzdem noch auf meiner Zunge. Hoffentlich würde mir das nicht den Rest meines Lebens anhaften. Das wäre dann die zweite Veränderung seit dem Ritual. Die erste war: Ich konnte sehen. Ich sah alles glasklar, als hätte ich meine Brille auf. Ansonsten fühlte ich mich ein wenig matt. Obwohl ich während des Rituals gedacht hatte, ich würde brennen, war natürlich nicht eine einzige Brandblase zu entdecken. Außer die an meinem Finger, als ich das versengte Gras berührt hatte.

Nachdem die letzte Dose ausgelöffelt war, machten wir uns auf den Weg zum Fährhafen. Theodor hatte in Erfahrung gebracht, dass es nur ein paar Kilometer von hier entfernt einen Fährhafen gab und heute ein Schiff nach Aberdeen ablegte. Wir packten unsere Sachen und machten uns auf den Weg.

Der Fährhafen war schnell erreicht. Er lag – wie alles auf den Shetlandinseln – recht einsam. Nur wenige Touristen waren hier; die bestimmt auch nur dank des guten Wetters. Allerdings zog sich der Himmel gerade richtig zu.

Wir fuhren dicht an dem Seehundfelsen vorbei und diesmal konnte ich die Robben viel besser erkennen. Ich nahm den Wind stärker wahr, ich roch das Salz des Meeres intensiver als je zuvor und ich glaubte sogar meine Haarspitzen zu spüren, vor allem die Strähne, die sich schon wieder so widerspenstig nach außen gedreht hatte. Ich dachte an die einhundertelf Menschen, die während des Rituals auf mich zugekommen waren. Auf einmal erinnerte ich mich, jede einzelne Falte in deren Gesichtern erkannt zu haben. Dummerweise fielen mir damit auch die blutigen, entstellten Fratzen wieder ein. Ich sah, wie ein Seehund dem anderen eine Flosse ins Gesicht klatschte. Ich konnte das Klatschen bis hierher hören. Und obwohl es warm und mild war, fröstelte es mich.

Die Fahrt würde fünfeinhalb Stunden bis Kirkwall dauern und von dort noch einmal sieben Stunden bis nach Aberdeen. Wir machten es uns in dem Aufenthaltsraum gemütlich, weil der Himmel immer dunkler wurde und der Wind zunahm.

Der Aufenthaltsraum sah aus wie ein Wartesaal am Flughafen. Diese Fähre war ausgestattet wie ein Kreuzfahrtschiff. Es gab Bars und Souvenirshops, obwohl es kaum Gäste gab. Wir hörten die Maschine röhren und das Schiff begann zu schlingern. Ab und an stolperte einer der anderen Passagiere bei einer etwas höheren Welle an uns vorbei. Ich konnte bei jedem den kleinen Aussetzer seines Herzens vernehmen und wie es danach schneller weiterschlug.

Mir wurde mulmig. Ich fühlte mich eingesperrt, egal wie groß dieser Saal war. Es wurde mir zu stickig.

»Ich muss hier raus«, sagte ich, stand auf und eilte in Richtung Deck.

Sobald ich wieder an der Reling stand, wurde es besser. Ich atmete tief durch.

Ich brauchte Ruhe. Ich wollte allein sein, um die Ereignisse ein wenig zu verdauen.

Meine Sinne waren so empfindsam, seit ich aufgewacht war. Ich sah nicht nur an den Wolken, dass ein Sturm aufzog, nein, ich fühlte es tief in mir drin. Davon abgesehen wurde der Wind merklich rauer. Es wurde etwas dunkler, weil die Sonne jetzt nicht mehr zu sehen war, allerdings nicht so dunkel, als stünde uns ein Gewitter bevor.

Ich schmeckte das Meersalz, fühlte die Feuchtigkeit in der Luft. Die Wellen, die gegen den Bootsrand schlugen, sie trommelten wie ein ganzes Highland-Regiment in meinen Ohren und zwischendurch vernahm ich immer wieder ein leises Pochen. Das eines Herzschlages oder ein anderes? Ich hörte die anderen Passagiere atmen und konnte sogar Elizabeth und Theodor ausmachen, die drin auf der bequemen Bank sitzen geblieben waren. Colins und Brandons Atemgeräusche waren lauter. Also drehte ich mich um und war nicht überrascht Brandon neben mir zu sehen. Colin hielt ein wenig Abstand und blickte stur aufs Meer hinaus.

Er *war* sauer. Sauer, weil ich sein Geheimnis verraten hatte. Und dabei hatte er doch versprochen es sich nie wieder anmerken zu lassen, wenn er meine Gedanken lesen könnte. Um das zu wissen, brauchte ich keine geschärften Sinne. Ich kannte ihn lange genug, um die Signale zu deuten.

Ich fühlte, wie eine Welle sich näherte. Sie war ganz deutlich zu spüren. Die Kraft, die von ihr ausging, der Druck – all das bemerkte ich, ehe sie zu sehen waren. Als sie endlich in Sichtweite geriet, hörte ich ein paar Herzen stocken vor Schreck. Sie war riesig, mehrere Meter hoch und kam direkt auf unsere Seite zu.

Plötzlich umschlangen zwei stählerne Arme von hinten meine Mitte und pressten mich gegen das Geländer. Mein Bauch machte schmerzhaft Bekanntschaft mit der Eisenstange der Reling. Ein Gesicht presste sich an meinen Nacken, ich wollte meines vor der Gischt schützen, doch meine Arme waren eingeklemmt wie in einem Schraubstock. Einen Moment lang verloren meine Füße den Kontakt zum Boden, nur die Arme hielten mich an Ort und Stelle.

Das Wasser traf mich voller Wucht, der Boden war auch schlagartig wieder unter meinen Füßen, meine Knie knickten schmerzhaft ein, doch dank meinem Retter blieb ich aufrecht stehen.

»Wir müssen rein«, rief Brandon neben mir.

Ich sah ihn erstaunt an. Ich hatte doch seinen Geruch in der Nase, aber er hielt mich nicht fest.

Ich drehte mich zu ihm um und sah … *Colin*?!

»Gern geschehen«, sagte er sarkastisch.

Ich starrte ihn mit großen Augen an.

»Aber … aber … du warst doch vorhin noch dahinten!«

Er roch nach Brandon! Und er war so stark wie Brandon. Eindeutig!

Er warf mir einen letzten, säuerlichen Blick zu, dann nahm er meine Hand und zog mich ins Innere der Fähre.

»Wieso riechst du nach Brandon?«, fragte ich, als wir im Trockenen waren und der Geruch nach Irish Moos viel intensiver wurde.

»Ich hab mich rasiert, Brandon hat mir sein Rasierwasser geliehen.«

»Wo?«, fragte ich verdutzt.

»Auf der Herrentoilette.«

»Du hast noch immer diesen Bart, deswegen frage ich mich …«

»Ich hab ihn nur gestutzt, okay?«, raunte er. Er wandte sich um und entdeckte Elizabeth, die allein saß. »Wo ist Theodor?«

Sie zuckte gleichgültig die Schultern. »Hoffentlich über Bord gegangen. Sein Odeur ist mir zu speziell.«

Ich horchte und schnupperte.

»Er ist auf dem Klo und übergibt sich«, sagte ich.

Sowohl Colin als auch Brandon sahen mich fragend an. Wortlos wandte Colin sich ab und verschwand in Richtung Herrenklo.

»Woher wusstest du das?«, fragte Colin.

Der Sturm wütete knapp zwei Stunden. Wir hatten uns auf den festgeschraubten Stühlen und Bänken zusammengerollt und versuchten zu schlafen. Obwohl ich nicht schlafen konnte. Ich lag quer über drei Stühlen und die Atemgeräusche aller Passagiere an Bord hinderten mich am Einschlafen. Die und Colin, der mich über Elizabeth hinweg fixierte.

»Woher wusstest du, wo er war? Du bist sonst blind wie ein Maulwurf.«

»Ach, du redest wieder mit mir?«, fragte ich unwirsch.

Colin überging das. »Erinnerst du dich an deinen ersten Schultag? Als du die Brille neu hattest?«

»Ehrlich gesagt kann ich mich an ein Leben ohne Brille gar nicht mehr erinnern«, sagte ich lahm. Genau genommen konnte ich mich an die Zeit vor dem Umzug nach Lansbury an rein gar nichts erinnern. Bis auf den Traum, wo ich den Tod meines Bruders noch einmal miterlebte. Und mir ging auf, dass ich bis dato keine Brille gebraucht hatte. Meine Augen hatten sich erst danach rapide verschlechtert. Damals hatte ich auch die Fähigkeit, Gegenstände durch die Luft wirbeln zu lassen, verloren.

»Ist alles in Ordnung, Mere?«, fragte Colin und sah mich nun nachdenklich an.

»Nein«, seufzte ich. »Aber das wird sich wohl in der nächsten Zeit nicht ändern.«

»Du weißt, dass du nicht allein bist, ja?«, sagte er ruhig.

In meinem Magen breitete sich, trotz des durchnässten Pullis, ein warmes Gefühl aus. Obwohl er sauer gewesen war, würde er mir beistehen.

Ich lächelte ihn an. »Ich weiß. Danke, Colin.«

Er würde mir beistehen, soweit er konnte, und egal was kam. Was er gerade wieder einmal bewiesen hatte.

28. Kapitel

»Wie lange dauert es noch?«, fragte Elizabeth vom Rücksitz. Nicht zum ersten Mal, seit wir losgefahren waren.

Meine Hände krallten sich um das Lenkrad.

Wir hatten ein Auto gemietet, um nach Lower Millcombe zu kommen.

So waren wir günstiger unterwegs als mit dem Zug und Cromwell würde uns jetzt nicht mehr aufhalten. Er würde in Lansbury auf uns warten, am dritten und letzten Meridian.

Elizabeth fing bereits nach der ersten halben Stunde an zu nerven.

»Wie oft willst du das denn noch fragen?«, fauchte Theodor.

»Mir ist langweilig und du riechst nicht gut. Ich muss mich ablenken«, gab sie postwendend zurück.

»Dann hast du ein Problem. Wir haben noch vier Stunden vor uns«, zischte ich durch zusammengebissene Zähne.

Meine überscharfen Sinne machten mich ganz nervös. Ich spürte, wie unkonzentriert die anderen Autofahrer waren, sah sie in der Nase popeln oder per Freisprechanlage telefonieren, manchmal wild gestikulierend und nach einem Radiosender suchend. Dazu kam, dass dieses seltsame Pochen jetzt ständig im Hintergrund zu hören war. Es kam von unten – nicht vom Auto, sondern von tiefer, tief unter der Erde. Ich war mir sicher, dass es sich dabei um das Pochen handelte, das wir, Brandon und ich, schon auf den Wanderungen gehört hatten. Das machte mich unruhig, denn ich konnte es nicht ausblenden und es wurde immer lauter.

Nach zwei Stunden Autofahrt war die Stimmung bei uns allen im Keller. Vor allem nach der unbequemen Fahrt auf der Fähre, mangelnder Dusche, billigem Supermarkt-Fast-Food. Jeder von uns wollte eigentlich nur noch heim. Wir waren gleichermaßen gereizt und müde. Doch sowohl Dusche, Essen und Schlaf mussten warten.

»Lass uns ein Spiel spielen«, schlug Brandon vor. Er schien angespannt und ich war mir sicher, dass er das Pochen ebenfalls hörte.

»Ich sehe was, was du nicht siehst, und das ist … grün«, griff Colin Brandons Idee auf.

»Die Wiese«, sagte Elizabeth in fragendem Tonfall.

»Genau. Jetzt bist du dran«, sagte Colin und lächelte sie aufmunternd an. Sie lächelte so zuckersüß zurück, dass ich davon Zahnweh bekam.

Igitt, der Fahrer im Wagen vor mir nieste gerade und besprühte dabei seine Scheibe. Ich wich aus, als er beim Sauberwischen einen Schlenker fabrizierte, der uns beinahe unsere linke Seite gekostet hätte.

»Ich sehe was, was du nicht siehst, und das ist … blau«, sagte Elizabeth hinter mir.

»Der Himmel«, antwortete Colin.

»Falsch!« Elizabeth klatschte entzückt in die Hände.

»Der Volkswagen da vor uns«, sagte Theodor.

»Auch falsch.« Dieses Mal klatschte sie nicht.

»Die Lagerhalle dahinten?« Brandon deutete auf ein Industriegebiet, das wir passierten.

»Nein, auch falsch.«

»Colins Augen«, sagte ich.

»Äh, richtig.« Das klang allerdings nicht ganz so enthusiastisch wie bei Colins falscher Antwort.

»Mere, jetzt bist du dran«, sagte Colin.

»Ich sehe was, was du nicht siehst, und das ist grau«, sagte ich prompt.

»Die Straße«, sagte Theodor.

»Yep«, antwortete ich.

Theodor gähnte und murmelte: »Jetzt ich. Ich sehe was, was du nicht siehst, und das ist grau.«

»Die Straße?«, fragte Brandon sarkastisch.

»Ja genau.«

»So geht das Spiel nicht«, maulte Elizabeth. »Du musst dir was Neues ausdenken.«

»Ich sehe was, was du nicht siehst«, sagte Theodor wieder, »und das ist blau.«

»Colins Augen?«, fragte ich wieder.

»Ihr seid wirklich minderbemittelt«, sagte Elizabeth.

»Sagt die, die ein kindisches Spiel spielt«, erwiderte Theodor.

»Du hast doch mitgemacht«, warf ihm Elizabeth vor.

»Weil es so schön lächerlich war.«

»Pitsch, Patsch, Pinguin? Ist das erwachsen genug für den Herrn Anwalt in spe?«, fragte ich.

»Wir könnten uns auch mit dem Paragrafen für Minderbemittelte beschäftigen?«, schlug Colin in unschuldigem Ton vor.

»Ich dachte eher an …«, begann Theodor, doch er kam nicht dazu, den Satz zu Ende zu sprechen.

Ich wusste nicht, ob ich ein Schlagloch übersehen hatte oder der Lkw vor uns Ladung verloren hatte, aber das Auto machte einen unerwarteten Ruck, das Heck brach aus, neben mir knallte ein überholender Wagen in unsere Seite.

Elizabeth schrie, Theodor schrie, Brandon schrie und ich riss das Lenkrad herum, so dass wir gegen die Leitplanke schlingerten. Hinter uns krachte es, die Heckscheibe splitterte und wir hörten die Schreie der anderen Autofahrer. Endlich kam unser Wagen zum Stehen, der Lkw vor uns rutschte in einem sonderbaren Winkel auf uns zu.

Entsetzt starrte ich auf die riesige Ladefläche, die sich wie in Zeitlupe unserer Motorhaube näherte. Wenige Meter vor uns knickte sie einfach ab, so als hätte man die Reifen abgeschnitten. Der Lkw knickte seitlich ein, wie ein Tisch, dem man zwei Beine kürzte. Der Fahrer sprang an der Beifahrertür raus und suchte das Weite.

»Raus hier!«, schrie Brandon. Er öffnete seinerseits die Beifahrertür und zuckte zurück.

»Was?«, rief ich atemlos.

»Da ist keine Straße mehr«, sagte er und im selben Moment sackte unser Mietwagen nach unten.

»Raus, Meredith, raus da!« Er schubste mich und kletterte bereits über die Handbremse.

Ich öffnete die Tür und sah einen Riss im Asphalt. Einen Riss, der beständig breiter wurde und in ein schwarzes Nichts zu führen schien. Mit zitternden Händen wollte ich mich abschnallen. Es ging nicht. »Meredith! RAUS!«, schrie Brandon und drückte mit Leibeskräften gegen meinen Oberarm. Der Anschnallgurt zog sich straff und rastete ein.

Hinter uns hatte Theodor bereits die Tür geöffnet und war geflüchtet. Elizabeth ebenso. Colin war es, der schließlich den Knopf drückte und mich vom Gurt befreite. Keine Sekunde zu früh, denn das Auto kippte hinten weg.

Ich rettete mich mit einem Sprung raus, Colin half mir dabei. Brandon hing noch darin fest. Entsetzt sahen wir, wie der Wagen langsam nach hinten in den Schlund rutschte.

Das Auto, das in uns hineingefahren war, hing ebenfalls mit der Motorhaube über dem Abgrund, der Fahrer sprang heraus und rannte um sein Leben. Die Schreie um uns herum waren gellend. Brandon stemmte sich mit aller Kraft am Türrahmen ab, das Auto wurde in die Tiefe gezogen und er sprang.

Seine Füße hingen über dem Abgrund, ansonsten lag er ausgestreckt auf dem Stück Asphalt, auf dem Colin und ich standen. Wir griffen ihm unter die Arme, zogen ihn in Sicherheit. Sofort richtete er sich auf. Seine Hände zitterten genauso unkontrolliert wie meine.

Rings um uns herum herrschte Chaos. Die Autobahn war komplett dicht und überall zwischen den stehenden Autos standen hysterische Menschen. Über das Geschrei hinweg hörte ich Sirenen und einen Hubschrauber. Soweit ich sehen konnte, war keinem etwas geschehen.

»Lasst uns abhauen«, murmelte Brandon.

»Wir müssen den Menschen hier helfen!«, widersprach Colin.

»Wir müssen nach Lower Millcombe und das Ganze beenden«, zischte Brandon. »Was glaubst du, warum das geschieht? Uns läuft die Zeit davon!«

Ich blickte zu Boden und bemerkte kleine Kiesel schweben und noch mehr feine Risse im Asphalt.

»O mein Gott«, murmelte ich und mein Magen fühlte sich an, als habe jemand seine Faust hineingerammt. »Ich bin dafür verantwortlich …«

»Nein, das bist du nicht. Aber du kannst es aufhalten. Lass uns verschwinden und schnell alles durchziehen, ehe die Polizei uns verhört. Dann könnte es zu spät sein.«

Mit wackeligen Beinen setzte ich mich in Bewegung. Brandon ergriff meine Hand und drückte sie fest. Ich war einen kurzen Moment lang überrascht, aber dann begriff ich: Er wollte nicht nur mich beruhigen, sondern suchte selbst Trost und Ermunterung.

Unwillkürlich kam mir Mums Anruf ins Gedächtnis. Colin schwebe in Gefahr. Wir hatten heute alle in Lebensgefahr geschwebt. Sah das Loch aus wie ein Stern? Ich drehte mich um. Nein. Das war es also nicht. Wenn ich Mums Tarotkarten Glauben schenken sollte, war Colin noch nicht gerettet. Doch nach allem, was bisher passiert war, musste man sich fragen: Wer war das schon?

29. Kapitel

Wir gingen zu Fuß weiter. Brandon führte unsere kleine Gruppe durch Feld- und Waldwege. Wir alle hatten Angst, noch einmal in ein Auto zu steigen bzw. auf einer Straße zu fahren. Noch immer hatte ich das Bild von dem in die Tiefe stürzenden Wagen vor Augen und Brandon, der sich in letzter Sekunde James-Bond-mäßig hatte retten können.

So würden wir Lower Millcombe zwar erst morgen erreichen, aber das war mir nur recht. Einerseits, weil bei jedem meiner Schritte sich kleine Risse im Boden bildeten und ich lose Gegenstände zum Schweben brachte. Es wirbelten ein paar Blätter und Zweige um meine Beine. Einmal sogar ein Hundehaufen, der leichte Spuren am Saum meiner Jeans hinterließ und dessen widerlicher Geruch mir fortan bei jedem Schritt in der Nase hing.

Andererseits, je näher wir Lower Millcombe kamen, desto mehr bekam ich es mit der Angst zu tun.

Ich wollte nicht noch einmal diese Schmerzen spüren. Ich wollte nicht mehr brennen. Am liebsten hätte ich diese Reise immer weiter rausgezögert. Doch der Riss in der Autobahn war Warnung genug gewesen. Und trotzdem hoffte ich von Kilometer zu Kilometer, dass Brandon sich verirren würde und wir uns den Rest sparen könnten. Mir das Ritual ersparen könnten.

Doch natürlich hielt Brandon zielsicher die Richtung. Völlig erschöpft stolperten wir hinter ihm in eine Senke im Wald. Ich ließ mich zu Boden fallen und schaffte es nicht mal mehr, den Schlafsack aus meinem Rucksack zu ziehen.

Vermutlich war meine Erschöpfung auch der Grund, weshalb sich während der letzten zwei Kilometer keine Risse mehr unter meinen Füßen gebildet hatten. Es flog auch kein Blatt neben mir her, als ich auf dem Waldboden saß. Das registrierte auch Brandon. Er nickte nur und verteilte das Essen. Ich mochte nicht mehr essen. Ich legte mich einfach hin und schloss die Augen – und erwachte in einem fremden Wald.

Das war ein seltsamer Wald. Die Bäume schienen unendlich hoch zu sein. Es war noch immer dunkel, doch das erste Lilarot am Horizont kündigte den Tagesanbruch an. Brandon, Colin, Elizabeth und Theodor waren verschwunden. Ich schälte mich aus meinem Schlafsack und zog meine Schuhe an. Wo waren sie hin?

Dann sah ich etwas zwischen den Bäumen aufblinken. Es war sehr schwach und beinahe hätte ich es für Glühwürmchen gehalten, doch dafür war es schon wieder zu hell. Jetzt krähte ein Hahn.

Ich lief auf den Schimmer zu und kam zu einer kleinen Hütte mit Strohdach. Der Boden davor war lehmig und festgestampft. Aus dem Holzschuppen nebenan hörte ich das Scharren von Stalltieren.

Die Tür der Hütte stand sperrangelweit offen. Von dort kam

das Licht. Das war merkwürdig, so strahlend hell, als ob in dieser winzigen Hütte ein Kronleuchter entzündet wäre. Zwei Schatten waren im Inneren auszumachen. Ich verlangsamte meine Schritte. Etwas huschte zwischen meinen Beinen hindurch. Erschrocken machte ich einen Satz zurück.

»Bruder, hast du das Huhn gesehen? Es bewegt sich so seltsam.«

Obwohl die Frau aufgeregt klang, kam niemand heraus.

»Hast du wieder heimlich diese Kräuter geraucht, Meiriona? Ich predige dir seit langem, der Weihrauch der Druiden ist mit absonderlichen Substanzen vermischt, die einen gestandenen Mann für zwei Tage außer Gefecht setzen.«

Die Stimme des Mannes kam mir bekannt vor. Ich wollte näher rangehen, doch das Huhn hatte Gefallen an meinen Schnürsenkeln gefunden.

Die Frauenstimme protestierte.

»Der Geruch und Qualm dieser Kräuter hilft mir, mich in die verschiedenen Rituale einzufinden. Ich kann sie dann intensiver erspüren. Und diese Riten funktionieren. Im Gegensatz zu deinem alleinigen Gott kann ich Ergebnisse vorweisen.«

»Was für Ergebnisse?«, fragte der Mann finster.

»Unsere Zeremonien haben Einfluss auf das Wetter. Wie soll dein stundenlanges Knien eine Dürreperiode beenden? Meine Rituale rufen Wind und Regen herbei.«

»Schwester«, hörte ich den Mann genervt sagen, »Gott hilft uns auf seine Weise. Wenn er uns eine Dürreperiode schickt, hat er einen Grund dafür. Was du mit diesen Druiden tust, ist gefährlich.«

»Ach was. Ich bin ihr Oberhaupt, gut, gut, erst in zwei bis drei Monaten. Aber bis dahin bin ich ihnen ebenbürtig. Bei uns sind die Frauen nämlich gleichberechtigt.«

»Jetzt geht das schon wieder los …«, der Mann seufzte laut vernehmlich. »Die Regeln habe nicht ich gemacht. Du weißt, wie sehr ich deinen Rat schätze.« Das Huhn hatte meinen Schnürsenkel erwischt. Ich scheuchte es weg.

Genau in diesem Moment trat die Frau aus der Hütte.

»Da siehst du!«

Sie deutete auf das Huhn. Ich betrachtete sie verblüfft. Sie trug ein sackartiges Kleid aus grobem braunen Stoff und einen roten Überwurf. Doch was mich am meisten erstaunte, war nicht etwa das unerwartete Wiedersehen mit dem Geistermönch Willmær, der unmittelbar hinter ihr stand. Es waren die Augen der Frau. Meine Augen. Es war die Frau, die mir während des Rituals befohlen hatte zu trinken. Sie hatte die gleiche Haarfarbe wie ich und eine ihrer Strähnen drehte sich rebellisch nach außen. Sie sah aus wie ich, ganz genau wie ich. Dieselbe Größe, das gleiche Haar, die gleiche Figur. Nur ein wenig älter.

Und sie sah mir direkt in die Augen.

»Vergiss die Riten«, sagte sie, jetzt langsamer. »Da steht ein Mädchen, das mein Ebenbild sein könnte. Nur trägt sie Beinkleider. Skandalös kurze Beinkleider.«

Unwillkürlich blickte ich auf meine Beine herab. Seit ich mich Theodor in meiner Unterhose präsentiert hatte, trug ich zum Schlafen meine Shorts.

»Willmær, wer ist das?«, fragte ich laut.

»Sie kennt deinen Namen!«, rief die Frau und klang sowohl

erstaunt als auch erbost. »Du alter Angeber, ich dachte, du wolltest in Keuschheit leben.«

Willmær stützte empört die Hände in die Hüften. »Meiriona!«

Er reagierte überhaupt nicht. Zumindest nicht auf mich. Wieso konnte Willmær mich nicht sehen? Er sah mich doch sonst immer!

»Gut, das mit der Keuschheit war ein Scherz«, sagte sie und wandte sich dann an mich.

»Er kann dich nicht sehen, weil du träumst«, erklärte sie. Ach, ich träumte? Und wieso konnte sie mich dann sehen? Sie und das Huhn wohlgemerkt.

»Willmær, das ist unglaublich. Wie gut, dass ich die Kräuter geraucht habe – ich geb's ja zu –, und genau deshalb kann ich sie auch sehen. Sie sieht aus wie ich! Sie ist mein Ebenbild. Es hat gewirkt.«

Spontan umarmte sie den Mönch. »Danke, dass ich noch einmal hinabdurfte. Sie ist die Gaianidin und sie ist für das Schicksal der Menschheit verantwortlich.«

Willmær fühlte sich sichtlich unwohl in dieser Umarmung. »Schwester, ich glaube, dein Rausch ist dieses Mal zu …«

Sie löste sich schon wieder von ihm.

»Willst du nicht wissen, warum sie hier ist?«, fragte sie und stellte sich wieder aufrecht vor ihn hin. Sie überragte den Mönch um ein paar Zentimeter und wippte aufgeregt auf den Zehenspitzen. Sie war definitiv high.

Ich würde sehr gern wissen, warum ich hier das träumte.

»Hat das wieder mit deinen schrecklichen Träumen zu tun?«, fragte er skeptisch.

Sie nickte heftig.

»O ja, Brüderchen. Ein paar Sachen davon weiß sie ja schon. Weißt du doch, oder?« Der letzte Satz ging wieder direkt an mich. Sie sah mich an und ich hoffte sehr, sie würde ein wenig seriöser wirken, damit man sie auch ernst nehmen konnte.

Doch Willmær nahm sie zum Glück ernst. Er seufzte: »Nun gut, was weiß sie denn?«

»Das ist nebensächlich. Sie will etwas von uns wissen. Deshalb ist sie hier.«

Sie trat dicht vor mich, und wenn das ein Traum war, war er verdammt realistisch. Ich konnte sie riechen. Konnte man im Traum riechen? War ich etwa auch high? Oder lag das an meinen neuen Sinnen? Sie roch nach … nach … ich konnte es nicht genau benennen, aber ich wusste, ich kannte den Geruch.

Und dann fiel es mir ein. Es war derselbe Geruch, der die Neo-Druiden samt ihrem Hohepriester Alex Parkins umwehte.

»Was willst du wissen?«

»Wieso kann das Huhn mich sehen?«, fragte ich und brachte meinen Fuß außer Reichweite des Schnabels.

»Das ist doch nicht ernsthaft deine Frage«, sagte sie streng.

»Seid ihr Sachsen?«, fragte ich vorsichtig und betrachtete die Kleidung, die der mancher Schausteller von unserem berühmten Sachsen-Festival ziemlich ähnlich sah.

»Natürlich nicht«, empörte sie sich. »Wir sind Briten. König Alfred hat die Sachsen zum Teufel gejagt, wie mein frommer Bruder sich ausdrücken würde.«

»Meiriona, so was würde ich nie sagen«, erklärte Willmær und klang ein wenig beleidigt.

»Das wolltest du bestimmt auch nicht wirklich wissen, oder?«, überging sie ihn. Wenn das hier ein Traum war, schon.

»Na, dann helfe ich dir mal weiter. Ich bin Willmærs Schwester. Du bist meine Nachfahrin«, erklärte sie jovial. Sie sang ein wenig beim Reden und ich schob es auf die berauschenden Kräuter. »Unsere Mutter war eine mächtige Druidin. Ich bin zwar die Jüngere von uns beiden, aber als Mädchen habe ich die meisten ihrer Fähigkeiten geerbt, Willmær hier hat auch ein paar, doch er zieht es vor, sie zu unterdrücken. Ach Willmær, ich wollte, du könntest sie sehen. Das ist faszinierend!«

Ich blickte zu Willmær, der sich ratlos am Kopf kratzte. Es war offensichtlich, dass er sie für absolut zugedröhnt hielt.

Das Huhn zerrte an meinem Schnürsenkel und jetzt erstarrte Willmær. Das Huhn hatte meinen Schnürsenkel im Schnabel.

»Kann es sein, dass die Gaianidin Riemen an den Füßen hat in einem außergewöhnlichen Blau?«, fragte er fassungslos.

»Stimmt«, sagte Meiriona mit Blick nach unten. »Donnerwetter, was für Farben! Die Kräuter sind genial, Willmær, ich sehe an ihrer skandalösen Kleidung ein tiefes Schwarz, ein dunkles Blau … und das, obwohl die Sonne gleich aufgeht. Wie färbst du die Sachen?«

»Meiriona, ich glaube dir ja, dass du nicht mit der Luft, sondern mit der Gaianidin redest, aber dann solltest du ihr sagen, was zu sagen ist, ehe sie aufwacht«, mahnte ihr Bruder streng und fügte leiser hinzu: »Und beim nächsten Mal überlässt du die Räuchermischung mir.«

»Oh. Du hast Recht. Es eilt. Ich wollte dir gerade was erklären, wenn du schon nicht weißt, was du wirklich fragen willst. Hör gut zu: Die Kräfte unserer Mutter wurden aufgeteilt. Du dagegen bist im Besitz der geballten Ladung. Meine Kräfte plus seine. Du kannst es doch gewittern lassen?«

»Ich kann es gewittern lassen und könnte es über dir regnen lassen, damit du wieder nüchtern wirst«, schlug ich vor.

»Ha, Willmær, sie kann es regnen lassen! Und dafür muss sie nicht auf den Knien rumrutschen!«

»Weswegen ist sie hier?«, erinnerte Willmær sie und überging ihre Anspielung.

»Ich … äh …« Das Huhn machte mich nervös und ich scheuchte es fort.

Urplötzlich ergriff sie meine Hand. Ich zuckte erschrocken zusammen. Das war der seltsamste Traum, den ich je gehabt hatte. Ich konnte wirklich ihre Hand spüren, ihre warmen Finger, sie waren ganz rau und schwielig. Sekunden nachdem sie mich berührte, trat ein Bild vor meine Augen.

Ich sah sie, Meiriona, als junges Mädchen, wie sie sich an ihren großen Bruder klammerte, der sie liebevoll in die Luft warf und dann auf den Arm nahm. Die Wärme, die sie fühlte, die innere Freude, das Vertrauen in ihn, ihrer beider Lachen, all das übertrug sich auf mich. Das war ein wunderbares Gefühl, ich wollte es einfangen und festhalten. Und dann wandelte sich das Bild. Eine andere Frau mit den gleichen dunklen Haaren und grünen Augen tauchte auf. Eine Frau, der sie viel Liebe entgegenbrachte und die mit ihr übte Gegenstände schweben und Blütenknospen erblühen zu lassen. Innerhalb eines Wimpernschlags änderte sich das Bild erneut. Ich sah Meiriona, so wie sie jetzt aussah. Ein Baby wurde ihr aus den Armen genommen.

Sie weinte bitterlich, ließ es aber geschehen. Und dann, beim nächsten Bild, lag sie gefesselt mit blutigem Schädel auf einem Fels und warf den Kopf panisch hin und her. Diese letzten Bilder übermannten alles und ließen mich taumeln.

Ich wollte meine Hand entziehen, ich wollte diese Bilder und Gefühle verdrängen, doch sie hielt sie weiterhin fest.

Das fiel auch Willmær auf. »Meiriona …?« Sie ignorierte ihn weiterhin und sah mir fest in die Augen.

»Jetzt hast du in mein Innerstes geblickt«, sagte sie leise zu mir. »Mein großer Bruder und ich stehen uns sehr nahe und unsere Mutter hat mir viele Dinge beigebracht, ehe man sie hinrichtete. Ich konnte dir jetzt alles zeigen: die Liebe zu meinem Bruder, meinen behaglichsten Moment, meine größte Schwäche, die ich fortgeben musste, und meinen Tod, der mir bald bevorsteht.«

Ich starrte sie an. Was um alles in der Welt ging hier vor? Waren das etwa die Visionen, die Brandon, Elizabeth, Cromwell und Colin hatten? In dieser Reihenfolge?

»Jeder meiner Nachkommen hat eine dieser Gaben. Es sind besondere Gaben, manche sehen sie als Fluch, egal welche davon. Sie werden dir erspart bleiben. Du hast andere.«

Ich zitterte. Sie konnte ihren eigenen Tod sehen? Es musste doch einen Weg geben, sie zu retten. Sie machte eine abwehrende Bewegung.

»Ich bin schon lange tot, wenn du wieder aufwachst, da gibt es nichts mehr zu retten.« Das schien ihr wenig auszumachen.

»Ich weiß seit einiger Zeit, was mit mir geschehen wird, und habe mich gewappnet. Aber jetzt möchte ich dir helfen. Was willst du wirklich wissen?«

Es gab tatsächlich eine Frage, die ich ihr gern stellen würde.

»Das Ritual war so schmerzhaft …«, begann ich zaghaft. Ich wusste nicht, wie ich mich ausdrücken sollte, um nicht als kompletter Feigling dazustehen. Wir hatten beide gesehen, was sie noch durchmachen musste.

»Du wüsstest gern, ob man die Schmerzen umgehen kann?«, fragte Meiriona.

Ich nickte und registrierte ihren mitleidigen Blick.

»Weißt du, Gaianidin, du trägst die Schmerzen aller Blutopfer während des Rituals in dir. Alle Opfer hatten große Macht, sie stärken dich dadurch, dass sie erscheinen, und lassen dich zugleich empfindlicher werden. Du hast auch oft starke Kopfschmerzen, nicht wahr?«

Ich nickte wiederum, doch es fiel mir schwer. Sehr schwer. Mir saß ein Riesenkloß im Hals.

»Diese Kopfschmerzen kommen von …«, setzte sie an.

»Sei still!«, schaltete sich jetzt Willmær ein. Er legte seiner Schwester eine Hand auf den Arm. Sie zuckte zusammen und ich wusste genau, sie sah etwas bei seiner Berührung. Sie sah also nicht nur ihren Tod, sondern auch seinen. Willmær zog seine Hand auch sofort zurück, doch er blieb stur:

»Sag es nicht. Das wird sie nur noch mehr beunruhigen. Diese Rituale sind barbarisch und grausam.«

»Und wirkungsvoll. Doch sie weiß es bereits.« Meiriona hatte mich nicht aus den Augen gelassen. Vermutlich war ich so blass wie die weißen Federn an der Brust des Huhns vor mir.

»Die Kopfschmerzen kommen vom Skalpieren?«, schlussfolgerte ich heiser.

Sie nickte. »Tut mir leid, dass du es ertragen musst. Es gibt allerdings eine Möglichkeit, die Schmerzen zu lindern. Warte, ich muss nur kurz nachdenken.« Sie schüttelte den Kopf und murmelte: »Ich glaube, du hast Recht, Bruder, die Kräuter benebeln meinen Kopf ein bisschen zu stark.«

»Kann ich dir helfen?«, fragte Willmær und versuchte angestrengt mich zu sehen.

»Du sollst nicht mir helfen, du solltest ihr helfen«, murrte Meiriona und legte die Hände an ihre Schläfen, als könne sie sich so besser konzentrieren.

»Ich werde für sie tun, was ich kann«, versprach Willmær beflissen.

Sein Blick tastete ständig über die Stelle, an der ich stand, doch er fixierte nichts. Seine Augen sahen durch mich hindurch.

»Jetzt weiß ich es wieder!«, rief Meiriona aufgeregt. »Pass auf. Du musst …«

»Aufwachen, Meredith. Wir müssen weiter.«

30. Kapitel

Brandon schüttelte mich unsanft.

»Nein!«, schrie ich entsetzt. »Nein, nein, nein!«

»Komm schon. Wir müssen los, es ist spät und du hast geschlafen wie eine Tote.«

Na und? Das war mir so was von egal. Ich wollte weiterschlafen, ich wollte zurück zu Meiriona, ich wollte hören, was sie zu sagen hatte – erfahren, wie ich die Schmerzen umgehen konnte.

Doch Brandon blieb stur, fasste mich unter die Achseln und zog mich auf die Beine.

»Ist sie endlich wieder bei sich?«, hörte ich Theodor fragen.

Ich rieb meine Augen und sah mich um.

Es war helllichter Tag, der Wald war genau so, wie ich ihn letzte Nacht gesehen hatte.

Nur dieses Pochen war wieder zu hören. Laut und deutlich.

Erschrocken umklammerte ich jetzt Brandons Hand.

»Das hat gerade erst eingesetzt«, murmelte er leise, so dass die anderen es nicht hörten. »Du musst aufstehen und wir müssen hier weg. Die Risse am Boden werden immer größer.«

Er sah mir eindringlich in die Augen. Dann ließ er meine Hand los und packte meinen Schlafsack zusammen.

»Geh!«, sagte er und schubste mich. Bevor ich mich darüber

empören konnte, knirschte es zu meinen Füßen und das Pochen wurde noch lauter.

Verflixt. Ich setzte mich in Bewegung.

»Andere Richtung, Meredith«, rief mir Brandon hinterher.

Ich seufzte, machte eine Hundertachtzig-Grad-Wende und ging weiter.

Von Colin und Elizabeth war nichts zu sehen.

Theodor folgte mir.

»Wer hätte das hinter deinem unscheinbaren Äußeren vermutet?«, sagte er.

»Wo sind Colin und Elizabeth?«, überging ich seinen Spruch.

»Du könntest jetzt die ganze Welt beherrschen, ist dir das überhaupt bewusst?«, überging er meine Frage.

»Ich lebe in einer modernen Jules-Verne-Version: Ich kann den Mittelpunkt der Erde schneller erreichen als jeder andere«, fauchte ich genervt. »Sieh dir nur an, was geschieht, wenn ich stehen bleibe!«

Die Risse nahmen zu, doch darüber hinaus vernahm ich endlich das, wonach ich lauschte: Colins Herzschlag.

»Da lang«, sagte ich und ging weiter.

»Ach, Colin, was sollte ich nur ohne dich tun?«, hörte ich Elizabeth säuseln. Es folgte ein Schmatzen. Der Herzschlag wurde von dem lauter werdenden Pochen tief unter mir übertönt.

Ich musste es beruhigen. Ich musste *mich* beruhigen. Das war alles so aufwühlend. Mit jedem Schritt wurden die Risse tiefer.

Was hatte ich Colin immer gepredigt, wenn um ihn herum alles zu schweben begann? *Denk an was anderes, lenk dich ab.*

Dann hörte ich, wie das Schmatzen aufhörte und eine Wasserflasche wieder zugedreht wurde. Colin und Elizabeth konnten also nicht mehr weit sein.

Ich dachte an Meiriona und an alles, was sie mir gesagt hatte. Und ich dachte daran, dass ich Brandon am liebsten umbringen würde, weil er mich geweckt hatte, ehe sie das Wichtigste sagte. Ob ich sie noch einmal erreichen konnte? Ich wollte jetzt vor allem Colin erreichen und mit ihm über meinen »Traum« reden.

Brandon tauchte ein wenig außer Puste neben mir auf. Er hatte meinen Rucksack geschultert und grinste breit. »Na, Dornröschen, endlich richtig wach?«

»Jetzt hab ich mir das richtige Märchen gemerkt und es kommt kein Kommentar von dir?«

»Weißt du, was aus der bösen Fee geworden ist, die alle verzaubert hatte?«

»Nein.«

»Ich auch nicht. Sie sind ja wieder aufgewacht.«

»Und das wurde bei dir auch höchste Zeit. Weißt du, welches Datum wir heute haben?«

Mir schwante nichts Gutes. Das tat es zwar schon nicht mehr seit den Shetlandinseln, aber jetzt wurde es noch schlimmer.

»Es ist der zweite August. Wir müssen uns beeilen und wir kommen nicht schnell genug voran«, sagte Brandon neben mir mit einem Blick auf seine Armbanduhr. »Wir müssen eine Bushaltestelle oder einen Bahnhof suchen. Sonst schaffen wir es nicht rechtzeitig.«

»Wir könnten ein Taxi rufen«, schlug Theodor vor.

»Bezahlst du das? Denk dran, es sind noch mindestens zweihundertfünfzig Kilometer«, erklärte Brandon spöttisch, wohl wissend, dass Theodor nie im Leben so viel Geld für ein gemeinsames Taxi ausgeben würde. Für sich alleine vielleicht, aber nicht für uns andere.

Endlich hatten wir Colin und Elizabeth eingeholt.

Sie standen seltsam dicht beieinander, so als sei Elizabeth gestolpert und Colin habe sie aufgefangen.

Elizabeths Wangen funkelten auch verdächtig rot und sie hatte wieder dieses Karies verursachende Lächeln im Gesicht.

»Seid ihr noch nicht weitergekommen?«, fragte Brandon stirnrunzelnd.

»Die waren beschäftigt«, klärte Theodor ihn auf.

»Beschäftigt?«, wiederholte Brandon irritiert.

Colin wurde rot. Wieso wurde Colin rot? Er gab doch sonst nichts auf das Geschwätz seines Bruders …

»Gebt zu, ihr habt geknutscht«, stichelte Theodor weiter.

»Das geht dich gar nichts an!«, sagte Colin, doch ich hörte sein Herz wieder schneller schlagen. Er widersprach ihm nicht?!

»Sei still, Theodor!«, fauchte Elizabeth, deren Wangen genauso glühten. »Meredith, sag was!«

Ich? Weshalb ich?

»Ich hab deine Hand an ihrem Busen gesehen. Unter ihrer Bluse«, sagte Theodor und grinste anzüglich.

»Ich würde nie …«, setzte Colin an, doch Elizabeth unterbrach ihn wütend.

»Theodor, du bist ein Hundsfott.«

»Elizabeth!«, rief Brandon entsetzt.

»Entschuldige. In der modernen Sprache heißt das wohl Wichser«, entgegnete sie trocken und wandte sich dann wieder an Theodor: »Sag so was noch ein einziges Mal und ich werde dich in Flammen aufgehen lassen!«

Theodor hatte noch immer dieses Grinsen im Gesicht. In meinem Bauch allerdings rumorte es.

Moment mal. Das war nicht mein Bauch! Das war der Boden unter unseren Füßen.

»Lasst uns verschwinden«, schlug Brandon vor, nahm Elizabeths Hand und zog sie – nachdem er mir einen warnenden Blick zugeworfen hatte – schnell von der Stelle, wo sich gerade ein Loch auftat.

Wir folgten den beiden.

Au Mann.

Wie oft hatte ich mir gewünscht im Boden zu versinken.

Niemand sollte behaupten, Wünsche könnten nicht in Erfüllung gehen …

Ich war heilfroh, als unser Bus ohne Panne fünf Stunden später in Lower Millcombe einfuhr.

Ich hatte nicht schlafen können. Bei jedem Ruckeln dachte ich an Erdspalten, die sich auftaten, oder Erdbeben, die die Straße in ein Trümmerfeld verwandeln würden.

Geträumt hatte ich dadurch auch nichts. Meine Angst kam zurück. Wir schulterten unsere Rucksäcke und machten uns auf den Weg zum Hünengrab. Mit jedem Schritt, den wir gingen, stieg meine Nervosität. Ein scharfer Wind wehte uns um die Nase.

Lower Millcombe war, wie ich es kannte: klein, sauber, nett. Ich ging vorweg, weil ich mich als Einzige hier auskannte. Ich ging auch schnell, denn unter meinen Füßen knirschte es leise, aber verdächtig. Wenigstens gab es noch keine Risse im Boden.

»Wohin müssen wir, Meredith?«, fragte Brandon.

»Ich weiß es nicht genau. Ich kenne nur den Friedhof«, sagte ich und merkte, dass ich automatisch den Weg dorthin eingeschlagen hatte.

»Es sieht nach Regen aus«, maulte Elizabeth. »Lasst uns jemanden nach dem Meridian fragen. Man wird ja wohl wissen, wo es hier eine dieser alten Stätten gab.«

»Du hast nur keine Lust zu laufen«, erwiderte Brandon.

»Ich muss einen Rucksack schleppen! Weißt du, wie schwer der ist?«, fragte sie schnippisch und ignorierte Brandons doppelt so großen Rucksack auf seinem Rücken.

»Warte doch einfach da in dem Pub«, schlug ich vor und deutete auf die gegenüberliegende Straßenseite. »Du verpasst nichts, während wir suchen, und kannst dich bei Scones und einer Tasse Tee schön entspannen.«

Elizabeth lächelte erfreut. »Ehrlich? Aber ihr braucht doch mein Blut …«

»Wir können Abhilfe schaffen …«, sagte ich und klappte das Taschenmesser auf.

Elizabeths Augen weiteten sich, nur um sich im nächsten Sekundenbruchteil zu Schlitzen zu verengen.

»Das war ein Scherz, richtig?«

»Gut erkannt«, zischte ich.

Colin legte Elizabeth beruhigend eine Hand auf den Rücken, während ich das Messer wieder zusammenklappte und wegsteckte.

Meine Beine trugen mich automatisch zum Grab, als wäre es ein Magnet und ich aus Eisen.

Doch eine Hand hielt mich zwei Reihen davor zurück.

»Sieh nur!« Colin deutete direkt auf Olivers Grabstein.

Dort saß ein Eichelhäher. Bei meinem letzten Besuch mit Mum hatte auch einer dort gesessen, an derselben Stelle. Ob es derselbe war wie beim letzten Mal, wusste ich natürlich nicht zu sagen, doch ich vermutete es.

Der Vogel saß reglos auf dem Stein. Er lauerte in unsere Richtung.

»Oh! Ist der schön!«, rief Elizabeth. Der Eichelhäher breitete seine blau-weißen Flügel aus und flog fort.

Enttäuscht und sauer atmete ich tief durch. Dann setzte ich meinen Weg zu Olivers Grab fort.

Das Grab sah aus wie immer. Irgendjemand hatte die Blumen von unserem letzten Besuch entsorgt. Vermutlich eine alte Freundin von Mum. Ich hatte sie ein paarmal auf dem Friedhof getroffen und sie hatte meine Mutter immer gefragt, ob sie nicht mal wieder auf einen Kaffee vorbeischauen wolle.

Mum hatte dankend abgelehnt. Zu mir hatte sie im Auto gesagt: »Sie hat ihren Sohn noch.«

Olivers Grabstein zeigte die üblichen Spuren von Verwitterung. Ich wischte ein paar daraufgefallene Blätter ab.

»Wisdom?« Theodor trat näher. »Verwandtschaft von dir, Meredith? Ist noch recht jung gewesen.«

»Ihr Bruder«, klärte Elizabeth ihn auf.

»Bruder?«, wiederholte Theodor ungläubig. »Du hast einen Bruder?«

»Ich *hatte* einen Bruder«, stellte ich richtig und bückte mich. »Die Einzelheiten kann dir E erklären. Das macht sie bestimmt gern.«

Ich wollte das Thema Oliver nicht mit Theodor durchkauen. Theodor begann Colin und Elizabeth auszufragen, als er merkte, dass er aus mir nichts herausbekommen würde. Ich blendete ihn aus und konzentrierte mich auf die Schrift auf dem Stein. Als könne sie mir etwas verraten, und sei es nur ein Hinweis, ob alles gut ausging und die ganze Chose nicht umsonst war.

»Weshalb sind wir jetzt hier? Was hat dein Bruder mit diesem Ritual zu tun?«, fragte Theodor, als er auch bei den anderen auf taube Ohren stieß.

Alles und nichts, dachte ich. Ich hatte mir nur einen flüchtigen, sentimentalen Moment gegönnt und hoffte einfach, dass Oliver mich irgendwie unterstützen würde.

Doch wie sollte er das? Er war tot.

»Können wir wieder in einem Bed and Breakfast übernachten?«, fragte Elizabeth. »Ich habe Hunger und mir ist frisch.« Es war merklich kühler geworden als in den vergangenen Wochen, doch es war immer noch Sommer.

Gegen Ruhe hatte ich auch nichts einzuwenden. Vor allem hätte ich gern noch einmal geduscht. Doch am allerliebsten hätte ich das Ritual weiter aufgeschoben.

So verbissen wie Brandon war, würde er mir keinen Aufschub gönnen. In drei Tagen mussten wir wieder in Lansbury sein. Spätestens. Die Zeit drängte mehr denn je.

Doch zu meiner Überraschung sagte Brandon: »Ich denke, ein wenig Ruhe können wir alle vor dem Ritual gebrauchen.«

Bis zu dieser Sekunde hatte ich gar nicht gewusst, wie angespannt ich war. Ich atmete erleichtert auf und fühlte mit einem Mal alle Erschöpfung auf mich niederprallen.

Ich hatte eine Nacht Aufschub. Eine Nacht, in der mir hoffentlich Meiriona erschien und den Tipp verraten würde.

»Ich gebe zu, deine Heilkünste haben sich wesentlich verbessert auf deinen Reisen«, sagte Meiriona und zog eine Grimasse, als er zum letzten Mal die Nadel durch ihre Haut zog.

»Sie wären nahezu überflüssig, wenn du diese Blutrituale unterlassen würdest«, sagte Willmær mit konzentriertem Blick auf den Schnitt in ihrem Arm. »Du bist bald die Hohepriesterin. Kannst du es nicht verbieten?«

»Kann euer Pontifex befehlen das Kreuz nicht anzubeten?«

Willmær seufzte. Seine Schwester war nicht umsonst zur Hohepriesterin bestimmt. Nicht nur ihre Kräfte, auch ihre Schlagfertigkeit und ihre schnelle Auffassungsgabe hatten ihr zu diesem Amt verholfen.

»Zu welchem Ritual gehörte dieser Schnitt?«, fragte er stattdessen.

»Es gibt die Möglichkeit, die Zeit außer Kraft zu setzen«, antwortete sie leise. »Man kann gewisse Orte wie diesen hier, den du angeblich entweiht hast, zu einer Art Tür für andere Zeiten werden lassen.«

Willmær sah von seiner Arbeit auf und seiner Schwester ins Gesicht. »Du meinst, der Körper des letzten Opfers wurde nicht ins Moor geworfen?«

»Ganz genau. Er ist verschwunden. Dafür ist dieser Neue im Dorf, dieser Kevin. Der stammt nicht wirklich aus Lothian – obwohl sein Akzent so scheußlich ist, dass er daher sein könnte –, nein, er ist bei einem anderen Ritual im Steinkreis aufgetaucht. Was glaubst du, warum er anfangs so große Probleme hatte, auch nur einen Abort aufzusuchen? Er faselte was von Aborten, die von Wasser gespült werden, das aus der Wand kommt.«

»Das sind Leitungen. In Rom hab ich sie gesehen«, erklärte Willmær, staunte aber über ihre Erzählung. Diesen Kevin hatte er nur einmal zu Gesicht bekommen. Er hatte schlecht ausgesehen, dick, und weil er ständig unter Durchfall litt, war er zu ihm gekommen. Willmær hatte ihm geraten manches Essen zu meiden und Kevin hatte von einer Allergie gesprochen. Was auch immer das war.

»Was war das?«

Meiriona war zusammengezuckt und wollte ihrem Bruder ihre Hand entziehen.

»Warte, ich muss noch den Faden verknoten«, hielt Willmær sie zurück.

Wie immer, wenn er ihre Haut berührte, war es ihr unangenehm. »Willmær, da war jemand. Er hat uns belauscht.«

»Was sollte er schon mitbekommen?«, fragte ihr Bruder unschuldig.

»Hast du mir überhaupt zugehört?«, ereiferte sie sich. »Ich habe dir ein paar der wichtigsten Geheimnisse in der Geschichte der Druiden anvertraut.«

»Ich habe zugehört. Ich habe jedes Wort aufgeschrieben, das du mir diktiert hast. Was ist nur heute mit dir los?«, fragte er.

»Ich sage dir, da war jemand. Wir wurden belauscht.«

»Kannst du ihn oder sie nicht ausfindig machen und zur Rede stellen?«

Sie sah ihn grimmig an. »Ich kann es vielleicht regnen lassen, aber ich kann noch keinen zu einem Geständnis zwingen, wenn er es nicht will.«

»Ich schon«, sagte der Mönch und grinste ein wenig schelmisch.

Sie starrte ihren Bruder an. »Du kannst es?«, wiederholte sie und es klang nach einem Vorwurf.

»Du auch, wenn du es willst. Unsere Mutter konnte es.«

Meiriona starrte ihn betroffen an. Das hatte sie vergessen.

»Wenn ich es recht bedenke, glaube ich, Medraut kann es auch«, sagte sie schließlich.

»Hüte dich vor Medraut«, sagte Willmær leise. »Er neidet dir deine Kräfte.«

»Pah. Ich bin ihm weit überlegen. Er kann mir nichts anhaben. Vor allem jetzt nicht mehr, wo ich die Hohepriesterin bin. Hier, sieh!«

Sie hielt ihre andere Hand hoch, die unverletzte. Ein Ring blitzte an ihrem Zeigefinger. Er war silbern und trug seltsame Symbole am Rand. Sie waren bereits abgenutzt vom Alter und Willmær wusste augenblicklich, was der Ring bedeutete.

»Du hast die Weihen hinter dir«, hauchte er ehrfürchtig und betroffen zugleich. »Deswegen diese tiefe Wunde.«

»Ab sofort verneigen sich alle im Dorf vor mir«, erklärte seine Schwester stolz. »Nicht dass ich darauf so großen Wert legen würde, aber es trägt zur Achtung meines Amtes und zur Wahrung meiner Person bei.«

In der Tat. Und wenn je herauskommen sollte, dass die Hohepriesterin die geheimsten Riten und Mysterien ihrer Religion und Magie hatte niederschreiben lassen, würde sie ein furchtbares Schicksal erwarten.

»Herzlichen Glückwunsch, Meiriona, sagt man in der Regel«, seine Schwester stupste ihm mit dem Ellbogen spielerisch in die Rippen. Er lächelte zögerlich.

»Ja, natürlich. Ich freue mich für dich.«

»Streng dich nur nicht zu sehr an. Stell dir vor, jetzt darf ich als Einzige den Steinkreis betreten, wenn es gewittert, ohne dass mir etwas geschieht. Hier wäre es natürlich besser. Viel besser.«

Sie deutete zu der Hütte mit dem Kreuz davor.

»Hier wirst du kein einziges deiner Rituale durchziehen«, sagte Willmær streng.

»Alter Miesepeter.« Meiriona stand auf und betrachtete den Verband, den er um die genähte Wunde angebracht hatte. Dann starrte sie auf ihn herab.

Lange und ohne ein Wort zu sprechen, bis Willmær lächelte.

»Du kannst mich nicht manipulieren, Schwester. Noch nicht. Aber sieh, was du gemacht hast.« Er deutete auf den Tisch und die Gegenstände darauf. Der Faden schwebte über der Tischplatte, genau wie die Nadel.

Meiriona lächelte erfreut.

»Das ist ein Anfang, Bruder. Ich danke dir für deine Hilfe. Wir schreiben morgen alles weiter auf. Doch jetzt muss ich unser Lauschohr finden.«

31. Kapitel

In Lower Millcombe gab es kein Bed and Breakfast oder eine sonstige Unterkunft, daher würden wir im Wald hinter dem Friedhof campen. Elizabeth wollte mit Theodor in den kleinen Sparmarkt und Brandon begleitete sie – um sicherzugehen, dass Elizabeth auch mit in den Wald kam und sich nicht noch im Nachbarort einquartierte.

Colin und ich bogen hinter dem Friedhof auf den Feldweg zum Wald ein und standen hinter dem nächsten Hügel unmittelbar vor dem Hünengrab. Es sah genauso aus wie in meinem Traum: drei aufragende Steine, die einen vierten waagerechten Stein trugen. Nur das Hinweisschild hatte es in meinem Traum nicht gegeben. Es wies auf eine Grabkammer hin, die sich direkt unter dem Dolmen befände. Die darin gefundenen Gegenstände könnten in der Kirche besichtigt werden. Außerdem stand dort zu lesen, dass der Dolmen bereits einmal zusammengestürzt sei, zuletzt vor vierzehn Jahren, aber von den Einwohnern wieder aufgerichtet worden wäre. Er sei das Markenzeichen von Lower Millcombe.

So langsam fing ich an meine Mutter ein wenig besser zu verstehen. Jedes Mal, wenn ich darauf sah, sah ich Cromwell, der den Stein hob und zuschlug. Mum hatte hier die Leiche ihres Sohnes gefunden. Mir wurde übel.

Colin folgte mir widerspruchslos.

»Ich wollte, du könntest diese Erinnerung wieder vergessen«, sagte Colin neben mir. Ich holte aus, um den Dolmen schnell hinter mir zu lassen, aber Colin mit seinen langen Beinen hielt mühelos Schritt.

»Das wünsche ich mir auch«, sagte ich düster. »Ich werde Olivers Tod rächen, indem ich Cromwell dorthin zurückschicke, wo er hergekommen ist.«

»Dabei helfe ich dir gern«, sagte Colin.

Ich würde das Ritual morgen durchziehen. Ich würde meinen Bruder rächen. Hoffentlich fiele er direkt einem Schwarm Royalisten in die Arme, sobald er landete. Das geschähe ihm so was von recht.

»Ich wünschte nur, ich könnte dir etwas von deiner Last abnehmen«, sagte Colin wieder. Seine Stimme zitterte leicht. Er machte sich Sorgen. Um mich. Mir wurde warm ums Herz.

»Ich schaff das schon«, sagte ich tapfer, obwohl ich mir da noch immer nicht sicher war.

»Mere, können wir dir denn wirklich nicht helfen?«, hakte er nach. »Ich würde so gern irgendetwas tun.«

»Das kannst du nicht, Colin. Meiriona hat gesagt, dass die Schmerzen, aber auch die Kräfte aller Blutopfer bei diesem Ritual auf mich übertragen werden.«

Er sah mich mit großen Augen an. »Meiriona? Wer ist das?«

»Die Schwester des Geistermönchs«, erklärte ich. »Und meine Vorfahrin. Ich glaube sogar, es ist unsere Vorfahrin, denn sie sprach von den Visionen, die ihr habt, wenn ihr jemanden berührt.« Wir waren allein, ich erzählte ihm, was ich während dieses seltsamen Traums erfahren hatte. Das hätte ich ihm vor Elizabeth nie gesagt. Auf ihre dummen Kommentare, die sie garantiert gebracht hätte, weil Meiriona ein bisschen zugedröhnt gewesen war, konnte ich gut und gerne verzichten.

Als ich meine Ausführungen beendet hatte, schwieg er eine Weile. »Und sie konnte dir den Hinweis, die Schmerzen zu umgehen, nicht mehr nennen? Zu dumm. Es tut mir leid, dass du da allein durchmusst«, sagte er dann. »Du weißt, ich würde es dir abnehmen, wenn ich könnte.«

»Das weiß ich«, sagte ich und lächelte ihn an. Ohne meine Brille, die meine Sicht nie so klar hatte sein lassen wie jetzt. Seine Haare fielen ihm ins Gesicht und über die Ohren, und auf seinem Kinn zeichneten sich deutlich die Bartstoppeln ab.

Er war Colin, mein bester Freund, aber durch diese Reise lernte ich noch mal eine ganz andere Seite von ihm kennen. Er wirkte erwachsener und reifer, wagemutiger und männlicher. Ich fühlte mich auch anders in seiner Gegenwart. Zwar war da noch immer das Vertrauen – es war schließlich Colin –, aber es gab noch ein anderes Gefühl, eines, das ich nicht zu benennen wusste.

»Der Gedanke, dass du in der Nähe bist, hilft mir schon«, sagte ich und meinte es auch so.

»Ist dir schon aufgefallen, dass du seit dem Friedhof keine Risse mehr hinterlässt?«, fragte er unvermittelt.

Ich blieb überrascht stehen. Er hatte Recht.

»Wieso?«, fragte ich baff.

»Vielleicht hat dein Bruder dir was gesandt. Eine besondere Kraft oder so.« Colin blieb ebenfalls stehen und sah sich um.

»Was denkst du? Die Stelle hier sieht gut aus, oder?« Er deutete auf eine kleine Lichtung, die man vom Weg aus nicht sehen konnte. Der Gedanke, dass Oliver mir irgendwie geholfen hatte, gefiel mir.

Der Wald war unheimlich. So dicht bewachsen, dass kein Sonnenstrahl hindurchkam. Daher war es im Inneren auch mindestens drei Grad kälter. Wir konnten also getrost ein Feuer auf der Lichtung entfachen. Der Rauch würde im Dorf nicht zu sehen sein. Dafür waren wir zu tief im Wald. Die anderen fanden uns sehr bald, was wohl Brandon mit seinem untrüglichen Instinkt zu verdanken war. Elizabeth war sauer, denn Theodor hatte sich geweigert für uns alle Lebensmittel zu kaufen, Brandon hatte kein Geld mehr gehabt und Elizabeths Budget beschränkte sich auf Wasser für uns alle, ein Paket Toast und ein Glas Marmelade. Damit mussten wir bis morgen auskommen. Es würde zum Frühstück keinen Kaffee geben. Es würde überhaupt keinen Kaffee mehr geben, bis wir in Lansbury waren. Was nur noch drei Tage waren. Drei Tage …

Ich half Feuerholz zu sammeln und Elizabeth brachte es in null Komma nichts durch ein Fingerschnipsen zum Brennen.

Die Zweige waren sehr trocken durch die lange Hitzeperiode und hatten unter dem dichten Laub recht geschützt gelegen. Es verbrannte schneller als vorgesehen.

Colin erhob sich und ging wieder in den Wald, um weiteres Holz zu sammeln. Elizabeth sprang sofort auf und half ihm. Es war inzwischen schon recht dunkel und ich sah, wie Theodor seine Fingernägel säuberte. Igitt. Es war noch nicht dunkel genug.

Brandon grinste mir übers Feuer hinweg zu. Er hatte es auch gesehen.

Theodor erhob sich. »Ich muss mal.«

So genau wollte das niemand wissen, doch zum Glück trollte er sich und Brandon und ich blieben allein am Feuer zurück.

Colin und Elizabeth standen im Schatten der Bäume. Sie war sehr dicht an ihn herangetreten. Viel zu dicht. Ich konnte ihr Herz pochen hören. Schneller und heftiger.

Ich sah, wie Elizabeth ihre Arme um Colins Hals schlang, sich auf die Zehenspitzen stellte, ihren Leib der Länge nach an ihn drängte und ihn küsste.

Ich fühlte mich, als hätte mich eine Magen-Darm-Grippe mit voller Wucht erwischt. Nicht die schleichende, sondern die, bei der man ganz plötzlich von Bauchkrämpfen geschüttelt wird. Es war schrecklich. Ich wollte das nicht sehen. Ich wandte den Blick ab und sah direkt in die Augen von Brandon.

Was keinen Schlag besser war, denn er sah mich mit einer Mischung aus Wissen und Mitleid an.

»Du liebst ihn.«

Hatte er jetzt vollkommen den Verstand verloren?! Aber wenn ich genauer darüber nachdachte, lag er damit gar nicht so falsch.

»Natürlich. Er ist für mich der Bruder, an den ich mich nicht erinnern kann.«

Brandon schüttelte ungeduldig den Kopf. »Nein. Das ist er nicht. Er ist viel mehr für dich. Du weißt es nur noch nicht.«

Als ob ich mir über meine eigenen Gefühle nicht im Klaren wäre.

»Du bist dir über deine Gefühle nur noch nicht im Klaren«, sagte Brandon.

Ich blinzelte ein paarmal.

»Sag mal, kannst du Gedanken lesen?«

»Reg dich bloß nicht auf, das gibt Falten. Zumindest auf dem Boden unter dir.«

Er grinste sein typisches Brandon-Grinsen, doch ich bekam keine weichen Knie. Colins Lächeln stand dem seinen in nichts nach. Colin hatte auch immer dieses warme Leuchten in den Augen. Sein Blick war immer herzlich. Immer hell.

Und er konnte ja küssen, wen er wollte.

Aber ausgerechnet diese Schnepfe? Diese arrogante Prinzessin, die noch immer glaubte, alle Welt sei allein für ihren Komfort zuständig? Wenn Colin Rebecca küssen würde, wäre das … nein, nicht Rebecca mit ihrer schnippischen Art. Shakti dagegen … Sie war teilweise so naiv und dabei so süß – und sie würde Colin bei der nächstbesten Gelegenheit betrügen. Nein, Colin war auch zu gut für Shakti.

Shelby … o Gott, *Meredith, was denkst du dir?*

Ich überlegte mir noch ein paar andere Mädchen, die für Colin definitiv nicht in Frage kämen. Bei jeder hatte ich diese Faust im Magen, wenn ich sie mir mit Colin zusammen vorstellte.

Und schlagartig erkannte ich: Brandon hatte Recht.

Ich liebte Colin. Nicht nur als Bruder. Wenn ich an Colins Kuss am Bahnhof dachte, wurde mir warm, und was vorhin noch wie ein Fausthieb gewesen war, wandelte sich zu etwas anderem, Leichteren. Es breitete sich aus und war nur vergleichbar mit dem Gefühl, das Meiriona mir gezeigt hatte bei ihrer Berührung.

Doch Colin küsste Elizabeth! Dieses manipulierende, überhebliche, verweichlichte, unausstehliche ... Flittchen.

Wäre es sehr schlimm, wenn ich jetzt unter ihr ein Loch heraufbeschwören würde? Oder nein, noch besser, einen weiteren Wasserschwall über sie ergießen!

Ich konnte es kaum erwarten, sie nach Hause zu schicken. Zurück in ihr hochherrschaftliches Anwesen zu all den Bediensteten, die ihr dann die Taschentücher reichen konnten, wenn sie sich die Augen ausweinte.

Ich hielt es nicht mehr aus. Ich sprang auf und lief aus dem Wald. Erst beim Hünengrab hielt ich an. Ich ließ mich an einem der Steine zu Boden sinken.

Wie konnte ich so lange so blind gewesen sein? Colin hatte gesagt, dass er mich liebte. Mich! Doch ich hatte ihn zurückgewiesen. Und jetzt war es vielleicht zu spät.

Ich kauerte mich unter dem Stein zusammen. Auch wenn es hier nicht ganz so kühl war wie im Wald, mir war eisig kalt. Eisig kalt und elend.

Ich zog die Beine an, umschlang meine Knie mit den Armen und vergrub mein Gesicht.

Egal wie schmerzhaft das Ritual war, ich würde es durchziehen und Elizabeth Ashton zurück ins sechzehnte Jahrhundert katapultieren.

Doch würde ich es ertragen können, Colin dann so unglücklich zu sehen? Cromwell kam mir mit seinem Vorschlag in den Sinn, mich oder Colin fortzuschicken. Bis jetzt war mir allein der Gedanke daran total absurd vorgekommen. Ich wollte Colin nicht verlieren. Aber ein unglücklicher Colin, der sein Leben lang diesem einen Mädchen nachtrauerte, war ein schrecklicher Gedanke. Ich dachte daran, wie sehr meine Mutter noch nach all den Jahren ihren Sohn vermisste. Würde ich einen solchen Verlust Colin wirklich wünschen? Nein, niemals.

Ich wollte, dass er glücklich war. Wenn es sein musste, sogar mit einer Lady Elizabeth.

Mit ein wenig Glück würde sie zurückgehen und Colin würde sie vergessen.

Doch tief in meinem Herzen wusste ich, wie loyal Colin war und dass er sie nie vergessen würde.

Welcher Junge vergaß schon das erste Mädchen, das ihn angehimmelt hatte?

Dabei hätte ich es sein können …

32. Kapitel

Ich blieb so lange unter dem Dolmen sitzen, bis es ganz dunkel war und die Sterne am Himmel strahlten. Ich entdeckte auch hier diesen versteinerten Fußabdruck. Mittlerweile war ich mir nicht mehr sicher, ob er nicht den Schritt in diese seltsame Zwischenwelt beim Ritual bedeutete. Es war egal. Als der Mond von ein paar Wolken verdeckt wurde, war ich wieder einigermaßen in der Verfassung, um den anderen gegenüberzutreten. Und ich hoffte, man würde mir meine Tränen nicht mehr ansehen.

Am liebsten wäre ich die ganze Nacht hier sitzen geblieben, aber das würde sogar einem verliebten Colin auffallen.

Lustlos trottete ich zurück, setzte mich dicht ans Feuer, nur um ja nicht jemandem ins Gesicht blicken zu müssen. Brandon war zum Glück nicht da, nur Theodor saß dort.

Doch er war beschäftigt. Theodor hatte sich Colins Handy geborgt und schaute ein paar YouTube-Videos mit weiteren Phänomenen an. Geschäftig begann ich im Feuer zu stochern und versuchte mich auf die Funken zu konzentrieren. Ich würde sie gern genauso tanzen lassen, wie ich es Elizabeth schon hatte tun sehen. Die Funken verpufften in der Luft.

Theodor berichtete, den Blick weiterhin aufs Display gerichtet, von einem Orkan, der das Schloss Neuschwanstein beschädigt und den ganzen Wald rundum abgeholzt hatte, und von einem weiteren Erdbeben in London. Nicht ganz so stark wie das in Cornwall, doch die St. Paul's Kathedrale sei wegen Einsturzgefahr gesperrt.

»Es wird immer stärker, Meredith«, sagte Theodor. »Du hättest das Ritual doch schon heute Abend durchführen sollen. Wer weiß, ob wir nicht morgen zwanzig Meter unter der Erdoberfläche aufwachen, weil du zu sentimental warst, um ein paar Kopfschmerzen auszuhalten. In der Nacht könnte ein Erdbeben oder ein Tornado uns hinwegfegen und dann?«

»Genau, bloß keinen Druck auf Meredith ausüben«, sagte Brandon und entriss Theodor das Handy. »Ich finde, du hast vorerst genug gesehen.«

»Hey, gib das her!« Wann hatte Theodor die sonore Stimme verloren? Das musste irgendwo auf den Shetlandinseln passiert sein. Er konnte sogar laut werden.

»Versuch lieber nicht, es an dich zu reißen«, sagte Brandon locker. »Du weißt, was ich damit machen kann.«

Eine Flamme puffte auf, ehe Theodor was erwidern konnte. Ich fasste es nicht! Da brannte direkt vor mir ohne Holz eine Flamme. Mitten in der Luft über dem eigentlichen Feuer. Und es war kein zaghaftes instabiles Flämmchen, sondern sie war groß und stetig. Genau wie bei Elizabeth.

»Wow! Gut gemacht, Meredith!«, sagte hinter mir Colin.

Ich hatte gar nicht bemerkt, dass die Turteltauben mit Knutschen fertig waren. Die Flamme, die ich herbeigerufen hatte, erlosch.

Schnell stocherte ich wieder im Feuer. Irgendwie wirkten Colins Wangen farbiger und Elizabeths Lippen voller. Das wollte ich nicht sehen.

»Da ich ja mittlerweile verstanden habe, dass es darum geht, unsere Zeitreisenden alle zurückzuschicken, bin ich der Ansicht, es ist nicht sinnvoll, sich ausgerechnet jetzt zu verlieben.«

Ich nahm's zurück. Theodor leierte wieder.

Colin wurde puterrot und sogar Elizabeth schien verlegen. Ich sah Colins Blick zu mir zucken und wandte mich schnell ab.

»Das geht dich nichts an, Theodor«, sagte Colin, so ruhig er konnte, doch ich hörte sein Herz schneller pochen. Es machte ihm was aus, wenn sie ging. Mein Herz wurde schwer.

»Da halte ich mich lieber an Meredith. Sie hat einen klugen Kopf und mit ihren Fähigkeiten werden wir London erobern.« Theodor begann wieder damit.

»Sprich für dich und lass mich da raus«, sagte ich und ließ die Blätter neben mir schweben und dann im Kreis tanzen.

Ich wollte nicht sehen, wie sich Elizabeth so dicht neben Colin setzte und ihre Beine sich berührten. Außerdem huschten ihre Finger ständig zu seinen.

Meine Berührung hatte Colin immer gemieden. Meine und die von allen anderen. Nur Elizabeths nicht. Die Blätter neben mir fingen Feuer.

»Sehr gut, Meredith«, sagte Brandon, der sich in diesem Moment wieder zu uns gesellte. »Kannst du inzwischen auch diese Steine schmelzen lassen?«

Er deutete auf den Ring, der die Feuerstelle umrandete.

»Ich weiß, was Frauen wollen. Blumen, Gedichte, Pralinen.

Du musst bedenken, dass so was im sechzehnten Jahrhundert viel schwieriger zu bekommen ist, Colin«, sagte Theodor und gurrte dabei seltsam.

Ich stellte mir Theodors Gesicht im nächstbesten Stein vor mir vor. Ich würde so gern drauftreten.

»Meredith, hatte ich dir von meinen Plänen erzählt, eine Anwaltskette zu erstellen? So wie BurgerKing, Starbucks oder McFit soll es die AdamsLine geben. Du wirst mir helfen sie zu errichten.«

»Werde ich?« Wovon träumte der noch? Paris Hilton, die in durchsichtigen Klamotten wöchentlich seine Kanzlei aufsuchte? Neue Oben-ohne-Fotos von der Herzogin von Cambridge, die er konfiszieren durfte? Er würde sie einrahmen und täglich begaffen.

»Wow! Ich bin beeindruckt!«, rief Brandon.

»Gut gemacht, obwohl ich gern wüsste, woran du gerade gedacht hast«, sagte auch Elizabeth und klang widerwillig erstaunt. Ich blinzelte. Der Stein vor mir hatte sich zu einer Halbkugel verformt. Mit Nippel. O Gott.

Theodor erhob sich mit einem widerlich zufriedenen Grinsen. »Wir würden ein prima Team abgeben, du und ich. Ich muss noch mal in den Wald.«

»Und wenn er zurückkommt, erzählt er uns noch ein paar Märchen vom tapferen Theodor, der die Reichen und Schönen vertritt, ja?«, sagte Colin. Da sprach schon wieder der neue Colin, der, der auch seinem Bruder gegenüber gehässig sein konnte. Der Colin, den Elizabeth zum Vorschein gebracht hatte. Brandon grinste mich übers Feuer hinweg an.

»Bescheidenheit gehört auf keinen Fall zu seinen Stärken«, sagte er.

Zu deinen auch nicht unbedingt, dachte ich in Erinnerung an Cromwells Geständnis von den Stringtangas.

Elizabeth durchbrach die Stille. »Wenn mein Vater früher mit uns am Feuer saß, hat er immer Geschichten erzählt.«

»Habt ihr auch musiziert?«, fragte Colin neugierig. Er würde nie genug von ihrem früheren Leben hören können. Hoffentlich wollte er es nicht kennenlernen. Hoffentlich.

»Ja, schon. Aber ich denke, wir sollten jetzt schlafen. Neben Meredith fangen die Steine schon wieder an zu tanzen.«

Er hatte Recht. Es ging wieder los, wurde wieder stärker. Ich atmete tief durch.

Colin wälzte sich unruhig in seinem Schlafsack. Ich wusste, er machte sich Sorgen um mich. Ich machte mir ja selber Sorgen. Allerdings um ihn *und* um mich.

Theodor kam irgendwann zurück, legte sich hin und schlief ein. Elizabeth streckte sich auch aus und legte sich ganz nah an Colin.

Niemand von uns sprach mehr ein Wort. Als Theodor zu schnarchen anfing, kicherte Elizabeth leise. Wenig später hörte ich ihren Atem gleichmäßiger gehen. Ich wurde zwar ruhiger, doch es reichte noch nicht ganz zum Einschlafen.

Ein Käuzchen rief aus dem Wald und es raschelte. Mir war unheimlich und ich wollte mich ablenken. Es war seltsam. Wie oft waren wir schon nachts am Steinkreis in Lansbury gewesen? Ja, sogar mitten im Wald an der Abteiruine. Es hatte mir nie etwas ausgemacht.

Hier war es anders. Ich redete mir ein, dass es am Dolmen lag – schließlich handelte es sich um den Ort, an dem mein Bruder umgekommen war. Doch im Grunde hatte ich wohl nur Angst vor morgen.

Auf alle Fälle fühlte ich mich nicht wohl. Ich fühlte mich beobachtet.

»Brandon?«, flüsterte ich leise in die Dunkelheit.

»Ja?«, flüsterte es zurück.

»Lenk mich ein bisschen ab«, bat ich und streckte mich in meinem Schlafsack aus. »Es gibt doch bestimmt irgendwelche Lagerfeuergeschichten, die man sich bei dir zu Hause erzählt hat.«

»Wir erzählen viele Geschichten«, sagte Brandon. »Das Fernsehprogramm ist dürftig, wie du weißt.«

Ich grinste matt.

»Die Sage um König Artus und Geschichten von König Alfred sind sehr beliebt«, fuhr er fort. »Ich bin ein Junge, mir wurden andere Geschichten erzählt als meiner Schwester. Sie mochte welche von Prinzessinnen, die von tapferen Rittern umworben wurden und wo ein wenig Magie mit im Spiel war.«

Ich lächelte. Seine Schwester war wohl ein typisches Mädchen. Leider hatte ihre Geschichte kein gutes Ende. Das schien ihm auch wieder aufzugehen.

»Mutter hatte für solchen Firlefanz nichts übrig. Sie duldete Romantik nicht, denn sie hatte oft genug bei Hofe erlebt, wie unglücklich diese Gefühle machten.« Elizabeth schlief doch noch nicht.

»Wie furchtbar. Man kann doch nicht seinem Herzen befehlen jemanden nicht zu lieben.« Colin schaltete sich in unser Gespräch mit ein und hörte sich so betroffen an, wie ich mich fühlte.

»Mutter ist eine kluge Frau, die aus einer Familie von uraltem Adel stammt. Meine Vorfahren reichen zurück bis zu Königin Mathilde und haben ihren Besitz seither vermehrt. Ich sah bis jetzt noch keinen Grund, ihr nicht zu glauben.« Sie zögerte und fügte dann weicher hinzu: »Bis jetzt.«

Damit war das Gespräch beendet. Der Ruf des Käuzchens war überdeutlich zu hören. Mir brannten die Augen. Ganz bestimmt vom Feuerqualm. Ich fühlte, wie sich jemand neben mich legte. Der Geruch von Irish Moos stieg mir in die Nase. Ich fühlte einen Finger über meinen Handrücken streichen und wünschte, ich hätte jetzt auch Brandons Vision. Ich würde gern die Wärme und Liebe eines anderen spüren. Nein, ich würde gern die Wärme und Liebe einer ganz bestimmten Person spüren.

Das Knistern des brennenden Holzes lullte mich schließlich doch ein. Das Käuzchen rief und dann dämmerte ich endlich weg.

Den Lauscher hatte sie nicht ausfindig machen können und es blieb ruhig. Doch Meiriona drängte und beinahe täglich kam seine Schwester zu ihm. Dann diktierte sie ihm ihre Träume und Visionen. Je mehr sie berichtete, desto mehr beunruhigte es ihn. Einmal hatte sie eine Vision direkt vor seinem Haus. Ein Mann sei dort. Nackt. Er habe dunkles Haar und blaue Augen. Erst glaubte er ihr nicht, doch als er sah, wie seltsam sich die Hühner verhielten, so als stünde ihnen jemand im Weg, musste er ihr glauben.

Er unterbrach sie nie mehr, sondern notierte sorgfältig, was sie sagte. Ab und an zitterte seine Hand auf Grund des Berichts und er musste erst zur Ruhe kommen, um sich zu beruhigen.

Und sie diktierte ihm das geheime Ritual, das nötig war, um das Unglück, wenn es tatsächlich einmal eintreffen sollte, wieder abzuwenden. Sollten die Druiden das je erfahren, wäre seine Schwester tot.

Das Wissen, das sie mit ihm teilte, durfte nur von Druide zu Druide weitergegeben werden. Meiriona hatte sich in höchste Gefahr begeben, als sie ihren Lehrmeister manipulierte, um das zu erfahren. Sollte er das je herausfinden, wäre sie das nächste Opfer bei einem ihrer blutigen Rituale.

»Willmær, du musst mir etwas versprechen«, unterbrach Meiriona ihre Erzählung auf einmal.

»Ich werde dich beschützen, so gut ich kann«, sagte er. »Du wirst bei mir immer ein Heim haben, das weißt du. Du und das Kind, das du in dir trägst.«

»Du weißt davon?« Sie legte eine Hand auf ihren noch flachen

Bauch. »Ich weiß, dass du es nicht gutheißt, aber es geschah in der Beltane-Nacht.«

»Wir beide sind auf diese Weise ins Leben gerufen worden«, sagte er schlicht. »Noch einmal, Meiriona, du und das Kind werdet hier immer willkommen sein.«

»Das weiß ich, Bruder. Aber das meine ich nicht. Ich habe meinen Tod gesehen. Vor all dem, was geschieht, über das wir hier schreiben, und ich werde es nicht verhindern können. Aber du, Willmær, du hast die Macht, es zu verhindern.« Sie sah ihn eindringlich an. »Ich weiß, dass du unsere Gaben nicht nutzt, aber ich weiß auch, dass du es kannst, wenn du willst. Versprich mir auf die Gaianidin aufzupassen. Sie wird dich brauchen, wenn es so weit ist.«

Ihm wurde abwechselnd heiß und kalt. »Meiriona, du verlangst da was … Das würde bedeuten, ich dürfte nach meinem Tod nicht zu Gott. Ich müsste hier auf sie warten.«

»Ich weiß«, sagte sie leise und legte ihre Hand auf die seine, die von Tinte verschmiert war. »Du weißt, dass ich es höchstwahrscheinlich nicht werde tun können nach meinem Tod. Aber du, du kannst es.« Sie verschränkte die Finger mit den seinen. Er sah auf ihrer beider Hände. Mehr als ihre Worte berührte ihn die Geste. Seit langem mied sie Hautberührungen auf Grund ihrer Visionen. Wer wollte schon ständig den Tod sehen? Doch jetzt nahm sie es in Kauf und damit war unmissverständlich klar, wie wichtig es war. Vor allem weil sie nicht mehr allein war und wusste, dass sie ihr Kind nie aufwachsen sehen würde.

Natürlich würde er bleiben – über seinen Tod hinaus.

33. Kapitel

Ich trat von einem Bein auf das andere, doch es nutzte nichts. Der Boden unter mir hatte tiefe Risse. Ich zitterte. Nicht vor Kälte, sondern vor Angst. Gleich war es wieder so weit. Gleich würde es wieder beginnen. Diese Schmerzen, dieses Brennen.

Ich bemerkte nur am Rande, wie Colin und Brandon Blicke tauschten. Bestimmt dachten sie, ich würde es nicht durchziehen können, würde es versieben.

»Meredith, versuche einfach ganz tief durchzuatmen«, sagte Colin und stellte sich vor mich.

Ohne zu zögern, ergriff er meine Hände. Er drückte sie ganz fest.

»Ich würde dir so gern was abnehmen«, murmelte er leise.

»Ich weiß«, krächzte ich.

»Du schaffst das. Wir sind alle bei dir. Wir lassen dich nicht allein.« Colin sah mir tief in die Augen und ich klammerte mich an ihn. Ich vergab ihm das Geknutsche mit E. Er sah aus, als litte er bereits jetzt Höllenqualen, und das nur, weil sie mir bevorstanden.

»Es wird Zeit«, sagte Brandon.

Nein! Noch nicht! Ich wollte noch ein wenig Zeit mit Colin. Allein.

Doch der Boden unter mir befahl etwas anderes. Er bebte

sogar ein wenig. Ich musste mich bewegen. Colin führte mich durch den Wald. Hand in Hand ging ich mit ihm zum Hünengrab. Die anderen folgten uns.

Kaum dass wir beim Dolmen standen, schlotterten mir beinahe unkontrollierbar die Knie. Colin stützte mich von der einen, Brandon auf der anderen Seite.

»Du schaffst das«, sagte Brandon. Er streifte mir wie auf Shetland den Ring über den Daumen und drückte mir den Eichenstab in die Hand. »Du kannst es, denn du bist tapfer und mutig und du weißt jetzt, wie es geht.«

Ja, genau. Deshalb hatte ich ja Angst.

Meine Hände zitterten so stark. Brandon war gezwungen meine Hand über den Becher zu halten. Dann schnitt er erst mir und anschließend Colin, E und sich in den Finger – dieses Mal in unsere Ringfinger, denn der Schnitt vom ersten Ritual war noch nicht verheilt. War das wirklich erst vier Tage her? Es gab dieses Mal keine Limonade, nur Wasser. Ich sah es sich rot färben und das beigemischte, geronnene Blut Cromwells war noch viel deutlicher zu erkennen. Mit Abscheu beobachtete ich, wie Brandon den Becher in Reichweite stellte. Es ging los. Es gab keinen Aufschub mehr und es durfte keinen weiteren geben. Die Risse wurden größer und würden die riesigen Steine zum Einstürzen bringen, wenn ich länger untätig hier stand. Ich atmete tief durch. Das nützte nichts. Also zog ich den Kreis. Er war noch unförmiger als beim letzten Mal. Sobald ich den Eichenstab angesetzt hatte, kamen keine Risse mehr dazu.

Mit jeder Bewegung wurde mir mulmiger zu Mute. Jeden Moment ging es wieder los. Jeden Moment würde ich wieder brennen. Jeden Augenblick erschienen erneut die blutigen Gestalten.

Ich wollte sie nicht sehen. Ich würde auf der Stelle dieses rote, klümpchenhaltige Wasser in einem Zug trinken, wenn mir dafür die Schmerzen erspart blieben.

Ich konnte es nicht länger hinauszögern. Ich holte tief Luft, sagte den Spruch und rief die Windhose herbei. Sie umkreiste uns.

Das Feuer zu entzünden funktionierte dieses Mal wesentlich schneller. Ich brauchte dafür nur zwei Anläufe. Genau wie für das Verwandeln der Erde. Meiriona hatte Recht behalten: Meine Kräfte waren stärker geworden.

Dann kam das Gewitter. Der Regen setzte augenblicklich ein, noch bevor ich die letzten Worte der Beschwörungsformel ausgesprochen hatte. Blitze zuckten vom Himmel. Kaum dass der erste zu Boden schlug, traf es mich. Ich bekam einen Stromschlag und fühlte die sengende Hitze auf meinem Körper.

Die Schmerzen waren noch schlimmer als in meiner Erinnerung. Ich würde das hier nicht durchstehen. Ich würde sterben. Ich *wollte* sterben, damit es aufhörte.

Regen, Hagel, alles prallte auf mich herab und doch spürte ich nichts davon außer den barbarischen, brennenden Schmerzen, so als stünde ich inmitten eines lodernden Feuers. Ich wartete darauf, dass meine Haut schmolz, mein Fleisch schwarz wurde.

Und plötzlich war ich nicht mehr allein. Hinter Elizabeth, Brandon, Colin und Theodor, die mir hilflos und mitleidig zusahen, sah ich ihn auf mich zukommen.

Oliver! Mein vierzehnjähriger Bruder, der hier an diesem Ort sein Leben gelassen hatte. O Gott, wieso hatte ich nicht daran gedacht, dass er hier sein würde? Er ging an Colin und Elizabeth vorbei. Er beachtete sie nicht, nahm sie nicht wahr. Er kam auf mich zu und sah mich an. Er lächelte, so strahlend, wie er wohl gelächelt hatte, als ich noch das kleine Mädchen gewesen war.

Und dann war er nicht mehr allein. Männer und Frauen kamen dazu. Sie steckten in den unterschiedlichsten Kleidern, hauptsächlich wieder mittelalterlich oder älter. Mein Bruder war der Einzige in Jeans und Sweatshirt. Er war das letzte Opfer.

Doch es waren dieses Mal keine einhundertelf. Es waren höchstens – nein, es waren ganz genau siebenunddreißig. Ich blinzelte und in genau diesem Moment hatten sie sich wieder verändert. Sie trugen wieder ihren Skalp in den Händen.

Nur Oliver nicht, doch auch er sah mit einem Mal furchtbar aus. Überhaupt nicht wie auf dem Foto von Mums Nachttischschublade. Sein Gesicht war blutüberströmt und auf seiner Stirn, direkt unter dem Haaransatz, klaffte ein Loch. Ein Loch, aus dem Knochen und Gehirnmasse herausragten.

Einen Moment lang war ich so überrascht, dass ich sogar die Schmerzen ausgeblendet hatte. Doch es dauerte nur den Bruchteil einer Sekunde, dann waren sie wieder da. Meine Knie brachen unter mir weg. Oliver hatte hier auch Schmerzen erlitten. Unvorstellbare Schmerzen.

Dieses blutüberströmte Gesicht …

Hatten meine Eltern ihn etwa so sehen müssen?

Ich hatte mir immer gewünscht meinen Bruder kennenzulernen, aber nicht so. Nicht in der Form des blutigen Zombies, der auf mich zukam. Ich wandte den Blick ab und dann bemerkte ich sie wieder. Die Frau mit den grünen Augen. Mein Ebenbild. Meiriona. Wieso war sie auch hier? War sie kein Opfer der Shetlandinseln? Wo war der Geistermönch? Würde er mir wieder helfen? Doch Willmær zeigte sich nicht und Meiriona war nicht versteckt hinter einem winzigen Loch. Doch auch diesmal sagte sie: »Trink!«

Ja, trinken. Ich wollte trinken und das hier beenden.

Aber mein Bruder … musste ich ihn zurücklassen? So? Mit blutendem Loch im Kopf? Er stand unmittelbar vor meinem Kreis und jetzt starrte er über mich hinweg. Er konnte mich nicht sehen. Niemand von all den Toten um mich herum konnte mich wirklich sehen. Niemand außer Meiriona, die ehemalige Hohepriesterin mit den ganz besonderen Kräften.

»Trink!«, sagte sie wieder.

Ich griff nach dem Becher neben mir. Ich musste mich beherrschen, mein Zittern unter Kontrolle bringen. Dann stürzte ich den Inhalt hinunter. Ein paar Tropfen liefen mir übers Kinn. Es war egal. Es tat so gut zu trinken. Ein letzter Schluck und dann war alles vorbei, so als hätte man einen Schalter umgelegt. Die Schmerzen waren ebenso verschwunden wie die Blutopfer.

Und mir wurde wieder schwarz vor Augen.

34. Kapitel

Ich hatte einen unmenschlichen Durst. Ich hätte den Kennet Weiher austrinken können – egal wie viele Frösche, Aale und Fische darin lebten. Mühsam setzte ich mich auf. Ich fühlte mich komplett zerschlagen, als hätte ich einen Marathon ohne Übung hinter mich gebracht. Ich spürte jeden einzelnen Muskel, jeden Knochen in meinem Körper. Ich lag in meinem Schlafsack an der Lagerstelle von letzter Nacht. Es war dunkel und das Feuer war niedergebrannt. Theodor schnarchte leise und ich konnte die anderen drei im Schein der Glut ausmachen.

Wie lange mochte ich geschlafen haben? Der Durst war kaum zu ertragen.

Ich suchte in meinem Rucksack nach meiner Wasserflasche. Umsonst. Mir blieb wohl nichts anderes übrig, als zum nächsten Bach zu gehen. Ich tastete nach meiner Taschenlampe.

Erst als ich aus dem Schlafsack kroch, merkte ich, dass ich nichts trug außer einem T-Shirt. Herrje, wer hatte mich ausgezogen?

Mit noch zittrigen Fingern streifte ich mir die Shorts über. Sie waren ganz feucht. Hatte ich so viel Blutwasser verschüttet? Hatte es danach ausgereicht? War das Ritual geglückt? Was, wenn ich es nicht geschafft hatte? Musste ich dann gleich noch mal da durch? Von Cromwells Blut war kaum noch etwas übrig.

Ich huschte so, wie ich war, durch den Wald.

Es war unnatürlich still.

Der Bach lag in Richtung Lower Millcombe und damit auch in der Nähe des Dolmens.

Ich ging in die Hocke, schöpfte mit hohlen Händen und trank gierig. Es war mir egal, dass das eiskalte Wasser auf mein T-Shirt und meine nackten Beine tropfte. Die Erinnerung an die brennenden Schmerzen würde mich wohl nie wieder frieren lassen.

Nachdem ich getrunken hatte, spritzte ich mir ausgiebig Wasser ins Gesicht. Das tat so gut. Zu fühlen, dass ich noch lebte und dass weiterhin Hoffnung bestand.

Als ich aufschaute, konnte ich zwischen den Bäumen den Dolmen ausmachen. Er war näher, als ich angenommen hatte. Der Mond stand wolkenlos direkt darüber. Noch zwei Tage, dann war Vollmond.

Ich starrte weiter darauf. Irgendwie hoffte ich trotz aller Unwahrscheinlichkeit, Oliver noch einmal zu sehen. Blutüberströmt oder nicht. Ich wollte ihn wieder treffen.

Sogar von hier aus konnte ich rings um die Megalithen die Einschläge der Blitze erkennen. Die verbrannten Kreise bildeten wieder das Sternbild des Großen Hundes.

Der Mond verdunkelte sich. Erschrocken sah ich zum Himmel. Da war keine Wolke. Aber ein Schatten, der sich ungewöhnlich schnell und zielstrebig fortbewegte. In meine Richtung!

Ich sprang auf und wollte wegrennen, doch meine Beine versagten mir den Dienst.

Ich wollte schreien, um Hilfe rufen, doch meine Zunge war

schwer wie Blei und ich brachte keinen Ton heraus. Ich hatte diesen Schatten schon einmal gesehen. Damals in der Abteiruine. Danach war ich mit den schlimmsten Kopfschmerzen aller Zeiten und einem Blackout erwacht.

Dieses Mal fiel ich nicht in Ohnmacht. Der Schatten glitt nicht durch mich hindurch, sondern schwebte unmittelbar vor mir. Er verharrte in der Luft wie eine kleine, dunkle Gewitterwolke. Nein, eher wie ein dunkler Schleier aus Tüll – ich konnte durch ihn hindurch das Hünengrab und den hell leuchtenden Mond erkennen.

Und ich verstand. Der Schatten wartete auf etwas.

Mein Herz pochte und ich begann zu schwitzen. Das hier war unheimlich. Gespenstisch.

Durch das Licht des Mondes hinter dem Schatten war ein Gesicht im grauen Dunst zu erkennen. Ein Gesicht, das mir vage bekannt vorkam. Langsam wich es zurück, entfernte sich, doch nur, um Anlauf zu nehmen und dann mit Schwung durch mich hindurchzufliegen. Ich hielt die Luft an und wartete. Es war anders als beim letzten Mal. Das genaue Gegenteil, ehrlich gesagt.

Die Muskelschmerzen waren weg. Alle Schmerzen. Schlagartig fort. Genau wie der Schatten. Ich hatte gedacht, er sei ein Feind. Entweder hatte er sich jetzt geirrt mit dem, was er tun wollte, oder die Migräne damals war bloß zufällig mit seinem Erscheinen zusammengefallen. Ich hoffte auf Letzteres.

Noch immer staunend ging ich zurück zum Lager. Zu meiner Überraschung war das Feuer wieder entfacht und ich war nicht die Einzige, die wach war. Elizabeth saß dort und las in meinem Buch. Ich hätte ja gern mit jemandem über das geredet, was soeben geschehen war, aber nicht mit ihr.

»Das hier ist ein modernes Märchen, hab ich Recht?« Elizabeths Wangen glühten. Nicht unnormal bei *Fifty Shades of Grey.*

»Äh …«

»Ich meine, welcher Mann besitzt schon einen eigenen Hubschrauber?«

Ich sparte mir die Antwort und setzte mich neben sie ans Feuer. Colin, Brandon und Theodor schliefen noch.

»Keine Risse mehr?« Elizabeth schaute nicht aus dem Buch auf, als sie darauf anspielte. Ich blickte zu Boden. Es schwebte auch nichts mehr um mich herum.

»Anscheinend nicht. Das ist wohl ein Zeichen dafür, dass das Ritual Wirkung zeigt.« Dann wäre meine ganze Anstrengung wenigstens nicht umsonst. Ob Cromwell etwas davon merkte? Wo war er? Was hatte er noch vor? Musste er beim letzten Ritual anwesend sein, um zurückgeschickt zu werden? Oder würde er sich einfach da, wo er gerade war, in Luft auflösen? Ich hoffte auf Letzteres, denn ich bezweifelte, dass wir ihn vorher ausfindig machen konnten.

»Was geschieht mit dir während des Rituals?«, fragte Elizabeth auf einmal in die Stille hinein.

Ich zog eine Grimasse. Darüber wollte ich wirklich nicht reden.

»Das sieht furchtbar aus. Kannst du das nicht ein bisschen leiser durchziehen? Colin wimmert bei jedem einzelnen Schrei.«

Ich verzieh ihr den blöden Kommentar, weil sie sich um Colin sorgte. Oder vielleicht noch eher, weil Colin sich dermaßen um mich sorgte. Das gab mir nicht wenig Hoffnung.

»Warum schläfst du nicht? Es ist noch mitten in der Nacht.« Ich wollte meine Ruhe.

»Ich mache mir Sorgen um Colin«, erklärte sie. »Er ist so … unruhig. Als würde ihn etwas bedrücken. Was hat deine Mutter genau gesagt gehabt? Wovor hatte sie gewarnt?«

Ein Holzscheit im Feuer krachte und Funken stoben auf. Sie begannen zu tanzen. Dann verwandelten sie sich in hoppelnde Häschen und in hüpfende Kätzchen. Die gelb-roten Schwänze zuckten im Takt der Melodie, die Elizabeth summte.

»Ich soll ihn vom Feuer fernhalten«, sagte ich und sah sie auffordernd an.

Sie kapierte. »Wenn es tatsächlich an mir läge, würde ich mich von ihm fernhalten«, sagte sie. Ich schluckte. Sie musste ihn wirklich sehr gernhaben. Die Funkenkätzchen begannen mit einem Feuerknäuel zu spielen.

»Mir ist noch nie jemand wie er begegnet. Wenn ich seine Hand halte …«, sie beendete den Satz nicht, sondern warf mir einen kurzen Blick zu.

»Du weißt ihn überhaupt nicht zu schätzen«, sagte sie in die Stille hinein.

Darauf antwortete ich nicht. Ich wusste ihn sehr wohl zu schätzen, jetzt noch mehr als je zuvor. Aber das brauchte ich ihr nicht auf die Nase zu binden. Das ging letztendlich nur Colin und mich etwas an.

»Darf ich noch einmal deine Hand halten?«, fragte sie unvermittelt und legte das Buch beiseite.

Ich zögerte. Bei Elizabeth, für die Feingefühl ein Fremdwort war, konnte ich mir nicht sicher sein mit etwas konfrontiert zu werden, dass mir überhaupt nicht behagte.

»Ich beiße nicht«, sagte sie ungeduldig. »So sagt man doch bei euch, oder?«

»Da bin ich mir nicht ganz sicher«, entgegnete ich.

Elizabeth rollte die Augen.

»Du hast nur Angst, ich könnte wieder deinen Bruder erwähnen.«

Jetzt wurde ich wider Willen neugierig. »Kannst du etwa meinen Bruder sehen, wenn du mich berührst?«

Sie zuckte die Achseln. »Das verrate ich dir nur, wenn du mir deine Hand gibst.«

Erpressung beherrschte sie recht gut. Sie war mit den Tudors verwandt. Vermutlich konnte man nicht an den Königshof, wenn man nicht intrigierte. Ob sie auch in der Lage war, Gifte anzuwenden? Außer ihrer Zunge.

Ich streckte ihr meine Hand hin. Sie griff begierig danach und sogleich schlich sich dieses liebliche Lächeln auf ihr Gesicht.

»Was siehst du?«, fragte ich, als sie nur dasaß und dämlich vor sich hin grinste.

Sie seufzte wohlig.

»Oder fühlst du etwas?«, hakte ich nach und jetzt konnte ich meine Neugier nicht mehr verbergen.

Sie holte noch einmal tief Luft und dann sah sie mich an, blickte mir direkt in die Augen.

»Ich sehe den behaglichsten Moment eines jeden. Den Moment, in dem man sich am sichersten und am wohlsten fühlt. Da gibt es ganz wunderbare Visionen. Von Umarmungen und Liebe. Manche sind aber auch traurig. Ich hatte mal einen siebenundsechzigjährigen Mann, der hatte seit seinem fünften Lebensjahr, nachdem seine Mutter gestorben war, keinen liebevollen Augenblick mehr in seinem Leben. In solchen Situationen habe ich Angst, das könnte mir auch passieren.«

»Du siehst also nur die Vergangenheit?«, fragte ich erstaunt.

»Natürlich. Das, was geschehen ist.«

Sie klang wieder überheblich, doch sie hielt meine Hand weiter fest. Ihr Griff war nicht unangenehm. Sie hatte keine schwieligen oder verschwitzten Hände und hielt meine Finger auch nicht wie einen schleimigen Pilz. Wie sich zum Beispiel Theodors Händedruck anfühlte.

Ihre Finger strichen leicht über meinen Handrücken und ihre Augen glänzten dabei.

»Ich hätte auch gern so einen Bruder gehabt«, sagte sie unvermittelt. »Mein Bruder hat nichts getan. Er hat mich immer geärgert und von dem Moment an, als ich seinen neuen Sattel in Brand gesteckt habe, hatte er Angst vor mir. Ein Bruder wie Oliver hätte mich bestimmt verstanden und vor meinem Verlobten William geschützt. Mein Verlobter hatte auch Angst und mir die Inquisition auf den Hals gehetzt.«

Ich rechnete und irgendwas an meiner Rechnung stimmte nicht. »Ich dachte, die Inquisition sei nach Bloody Mary abgeschafft worden.«

Elizabeth sah mich an, als könne ich nicht eins und eins zusammenzählen. »Ja, natürlich. Aber unter ihrer Regentschaft brannten mehr Scheiterhaufen als je zuvor in England.«

»Das würde bedeuten …«, setzte ich an, doch sie unterbrach mich.

»… dass ich zu Zeiten von Königin Mary verfolgt wurde? Es ist gut zu wissen, dass ihre Herrschaft bald endet.« Sie war in Gedanken wohl schon wieder zu Hause.

»Das meine ich nicht. Du bist älter als Brandon.«

Ich fühlte ihre Fingernägel kurz in mein Fleisch drücken.

»Sehr schlau, Mistress Allwissend.«

»Vorsicht, *Lady* E, deine Herkunft kommt wieder durch.«

Mein mahnender Unterton brachte mir einen scharfen Blick ein. Doch zu meiner Überraschung gestand sie: »Genau genommen bin ich sieben Jahre vor ihm geboren. Wenn wir zurückkehren, werde ich also die Ältere sein. Das ist schon ziemlich verzwickt mit diesen Zeitreisen.«

Für mich eher nicht, da ich ziemlich gut rechnen konnte. »Ehe du weiterfragst: Wir haben uns flüchtig gekannt, bevor wir hier gelandet sind«, fuhr sie fort. »Unsere Häuser liegen nicht so weit auseinander. Brandons älterer Bruder war eine Zeit lang als Ehemann für mich im Gespräch. Wir haben uns ein paarmal getroffen. Brandon war auch dabei, allerdings hatte ich nie mit ihm gesprochen. Und die Pläne meiner Eltern waren letztendlich doch ehrgeiziger.«

Oha. Sie hatte mal Brandons Bruder heiraten sollen?

»Obwohl ich damals dachte, Brandon sei in mich verliebt. Wenigstens ein bisschen.«

»Das kann ich mir nicht vorstellen«, platzte es aus mir raus. Meine Hand wurde gequetscht. »Au! Damit meine ich nur, dass er Blondinen bevorzugt.«

Der Druck ließ augenblicklich nach. »Stimmt. Das ist mir mittlerweile auch aufgefallen.«

Sie schwieg. Die Vögel um uns herum hatten zu zwitschern begonnen und es wurde von Minute zu Minute heller. Ich sah den Katzenfunken zu, die allmählich verpufften, weil das Feuer ausging, und hing meinen eigenen Gedanken nach. Was mochte sie sehen, wenn sie Colin berührte? Was war sein behaglichster Moment? Der Kuss mit ihr?

»Kannst du mir sagen, was genau du siehst, wenn du mich berührst? Welches Bild?«, fragte ich, um den letzten Gedanken abzuschütteln.

Der Aufforderung kam sie zu meiner Erleichterung sofort nach. »Du bist mit deinem Bruder zusammen. Er hat seine Arme um dich gelegt und ihr lacht beide, weil ihr etwas vor euch schweben lasst.«

Wehmut überkam mich. Ich wünschte, ich könnte mich an diese Szene erinnern.

»Wieso kann ich das nicht sehen?«, fragte ich betrübt. »Ich meine, ihr Platoniden habt alle irgendeine Vision, wenn ihr andere berührt, warum ich nicht?« Ich stutzte. »Und was mag Cromwells Vision sein?«

Elizabeth strich ein letztes Mal über meine Hand und ließ sie dann los. »Bestimmt nichts Gutes. Ich vermute, es ist etwas, das ihm Macht über andere Menschen gibt.«

Meirionas Worte fielen mir ein. Wenn Elizabeths Vision die des behaglichsten Moments war, sah Cromwell die größte Schwäche seines Gegners. Das konnte ihm wahrhaft Macht verleihen.

»Glaubst du, Colin würde mit mir gehen, wenn er könnte?«

Ich versteifte mich. *Nein!*

Nein! Nein! Nein!

»Nein!«, sagte ich laut.

»Meine Güte, es ist ja nicht so, als würde ihn hier viel halten. Ich könnte ihm eine sehr gute Zukunft bieten. Er wäre ein großartiger Gutsherr. Mein Vater würde für uns ein gemeinsames Leben möglich machen. Mein Vater liebt mich und will immer nur das Beste für mich. Und das Beste ist nun mal Colin«, sagte sie mit Nachdruck. O Gott, bloß nicht! Ein Hubschrauber dröhnte weiter entfernt am Himmel.

Ich wollte soeben dagegen protestieren, als Brandon sich streckte und dann auf einen Ellbogen aufstützte.

»Guten Morgen, Ladys!«, sagte er und blinzelte ein paarmal. »Ihr seid aber früh wach.«

»Du bist erstaunlich gut gelaunt so direkt nach dem Schlafen«, konterte ich. Hatte er unserem Gespräch etwa gelauscht? Was hatte ich gesagt? Irgendwas mit Blondinen bevorzugt … Der Hubschrauber kreiste noch immer in der Nähe.

»Das kannst du auch sein«, sagte er und lächelte mich breit an. »Du hast es gestern ja nicht mehr mitbekommen, aber die Schwerkraft nimmt wieder zu. Ich habe große Hoffnung, schon bald nicht mehr durch diesen Motorenlärm geweckt zu werden.«

Der Hubschrauber kam wieder näher und entfernte sich dann.

»Ich hab mir den Ring wieder zurückgeholt, falls du ihn vermissen solltest.« Brandon streckte sich genüsslich.

Ich strich über meinen Daumen. Nein, ich hätte ihn nicht vermisst. Dafür hatte ich ihn zu selten getragen.

»Meredith, geht es dir gut genug, damit wir nach Lansbury aufbrechen können?«, sagte Brandon und öffnete seinen Schlafsack.

Meine Schmerzen waren weg, das Einzige, was mir jetzt vielleicht noch fehlte, war etwas Schlaf. Ansonsten …

»Ich denke schon«, sagte ich zögernd. So eilig hatte ich es nicht, um das wieder alles durchzumachen. Ich mochte es nicht eilig haben, aber der Kalender sagte was anderes.

»Prima!«, rief Brandon und streckte sich stehend. »Dann müssen die beiden anderen jetzt aufwachen. In einer Stunde machen wir uns auf den Weg.«

Zum nächsten Ritual. Zum nächsten Brennen. Zu den nächsten Zombies. Und zum Abschied von Brandon und Elizabeth.

Von der letzten Sicht her konnte ich es kaum mehr erwarten. Ich sah ihn stumm an und nickte.

Wir schafften nur zehn Kilometer, dann konnte ich nicht mehr. Dabei hatten wir dafür schon über drei Stunden gebraucht. Doch ich war ausgelaugt, meine Beine versagten den Dienst, und das noch viel schlimmer als bei den Mammutmärschen, die Brandon uns auf dem Weg nach Aberdeen aufgezwungen hatte. Nachdem ich zum dritten Mal gefallen war und mein Knie eine neue Schürfwunde zierte, befahl Colin zur Rast.

»Wir können keine Pause machen«, sagte Brandon. Er klang eingeschnappt. Vermutlich, weil jemand seine Autorität in Frage stellte. Allerdings war mir auch klar, dass die Zeit drängte. Nur noch ein Tag!

»Wir können Meredith auch nicht tragen. Und in diesem Zustand kann sie keinen Meter mehr gehen.« Colin blieb hart. Beide standen sich gegenüber und funkelten sich an.

»Denk doch nach. Sie braucht ihre Kräfte für Lansbury.«

»Wir müssen weitergehen«, insistierte Brandon.

»Ich habe eine bessere Idee«, keuchte ich. »Darf ich mal dein Handy benutzen, Brandon?«

»Wozu?«, fragte er und rührte sich nicht.

»Um Cromwell anzurufen, damit er weiß, wo wir sind«, antwortete ich genervt. Ich war es leid. So was von leid. Außerdem hatte ich Angst. Nein, tierischen Schiss, das traf es eher. Jeder Schritt, der mich meinem Heim näherbrachte, war eine Qual. Dabei wünschte ich mir eigentlich nichts sehnlicher. Ich wollte und konnte nicht so stramm marschieren wie bei den Nachtwanderungen. Ich brauchte Ruhe, Schlaf, eine vernünftige Mahlzeit und eine heiße Dusche. Oder die Welt würde untergehen, weil Brandon Grey noch immer …

Unter mir begann die Erde zu beben.

Theodor ließ sich flach mit gespreizten Armen und Beinen auf den Boden fallen. Elizabeth quiekte erschrocken und klammerte sich an den Nächstbesten – ausnahmsweise war es diesmal Brandon.

Der legte sofort schützend beide Arme um sie und versuchte Halt zu finden. Colin stürzte.

Ich konzentrierte mich.

Keine Spalte! Keinen Erdriss! Kein Beben! Beruhige dich, Meredith, atme ganz tief ein und aus.

»Meredith, es wird alles gut. Du schaffst das!« Colin war zu mir gekrabbelt und ergriff meine Hand.

»Brandon, gib ihr das Handy«, sagte er barsch und streckte die andere Hand in Richtung Brandon aus.

Ohne zu zögern, zog Brandon das Handy aus seiner Hosentasche und reichte es mir. Der Boden wackelte noch immer, wenn auch nicht mehr so stark. Von wegen, es hatte aufgehört!

Ich wählte und Chris hob schon nach dem ersten Klingeln ab.

»Sonnenschein! Geht es dir gut? Wie geht es den anderen? Wo bist du? Bitte sag nicht Cornwall oder London. Deine Mum ist außer sich vor Sorge, aber sie lässt es sich nicht anmerken, damit niemand auf die Idee kommt, die Polizei zu holen. Du solltest sie dringend anrufen. Oder noch besser: heimkommen. Wir vermissen dich und Colin.«

Ich lächelte.

»Ist das etwa Chris?«, rief Elizabeth. Chris' euphorische Stimme war offenbar weithin zu hören.

»Ist etwa unser flotter Feger noch bei dir?«, fragte Chris. Ach herrje. Wir hatten Shakti, Rebecca und ihm ja weisgemacht, wir würden Elizabeth nach Hause bringen. Doch für weitere Lügen war es jetzt zu spät.

»Ja, wir sind alle noch zusammen. Es ist etwas kompliziert«, sagte ich. »Chris, kannst du uns einen Gefallen tun?«

»Jeden, Meredith, das weißt du doch.«

»Würdest du uns abholen kommen? Jetzt?«

Ich gab ihm den Namen des nächsten Ortes durch und legte auf. Das Beben hatte aufgehört.

Chris war ein echter Freund, die zwei Stunden Fahrt machten ihm nichts aus. Er würde sofort losfahren.

»Warum haben wir das nicht schon viel früher gemacht?«,

fragte Theodor mürrisch. Vorsichtig rappelte er sich wieder auf und klopfte unbeholfen seine Klamotten ab. »Wir hätten Chris von Anfang an mitnehmen sollen. Er hat bestimmt die Goldene American Express im Handschuhfach und muss nicht mit Bargeld rechnen.«

»Geht es wieder, Meredith?«, fragte Colin besorgt.

»Ihr geht es gut. Sie hat uns gerade ein Taxi besorgt.« Brandon klang sarkastisch. »Ein Taxi, einen Chauffeur und vermutlich auch noch eine Masseurin, um die müden Beine zu entspannen. Und zu Hause wird mit einem Fünf-Sterne-Menü aufgewartet.«

»Sag mal, spinnst du?«, sagte Colin entrüstet. »Sie hat elende Qualen durchgestanden! Du hast sie selbst schreien hören und bist dabei zusammengezuckt. Und jetzt erwartest du was? Dass sie einfach so weitermarschiert und den nächsten Einsatz an der Front absolviert?«

»Ja, verdammt noch mal, das erwarte ich!«, brüllte Brandon. »Und von einem verwöhnten Arztsöhnchen brauche ich mich nicht beleidigen zu lassen. Ist sie etwa die Einzige, die hier Opfer bringt? Wir sind alle geschlaucht, wir mussten uns alle anstrengen, um unsere Elemente zu beherrschen …«

»Also ich nicht«, wandte Theodor ein. »Ich bin der einzig Normale unter euch Freaks.«

»HALT'S MAUL!«, schrie Brandon und spuckte dabei.

Elizabeth wich zurück, der Boden unter uns begann wieder zu beben. Der Asphalt bekam Risse.

»Hast du ihn auch hypnotisiert?«, fragte Theodor Elizabeth. Er war nicht im Geringsten eingeschüchtert.

»Teddy, es reicht«, sagte Colin fest. Ui, wenn Colin Teddy

sagte, war er sauer. »Brandon, du gehst dich jetzt irgendwo abreagieren. E, hilfst du mir mal mit Meredith?«

»Warum?«, fragte die hellhörig.

»Wir haben mindestens zwei Stunden Zeit, bis Chris hier ist. Meredith muss sich entspannen und wir helfen ihr, indem wir es ihr ein wenig gemütlich machen.«

»Hier ist eine Straße«, merkte Elizabeth an.

»Wir bringen sie dahinten unter die Bäume.«

»Ich mach das«, sagte Brandon knapp, und ehe ich mich's versah, hatte er mich hochgehoben und zu einer Baumgruppe in fünfzig Metern Entfernung getragen.

»Entschuldige«, murmelte er.

Ich nickte nur und schloss erschöpft die Augen. Langsam dämmerte mir, wieso Brandon so ausgerastet war. Er war genauso erschöpft wie wir alle, wenn er es auch bislang am besten unterdrückt hatte.

»Schon gut. Du warst uns bisher eine große Hilfe. Du hast den Kodex entschlüsselt und den Weg gewiesen. Ich will ja, aber ich kann nicht mehr.«

»Du hast alles Recht dazu. Es tut mir wirklich leid.«

Ich spürte seine Lippen an meiner Stirn und öffnete wieder die Augen.

Fragend sah ich zu ihm auf und wieder lächelte er mich selig an. Er setzte mich ab und sagte noch:

»Ruh dich aus.«

Dann machte er sich auf in die kleine Ortschaft. Er wolle was zu essen und zu trinken besorgen, doch ich war mir sicher, er würde auch dem Pub einen kurzen Besuch abstatten.

Ich blieb in Embryonalstellung am Boden liegen. Colin breitete den Schlafsack über mir aus und mummelte mich darin ein.

Alle schwiegen. Sogar Elizabeth sagte kein Wort, sondern pflückte um sich herum Blumen und begann diese zu einem Kranz zu flechten.

Nach ungefähr einer halben Stunde stand Theodor auf und murmelte etwas davon, Brandon suchen zu gehen. Zu meiner Überraschung schloss sich Elizabeth ihm an. Das beste Zeichen dafür, wie langweilig ihr war. Colin weigerte sich. Er würde mich nicht alleinlassen, erklärte er.

So blieben wir beide zurück, obwohl ich keine gute Gesellschaft war. So erschöpft ich auch war, ich konnte nicht schlafen. Mir war auch klar, warum.

Ich hatte Angst.

35. Kapitel

Das letzte Ritual, das alles wieder ins Lot bringen sollte, stand unmittelbar bevor. Nachdem ich bereits zwei durchgestanden hatte, war vorauszusehen, dass das dritte das mächtigste sein würde. Vermutlich auch das schmerzhafteste. Nicht auszudenken, was gewesen wäre, wenn es nicht auf drei verteilt worden wäre. Doch vor allen Dingen: Es *musste* gelingen, ich durfte nicht abbrechen, nicht ohnmächtig werden oder es sonst wie vergeigen. Und ich musste unbedingt daran denken, am Ende diesen dämlichen Satz »Es ist vollbracht« zu sagen.

Alles hing von mir ab.

Allein der Gedanke verursachte einen fiesen Druck in der Brust und schnürte mir die Luft ab. Und sosehr ich auch hoffte, es würde wie bei den letzten beiden Malen funktionieren, schlich sich doch die Frage in meinen Kopf: *Was, wenn nicht?*

Was geschah, wenn ich versagte? Würde die Erde dann wie auf Knopfdruck stehenbleiben? Würde sie – wie eine Schallplatte – ganz langsam auslaufen und wir erlebten nach und nach ein Armageddon? Und wenn wir das tatsächlich noch in allen schrecklichen Einzelheiten durchstehen mussten, was sollte ich vorher noch unbedingt erlebt haben? Sofort korrigierte ich mich. Nicht erlebt. Erledigt.

Ich *musste* etwas erledigen.

Ich musste Colin sagen, was ich für ihn empfand. Mein Herz begann allein bei dem Gedanken daran aufgeregt zu klopfen. Sollte ich es jetzt sofort sagen? Oder bis morgen warten?

Was, wenn er mich nicht mehr liebte? Ich hatte ihn zurückgewiesen, ich dumme Kuh. Immerhin zeigte Elizabeth ihre Vernarrtheit zu ihm ganz ohne Scheu. Wenn ich ihm jetzt eröffnete, ich hätte mich getäuscht, ich würde doch tiefer für ihn empfinden, und er … tat es nicht mehr? Konnte ich das riskieren? Würde ich mit diesem Wissen sterben können? Und vor allem, wie erginge es Colin, wenn er mir gestand, dass seine Gefühle für Elizabeth stärker waren als die, die er für mich empfunden hatte?

Ich wusste, es würde ihn betrüben, wenn er mir das eröffnen müsste, so kurz vor unserem Tod. Er war so mitfühlend und wünschte sich für mich, seine beste Freundin, alles erdenkliche Glück. Doch da ich nie die Chance hätte, je wieder glücklich zu werden, würde es ihn mehr schmerzen, als wenn er für mich das Ritual durchführen müsste.

Wäre es dann wirklich fair, ihn damit zu konfrontieren? Sollte ich den Mund halten und abwarten? Abwarten, ob das Ritual glückte? Abwarten, was er tat, wenn es misslang?

Hatte er jetzt meine Gedanken mitlesen können?

Musste ich es wirklich aussprechen?

Ehe ich mich entscheiden konnte, hörte ich mich laut sagen:

»Colin, ich muss mit dir reden.«

So. Jetzt war's raus. Ich konnte keinen Rückzieher mehr machen. Egal welche Ausrede ich mir einfallen ließ, Colin würde wissen, dass mir was auf dem Herzen lag.

»Ja klar.« Er sah mich an und lächelte aufmunternd.

Mein Herz schlug einen Purzelbaum. Wann hatte das angefangen? Wann hatte ich begonnen in Colin mehr als meinen besten Freund zu sehen? Wann war er so attraktiv geworden? Das konnte doch unmöglich nur mit dieser Reise zu tun haben. Nein, hatte es nicht, sagte ich mir. Ich war nur zu blind und zu blöd gewesen, um es zu kapieren.

»Können wir irgendwohin gehen, wo wir nicht direkt von der Straße aus gesehen werden?«, fragte ich zögerlich.

Er setzte ein verständnisvolles Gesicht auf.

»Na klar.«

Er half mir auf die Beine und führte mich zwischen den Bäumen hindurch hinter eine Hecke. Hier waren wir wirklich geschützt. Doch Colin wollte sich wieder abwenden.

»Du kannst jetzt. Ich warte vorn, bis du fertig bist.«

O Gott, *das* hatte er gedacht?

»Nein! Bleib, ich muss mit dir sprechen«, rief ich entgeistert und sofort bildeten sich zu meinen Füßen wieder Risse. Ich atmete tief ein und aus. Nicht in Panik verfallen.

Colin war mit einem Satz wieder bei mir und hielt mich fest. Der Boden unter mir beruhigte sich. Ich fühlte seine Hände auf meinen nackten Oberarmen. Ein Kribbeln breitete sich von dieser Berührung aus. Das Kribbeln zog die Arme hoch, über die Schultern, den Nacken entlang bis in die Haarspitzen.

Er sah mich erwartungsvoll an.

»Meredith, ist alles in Ordnung? Ich denke, Brandon hat kapiert, dass du einfach noch ein bisschen Ruhe brauchst. Er ist furchtbar angespannt, weil er glaubt, nur er könne alles regeln.« Seine Hände strichen sanft über meine Oberarme.

»Und wenn du dir Sorgen wegen des Rituals machst: Ich weiß, du schaffst das. Du hast schon so viel bewältigt auf dieser Reise. Ich werde dir helfen, wo ich kann.«

Ich holte tief Luft. Jetzt. Ich musste es jetzt sagen.

»Du wirst es meistern, so wie du immer alles meisterst. Du musst nicht so aufgeregt sein. Ich bin mir sicher, bei den beiden Ritualen hast du alles genau richtig gemacht. Ich wollte nur, ich könnte dir die Schmerzen abnehmen.«

Er umarmte mich. Er umarmte mich so, wie er es schon Dutzende Male zuvor getan hatte, wie man halt seine beste Freundin umarmt.

Meredith, sag es endlich!

»So still kenne ich dich ja gar nicht. Normalerweise plapperst du wie ein Wasserfall, wenn du aufgeregt bist. So hab ich dich noch nie erlebt«, sagte er besorgt.

Ich zog meinen Kopf zurück, registrierte flüchtig sein Lächeln und drückte meine Lippen auf die seinen.

Er war überrascht. Das merkte ich. Seine Hände lockerten sich und ich befürchtete, er würde mich jetzt von sich schieben.

Ich umfasste sein Gesicht, öffnete meinen Mund und küsste ihn, küsste ihn so, wie er mich damals in dieser Gewitternacht im Mai geküsst hatte. Nein, ich legte mehr Leidenschaft in diesen Kuss, viel mehr Leidenschaft.

Es dauerte nur einen winzigen Moment und er erwiderte den Kuss. Und wie er ihn erwiderte!

Er umfasste mich, ich spürte eine Hand in meinen Haaren, seine Finger auf meiner Haut, die andere um meine Taille und seinen Körper der Länge nach an meinem.

Mein Herz klopfte wie verrückt, mein Magen schlug Purzelbäume, während meine Knie versucht waren einzuknicken.

Colins erster Kuss in der Gewitternacht damals war schon … nicht unangenehm gewesen. Er hatte mich damit überrascht, ich war nicht in ihn verliebt gewesen – damals nicht. Trotzdem hatte mir der Kuss gefallen. Aber der hier war atemberaubend. Lag es an meinen Gefühlen, die sich so verändert hatten? Wenn ja, sollte man nur noch küssen, wenn man verliebt war. Alles andere war Spuckeverschwendung.

Ich vergrub meine Hände in seinen dichten schwarzen Haaren. Er war mir so vertraut und doch war alles neu. Ich fühlte seine Finger an meiner Taille emporgleiten bis unter …

»Colin? Was tut ihr da?«

Er ließ mich so schnell los, als hätte ich mich in eine Brennnessel verwandelt.

Elizabeth stand vor uns. Wo kam die denn auf einmal her? Sie hatte die Arme in die Hüften gestemmt, wie die böse Schwiegermutter. Ihr fehlte nur noch das Nudelholz.

Stattdessen entflammten direkt vor mir ein paar Grashalme.

»Elizabeth, ich …«

Er würde sich doch wohl nicht entschuldigen!?

Die Flammen schossen gut einen Meter vor mir hoch und ich musste einen Schritt zurückweichen, damit nicht meine Ponyfransen versengt wurden. Die Hitze war schlagartig zu spüren.

»Elizabeth, beruhige dich«, sagte Colin bestimmt.

»Du … du …« Elizabeth beruhigte sich nicht. Sie fauchte. »Da dachte ich, ich komme zurück und leiste dir Gesellschaft, weil sie

Ruhe braucht, und stattdessen …« Das Feuer wurde noch höher, jetzt war es so groß wie Colin.

Colin holte hörbar tief Luft und löschte die Flammen mit einem Wasserstrahl, der aus heiterem Himmel kam. Wann zum Teufel hatte er das denn gelernt? Das hatte er noch nie zuvor gemacht.

Doch Elizabeth war aufgebracht. Um mich herum flammte ein Kreis aus Feuer auf. Die Hitze traf mich unvorbereitet und war heftig. Jetzt wusste ich, wie sich eine Hexe auf dem Scheiterhaufen fühlen musste.

Ein weiterer Schwall Wasser brachte die Flammen zum Erlöschen. Ich wurde klatschnass.

»Entschuldige, Meredith«, hörte ich Colin sagen, während ich noch nach Luft schnappte.

Es war eiskaltes Wasser.

»Elizabeth, jetzt ist es endgültig genug.«

Ich staunte. Da war er schon wieder: der energische Colin. Und dieses Mal zeigte er es gegenüber Elizabeth. Auch das war neu.

Er schälte sich aus seinem Fleeceshirt und hängte es mir um die Schultern. Doch anstatt bei mir zu bleiben, ging er zu Elizabeth.

»Wir reden später weiter, Mere«, sagte er und führte Elizabeth auf die andere Seite der Hecke.

Ich blieb zitternd und triefend zurück.

Verdammt. Ich hatte es ihm nicht gesagt.

Ich war nicht sicher, ob Colin meine Botschaft verstanden hatte. Elizabeth hatte mir einen deutlichen Strich durch die Rechnung gemacht.

Ich hatte mich wieder auf meinen Schlafsack gesetzt und lehnte mit dem Rücken am Stamm eines Baumes. Chris würde wohl hoffentlich nicht mehr allzu lange auf sich warten lassen. Colin und Elizabeth standen gut zwanzig Meter entfernt und diskutierten heftig miteinander. Mir ging jetzt erst auf, dass meine Hypersinne seit dem letzten Ritual verschwunden waren. Mist. Dabei hätte ich so gern gehört, was sie sagten.

Colin warf mir nur einen kurzen Blick zu und schon regnete es ein paar Funken direkt vor meiner Nase. Ich drehte mich lieber weg.

Meine Gedanken rasten. *Wir hatten uns geküsst.* Colin und ich. Er hatte meinen Kuss erwidert – keine Frage. Und wenn ich mir das Bild von seinem und Elizabeths Kuss in Erinnerung rief, war unserer leidenschaftlicher gewesen. Viel leidenschaftlicher! Hieß das, er liebte mich doch? Mich und nicht die flammende Lady E?

Warum hatte ich dann gehen müssen? Warum jagte er sie dann nicht zum Teufel? Metaphorisch selbstverständlich. Er hätte ihr doch direkt sagen können, wie es zwischen uns stand. Stattdessen hatte er mich weggeschoben und gewirkt, als habe er ein schlechtes Gewissen.

Ich blickte mich noch einmal nach ihnen um.

Elizabeth klammerte an Colin und zitterte etwas. Was für eine blöde Kuh. Es war überhaupt nicht kalt. Diese Schauspielerin. Trotzdem hatte er beide Arme um sie geschlungen und tätschelte ihr den Rücken.

In mir fiel etwas zusammen. Ich wäre am liebsten abgehauen, doch in diesem Moment kam Brandon zurück.

»Geht es dir besser? Du siehst erschöpft aus.«

Er sah noch viel erschöpfter aus. Und er roch nach Alkohol. Starkem Alkohol.

Brandon griff nach meiner Hand. Er seufzte wohlig, lehnte sich zurück gegen die gestapelten Rucksäcke und schloss die Augen.

»Hast du mal über meinen Vorschlag nachgedacht?«, fragte er leise.

»Welchen Vorschlag?«, wiederholte ich. Seine Berührung war mir unangenehm. Vor allem weil Colin in der Nähe war.

»Mit mir zu kommen.«

Ich entzog ihm meine Hand.

Brandon öffnete träge ein Auge. »Du glaubst doch nicht im Ernst, du könntest gegen Elizabeth ankommen.«

»Befinde ich mich in einem Wettstreit?«

»Na klar. Obwohl du das gar nicht müsstest. Du könntest mit mir mitkommen und dann …« Er gähnte. Wenig später sank sein Kopf auf meine Schulter. Keine Frage, er hatte zu viel getrunken.

Ich lehnte mich zurück und betrachtete die Landschaft um uns herum. Es war ein seltsames Licht. Nicht dunkel, nicht hell. Außerdem konnte ich schon Sterne am Himmel erkennen, obwohl es erst früher Nachmittag war. Es war, als würde etwas aufziehen. Bitte nicht, dachte ich, als eine Sternschnuppe vorüberflog.

Brandon murmelte im Schlaf und es klang verdächtig nach »Anne«.

Ich wollte keinesfalls mit einer »Anne« in einen Wettstreit treten.

Davon abgesehen hatte ich nie in Erwägung gezogen, ihn ins sechzehnte Jahrhundert zu begleiten, aber falls doch – mit einem winzigen, minimalen Mikrogedanken –, dann hätte ich es mir spätestens jetzt anders überlegt. Sternschnuppen waren auch nicht das, was sie versprachen.

In der Ferne hörten wir ein Auto.

Elizabeth und Colin kamen zu uns. Sie umarmten sich nicht und hielten sich auch nicht bei der Hand, stellte ich fest.

»Na endlich«, sagte Elizabeth.

»Jemand muss Theodor holen«, sagte Colin.

»Können wir ihn nicht einfach hierlassen?«, fragte ich.

Colins Mundwinkel zuckte.

»Mein Dad …«

»Schon gut. Dann muss er eben mit.«

»Er ist im Pub«, sagte Elizabeth. »Geh ihn holen, wir kommen dann dahin.«

»Elizabeth, Meredith kann nicht so weit …«

Doch Elizabeth hing schon wieder an Colin wie eine Klette. »Bitte nicht. Wir haben noch nicht alles geklärt.«

Colin und ich tauschten einen Blick. Ich wartete darauf, dass er ihr widersprach, ihr sagte, da gebe es nichts zu klären. Ich sei diejenige, die er wollte. Doch Colin sagte nichts. Er starrte von Elizabeth zu mir und zurück.

»Ich gehe«, sagte ich und war mit einem Mal wieder furchtbar erschöpft. Schwerfällig trottete ich los.

Vermutlich war Liebe doch eine Krankheit. Sie verursachte Magenschmerzen, lahme Beine und Gedächtnislücken.

Nur das konnte ich als Entschuldigung für mein nicht funktionierendes Hirn nennen, denn sonst wäre mir klar gewesen, dass Chris unmöglich schon hier sein konnte.

Hinter mir ertönten Schreie. Brandon schrie.

Ich rannte zurück, und als er mich sah, sah ich die Panik in seinen Augen.

»Meredith! Sag mir, dass du den Ring hast. Den Ring, den Eichenstab und die Urkunden.«

»Nein, du hattest alles. Die ganze Zeit über«, sagte ich verdattert.

Brandon wurde kreidebleich und sank vor mir in die Knie. Er bedeckte sein Gesicht mit beiden Händen.

»Ich hätte es ahnen müssen …«, nuschelte er.

»Von welchen Fahnen spricht er?«, fragte Elizabeth.

»Weg. Er ist weg.« Brandon ließ seine Finger übers Gesicht fahren und starrte auf den Finger, an dem er sonst immer den silbernen Ring trug.

»Schau in deiner Hosentasche nach. Du hattest ihn schon mal abgenommen, weil deine Finger so geschwollen waren«, erinnerte ich ihn. »Vielleicht hast du ihn wieder eingesteckt.«

Brandon schüttelte den Kopf, griff aber, wie ich gesagt hatte, in seine Tasche. Er stülpte sie um, acht Pennys und zwei Pfundstücke kullerten auf den Asphalt.

Doch kein Ring. Ich fühlte Panik in mir aufsteigen.

Ohne ihn war das Ritual nicht durchführbar. Auf die Urkunde konnten wir zwischenzeitlich verzichten, ich konnte meinen Text auswendig und wusste genau, was zu tun war, doch ohne Ring …

»Wann hast du ihn zum letzten Mal bewusst gesehen?«, fragte Colin.

»Im Pub. Da war das Mädchen … blond, Anfang zwanzig, sehr hübsch.« War ja zu erwarten gewesen.

»Du und deine Blondinen«, fauchte Elizabeth erbost. »Da siehst du, was du von deiner absurden Vorliebe hast.«

Brandon schloss die Augen und presste die Handballen an seine Schläfen.

»Sie kam mir irgendwie bekannt vor«, sagte er langsam.

»Fang noch mal von vorne an«, riet ich ihm. »Du hast mit einer Blondine geflirtet. Kam sie auf dich zu oder hast du sie angesprochen?«

»Ich weiß es nicht mehr. Es endete auf alle Fälle damit, dass wir ein paar Drinks hatten und uns über … über …« Jetzt fuhr er sich mit beiden Händen durch die Haare.

»Ich weiß es nicht mehr. Sie hat mich, glaube ich, nach meinem Ring gefragt, aber ich bin mir nicht mehr sicher. Ich bin uns eine Runde holen gegangen, da war er noch an meinem Zeigefinger. Sie besorgte die nächste Runde. Die nächsten drei. Mindestens.«

»Lass uns in den Pub gehen und sehen, ob sie noch dort ist«, schlug Colin vor.

»Wie konnte sie an die Dokumente kommen?«, fragte ich, noch immer baff. Ich zog Brandons Rucksack näher und begann ihn auf links zu drehen. Nichts. Der Ring war weg. Ebenso der Kodex und der Bergkristall mit dem Goldreif. So wie es aussah, war die Blondine nicht einfach eine Taschendiebin gewesen. Der Verdacht lag nahe, dass sie für Cromwell arbeitete.

Sie hatte Brandon die letzten paar Pfund gelassen.

Wir gingen alle gemeinsam in den Pub und fanden dort Theodor vor, der sich mit einem blonden Mädchen unterhielt.

»Ist sie das?«, fragte Elizabeth laut.

Brandon schüttelte den Kopf. Theodor war allerdings auf uns aufmerksam geworden und winkte uns an den Tisch, an dem er saß.

»Ihr werdet nicht glauben, wer vorhin hier war«, sagte er und grinste überheblich.

»Stuart Cromwell?«, riet Colin und lächelte das Mädchen freundlich an. Sie lächelte zurück, doch ihr Blick glitt zu Brandon.

»Ihr seid besessen von dem Typ«, meinte Theodor kopfschüttelnd. »Es war Shelby Miller. Doch sie sah ganz anders aus. Keine zerlöcherten Klamotten, die Haare waren frisiert wie bei Heidi Klum und sie war dezent und sehr hübsch geschminkt.«

»Shelby Miller?!«, riefen Colin und ich unisono.

Unsere durchgeknallte Mitschülerin aus Lansbury? Hübsch wie Heidi Klum?

»Stimmt! Das war sie!«, bestätigte Brandon, durch den Alkohol noch etwas lauter als normal.

»Wenn sie so aussah, hat man sie hundertprozentig manipuliert«, sagte ich.

Nicht mal Colin widersprach mir.

»Was kann ich euch zu trinken bringen?« Hinter uns tauchte der Wirt auf. Sein Blick fiel auf Brandon. »Donnerwetter, du bist aber schnell ausgenüchtert.«

»Können Sie uns was zu dem Mädchen sagen, das mit ihm vorhin hier war?«, überging ich schnell seine Frage.

»Die Gisele-Bündchen-Doppelgängerin? Die ist, kaum dass er weg war, in eine schwarze Limousine gestiegen und weggefahren. Also, was darf's sein?«

Wir bestellten alle eine Cola.

Colin sah Theodor an. »Gisele Bündchen sieht Heidi Klum gar nicht ähnlich – abgesehen von den blonden Haaren.«

»Der Wirt täuscht sich. Sie sah aus wie Heidi Klum.«

»Ist doch vollkommen egal«, sagte ich und setzte mich. Verdammt! Shelby Miller. Wieso ausgerechnet sie? Sie hatte Haare auf den Zähnen und war auf der ganzen Schule verhasst. Nur nicht bei Colin. Aber der mochte alles und jeden. Mir wurde das Herz schwer, wenn ich daran dachte. War sein Kuss etwa auch nur »Mitleid« gewesen? Dann hatte er verdammt viel Mitleid mit mir. Das Glas vor mir begann zu schweben und kippte. Die Cola troff auf meine Hose. Colin warf sofort ein paar Bierdeckel auf die verschüttete Cola. Theodor rollte die Augen. Nur Elizabeth bekam es nicht mit.

»Chris!«, rief sie erfreut.

»Hey, Prinzessin!«, hörte ich Chris' fröhliche Stimme durch den Pub schallen.

Ich drehte mich um. Da war er!

Gestylt und herausgeputzt wie immer. Er trug ein sauberes, weißes Hemd auf löchrigen hellen Jeans. Während unserer ganzen Reise war ich mir nicht so schäbig vorgekommen wie in diesem Moment. Wir schienen alle Federn gelassen zu haben, denn Chris musterte uns abschätzig.

»Okay, ich würde ja am liebsten sagen: Jeder noch mal unter die Dusche, ehe wir starten, aber das fällt wohl flach, oder? Hey, Meredith, Schatz, hast du dir vor Freude über meinen Anblick in die Hosen gepinkelt?«

»Fast«, sagte ich und wäre ihm gern um den Hals gefallen.

Doch ich fühlte mich klebrig und miefig. Chris schien das nicht zu stören, denn er schlang die Arme um mich.

»Nach Lansbury«, sagte Brandon und seine Stimme war abgehackt und heiser. »Wir müssen unbedingt nach Lansbury.«

»Deswegen bin ich doch hier, nicht?« Chris sah sich um. »Wir haben nur ein kleines Problem.«

»Glaub mir«, sagte ich trocken. »Wir haben mehr als ein kleines Problem.«

»Genau, Shelby Miller ist zu Heidi Klum mutiert und hat uns beklaut«, warf Colin wenig hilfreich ein.

»Ja, und Meredith kann noch immer nicht richtig Feuer machen«, fügte Elizabeth überheblich hinzu.

Jetzt rollte ich die Augen. »Chris meint, wir passen nicht alle in sein Auto.«

»Shelby Miller« war allerdings das Einzige, das Chris sich gemerkt hatte.

»Sie hat Brandons Ring gestohlen«, erklärte Colin. »Ein Familienerbstück. Wir müssen sie aufhalten, ehe sie …«

Brandon hatte ihm auf den Fuß getreten. Ich wusste, warum. Colin hatte soeben sagen wollen: ehe sie ihn Cromwell übergab.

Brandon ergänzte schnell: »ehe sie ihn für Drogen verscherbelt.«

Warum hatte Brandon Cromwells Namen unterdrückt? Chris hatte ihn noch nie ausstehen können, denn er war ein großer Widersacher seines Vaters. Chris' Blick huschte ein paarmal von Colin zu Brandon. »Nun gut. Lasst uns einfach fahren und ihr könnt währenddessen überlegen, wo sie diesen Ring wohl hinbringen könnte, um ihn zu«, er machte Luftgänsefüßchen,

»verscherbeln. Und mir berichten, was ihr in der Zwischenzeit alles angestellt habt. Also: Wer ist verzichtbar und kann auf den nächsten Eurolines-Bus warten?«

»Theodor«, riefen Elizabeth und ich gleichzeitig.

»Ich habe kein Geld mehr«, sagte Theodor nicht im Geringsten eingeschnappt. »Außerdem will ich nichts verpassen. Soll doch Meredith nachkommen.«

»Wow, Theo, sehr galant wie immer«, witzelte Chris. »Meredith, du entscheidest.«

»Theodor bleibt hier«, sagte ich fest. »Er hat sehr wohl Geld, will nur nichts davon ausgeben, wenn er kostenlos gefahren werden kann.«

»Ich werde nicht zurückbleiben«, entgegnete dieser ungewohnt energisch. »Entweder ihr nehmt mich mit oder ich sage Chris, was ich weiß. Und die BBC dürfte sich auch über ein paar Informationen freuen.«

Wieso? Wieso hatte Colin einen Bruder, der die Sympathie eines Hannibal Lecter und das Feingefühl von Jack the Ripper aufwies?

Ich sammelte meine geschwächten Kräfte. Der Boden begann leicht zu beben. Augenblicklich verstummte das Murmeln der anderen Pubbesucher, Gläser klirrten und ich versuchte mich darauf zu konzentrieren, das Beben zu stoppen. Ich hatte doch was ganz anderes gewollt!

»Boah, irre!«, sagte Chris, als es wieder ruhig war. »Ich hab in den Nachrichten davon gehört und von dieser Erdspalte vor Birmingham. Hier hast du fünfzig Pfund, Theo. Kauf dir ein Ticket für die erste Klasse in der Bahn und komm nach.«

»Meredith, du hast ihn manipuliert«, sagte Theodor und sah mich drohend an.

»Was heißt hier manipuliert?«, fragte Chris. »Ich hab mein Auto erst reinigen lassen und du stinkst. Das hält kein Mensch zwei Stunden im geschlossenen Raum aus. Entweder du nimmst das Geld oder du siehst sonst wie zu, wie du heimkommst. Mein Auto, meine Regeln.«

Theodor steckte das Geld wortlos ein.

»Also dann, können wir?« Chris strahlte Elizabeth an. »Prinzessin, so gern ich dich auch ansehe, bitte ich dich, Colin vorn sitzen zu lassen. Er hat die längeren Beine.«

Also fuhren wir nach Lansbury. Die Fahrt würde zweieinhalb Stunden dauern. Chris fuhr, wie zu erwarten, in einem Affenzahn. Er würde die Fahrzeit um mindestens zwanzig Minuten verkürzen. Colin knetete seine Hände im Schoß auf dem Beifahrersitz. Ihm waren noch nicht mal die Kondompäckchen in der Mittelablage aufgefallen, weil er so konzentriert auf die Straße starrte. Normalerweise hätte er mit Chris über alles Mögliche geredet, ihn nach so langer Abwesenheit zu dem ein oder anderen befragt, doch wir waren alle zu aufgewühlt für Small Talk. Brandon war neben mir eingeschlafen. Ich würde beschwören, dass nicht nur Whisky in seinen Getränken gewesen war.

»Will ich wissen, weshalb Shelby Miller sich rausputzt und Brandons Ring klaut? Sind wir mal ehrlich: Der Silberpreis ist nicht so doll momentan und jeder Antiquitätenhändler in der Gegend wird sich denken können, dass es vermutlich heiße

Ware ist. Die Millers sind nun mal bekannt für ihre dicken Polizeiakten …«

Das waren sie. Ein älterer Bruder von Shelby saß im Knast, die Mutter war notorische Trinkerin, das Jugendamt hatte vor kurzem die jüngeren Geschwister abgeholt und Shelby selbst war zwar das unbeschriebenste Blatt, aber mit ihrem gruftigen (oder nuttigen) Outfit lange nicht das sympathischste.

»Das muss ein großes Problem sein, wenn ihr dafür einen solchen Road Trip unternehmt. Wieso war Theo dabei?«

»Er hat geglaubt, Colin und ich würden nach Gretna Green durchbrennen«, sagte ich kurz.

Chris schlug vor Lachen auf das Lenkrad.

»Du und Colin! Was für ein verrückter Gedanke! Wie kommt er denn darauf?«

In mir zog sich alles zusammen. Colin und ich. War der Gedanke wirklich so abwegig?

»Weiß ich auch nicht«, sagte ich und starrte aus dem Fenster. Ich hatte Angst, Colin anzusehen. Was, wenn er es auch für einen Witz hielt?

Eine Zeit lang schwiegen wir alle und lauschten der Musik im Radio.

»Meredith, ich hätte eine Idee, um Shelby aufzuhalten«, sagte Chris nach einer Weile.

»Bloß nicht die Polizei benachrichtigen«, sagte ich schnell.

»Das meinte ich nicht«, meinte Chris. Er tippte auf seinem Handy. Es tutete laut über die Autoanlage.

»Hey, Chris!«, meldete sich eine verschlafen klingende Shakti in extremer Lautstärke.

»Dreh die Lautsprecher runter«, sagte Colin.

»Hey, Colin!« Jetzt klang Shakti schon wesentlich munterer. »Er hat euch gefunden?«

»Wem hast du alles erzählt, dass du uns abholst?«, fragte ich fassungslos. Ich hatte gedacht, wir könnten uns auf ihn verlassen.

»Rebecca und mir«, antwortete Shakti für ihn.

»Sei nicht sauer, Meredith«, wollte Shakti mich beschwichtigen. »Wir waren zusammen, als du angerufen hast.«

»Hey Leute«, grüßte jetzt auch Rebecca. »Wo wart ihr? Deine Mum hat sich furchtbare Sorgen gemacht, sie konnte noch nicht mal mehr ihre Karten legen. Ständig kam dasselbe Muster. Und dann deine WhatsApp-Nachricht. Du glaubst doch nicht im Ernst, dass wir das einfach so alles hinnehmen? Ich hätte gern eine Erklärung.«

Shakti ergänzte: »Ja genau! Und wir haben dir so viel zu erzählen! Du glaubst gar nicht, was im Circlin' Stone los war, nachdem Brandon verschwunden ist …«

»Das interessiert jetzt nicht, Rebecca«, unterbrach Chris sie. »Brandon ist ebenfalls hier bei mir. Er wurde von Shelby Miller bestohlen. Habt ihr eine Ahnung, wo sie einen Ring verticken könnte?«

»Nein. In diesen Kreisen bin ich nicht wirklich bekannt«, sagte Rebecca.

»Sie könnte bei Cromwell sein«, gestand ich. »Stuart Cromwell.«

Schweigen.

»Hallo?«

»Reden wir von Stuart Cromwell, dem Logistikunternehmer?«, wollte Rebecca wissen.

»Ebendem«, gab Elizabeth zu.

»Cromwell? Wieso überrascht mich das nicht?«, fragte Chris. »Sollen wir bei ihm einbrechen?«

»Du willst in Cromwells Haus? Ist der Ring so wichtig, dass man es riskiert, bei einem der reichsten Männer Englands einzubrechen?« Shakti klang fassungslos. »Davon mal abgesehen, dass diese Festung unmöglich unerkannt zu betreten ist …«

Wenn sie wüsste!

»Er ist verdammt wichtig«, mischte Colin sich ein.

»Es könnte sein, dass wir gar nicht in sein Haus müssen«, sagte ich langsam. »Vielleicht sollten wir am Steinkreis oder Kennet Tomb nach ihm suchen.«

»Wieso am Kennet Tomb? Was ist da?«

»Er wollte Elizabeth dort umbringen, erinnere dich«, wich ich aus, ohne was von Ritualen und der schwächer werdenden Schwerkraft sagen zu müssen.

»Ich hab bis heute noch nicht kapiert, warum er sie umbringen wollte«, sagte Rebecca, die noch immer nicht überzeugt war. »Was geht da vor? Was treibt ihr alle? Wir sind eure besten Freunde und ihr haltet uns was vor.«

»Rebecca, glaubst du nicht, wir würden es dir sagen, wenn es ein normaler Diebstahl oder Mord wäre?«, gab ich zu bedenken.

»Was ist das denn für eine bescheuerte Frage? Seit wann ist Mord normal?«

»Für Stuart Cromwell schon«, sagte Colin. »Vertraut mir, er ist noch nicht fertig mit Elizabeth. Was er mit dem Ring bezweckt, kann ich euch nicht sagen, aber es hat mit den Vorfällen beim Sachsen-Festival zu tun.«

Einen Moment lang sagte niemand etwas. Doch Colins Worte schienen gewirkt zu haben, denn Rebecca fragte: »Was sollen wir tun, wenn er am Kennet Tomb aufkreuzt? Und sollen wir jetzt tagelang dort nach ihm Ausschau halten und Däumchen drehen?«

»Bestimmt nicht«, sagte ich. »Morgen ist der fünfte August. Spätestens dann wird er dort sein.«

»Ich frag wohl auch umsonst, was der fünfte August damit zu tun hat«, resignierte Rebecca. »Aber eins noch: Wenn er schon Elizabeth dort umbringen wollte, wird er das garantiert nicht mit einem Kochlöffel getan haben. Wie können wir Zeit schinden oder uns schützen? Mein Dad ist Priester, der akzeptiert keine Feuerwaffen im Haus.«

Das brachte mich auf eine Idee.

»Hört mir mal gut zu, ihr beiden. Ich wüsste etwas, das weiterhelfen könnte.«

»Meredith, hat das was mit Physik zu tun?« Shakti zählte sofort eins und eins zusammen.

»O ja. Mit Pyrotechnik, um genau zu sein. Habt ihr was zum Schreiben? Und Chris sagt euch, wo er seine Feuerwerkskörper aufbewahrt, die er immer zur Guy Fawkes Night so großzügig verpulvert«, rief ich aufgeregt.

»Das ist einfach«, sagte Chris. »Die sind in der Lagerhalle, wo wir meinen Geburtstag gefeiert haben. Fünfter Gang links ganz hinten ist ein Container. Bedient euch.«

Er warf jetzt mir einen Blick durch den Rückspiegel zu. »Mein Dad wird mich umbringen. Es ist doch wirklich wichtig, oder?«

»Es geht um Leben und Tod«, bekräftigte ich. Brandon neben mir gab ein kleines Schnarchgeräusch von sich. Ich war zu aufgeregt gewesen. Elizabeths Taschentuch, das sie locker auf dem Schoß liegen hatte, schwebte unter Brandons Nase und kitzelte ihn. Ich musste mich beruhigen. Doch alles Ein- und Ausatmen und Mantra-Aufsagen nutzte nichts. Elizabeth beobachtete meine Anstrengungen besorgt.

Ich gab Shakti und Rebecca genaue Anweisungen, wie sie Cromwell aufhalten konnten, bis wir endlich da waren.

»Nur eins noch«, sagte Rebecca, als wir fertig waren.

»Ja?«

»Wir haben jetzt zehn Uhr, Shelby hat mit dem Ring eine halbe Stunde Vorsprung und Cromwell wird also – sofern deine Rechnung richtig sein sollte … Ach was rede ich. Du bist Meredith, das Mathegenie. In spätestens zwei Stunden wird er da sein.«

»Wo ist das Problem, Rebecca?«, fragte ich.

»Dann ist Mitternacht«, rief sie aufgebracht. »Ich hab ja nichts dagegen am Steinkreis um die Uhrzeit rumzulungern, aber das verdammte Kennet Tomb? Habt ihr sie noch alle? Dad behauptet immer, das sei eine Blutstätte. Darin sind er und Alex Parkins sich sogar einig und das will was heißen.«

»Ich mag auch nicht an der Abtei vorbeigehen im Dunkeln«, fügte jetzt noch Shakti hinzu. »Können wir das Ganze nicht morgen überprüfen? Ich meine, Elizabeth schwebt ja im Moment nicht in Lebensgefahr, sie ist doch bei euch. Ihr könntet unterwegs übernachten und wir treffen uns morgen alle am Kennet Tomb. Bei Tageslicht.«

Shaktis Vorschlag war absolut nachvollziehbar. Nur leider würden wir es nicht bis dahin verschieben können.

Jetzt schwebten auch die Kondompackungen, was sogar Chris registrierte, der dadurch einen gefährlichen Schlenker hinlegte. Das Auto kam ins Schlingern, Elizabeth kreischte auf und Colin zog scharf die Luft ein. Brandon wachte auf. Chris konnte den Wagen wieder fangen, nur um im nächsten Moment erneut das Steuer fest zu umklammern und zu versuchen auf der Spur zu bleiben. Das Auto wackelte so seltsam.

»Verdammt, was ist das?«, fluchte er daraufhin.

»Fliegende Kondome«, erklärte Colin trocken.

»Ein Erdbeben«, ergänzte Brandon und sah mich an. »Es wird wieder stärker.«

»Was wird stärker? Was ist da bei euch los?«, Rebecca schrie förmlich ins Mikrofon.

»Das hat mit Cromwell zu tun«, erklärte Colin und ignorierte Brandons »Sei still!«.

»Cromwell kann Erdbeben auslösen? So wie in *Arrow*?«, fragte Shakti ehrfürchtig.

»Na ja, fast«, sagte ich. Es war ja nicht Cromwell, der die Erdbeben auslöste, sondern ich, weil ich mich aufregte. Allerdings hatte Brandon Recht. Es wurde wieder stärker. Das dritte Ritual musste so schnell wie möglich gehalten werden, sonst war alles umsonst.

»Ihr habt doch jetzt alles, was ihr braucht, nicht wahr?«, fragte ich und begann zu zittern. »Also los. Wir bleiben übers Handy in Kontakt.«

»Meredith, muss das wirklich noch heute Abend sein?«, fragte Rebecca noch einmal.

»Herrgott noch mal, wir schweben alle in Lebensgefahr und ihr habt Angst vor Geistern, die nicht existieren?«, rief jetzt Elizabeth.

»Sagte sie gerade, wir alle?«, hakte Shakti unsicher nach.

»Meredith! Sag was!«, drängte Rebecca.

Ich seufzte und funkelte Elizabeth wütend an.

»Ja, es stimmt. Der Ring hat was mit den Erdbeben, Überschwemmungen und dergleichen zu tun. In Cromwells Händen ist er …«

Ich sprach den Satz nicht zu Ende. Was geschah, wenn Cromwell den Ring hatte? Er konnte ihn nicht so einsetzen, wie ich es konnte. Er war nicht die Gaianidin. Die gab es nur einmal – mich. Doch mir fiel wieder sein Vorschlag auf den Orkneyinseln ein.

»Mit dem Ring kann er die Gaianidin beeinflussen«, sagte Brandon leise. Er hatte den Kopf auf die Stütze gelegt und die Augen geschlossen.

»Was?«, entfuhr es mir.

»Das stand im Kodex. Zumindest …«, er stockte und fuhr fort: »Du hattest Recht. Mit dem Ring kann man andere Dinge lesen als nur mit dem Kristall. Auf der scheinbar unbeschriebenen Rückseite kam noch ein Text für den worst case zum Vorschein. Ich hab ihn dir nicht gezeigt, um dich nicht noch mehr zu beunruhigen. Und der Ring gehörte ja uns. Bis jetzt. Mit dem Ring kann er die Gaianiden-Kräfte während des Rituals auf sich übertragen.«

Ach du grüne Neune. Ein Cromwell, der es gewittern lassen könnte, war überhaupt keine gute Vorstellung.

»Die Gaianidin wird verflucht sein, sofern sie das Ritual ohne Ring abhält, stand da. Inwieweit, war leider nicht beschrieben.«

»Ist dieser Kodex jetzt eine Prophezeiung oder eine Anleitung?«, hakte ich nach.

»Eine Anleitung«, antwortete er sofort. »Die Prophezeiungen beziehen sich nur auf das, was passiert, wenn es eintreten sollte, also das, was jetzt eingetreten ist.«

»Okay, ich kapier zwar gerade nicht, worüber ihr redet, aber wir machen uns auf den Weg. Brauchen wir irgendwas Bestimmtes? Außer einer Kalaschnikow?«, fragte Rebecca.

36. Kapitel

Mir war speiübel, als wir ankamen.

Chris lenkte den Wagen zum Spielplatz, der vor dem Steinkreis stand. Hier endete auch die befahrbare Straße und ging in einen Feldweg über. Es tat so gut, die vertraute Umgebung wiederzusehen. Und sei es zum letzten Mal. Allerdings waren wir nicht allein.

»Da brat mir doch einer 'nen Druiden. Wie kommst du denn so schnell hierher?«, fragte Chris Theodor, der auf der Schaukel saß und uns entgegenblickte.

»Du solltest schon mal genauer nachsehen, wenn du Scheine verteilst. Du hast mir zweihundert Pfund gegeben. Da klebten noch drei Scheine an der Fünfzig-Pfund-Note. Für den Preis bekommt man einen Formel-1-Wagen als Taxi.«

»Mist«, murmelte Chris und wühlte in seinen Hosentaschen. »Das Geld hat mir Dad für den Haushalt gegeben, weil er die nächsten Wochen unterwegs ist.«

»Keine Sorge«, sagte ich. »Wenn wir es schaffen, Cromwell zu überwältigen, und alles so durchführen können wie geplant, wirst du die nächsten Wochen bei uns essen.«

»Cool! Deine Mutter kocht fantastisch.« Chris grinste mich an.

Doch Theodor war nicht der Einzige, der noch um diese Uhrzeit hier war.

Der Steinkreis war hell erleuchtet und reger Betrieb herrschte. Die weiß gewandeten Neo-Druiden standen im Kreis um den Altarstein herum, vor dem Alex Parkins mit hoch erhobenen Armen eine fremde Sprache zum Besten gab. Der von Wolken verhangene Vollmond rundete das mystische Bild komplett ab. Ringsum brannten wieder Fackeln und in der Mitte loderte ein mannshohes Lagerfeuer. Sie feierten dieses keltische Erntedankfest Lughnasadh. Mir schwante etwas!

Ich blickte zum Himmel. Natürlich! Das Sternbild des Großen Hundes war in der Nacht zum fünften August am deutlichsten zu erkennen. Und jetzt kapierte ich!

»Colin! Das Sternbild«, ich deutete auf den hellsten in der Mitte. Der, den ich nicht kannte. Alle folgten meinem Blick. »Mums Warnung wegen des Sterns! Du musst dich irgendwo unterstellen.«

Colin sah mich an, als sei ich jetzt endgültig durchgeknallt. »Den Teufel werde ich. Shakti und Rebecca sind da draußen und ich werde sie nicht mit Cromwell allein lassen. Pass auf, dass du nicht stehen bleibst.«

Er seinerseits deutete auf den Boden unter meinen Füßen, der bereits wieder Risse aufwies. In wenigen Minuten wäre es der fünfte August, von daher passte es.

Das Ritual musste durchgeführt werden, heute oder morgen, sonst wäre alles zu spät.

Wir mussten den Ring zurückbekommen! Ich durfte nicht darüber nachdenken, sollte Cromwell nicht am Kennet Tomb sein. Was dann? Hoffentlich ging es Shakti und Rebecca gut. Sie sollten zwischenzeitlich am Tomb sein.

»Wir müssen los«, sagte ich und rannte auf den Wald zu. Im Steinkreis konnten wir das Ritual auf keinen Fall durchführen. Ich bezweifelte, dass sich Alex Parkins so leicht vertreiben ließe, obwohl ein Gewitter dabei bestimmt hilfreich wäre.

Wir rannten in den Wald und hier war es stockfinster. Kein Mond durchdrang die Laubkronen der Bäume. Colin lief voraus, das Handy als Taschenlampe nutzend.

Er kannte sich hier auch bestens aus und ich vermutete, seine Angst verlieh ihm zusätzliche Flügel. Hoffentlich hatten Shakti und Rebecca meine Anweisungen befolgt. Dann wäre es ein Leichtes, den Ring zu bekommen. Sie benötigten dafür nur eine kleine Flamme. Das war alles.

Wir verloren Colin im Wald. Keiner hielt mit seinen langen Beinen Schritt, obwohl Chris sonst der Sportlichere war. Brandon hatte mich überholt. Die Sicht war so eingeschränkt. Die Taschenlampe, die Brandon aus seinem Rucksack gekramt hatte, half nur bedingt. Der Lichtpegel maß ungefähr einen Meter im Durchmesser und war höchstens dafür gut, nicht über eine Wurzel oder einen Stein zu stolpern. Alles andere war pechschwarz.

Oder doch nicht?

Dahinten war ein Lichtschimmer. Nicht nur ein Schimmer, da war es richtig hell. Ein warmes Licht drang zwischen den schwarzen Bäumen hindurch. Wer war denn noch unterwegs?

»Versteckt euch!«, zischte ich meinen Begleitern zu, sprang hinter den nächstbesten Baumstamm und knipste meine Handy-Taschenlampe aus.

Die anderen folgten meinem Beispiel. Der Lichtschimmer

blieb allerdings an einer Stelle. Er bewegte sich nicht und kam nicht näher. Kein Schatten huschte davor.

»Meredith, da ist niemand. Was hast du gesehen?«, fragte Brandon, der wieder erstaunlich nüchtern klang.

Sahen sie es denn nicht? Konnte sonst niemand das Licht sehen?

Alle starrten mich an, und obwohl ich in der Richtung zum Licht stand, sahen sie nur mich an, nicht an mir vorbei.

»Äh … ich dachte, da hätte sich was bewegt«, sagte ich unsicher.

Brandon löste sich von dem Baum und ging zurück auf den Weg. Nein, er sah das Licht nicht. Und Elizabeth, Chris und Theodor ebenfalls nicht.

Dann ging mir auf, was es sein musste. Als wir näher kamen, sah ich, dass ich mit meiner Vermutung richtiglag. Es war das Haus. Die Ruine, die sich nach und nach wieder aufgebaut hatte.

Colin war auch eben hier einmal verschwunden – und nackt wieder aufgetaucht. Er hatte eine kurze Reise in die Vergangenheit unternommen. Und diese seltsame Ruine leuchtete heute Abend wie eine Kirche an Weihnachten.

Helles, gleißendes Licht trat aus den Öffnungen. Sogar aus den Mauerspalten, die nicht richtig verputzt waren, strahlte es.

»Riecht ihr das?«, fragte Theodor und blieb stehen. Genau an der Stelle, wo man den Bach überquerte, um zur Ruine zu gelangen.

»Was?«, fragte Chris und hielt an.

»Es riecht irgendwie verbrannt und nach Fleisch. Nach verbranntem Fleisch.« Theodor überquerte den Bach und lief auf die Hütte zu. »Das ist doch die Ruine, die bei dem Gewitter im Mai erst entdeckt wurde«, stellte er überrascht fest. »Ich glaube, da qualmt es.«

In meinem Nacken und auf meinen Armen stellten sich urplötzlich sämtliche Haare auf. Ich spürte eine Hitze von dem Haus ausgehen und dann sah ich, dass ein Schatten hinter dem Fenster auftauchte, während gleichzeitig der Mauerstein zu bröckeln begann.

»Theodor! Bleib stehen!«, schrie ich entsetzt. »Da ist jemand! Du musst da weg! Das Haus hat Risse, es stürzt gleich ein.«

»Was? Wo?«, fragten sowohl Chris als auch Brandon und blinzelten angestrengt.

Theodor drehte sich zu uns um. »Sag mal, Meredith, wie kommt es, dass du ohne Brille besser siehst als ich?«

Elizabeth entfachte direkt vor meiner Nase ein kleines Feuer und wir konnten ein wenig besser sehen. Ich blinzelte überrascht. Und genau das hätte ich besser nicht getan.

Denn in diesem Moment gewitterte es über der Hütte. Schlagartig lag sie im Dunkeln, als hätte jemand einen Schalter umgelegt. Elizabeths Feuer war ebenfalls erloschen. Wir starrten automatisch alle gen Himmel, als müsste dort ein Licht angehen.

»Scheiße, Meredith!«, rief Theodor. Er klang zum ersten Mal in seinem Leben wirklich verängstigt. »Hör auf damit. Das ist nicht witzig.«

Brandon sah mich an. Ich hob entschuldigend die Arme.

»Ich bin's nicht«, sagte ich schnell und sah wieder zu Theodor.

Ein Blitz erstrahlte. Dann noch einer. Dann grollte der Donner.

»Was geht hier vor?«, fragte Chris und klang genauso bang, wie ich mich fühlte.

Ein Blitz nach dem anderen zuckte und der Donner wurde lauter.

Und dann – aus heiterem Himmel – erstrahlte die Hütte wieder. Noch heller und so gleißend, dass ich mein Gesicht abwenden musste, weil das Licht in den Augen schmerzte.

Ich hörte Theodor schreien. »NEIN! Nicht ich! Ich bin der Falsche!« Es ertönte ein Donnerschlag, der die Erde unter unseren Füßen zum Erbeben brachte.

Und dann war alles still und Theodor war verschwunden.

»Ihr müsst es verstecken!«

Willmær sah erstaunt auf die Frau, die vor der Tür seiner Hütte stand. Sie trug ein Bündel in ihren Armen.

Er kannte sie nur flüchtig, doch er wusste, sie war eine Druidin und diente seiner Schwester. Meiriona behauptete immer, sie sei ihr absolut treu ergeben. Das musste sie auch sein, denn zu dieser späten Stunde traute sich selten jemand in diesen Bereich des Waldes. Zumindest nicht mehr, seit er es gewagt hatte, auf diesen Grund das Haus für seinen Gott zu bauen.

»Komm rein und sage mir, was ich verstecken soll«, lud er sie ein und legte ein leeres Blatt auf das Pergament, auf dem er gerade schrieb. Es waren die Aufzeichnungen, die er für Meiriona anfertigte.

Sie schüttelte den Kopf und blieb, wo sie war.

Natürlich würde sie den entweihten Boden nicht betreten.

»Meine Herrin hat mir aufgetragen Euch zu sagen, Ihr müsstet es verstecken. Ihr wüsstet, um was es sich handele.«

»Warum soll ich es verstecken?«, fragte Willmaer.

»Sie sind auf dem Weg hierher. Ihr habt nicht viel Zeit. Ich muss auch verschwinden, sonst wissen sie, dass ich Euch gewarnt habe.«

Das Bündel begann zu wimmern. Ein Baby!, ging ihm auf. Nein! IHR Baby. Meirionas Baby. Wann hatte sie es bekommen? Das konnte höchstens drei Tage her sein.

»Darf ich …?«, fragte er und trat zu der Frau.

»Es ist ein Mädchen«, sagte die Druidin und wiegte das Kind.

Es war winzig, wirklich erst ein oder zwei Tage alt. Wieso war es nicht bei Meiriona?

»Wie geht es meiner Schwester?«, fragte er und strich dem Baby über die Wange. Die Frau erstarrte und horchte. Dann zischte sie: »Versteckt, was immer Ihr verstecken müsst.«

Sie drehte sich auf dem Absatz um und rannte in den Wald.

Willmær raffte flugs alle Pergamente vor sich zusammen, rollte sie in ein Öltuch und verbarg alles in dem Stall hinter der Hütte. Dort hatte er schon vorsorglich ein Loch gegraben, in dem er den Kodex verwahrte, wenn er nicht daran arbeitete. Er verdeckte alles gewissenhaft mit Steinen, Brettern, Erde und Stroh. Den Bergkristall vergrub er im Gemüsegarten neben dem Salbei, den er von seinen Reisen mitgebracht hatte.

Er war keine Minute zu früh fertig, als er sie schon kommen hörte und die Fackeln zwischen den Bäumen sah.

Er hatte keine Angst vor ihnen. Auch wenn er sie nie nutzte, seine Kräfte waren stark genug, um sie auf Abstand zu halten, wenn er es wollte. Er hatte schon oft bekommen, was er wollte. Als Kind. Doch seit er sich hatte taufen lassen, hatte er es nicht mehr getan. Es war auch nie nötig gewesen.

Als der Druide Medraut und seine Gefolgsleute vor ihm standen, wusste er, dass er sterben würde. Mit Entsetzen erkannte er die langen schwarzen Haare seiner Schwester an Medrauts Gürtel und den silbernen Ring an seiner Hand.

Sie war tot.

Sie waren entschlossen und vor allem war Medraut schon immer voller Neid auf ihn und seine Kräfte gewesen. Viele Druiden konnten ein kleines Feuer durch pure Willenskraft entzünden. Doch dem

Wind befehlen, den Wolken, gelang nur ihm und seiner Schwester. Medraut hatte seit jeher einen Weg gesucht, es ebenfalls zu können. Augenscheinlich hatte er einen gefunden. Und der würde über seine, Willmærs, Leiche gehen.

37. Kapitel

Was stehen wir hier noch rum?«, rief Brandon ungehalten. Er griff nach meiner Hand und zerrte mich mit sich. Hinein in den dunklen Wald, fort von der leuchtenden Hütte, die jetzt wieder »normal« war, also nicht mehr so blendend wie vorhin.

»Wir müssen zum Kennet Tomb. Es wird Zeit.«

Ich stolperte durch den heftigen Ruck, weil er nicht lockerließ.

»Theodor …«, keuchte ich.

»Er ist weg«, hörte ich Elizabeth. Sie keuchte ebenso und vermutlich genau wie ich nicht aus Anstrengung vom Laufen, sondern vor Entsetzen über das, was gerade passiert ist.

»Darum kümmern wir uns später.« Brandon blieb eisern. »Weiter! Wir haben keine Zeit für Kaffeeklatsch. Wir müssen zum Tomb.«

»Du bist echt knallhart«, sagte Chris. »Wie bringen wir das Colin bei?«

Wir kamen an der Abtei vorbei und betraten die Lichtung daneben. Die uralten Grabsteine im Kreuzgang, der inzwischen nur noch von drei Seiten umsäumt war, waren sogar im schwachen Vollmondlicht gut zu erkennen. Nur einer lag im Dunkeln. Und das, obwohl kein Baum, kein Strauch auf diesem Friedhof wuchs.

Das Dunkel bewegte sich. Es kam auf uns zu.

»Brandon! Siehst du das?«, fragte ich alarmiert und deutete auf den Schatten.

Brandon folgte meinem Blick.

»Was ist das?«, fragte er wachsam und stellte sich schützend vor mich.

»Ich hab diesen Schatten schon zweimal gesehen«, erklärte ich leise.

»Ich dachte, wir haben es eilig. Du hast echt zu viel *Supernatural* geschaut«, meinte Chris und wollte weiter.

»O Gott! *Supernatural.* Erinner mich nicht daran«, stöhnte Elizabeth.

Der Schatten verharrte einen Augenblick lang ein paar Meter vor uns. Dann preschte er ohne Vorankündigung los, direkt auf uns zu.

Ich schrie und ließ mich zu Boden fallen.

»Alles gut, er ist durch dich durch«, sagte Brandon und half mir auf die Beine.

»Was zum Teufel war das?«, fragte Elizabeth, die tatsächlich zitterte. Chris fing sich als Erster wieder.

»Meredith! Wir müssen los!« Ich wusste, er machte sich Sorgen um Shakti und Rebecca.

»O Gott! Da ist er schon wieder!« Elizabeth schrie genauso panisch wie ich vorhin.

In diesem Moment huschte der Schatten vorwärts, mit einer Geschwindigkeit, die meine Augen nicht erfassen konnten. Doch einen Atemzug später lag Chris bewusstlos neben mir auf dem Boden.

»Chris!«, schrie ich entsetzt.

Brandon fiel neben ihm auf die Knie und tastete nach seinem Puls. Elizabeth klammerte sich dieses Mal an mich. Ein Zeichen, dass sie Chris wirklich mochte.

»Der ist stabil.« Brandon sah Elizabeths angstvollen Blick. »Glaub mir, ich hatte mit einigen Schnapsleichen im Circlin' Stone zu tun. Er ist nur ohnmächtig.«

»Wird er wieder auf die Beine kommen?«, fragte ich atemlos.

»Meredith, jetzt ist nicht die Zeit, einen Schock zu bekommen. Wir lassen ihn hier liegen, es wird ihm nichts geschehen. Zumindest nicht, wenn wir uns beeilen.«

Brandon stand auf und zog mich mit sich.

»Komm endlich«, sagte Brandon energisch. Keine Frage, er war komplett ausgenüchtert und hatte die Führung übernommen.

Ich setzte mich langsam in Bewegung und hatte ein furchtbar schlechtes Gewissen dabei. Chris war ein guter Freund und ich ließ ihn hier bewusstlos liegen!

Doch in diesem Augenblick knallte es weiter hinten im Wald. Eine Feuerwerksrakete schoss durch die Baumkronen hindurch und explodierte in viele kleine Sterne.

»O Gott, sie sind da!«, entfuhr es mir und ich rannte Brandon und Elizabeth hinterher, die sofort losgeprescht war. Ich holte sie kurz vor unserem Ziel ein. Wir schlichen gemeinsam näher, immer darauf bedacht, nicht gesehen zu werden und kein Geräusch zu verursachen.

Wir erreichten den Kennet-Weiher und damit das dabeigelegene Tomb in dem Moment, als Rebecca eine weitere Feuerwerksrakete gegen Cromwell schmetterte.

Noch während sie ausholte, wurde sie von einem seiner beiden Helfer überwältigt. Die brennende Rakete flog nur zwei Meter weit und explodierte unmittelbar vor dem Eingang des Grabmals.

Ich hörte Elizabeths unterdrückten Schrei bei dem Anblick, der sich uns bot.

Shakti wurde von dem zweiten Mann, Mr Payne, festgehalten. Sie hatte keine Chance, sich zu bewegen. Mir war schlecht, als ich sah, dass meine Freunde dermaßen bedroht wurden. Dabei fiel mir auf, dass einer fehlte. Wo war Colin? Hatte er Shelby überwältigt? Oder hatte Cromwell ihn bereits erwischt? O Gott, hoffentlich nicht.

»Mr Grey, kommen Sie raus. Sie sollten ihr Duftwasser wechseln«, rief Cromwell über den Weiher hinweg. »Und bringen Sie Meredith mit. Ich brauche sie gleich.«

»Du und dein dämliches Irish Moos«, schnauzte ich Brandon an.

»Hallo, Meredith«, sagte Cromwell betont höflich.

»Hallo, Stuart«, gab ich zurück, blieb aber mit Brandon, wo wir waren. »Wie ich sehe, hast du dir Verstärkung mitgebracht. Und alle Autos sind in Sicherheit.«

Ich sah Shaktis verblüfften Blick. Rebecca rangelte noch mit dem anderen Mann. Es war der Chauffeur Cunnings.

»Seid ihr den blonden Jungen losgeworden? Sehr klug«, sagte Cromwell. »Einer weniger, den ich zum Schweigen bringen muss. Du hättest deine Freunde nicht mit reinziehen sollen, Meredith. Du weißt doch, was mit jenen geschieht, die sich mir in den Weg stellen. Soll ich es dir noch einmal beweisen?«

Er sah zu Rebecca, die jetzt Handschellen angelegt bekam. Der Chauffeur hatte sie überwältigt und ihre Hände auf dem Rücken gefesselt. Sie wehrte sich noch, war allerdings machtlos. Doch auf einmal stand sie still. Und dann setzten sie und Shakti sich in Bewegung. Sie gingen schweigend und ohne zu zögern, ja ohne noch einmal um sich zu schauen, auf den Kennet-Weiher zu.

»Nein!«, schrie ich, als mir aufging, was Cromwell vorhatte. Rebecca und Shakti gingen einfach weiter. Der Weiher war nicht weit, sie hatten bereits die Füße im Wasser *und wachten nicht auf!*

»Meredith, fang an!«, raunte mir Brandon zu.

»Was? Womit?«

»Mit dem Ritual.« Der Tonfall drückte deutlich aus, für wie dumm er mich in diesem Moment hielt.

»Was? Jetzt?«

»Wann sonst? Wir sind alle hier. Wir sind am richtigen Ort und Cromwell ist da. Los jetzt.«

»Ich brauche den Ring«, erinnerte ich ihn.

»Das sollte jetzt ein Leichtes sein«, murmelte Elizabeth. »Ich lenke ihn ab, du rufst das Gewitter herbei. Das kannst du auch ohne Ring. Na los, ihr beiden. Mich hat er noch nicht entdeckt.«

Brandon nahm meine Hand und führte mich auf die Lichtung, direkt vor Cromwells Nase.

Rebecca und Shakti standen schon knietief im Wasser.

Ich fühlte mich noch immer schwach. Wie sollte ich das eine aufhalten und das andere auslösen?

»Halt sie auf!«, sagte ich zu Brandon und deutete auf meine Freundinnen.

Brandon warf mir einen mahnenden Blick zu und folgte dann.

Wo war Colin? Ich brauchte gleich sein Blut. Und wo war ein Becher?

Doch das Wichtigste vorab: Ich musste näher ans Grabmal *und* an Cromwell, um an den Ring zu kommen.

So cool wie nur möglich ging ich auf Cromwell zu. Um meine zitternden Hände zu verbergen, stopfte ich sie, so tief es ging, in meine Hosentasche. Am liebsten hätte ich mir in die Hose gemacht.

»Wo ist er?«, fragte ich.

»Hier.« Cromwell hob die Hand und ich erkannte den Ring zwischen seinen Fingern.

Ich dachte an alles, was er uns angetan hatte. An die Verfolgung, die furchtbar anstrengenden Nachtwanderungen, an Elizabeths Entführung, an Oliver.

Der Boden begann zu beben. Stark. Immer stärker. Ich wollte eigentlich ein Gewitter herbeiführen, doch das hier war genauso gut. Alles bebte, von den Bäumen knickten Äste ab, Mr Payne und der Chauffeur quiekten vor Entsetzen und rannten in den Wald. Anscheinend war Cromwells Manipulation nicht ganz so stark. Ich dachte an ein Loch, ein Loch so tief wie der Marianengraben im Japanischen Meer. Ich wollte, dass Stuart Cromwell da hineinfiel und erst in der Hölle zum Stehen kam. Ich hörte, wie ein Baum fiel, die Megalithen des Tombs hinter Cromwell begannen zu knirschen.

»Meredith! Hör auf damit!«, schrie Brandon.

Doch ich konnte es nicht mehr stoppen. Es war zu mächtig. Der Boden bekam Risse, sie wurden größer. Elizabeth schoss einen Feuerball auf Cromwell zu, verfehlte ihn aber, denn das Zittern der Erde war einfach zu stark. Sie traf beinahe mich damit.

»Meredith! Tu was!«

Ich konnte nicht länger warten.

Ich brauchte Hilfe und ich musste handeln. Nur einer konnte mir hierbei noch helfen.

»WILLMÆR!«, schrie ich aus Leibeskräften in der Hoffnung, er würde mich hören, mir helfen.

Dann geschahen mehrere Dinge gleichzeitig. Der Schatten tauchte unmittelbar zwischen mir und Cromwell auf und formte sich zu einem Tornado. Der wirbelnde Wind wurde höher und breiter und ergriff Cromwell in ungeheurer Schnelligkeit. Er hatte keine Chance, dem auszuweichen. Der Ring flog von seinem Finger. Allerdings flog auch Cromwell durch die Luft. Sogar Elizabeth wehte an mir vorbei und Shelby Miller. Wo kam die denn her? Sie wirkte wie eine Gummipuppe und hatte die Augen geschlossen.

Ich sah Colin, der entsetzt hinter dem wirbelnden Luftkreisel aufgetaucht war, bereit zu Hilfe zu eilen, sobald es nötig wurde. Ich sah die Pergamente vorbeiflattern. Und einen weiteren Feuerball, der sie erwischte. Der Kodex ging in Flammen auf.

»Hör auf, E!«, schrie Brandon. »Nicht noch mehr Feuer!« Brandon kämpfte mit Shakti und Rebecca, die mittlerweile nach Luft schnappend im tieferen Teil des Weihers standen.

»Mach weiter!«, schrie Colin mir zu. »Du schaffst das, Meredith. Achte nicht auf uns. Mach weiter!«

Der Ring! Wo war er? Wo war er hingeflogen? War da ein Schatten? Durch das Beben und den Luftstrom war ich mir nicht sicher. Ich rannte auf den Schatten zu und sah etwas in den Brombeerhecken glänzen. Tatsächlich! Der Ring! Da lag er. Ich griff zwischen die spitzen Stacheln, fischte ihn heraus und streifte ihn über. Zwischenzeitlich war das Beben so stark, weitere Bäume fielen, niemand konnte sich mehr auf den Beinen halten.

Ich krabbelte gegen den Wind ankämpfend vor die Öffnung zum Tomb. Da lagen bereits ein Becher und der vermisste Eichenstab. Ich schnappte ihn und zog einen Kreis. Der Kreis war wesentlich kleiner, aber es musste auch viel schneller gehen. Osten, wo zum Teufel war Osten? Wo ging hier die Sonne auf?

»Ich brauche gleich euer Blut!«, schrie ich noch und dann sprach ich die Worte:

»Luft beschwöre ich. Wehe, brause, blase, sause. Zeig uns deine Gewalt und deine Anmut.«

Sofort war der Tornado bei mir. Lange nicht mehr so groß und mächtig wie noch vor ein paar Sekunden, sondern so, wie ich ihn schon zweimal erlebt hatte. Er umrundete mich genau auf der Linie des von mir gezogenen Kreises. Ich konnte die Gewalt und den Lufthauch deutlich spüren.

Jetzt wurde es brenzlig. Im wahrsten Sinne des Wortes. Ich musste es auf Anhieb schaffen, Cromwell rappelte sich in dem Augenblick wieder auf.

»Tu's nicht!«, schrie er und man hörte deutlich die Panik in seiner Stimme. »Hör auf damit!«

Plötzlich fragte ich mich, was ich hier eigentlich tat? Was war das für ein dämlicher Text, den ich da zum Besten gab? Dabei war doch der nette Stuart direkt vor mir und würde mir helfen – uns allen helfen.

Moment mal. Ich schüttelte leicht den Kopf und machte weiter.

»Feuer beschwöre ich. Lodere, brenne, züngle, flackere. Zeig uns deine Kraft und deine Lebendigkeit.«

Ein Ring aus Flammen schoss in die Höhe. Ich hätte den Kreis besser etwas größer gezogen. Ich fühlte, wie sich meine Haarspitzen nach außen kräuselten. Es roch auch etwas angesengt.

Jetzt kam das Verformen des Steins.

»Erde beschwöre ich. Forme, festige, erzeuge, verdichte. Zeig uns deinen Zusammenhalt und deine Fruchtbarkeit.«

Der Querstein über dem Eingang, gestützt von zwei anderen meterhohen Felsen, begann sich zu verformen. Ach du meine Güte. Es funktionierte. Sogar besser als je zuvor. Mein Herz schlug so schnell und heftig, denn jetzt kam es darauf an. Jetzt … Ich sah noch einmal zu Brandon hinüber. Er hatte Shakti und Rebecca in flacheres Wasser gezogen. Sie saßen mit starrem Blick am Ufer. Brandon rannte zu mir herüber, verpasste sich während seines Laufs einen riesigen Schnitt auf der Handfläche.

Colin musste das gesehen haben, denn er rannte ihm entgegen. Elizabeth zögerte noch. Brandon hatte den Becher und damit mich erreicht. Er ließ sein Blut hineintropfen, schnitt Colin, dessen Blut regelrecht floss. Außerhalb meines Kreises bebte die Erde noch immer. Cromwell kroch tastend auf allen vieren über den Boden.

Jetzt. Jetzt war es so weit für den vorletzten Schritt und dann musste ich die zusätzliche Formel sprechen, die sie – einen nach dem anderen – zurück in ihre Zeit schicken würde. Ich nahm all meinen Mut zusammen und wappnete mich gegen die Schmerzen, die jetzt unweigerlich folgen würden.

Ich stampfte mit meinem rechten, dann mit dem linken Fuß auf, hob beide Arme gen Himmel und sagte:

»Wasser beschwöre ich. Fließe, ströme, plätschere, rinne. Zeig uns deine Energie und Beständigkeit.«

Es donnerte gewaltig und dann blitzte es und im nächsten Moment wurde es schwarz.

38. Kapitel

Ich blinzelte.

Herrje, ich war ohnmächtig geworden. Ich musste weitermachen. Ich musste es durchziehen, ich …

Ich fühlte überhaupt keine Schmerzen.

Ich kniete mich in den Vierfüßler-Stand und richtete mich dann vorsichtig auf, darauf bedacht, den von mir gezogenen kleinen Kreis nicht zu verlassen.

Doch da war kein Kreis. Da war auch kein Weiher.

Ich war überhaupt nicht mehr am Kennet Tomb.

Ich befand mich auf einer Lichtung, auf einer Wiese unmittelbar vor einem riesigen Gebäude.

Das war die Abtei! Keine Frage! Ich erkannte die Grundmaße der Außenmauern. Und doch sah das Gebäude so anders aus. Die Abtei war … intakt. Von irgendwoher – ganz nah – erklang eine Glocke. Erschrocken zuckte ich zusammen.

»Nicht erschrecken, Meredith, es läutet, weil das Nachtgebet vorbei ist.« Ich zuckte noch einmal zusammen. Neben mir stand der Geistermönch. Er hatte die Kapuze nicht übergezogen und sein kahler Hinterkopf glänzte im Fackellicht.

»Willmær?«, fragte ich verblüfft, nachdem sich mein Herz wieder etwas beruhigt hatte. Warum musste er immer so unvermittelt auftauchen?

Er lächelte und nickte.

»Willkommen im Hause Gottes. Aber du kennst dich ja hier aus.«

Äh … Weder Mum noch Dad waren große Kirchgänger.

»Mehr oder weniger«, wich ich aus. »In meiner Zeit sieht es hier etwas anders aus.«

Willmær nickte betrübt. »Ich weiß. Und dennoch …«

Dennoch hatte die Abtei auch als Ruine noch eine Faszination und Erhabenheit inne. Sie hatte Colin und mich seit jeher angelockt.

»Komm mit. Ich führe dich rum.«

Ich rührte mich nicht. »Willmær, ich war gerade mitten im Ritual, um Cromwell, Elizabeth und Brandon zurück in ihre Zeit zu schicken. Sie werden sterben, wenn ich es nicht vollende.«

»Ich weiß«, sagte er nur und wollte weiter.

»Ich muss zurück«, sagte ich jetzt direkt und blieb stehen. »Verstehst du nicht? Meine Freunde sind in Gefahr. Alle sind in Gefahr. Ich muss zurück, ich muss es erst beenden und dann kannst du mir meinetwegen zeigen, wo ihr Mönche eure geheimen Biervorräte lagert. Aber jetzt nicht!«

Ich musste Chris helfen, Shakti und Rebecca standen noch immer unter dem Einfluss Cromwells. Bevor ich hier gelandet war, hatten sie im flachen Wasser gelegen, bereit mit dem Kopf unterzutauchen, bis sich ihre Lungen damit gefüllt hatten.

Willmær blieb stehen und sah mich ruhig an. »Meredith, du bist die Gaianidin. Du hast die Zeit in diesem Moment angehalten. Das lässt mir wiederum Zeit, um dir in der Vergangenheit etwas zu zeigen. Etwas sehr Wichtiges.«

»Ich hab die Zeit angehalten?«

»Ja, mit dem Beginn des Rituals an diesem unseligen Ort.«

»Ich dachte, das sei der letzte Meridian«, sagte ich verwirrt. »Ist es doch der Steinkreis?«

»Du musst erst mit mir kommen, dann sage ich dir alles.«

»Hat es mit dem Ritual zu tun?«, fragte ich noch immer nicht beruhigt.

»Es hat alles mit dem Ritual zu tun«, sagte er, lächelte mich warm an und ging vor.

Wie konnte ich diesem einnehmenden Lächeln widerstehen? Er erinnerte mich an jemanden, dieser Mönch. An jemand Bekannten.

»Der Kreuzgang lädt zur inneren Einkehr und Meditation ein«, sagte er und verschränkte seine Hände unter den weiten Ärmeln seiner Kutte. Mir war absolut nicht nach innerer Einkehr und Meditation zu Mute. Ich wollte zurück, so schnell als möglich, und alles beenden. Dennoch folgte ich Willmær.

Der Säulengang um den sorgfältig gepflegten und bepflanzten Innenhof war prachtvoll ausgestattet. Überall standen Gedenktafeln in Größen von einem Buch bis hin zum mannshohen Denkmal an der Wand. Die Säulen waren mit sehr ausgeschmückten Kapitellen bekleidet und an jeder Wand waren zwischen den Tafeln zwei Türen eingelassen. Türen aus dunklem Holz mit Schnitzereien verziert, und die Scharniere sahen aus wie Ornamente. Das hier war eine ausgesprochen prächtige Abtei gewesen. Noch prächtiger als die Kathedrale von Salisbury, so kam es mir vor.

Uns gegenüber öffnete sich eine dieser Türen und paarweise

betraten viele Mönche den Kreuzgang. Sie kamen direkt auf uns zu. Ich ahnte zwar, dass sie mich nicht sehen konnten, aber was war mit Willmær?

Doch der Geistermönch neben mir ging seelenruhig weiter.

Ganz selbstverständlich schritt er an der Prozession der Klosterbrüder vorbei. Ich ging neben ihm und beobachtete sie genau. Das war gruselig. Sie waren so – still. Nur das dumpfe Klatschen der ledernen Sohlen war zu hören.

»Warum können die dich nicht sehen und ich kann es?«, fragte ich verblüfft. »Ich meine, ich konnte dich auch schon sehen, bevor ich wusste, wer du warst. Auf dem Sachsen-Festival.«

Willmær lächelte. »Das liegt an deiner Herkunft. Du kannst mich sehen, weil du ein Nachkomme bist.«

»Äh … gab es zu deiner Zeit noch kein Zölibat?«

»Ich hatte keine Kinder. Aber meine Schwester hatte eine Tochter. Jeder Platonid stammt im Grunde von dieser Tochter ab – natürlich über Jahrhunderte verteilt.«

Neben uns zuckte der vorletzte Mönch der Prozession zusammen und sah sich suchend um.

Er bekam von seinem Hintermann einen Stoß in den Rücken.

»Ich habe Stimmen gehört, Bruder«, verteidigte er sich und drehte erneut den Kopf nach allen Richtungen.

»Silentium!«, zischte der Mönch, der ihn gestoßen hatte.

»Also können sie uns doch hören?« Ich war erstaunt. »Kannst du uns hören?«, fragte ich den Mönch direkt, der nun unvermittelt stehen blieb, so dass sein Hintermann gegen ihn prallte.

»Bruder, ich höre Stimmen. Sie reden mit mir.« Er klang aufgeregt und ängstlich zugleich.

Die ganze Prozession kam zum Stehen. Die Mönche begannen zu tuscheln.

»Lass uns gehen, Meredith«, sagte Willmær und zog mich am Ärmel durch die Tür, durch die die Mönche herausgetreten waren.

»Meredith! Er nannte mich Meredith und ich soll ihm folgen!«, hörte ich den Mönch noch sagen, ehe die Tür hinter mir ins Schloss fiel.

Wir standen in der Kirche. Gerade war ein Junge von ungefähr elf Jahren im Habit dabei, die Kerzen zu löschen, so dass ich nur noch wenig von der Pracht des goldenen Altars sehen konnte.

Willmær ging durch das Mittelschiff, entlang des reich geschnitzten Kirchengestühls auf den Altar zu.

Unsere Schritte hallten in der Dunkelheit. Der Junge sah auf und starrte uns mit großen Augen entgegen.

»Gott zum Gruße, mein Sohn«, sagte Willmær zu ihm.

Der Kiefer des Jungen klappte herunter. Er sah aus wie ein Karpfen.

»Lass die Kerzen auf dem Altar bitte an, ja?«, bat ihn Willmær.

»Ihr … Ihr seid … der Heilige!«, stammelte er.

Willmær schüttelte den Kopf. »Keineswegs, mein Sohn. Ich bin nur ein Geist, der versucht die Welt zu retten. Aber meine Begleitung hier, sie ist eine Heldin.«

»Sie ist ein Mädchen«, stellte der Ministrant nüchtern fest.

»Das tapferste Mädchen seit Boudicca. Ich versichere es dir«, sagte Willmær im Brustton der Überzeugung. Ich fühlte mich eher wie ein Betrüger. Bis jetzt hatte ich nichts zu Ende gebracht. Es hing noch immer alles in der Schwebe.

»Sei so gut und lass uns allein. Wir brauchen die Unterstützung Gottes, um unser Werk zu vollbringen.«

»Ich darf die Kerzen nicht anlassen, heiliger Herr«, sagte der Junge zögernd. »Der Prior wird mir Nachlässigkeit und Verschwendung vorwerfen.«

»In drei Jahren wird die Abtei untergehen und alles gebrandschatzt werden, was auch nur zu finden ist. Auf vier Kerzen wird es dabei nicht ankommen«, erklärte der Mönch neben mir bestimmt.

Der Junge vor uns wechselte die Farbe und floh so eilig, dass er ins Straucheln geriet, sich wieder sammeln musste und erst dann hinaushastete. Kurz vor der Tür blieb er noch einmal stehen. Er sah mich an.

»Ist sie die Gaianidin?«, wollte er wissen.

»Das ist sie«, antwortete Willmær zufrieden.

Der Junge nickte und verließ die Kirche.

»Woher wusste er von der Gaianidin?«, fragte ich verblüfft.

»Die Gaianidin ist in diesem Zeitalter noch bekannt. Meine Unterlagen werden in der hiesigen Bibliothek aufbewahrt, und weil ich diese Gemeinschaft gegründet habe, haben sie einen hohen Stellenwert bei den Mönchen. Das wird sich in drei Jahren ändern.«

Ich wusste, was er meinte. Das bedeutete, wir waren drei Jahre vor dem Zeitpunkt, als Heinrich VIII. beschloss die katholische Kirche in England abzuschaffen.

»Aber wir sind nicht deswegen hier«, sagte der Geistermönch an meiner Seite und trat direkt vor den Altar. Er knickste dort tief und dann umrundete er den steinernen Tisch.

»Weswegen sind wir dann hier?«, fragte ich.

»Wir sind hier, weil du etwas wissen musst«, fuhr er fort, bückte sich und verschwand damit aus meiner Sicht.

»Wie ich das Ritual richtig fortsetze? Irgendwas muss ich ja falsch gemacht haben«, mutmaßte ich und umrundete den Altar – ohne vorher zu knicksen.

»Nein, das kannst du. Die Elemente haben dir aufs Wort gehorcht«, erwiderte er. »Ich habe dir auch Meirionas Geist geschickt, damit du nicht noch mehr gehindert wirst. Dein Freund Chris wird wieder völlig genesen.«

Das waren schon mal gute Nachrichten. Ich atmete erleichtert auf.

»Was ist dann das Problem, wenn ich bis jetzt alles richtig gemacht habe?«, fragte ich. Mir gingen seine Worte durch den Kopf. Meirionas Geist geschickt? Was meinte er damit?

Willmær kniete auf dem Boden. Er hatte einen dicken Teppich zur Seite gerollt und eine Falltür freigelegt. Jetzt sah er zu mir auf.

»Du weißt genau, wer sie war, und willst es nicht wahrhaben. Du glaubst einfach nicht an dich, Meredith. Dein einziges Problem, weshalb du die Schwierigkeiten hast beim Feuerentzünden und Steinebeschwören.« Er zog die Falltür mit einem leisen Ächzen auf.

»Und warum bin ich jetzt hier, wenn es kein Problem gibt?«

»Wir werden jetzt die Frage nach dem richtigen Standort lösen.«

Willmær nahm den noch brennenden Kerzenhalter vom Altar und stieg den Geheimgang hinab. Ich zögerte ihm zu folgen.

»Meredith, die anderen stehen momentan wie eingefroren da. Du kannst mir vertrauen«, rief es von unten.

Das fiel mir schwer. Seit er aufgetaucht war, hatte ich furchtbare Schmerzen durchlitten und war im Begriff, jeden zu verlieren, das ich liebte. Vor allem Colin.

Gab es einen anderen Ausweg? Nein.

Ich atmete tief durch und folgte ihm die steilen Stufen hinab in die dunkle Krypta.

Colin und ich hatten seit jeher versucht herauszufinden, wohin der Gang führte, doch er war nach wenigen Metern eingestürzt. Als Kinder hatten wir uns die Mühe gemacht und versucht das Geröll abzutragen, doch es war einfach zu viel gewesen.

Ich sollte eigentlich nichts fühlen. Ich war ein Geist. Und trotzdem fror ich genau so, als wenn ich wirklich körperlich anwesend wäre. Die Luft war feucht und modrig und es roch ein wenig süßlich – was das betraf, hatte sich in den letzten fünfhundert Jahren nichts an dem Kellergewölbe verändert. Und doch war es anders. Ein fernes Licht erhellte den Gang.

»Wohin gehen wir?«, fragte ich, denn jetzt wurde ich doch neugierig. Weshalb ließ man hier ständig Licht brennen, wenn niemand da war, der ihn nutzte? Ich dachte, Kerzen seien kostbar gewesen in dieser Zeit.

»Er führt uns zum Allerheiligsten des Klosters«, antwortete Willmær salbungsvoll.

Ehrlich, das Orakel von Delphi hätte nicht kryptischer antworten können.

»Richtung Norden, Süden oder Osten? Kommen wir vielleicht in Nottingham raus oder im Kensington-Palast?«, bohrte ich weiter.

Willmær lachte.

»Ach, Meredith, du hast so viel von meiner Schwester an dir. Du bist ihr komplettes Ebenbild. Du warst damals wirklich vor meiner Hütte, nicht wahr?«, sagte er mit einem kurzen Blick zu mir.

»An dem Tag, als sie high gewesen war?«, fragte ich und verbesserte mich, weil er nicht verstand. »Berauscht.«

»Oh, ja, richtig. Sie hat mit diesen Kräutern praktiziert. Einer der Druiden hatte sie dazu verleitet. Er war kein guter Mensch. Viel zu selbstverliebt und leider auch machtvoll. In dieser Hinsicht hast du besser gewählt.«

»Inwiefern?«, fragte ich erstaunt.

»Der junge Mann, den du liebst, ist ein wahrer Ritter. Er ist selbstlos und sehr auf dein Wohl und das der Menschen um ihn herum bedacht«, erklärte er.

Ich fühlte meine Wangen heiß werden. Ein wahrer Ritter? Er musste von Brandon sprechen. Brandon würde, wenn wir das hier alles hinter uns hatten, außerhalb meiner Reichweite sein. Ungefähr fünfhundert Jahre würden uns dann trennen. Abgesehen davon liebte ich ihn nicht.

Ich wollte lieber das Thema wechseln.

»Erzähl mir von Meiriona. Wir sehen uns so ähnlich«, lenkte ich ab.

»Du hast doch unser aller Augen gesehen, oder? Ihre, meine

und deine«, sagte er. »Wir haben sie von unserer Mutter geerbt. Sie war ebenfalls Druidin. Du wirst sie unter den Blutopfern sehen.«

Jetzt fröstelte es mich noch mehr. Ich hatte die Blutopfer vorübergehend verdrängt.

»Wir sind gleich da. Du wirst das Ritual noch einmal von neuem beginnen müssen.«

Noch mal? Noch mal mit allem anfangen? Ich wollte endlich hier raus. Ich wollte zurück. Aber sosehr ich mich auch anstrengte, ich konnte nicht weg. Willmær würde bestimmen, wann ich gehen konnte.

Er nahm eine der beiden Fackeln aus ihrer Halterung und nun kamen wir zu dem Teil des Tunnels, den ich nur verschüttet kannte.

Er war schmal und führte in die Dunkelheit. Hier roch es noch süßlicher als schon zuvor.

»Was ist das für ein Geruch?«, fragte ich und schnüffelte.

»Leichen«, antwortete Willmær und bekreuzigte sich. »Wir befinden uns unmittelbar unterhalb des Friedhofs und die Erde ist verwesungsmüde. Der Geruch zieht hier herunter.«

»Verwesungsmüde?«, hakte ich hellhörig nach. »Muss ich Angst haben, dass gleich eine Mumie auf mich knallt?«

»Nein, die Erde ist fest genug, doch sie atmet den Geruch der Leichen und gibt ihn ab.«

Mit skeptischen Blicken an die grob gehauene Decke über mir folgte ich Willmær. Immerhin wusste ich, dass der Boden nicht so fest war, wie der Mönch vor mir es glaubte. Ich würde lauthals schreien, wenn mir ein Knochen auf den Kopf fiele.

»Die Abtei ist später erbaut worden, an einem strategisch besseren Ort als das erste Kloster. Dorthin führe ich dich. Das erste Kloster stand auf magischem Boden. Ich habe es erbaut. Mit meinen eigenen Händen. Ich wollte die Druiden davon abhalten, den Ritus durchzuführen, der genau das verursacht, was jetzt eingetreten ist: den Magnetismus der Erde zu verändern.«

Aha.

»Und was ist schiefgelaufen?«

»Man hat die kleine Kapelle, die ich errichtet hatte, niedergebrannt, mich geköpft und davor gepfählt, bis die Krähen nichts mehr von mir übrig gelassen hatten.«

Jetzt gruselte es mich richtig.

»Moment!« Ich hielt ihn zurück und seltsamerweise, obwohl wir beide doch Geister waren, konnte ich ihn an seiner Kutte festhalten.

Er schien darüber genauso überrascht wie ich, denn er blieb stehen und ich rannte voller Wucht in ihn hinein.

Ich wäre zurückgeprallt und hingefallen, wenn er mich nicht festgehalten hätte.

Er war stärker als erwartet. Und er roch gut. Nach einer herben Seife.

Wir standen uns ganz nah gegenüber und mit einem Mal wusste ich, an wen er mich erinnerte. An Colin – trotz der grünen Augen.

»Was wolltest du sagen, Meredith?«, fragte Willmær.

Ich schluckte. Wieso war mir das nicht schon früher aufgefallen? So wie ich ein Zwilling von Meiriona sein könnte, so könnte er zumindest der ältere Bruder von Colin sein.

»Wenn du so getötet wurdest, wieso kann ich dich dann noch sehen? War das nicht dazu gedacht, deinen Geist auf ewig zu verdammen?«

»Das war es sogar ganz bestimmt«, sagte er amüsiert. »Aber meine Kräfte waren schon immer stärker als die von Medraut, dem Druiden. Meirionas Kräfte waren die stärksten, deshalb konnte sie – obwohl man ihren Leichnam verbrannt und die Asche in alle Winde verstreut und sie verflucht hatte – doch mit dir Kontakt aufnehmen.«

Der Schatten! Sie war der Schatten. Er hatte mir nicht schaden, er hatte mir helfen wollen.

»Lass uns weitergehen.«

Ich folgte ihm eine gefühlte Ewigkeit durch den Tunnel, und wenn ich richtig mitgerechnet hatte, befanden wir uns auf direktem Weg in Richtung Lansbury und Steinkreis.

Zu meiner Überraschung war weiter vorn eine größere Öffnung. Ein Raum unter der Erde. Von dort strahlte das Licht. Ich korrigierte mich, als wir die Öffnung erreichten. Es war eine Halle unter der Erde. Ich stolperte vor Staunen.

»Das passt ja«, sagte Willmær lachend. »Du bist in die Fußstapfen des Hohepriesters getreten.«

Tatsächlich! Da war der gleiche Fußabdruck, wie wir ihn schon am Lochstein auf Shetland gesehen hatten und unter dem Hünengrab in Lower Millcombe. Er führte in die riesige Halle. Sie war bestimmt hundert Quadratmeter groß und in ihr befanden sich Menhire. Sie waren kreisrund angeordnet und wurden durch behauene, eckige Dachsteine verbunden. Ich zählte einhundert Menhire, das waren mehr, als Stonehenge je gehabt hatte! Unglaublich! Ein unterirdischer, unentdeckter Steinkreis, komplett erhalten. Und die Steine strahlten dieses helle, gleißende Licht aus, das aus der Hütte gekommen war. Dort, wo Theodor verschwunden war.

»Siehst du dahinten die Stufen?« Willmær deutete auf eine Nische ein wenig verborgen hinter einem Megalithen.

»Wenn du da hochgehst, kommst du direkt in dem Haus Gottes raus. Du kennst es. Du warst schon dort. Und dein tapferer Ritter ebenfalls.«

Mein tapferer Ritter?

»Oh, du meinst Colin!«, sagte ich.

»Aber ja, der Platonid im Zeichen des Wassers.«

Er lächelte versonnen wie ein Großvater, der an seine Enkelkinder denkt. Nun ja, irgendwie … wenn wir ja alle Nachkommen seiner Familie waren, war das nicht ganz so abwegig.

»Meredith, jetzt kennst du den richtigen Platz. Und es ist die richtige Nacht. Wenn du alles korrekt ausführst, wird die Schwerkraft wieder einsetzen, wie sie ursprünglich von Gott gegeben wurde. Und Meirionas und meine Seelen werden erlöst sein.«

»Heißt das, wir werden uns dann nicht mehr sehen?«, fragte ich und dachte, dass es zu viele Abschiede auf einmal waren.

»Ich bin Priester«, sagte er augenzwinkernd. »Ich glaube ganz fest daran, dich eines Tages wiederzusehen.«

Ganz ohne Vorwarnung tauchte im Schein der Fackel der Schatten auf. Willmær hatte ihn auch entdeckt.

»Ah, da ist sie ja schon. Bring sie zurück, Schwester.«

Im Bruchteil einer Sekunde – ein Augenblinzeln – fuhr der

Schatten in mich hinein und der unterirdische Steinkreis war verschwunden. Stattdessen stand ich in dem kleinen Kreis inmitten von Flammen, die ich selbst herbeibeschworen hatte.

39. Kapitel

Über uns tobte noch das Gewitter. Der Querstein über dem Eingang lag zertrümmert auf dem Boden. Nur das Erdbeben hatte aufgehört. Ich ließ das Feuer erlöschen und sprang auf. Aber da brannte doch noch was?

Erschrocken sah ich mich um. Wo waren alle?

Shakti und Rebecca! Sie waren doch nicht etwa …

Nein, Brandon zog sie gerade weiter aus dem Weiher in Sicherheit.

Ich suchte Cromwell, und als ich ihn fand, blieb beinahe mein Herz stehen.

Er kämpfte gegen Colin. Beide hatten Messer in der Hand und umkreisten sich wie Sumoringer. Cromwell machte einen Ausfallschritt und schlug dann von der anderen Seite aus zu. Ich schrie auf, doch Colin hatte den Hieb kommen sehen und warf sich zur Seite.

Er mochte sich vielleicht nicht so schnell und gelenkig bewegen wie Brandon, doch er schaffte es immerhin, dem Angriff auszuweichen und zurückzuschlagen.

Verdammt, gab es hier keine Waffe? Wo war die von Rebecca gewünschte Kalaschnikow?

»O Gott, Meredith, was war das gerade?« Shakti kam zitternd auf mich zu.

»Wahnsinn. Brandon hat meine Handschellen geöffnet, mit der bloßen Hand«, sagte Rebecca und rieb sich ihre Handgelenke.

Ich konzentrierte mich kurz auf Shaktis Fesseln und sie sprangen auf und fielen zu Boden.

»Wie hast du ...?« Sowohl Shakti als auch Rebecca starrten mich mit Augen an, die jedem Uhu zur Ehre gereichten.

»Dafür ist jetzt keine Zeit. Ihr müsst zu Chris. Er liegt bei der Abtei im Gras. Es geht ihm nicht gut und er braucht dringend Hilfe. Hier ist mein Handy.«

Ich zog es aus meiner Hosentasche.

»Bist du sicher, dass wir nicht besser die Polizei holen sollten?«, fragte Rebecca.

»Nein!«, riefen Brandon und ich gleichzeitig. »Keine Polizei!«

Dann fügte ich alleine hinzu: »Cromwell ist ein Freund des Premierministers. Was glaubt ihr, wie viel Gewicht unser Wort gegen seines hat?«

Das schien ihnen einzuleuchten. »Chris!«, erinnerte ich sie. »Wir treffen uns bei den Harris, sobald wir Cromwell überwältigt haben, abgemacht?«

»Abgemacht«, sagte Shakti und Rebecca rief: »Hau ihm eine rein, Colin!«

Dann rannten beide in Richtung Lansbury und Abtei.

Damit fiel mir etwas anderes ein.

»Wo ist Elizabeth?«

Brandon, der zwischenzeitlich auch aus dem Wasser gekommen war, sah sich panisch um.

»Dahinten.« Er rannte vor den Eingang der Grabkammer. Dort

lag sie bäuchlings zwischen den Felsbrocken. Ein paar Äste lagen über ihrem Kopf.

Brandon zog sie vorsichtig herunter. Nur eine Beule mit einem winzigen Rinnsal an der Stirn. Ansonsten sah sie einigermaßen unverletzt aus. Brandon fuhr ihr durchs Haar. An seiner Hand klebte Blut. »Sie hat was auf den Kopf bekommen. Aber das hier ist nur eine Platzwunde. Sie wird gleich wieder zu sich kommen.«

Wir atmeten beide erleichtert auf. Na, wenigstens etwas. Egal wie zickig sie sein konnte, wir hatten einiges gemeinsam durchgemacht und ich wollte sie keinesfalls tot sehen.

»Dann lass uns Cromwell ein für alle Mal überwältigen«, sagte ich. Brandon sah besorgt auf Elizabeth hinab. Mir platzte der Kragen.

»Du hast gerade gesagt, sie wird wieder, und wir mussten Chris auch auf der Lichtung zurücklassen. Jetzt braucht Colin unsere Hilfe. Reiß dich gefälligst am Riemen und kümmere dich um das Dringlichste! Und das ist in diesem Moment nicht Elizabeth.«

Brandon kniff die Augen zusammen und sprang auf.

Als er an mir vorbeiging, sagte er: »Wow, es gefällt mir, wie energisch du werden kannst. Ich werde dich wirklich vermissen.«

Ich seufzte und folgte ihm.

Colin hatte Cromwell wesentlich besser in Schach gehalten, als ich meinem besten Freund je zugetraut hätte.

Stuart keuchte und schwitzte und im schwachen Mondlicht war eine leise Panik auf seinem Gesicht zu erkennen.

Ich fühlte wieder eine Welle von Zuneigung und Mitgefühl

für Cromwell. Ich wollte ihm helfen und Colin sagen, dass Stuart uns nichts tun würde, und wusste im selben Moment, dass es nicht stimmte.

Colin dagegen sah konzentriert aus und fest entschlossen Cromwell das Handwerk zu legen. Er verpasste ihm einen Hieb in die Brust, kassierte einen an der Schulter, ignorierte es, wich dem Messerstich aus und rammte seinerseits eine Faust auf Cromwells rechten Unterarm. Er hatte nicht den Hauch eines Funkens Verständnis für Cromwells prekäre Lage. Er kämpfte hart und verbissen ohne Anzeichen von Mitgefühl.

Und dann kapierte ich, dass Colin immun gegen Cromwells Manipulation war. Brandon dagegen nicht. Er wollte dazwischengehen, Colin zu Boden werfen. Ich warf mich stattdessen auf Brandon und legte ihm beide Hände in den Nacken, Haut auf Haut.

Er reagierte sofort und entspannte sich unter mir. Schließlich rollte er sich mit mir herum und blieb dann liegen.

»Meredith, du bist eine echte Heldin, weißt du das?«, fragte er und drückte mir einen festen, schmatzenden Kuss auf die Lippen.

Hinter uns ertönte ein Schrei. Erschrocken sprangen wir beide auf und sahen uns um, bereit uns auf Cromwell zu werfen.

Doch das hatte schon Colin übernommen. Er saß auf seinem Rücken, ein Knie fest ins Kreuz gedrückt, und hielt Cromwells Hände verschränkt.

Wir starrten ihn groß an. Wie hatte er das so schnell gemacht?

»Kann mal endlich jemand die Handschellen besorgen?«, rief Colin ungehalten. Wir rannten beide gleichzeitig los.

Ich rannte zu der Stelle, wo ich die von Shakti gelöst hatte. Sie sahen noch funktionsfähig aus. Dabei sah ich, dass Elizabeth auch wieder zu sich gekommen war. Brandon eilte sofort an ihre Seite.

Cromwell wurde gefesselt und auf die Beine gehievt. Er verzog das Gesicht, denn es musste in seinen Schultern schmerzen.

Ich hatte kein Mitleid mit ihm.

»Lasst mich los. Wisst ihr, wer ich bin? Was ich kann?«

»Das wissen wir nur zu gut, Stuart«, antwortete ich. »Und das hier ist kein Hollywood-Western, wo der gefangene Bösewicht jetzt anfängt Beleidigungen auszusprechen, damit einer von uns die Nerven verliert. Wir wissen, was zu tun ist.«

»Ich brauche keine Beleidigungen auszusprechen, ich kann euch die Wahrheit sagen, die unangenehm genug ist«, sagte er.

»Wusstest du, dass deine Freundin in den Barkeeper verliebt ist?«, wandte er sich an Colin. »Sie hat ihn geküsst.«

Colin sagte nichts. Er zog einfach Cromwells auf dem Rücken gefesselte Hände nach oben und brachte ihn so zum Schreien.

»Woher weißt du davon?«, fragte ich überrascht unseren Gefangenen und dann fiel mir etwas ein. »Deine Vision. Du siehst die größte Schwäche eines Menschen.«

»O ja, und manchmal sind es auch sehr peinliche Momente. Und soll ich dir sagen, was die größte Schwäche im Leben deines Liebsten ist? Dass er sich in die ehemalige Verlobte seines Bruders verliebte. Was für ein Wunder, als sie ausgerechnet hier auftauchte.«

Ich brauchte einen Moment, ehe ich kapierte, dass er mit *Liebster* Brandon meinte. Demzufolge war Elizabeth die Verlobte von Brandons Bruder. Beide hatten mir von der Verlobung erzählt, doch von Liebe? Die sei überbewertet, hatten ebenfalls beide erklärt.

Colin schien diese Eröffnung kaltzulassen.

»Sei still, Stuart Cromwell, oder ich sorge dafür, dass du es bist, der als Blutopfer für alle fungiert«, zischte ich.

»Du hast es noch immer nicht kapiert oder den Kodex nicht richtig gelesen«, sagte er höhnisch. »Es spielt keine Rolle, wie viele Platoniden verschwinden, Hauptsache, es sind mehr als einer. Zwei oder drei, damit die Erde wieder im Gleichgewicht ist. Zwei reichen. Lass mich hier, Meredith.«

Er sah mich flehend an.

»Ich helfe dir. Ich gebe dir mein Blut. Es reicht, wenn wir die beiden zurückschicken in ihre Zeit. Damit ist dem Ritual Genüge getan. Du musst mir nur den Ring geben.«

Ich dachte: Warum nicht? Wenn Brandon und Elizabeth zurückkehrten, konnte Cromwell doch bleiben. Er hatte eine riesige Firma, spendete viel Geld für wohltätige Zwecke, bot Hunderten, wenn nicht sogar Tausenden von Menschen in unserer Gegend Arbeit.

»Aaah!« Cromwell schrie und mir ging auf, dass er es doch immer wieder schaffte, mich zu manipulieren. Wenigstens für einen Moment. Zum Glück konnte er Colin nicht täuschen. Theodor hatte sich auch nicht manipulieren lassen. Ob das in der Familie lag? Colin ließ Cromwells gefesselte Arme wieder lockerer.

»Ich bin dafür, dass Sie die Klappe halten«, sagte er.

»Du bist nur eifersüchtig«, keuchte Cromwell. »Sie hat den Barkeeper geküsst und ihm Salat auf die Hose gekippt.«

»Das weiß ich. Ich war dabei«, sagte Colin ruhig. »Lass uns gehen. Zeig uns den richtigen Meridian, Mere.«

Ich war beeindruckt. Wow, Colin war wirklich wie ein Ritter. So energisch und selbstbewusst.

Elizabeth wankte noch ein wenig, vermutlich hatte sie eine leichte Gehirnerschütterung, doch sie konnte gehen. Brandon stützte sie fürsorglich. Wieso hatte er all die Blondinen angebaggert, wenn er sie hier in Lansbury für sich gehabt hatte?

»Ich erklär es dir später«, sagte Colin und fügte hinzu: »Entschuldige. Ich hab deine Gedanken wieder gelesen.«

Oh. Er war also so aufgeregt, dass er vergessen hatte nicht mehr meine Gedanken zu hören? Das irritierte mich. Doch das musste ich auf später verschieben. Jetzt mussten wir den letzten Meridian aufsuchen.

Und so machten wir uns auf den Weg zum unterirdischen Steinkreis.

40. Kapitel

Mitternacht musste schon vorbei sein. Es wurde Zeit. Cromwell zeterte wie ein Waschweib auf dem Weg zur Hütte. Ich sah das Licht schon von weitem leuchten. Als wir die Abtei passierten, waren Shakti, Rebecca und Chris nicht mehr da. Ich blickte zum Himmel. Wir befanden uns exakt unter dem Sternbild des Großen Hundes. Sirius, der hellste Stern, musste genau über der Hütte stehen, dem Gotteshaus, das Willmær eigenhändig erbaut hatte. Er leuchtete und leitete mich durch den Wald und ich dachte, dass ich Colin irgendwie wegschicken musste. Er durfte nicht unter dem Stern stehen.

Wir gingen durch den Bach und kämpften uns durch die hohen Brennnesseln. Mir ging durch den Kopf, dass dieser Schmerz kein Vergleich zu dem war, was mich gleich wieder erwartete. Mein Magen machte sich bemerkbar.

»Bist du sicher, Meredith?«, fragte Brandon, als Elizabeth wimmerte.

Ich antwortete nicht, sondern stieß die Tür auf. Ich hatte einmal während eines Gewitters hier Schutz gesucht. Doch damals war keine Tür drin gewesen. Und der Raum war zugewuchert, wenn auch überdacht. Jetzt war hier alles picobello sauber und aufgeräumt. Auf dem Tisch lagen Pergamente und an der Giebelwand hing ein großes Kreuz.

Ein weiteres stand auf einem steinernen Tisch.

Unmittelbar darunter sah ich die Falltür.

Ich öffnete sie. Es polterte hinter mir und Cromwell zischte: »Autsch! Kann mal jemand Licht anmachen?«

Wie Licht machen? Sahen sie das denn nicht? Hier war es so hell wie auf einem Fußballfeld, auf dem alle Flutlichter eingeschaltet waren.

Brandon zog seine Taschenlampe hervor.

»Kannst du gut sehen, Meredith?«, fragte Colin. Er klang neugierig, so als wüsste er, dass ich das hier anders wahrnahm.

»Für mich ist es so hell, als wären im Windsor Palace alle Kronleuchter der Großen Halle an«, erklärte ich ihm.

Die anderen schwiegen daraufhin.

»Könnt ihr die Stufen sehen?«, fragte ich und stieg die ersten hinunter.

»Wie hast du das …?«, begann Colin und ich sah sein staunendes Gesicht, doch er winkte ab. »Nicht so wichtig. Wir sehen sie.«

»Sie ist eine Hexe«, hörte ich Elizabeth flüstern, als ich weiter hinunterstieg.

»Hat man das dir nicht auch unterstellt?«, konterte Brandon und klang ein wenig genervt. »Wenn ich mich recht entsinne, war es sogar dein feiner Verlobter. Mein Bruder hätte dir das übrigens nicht angetan.«

»Nicht nachdem, was eurer Schwester wiederfahren ist«, gab Elizabeth kleinlaut zu. Ich erinnerte mich, dass man Brandons Schwester, die durch eine Vergewaltigung schwanger geworden war, ausgestoßen hatte.

Unten in der Halle war es noch heller als vorhin, wo ich mit Willmær hier gewesen war. Und das ganz ohne Fackeln. Die einhundert Steine leuchteten.

Von ihnen kam das Licht, das durch den Boden, durch die Mauerritzen der Kapelle weit in den Wald drang.

Das musste an dem Datum heute liegen. Fünfter August.

Colin und Cromwell gaben verblüffte Laute von sich, als sie in die Halle traten.

»Wie machen wir das mit dem Blut?«, fragte ich und jetzt klopfte mein Herz wieder schneller und meine Hände zitterten stärker.

»Wir kümmern uns in der Zwischenzeit darum«, sagte Brandon, der sich ebenfalls staunend umsah. »Fang schon mal an. Hier sind der Eichenstab und der Ring.« Ich zog sofort einen Kreis. Einen größeren Kreis.

Ich nahm beides entgegen und dachte ausgerechnet jetzt an Theodor.

Wieso hatte Theodor verschwinden können?

Doch darüber durfte ich mir nicht den Kopf zerbrechen. Nicht in diesem Moment.

»Colin, lass mir etwas von deinem Blut hier und dann möchte ich, dass du verschwindest.« Es war mir ernst.

»Nein, Mere«, sagte er ruhig. »Du hast früher nie an die Tarotkarten deiner Mutter geglaubt. Glaub auch jetzt nicht dran.«

»Colin, bitte!«, flehte ich ihn an. Ich wollte nicht beginnen, ohne ihn in Sicherheit zu wissen.

»Ich bleibe«, sagte er stur.

Elizabeth lächelte ihn aufmunternd an.

»Lass mich gehen«, mischte sich Cromwell ein.

»Fangen Sie nicht schon wieder damit an«, sagte Brandon genervt. »Meredith, leg los. Colin wird wissen, was er tut.«

Ich zögerte.

Ich zögerte zu lange, denn Cromwell warf sich gegen Colin und versuchte sich zu befreien. Colin stolperte, ließ aber nicht los. Es war Brandons harter Faust zu verdanken, dass Cromwell endlich aufgab. Ich musste es einsehen: Colin würde nicht gehen. Also atmete ich tief durch.

Ich wusste, hier würde es am schmerzhaftesten werden. Doch ich war vorbereitet. Ich dachte an meine Eltern, vor allem Mum. Ich suchte Colins Blick. Er hielt Cromwell wieder ganz fest, aber er ließ mich nicht aus den Augen. Er lächelte munter, doch ich wusste, ihm war alles andere als froh zu Mute. Ich liebte ihn so sehr. Egal ob ich es überleben würde oder nicht, er sollte weiterleben. Für ihn würde ich das gerne in Kauf nehmen. Ich holte tief Luft und begann:

»Luft beschwöre ich. Wehe, brause, blase, sause. Zeig uns deine Gewalt und deine Anmut.«

Der Tornado erschien. Er kam mir noch machtvoller vor, noch aggressiver. Meine Güte, was sollte das werden, wenn das Gewitter losging? Ich schob solche Gedanken schnell beiseite und beschwor das Feuer. Die Flammen leckten bis an die Decke und bildeten einen regelrechten Vorhang. Ich stand in einem Feuerring, der womöglich mein Tod sein würde.

Dann beschwor ich das Element Erde. Dieses Mal verformten sich die Megalithen an den Wänden. Jeder einzelne Stein verlor seine raue, grob behauene Fläche. Durch die hindurch konnte ich sehen, dass sie nach und nach in der Mitte an Substanz verloren, bis sie nur noch einen Hohlstein bildeten. Nein, keinen Hohlstein! Pforten! Es waren Türen! Und der Durchgang lag im Dunkeln. Jede Tür führte woanders hin.

Mir wurde bewusst, dass dies die Pforten waren, durch die meine Freunde gleich gehen mussten. Ich hatte mich nicht einmal richtig von ihnen verabschiedet.

Und dann kam der schwerste Teil. Ich holte tief Luft, stampfte mit zittrigen Beinen auf und sprach:

»Wasser beschwöre ich. Fließe, ströme, plätschere, rinne. Zeig uns deine Energie und Beständigkeit.«

Wie erwartet setzte der Regen ein, eine wahre Sturzflut, die die Flammen kleiner werden ließ, auf Kniehöhe zurückdrängten. Dann kam der erste Blitz und mein Körper fing Feuer. Ich brannte, die Schmerzen loderten von der Haut durch mein Fleisch bis in die Knochen. Ich konnte nicht anders, ich schrie. Das hier war mein Tod. Ich fiel auf die Knie und sah Colins kreideweißes Gesicht. Und dann versuchte Cromwell erneut sich zu befreien. Er knallte seinen Kopf gegen Colins. Dessen Nase begann sofort zu bluten und er hielt sie mit beiden Händen.

Auch Brandon und Elizabeth stürzten sich jetzt auf Cromwell. Blut. Ich brauchte ihrer aller Blut, um das zu beenden. Um dieses Brennen zu beenden.

Es war stärker, viel stärker als das letzte Ritual. Hierbei würde ich sterben.

Meine Haut schien aufzuplatzen, ich glaubte zu spüren, wie meine Muskelsehnen zu reißen begannen. Und dann sah ich die

Pforte. Zwischen zwei Megalithen war keine Wand mehr. Es bewegte sich etwas, es kam auf uns zu.

»Halte durch, Meredith!«, drang eine bekannte Stimme an mein Ohr.

Meiriona! Meiriona war da. Sie hatte gerufen. Und sie war nicht als Einzige gekommen. Zwischen anderen Steinen hatten sich weitere Pforten geöffnet und noch fünf traten ein. Nur fünf. Drei trugen sehr grobe Gewänder und zwei römische Tuniken. Trotz meiner Schmerzen registrierte ich noch etwas anderes: Offenbar konnte auch Colin die Blutopfer dieses Mal sehen. Sogar Cromwell spürte sie, denn beide sahen überrascht aus ihrem Kampf auf. Nur Brandon und Elizabeth brauchten ein paar Sekunden, um zu verstehen, dass Cromwell sich nicht länger wehrte. Sie nahmen die Blutopfer nicht wahr. Dafür wurde mein Brennen beinahe unerträglich.

Blut. Ich brauchte Blut.

»Wir werden das Gleichgewicht wiederherstellen«, antwortete Meiriona ernst. »Komm mit, Stuart. Du gehörst hier nicht her.«

Cromwell wollte sich wehren, doch er hatte keine Chance. Meiriona packte ihn und zog ihn unerbittlich und mit unsichtbaren Kräften zu der Pforte, aus der sie gerade gekommen waren.

»Ach, eines noch«, sagte Meiriona, kurz bevor sie hindurchtraten. Sie nahm von ihrem Gürtel ein kleines Messer und schnitt Cromwell in den Arm.

»Colin, würdest du?«, wandte sie sich an Colin.

Ja, bitte Colin. Mach schnell. Ich wollte trinken. Ich wollte das

Blut. Es würde meine Qualen beenden. Colin nahm das Messer mit der blutigen Klinge entgegen.

Dann wandte sich die Druidin zu mir. »Meredith, du bist stark genug. Du schaffst das.«

Derweilen zuckten die Blitze um uns herum und der Tornado setzte sich in Bewegung. Er huschte eine weitere Runde, und als er die Pforte passierte, an der Meiriona und Cromwell vorhin gestanden hatten, waren sie verschwunden.

»Meredith, hier steht der Becher«, hörte ich Brandons Stimme. »Leb wohl, Meredith. Du bist eine wahre Heldin.«

Eines der Blutopfer, ein Mann in einem Kostüm, das sehr gut auf unser Sachsen-Festival gepasst hätte, nahm Brandons Hand. Ich sah Brandon ein letztes Mal lächeln. Ein angenehmes, warmes Lächeln, als er ihm zu einem anderen Stein und dessen Öffnung folgte. Der Tornado setzte wieder ein. Ich wollte, ich könnte ihm noch etwas sagen, mich richtig verabschieden, aber die Flammen fraßen mich auf. Die Schmerzen wurden immer stärker. Und dann sah ich Elizabeth. Sie hielt Colin fest. Ganz fest.

»Komm mit mir«, sagte sie. Sie flehte. Trotz des Regens, trotz des Feuerprasselns, trotz des Donners.

»Komm mit mir. Bitte. Ich möchte mit dir zusammen sein. Ich möchte dich an meiner Seite haben. Immer.«

Ich konnte sehen, wie sie Colins Gesicht zu sich zog und ihn küsste. Eine Faust umschloss meinen Magen.

»Ich liebe dich, Colin.« Da. Jetzt war es raus. Nur war nicht ich es, die es ihm gesagt hatte. Es war Elizabeth.

»Meine Eltern werden dich lieben, weil ich dich liebe. Sie sind einflussreich genug, um uns Zutritt zum Hof zu verschaffen. Ich würde zwar nie Kammerzofe der Königin werden, aber ich wäre viel lieber mit dir zusammen. Komm mit mir. Ich werde dich immer lieben.«

Die Flammen wurden wieder höher, der Hagel weniger, meine Schmerzen nahmen dafür zu.

Ich brauchte das Blut. Schnell und unbedingt. Ich schloss die Augen und wollte nur noch sterben.

»Meredith braucht das Blut, sonst war alles umsonst«, hörte ich Colin sagen.

»Mere! Nimm das Messer. Du musst es schaffen. Du bist stark.«

Nein, war ich nicht. Ich war schwach. Ich lag auf dem Boden und verbrannte. »Öffne deine Augen. Meredith!«

Ich blinzelte. War das schwer. So schwer, als würde er von mir verlangen einen Zentner zu stemmen. Colin hielt den Arm über den Flammen ausgestreckt. Er sah besorgt aus.

»Mach schon, Meredith. Du schaffst das.«

Ich robbte Zentimeter für Zentimeter zu ihm. Meine Hand zitterte – wie immer in den unmöglichsten Situationen, und ich ließ beinahe das Messer fallen, als ich sah, dass Colins Arm verbrannt war. Das Shirt und die Haut, und trotzdem hielt er mir das Messer mit dem Blut hin.

»Du musst dich auch noch schneiden«, erinnerte er mich.

»Colin …« Ich musste es ihm sagen.

»Du musst dich schneiden. Ich wollte, ich könnte dir helfen.« Er klang verzweifelt. Ich musste es ihm unbedingt sagen, ehe er verschwand oder ich starb. Er musste es wissen.

»Liebe dich«, krächzte ich. Ich war mir nicht sicher, ob er es verstand. Ich wollte nicht, dass er mit ihr ging.

»Elizabeth …«, versuchte ich zu sagen, doch es kam nur ein Krächzen heraus.

»Sie ist schon fort«, hörte ich jemanden sagen. Colin?

Ich zögerte nicht, schnitt mir in die Handfläche und leckte anschließend die Klinge einfach ab. Es fehlte etwas. Das Brennen ließ noch nicht nach und dann fiel es mir wieder ein:

»Es ist vollbracht!«, rief ich, so laut ich es noch konnte.

Schlagartig verschwanden die Schmerzen und um uns herum wurde alles dunkel.

41. Kapitel

Es war geschafft. Die Schmerzen hatten aufgehört und dieses Mal war ich nicht ohnmächtig zusammengebrochen. Ich lag nur auf meinen Knien. Es war dunkel, weil die Steine aufgehört hatten zu leuchten.

Und alle waren weg. Brandon und Elizabeth waren nicht mehr da. Niemand war mehr da. Ich war allein. O Gott!

»Colin?!«, rief ich entsetzt. »Colin, wo bist du?«

Ich sah mich panisch um. Doch ich sah nichts. Es war stockfinster. Ich tastete den Boden unter mir ab. Keine Risse, kein Beben, nichts schwebte mehr. Die Gaianidinnen-Sache war erledigt. Ich war wieder Meredith.

»Colin!«, schrie ich noch einmal und fügte leiser hinzu: »Nicht du … du solltest nicht gehen!« Der Gedanke schlug über mir ein wie eine Lawine. Ich begann haltlos zu schluchzen.

»Ich bin hier.«

Die Stimme war schwach und krächzend, doch ich spürte, wie er neben mir kniete. Dann klickte es und das Display seines Handys ging an. Im fahlen Schimmer sah er mir prüfend ins Gesicht.

»Ist alles okay, Mere?«, fragte er atemlos.

Colin war da. *Er war noch hier!*

Ich traute mich nicht, ihn zu berühren, weil ich fürchtete, er sei ein Geist.

Er war es, der mich berührte.

Er legte seine Finger zart an meine Wange.

»Hast du noch Schmerzen?«

Seine Hand fühlte sich unglaublich gut an meiner Wange an. Ich schmiegte mich daran.

»Hast du keine Schreckensvisionen mehr?«, fragte ich. Einen Augenblick lang war er überrascht, dann schüttelte er den Kopf. »Nein, hab ich nicht. Mere?«

Er sah mich an. Mit seinen hellblauen, wunderschönen Augen. Die Strähnen seines zu langen Ponys bedeckten sie etwas.

»Mere, weißt du noch, was du gesagt hast, ehe E ging?«, fragte er und taxierte wachsam jede Regung meines Gesichts.

Ich umfasste seine Hand an meiner Wange mit der meinen, drehte den Kopf und küsste die Innenfläche. Innig. Er war bei mir. Er war geblieben.

Ich fühlte, wie er mit der anderen Hand meinen Hinterkopf umfasste, und dann küsste er mich.

Wir umarmten uns dabei ganz fest, konnten nicht nah genug an den anderen drankommen.

»Ich liebe dich«, sagte ich endlich atemlos. »Und ich hatte solche Angst, du könntest mit ihr mitgehen.«

Er nahm mein Gesicht in beide Hände und lächelte sein umwerfendes, liebevolles Lächeln.

»Niemals. Es gab für mich nie eine andere als dich.«

Und dann küsste er mich noch mal.

Danach

Madam Mim fauchte. Das wunderte mich nicht, denn Tinker hatte es sich auf Colins Schoß gemütlich gemacht. Die Katze war ganz allein in Brandons Wohnung zurückgeblieben und Mum hatte sie mit zu uns nach Hause gebracht. Ich war nicht wirklich davon überzeugt, ob es eine so gute Idee war, Elizabeths Kätzchen zu behalten. Zwischen Madam Mim und Tinker herrschte die gleiche Spannung, die auch zwischen mir und Elizabeth so spürbar war. Dabei waren sie Geschwister. Genau genommen waren Elizabeth und ich ja auch verwandt. Sie, Brandon, Colin und ich: Wir alle waren Nachkommen von Meiriona – über Jahrhunderte hinweg und um zig Ecken verteilt.

Aber Tinker war nicht die einzige Veränderung gewesen, die mich erwartete.

Mum hatte geweint, als ich nach Hause kam. Sie hatte furchtbare Ängste ausgestanden, ich könne in eine der Naturkatastrophen, die sich ereignet hatten, geraten sein. Ich sagte ihr nicht, wie knapp wir manches Mal daran vorbeigeschlittert waren, denn sie ließ mich eine Stunde lang nicht los, obwohl ich immer noch nicht geduscht hatte. Dummerweise kam ein paar Tage später die Rechnung vom Mietwagenservice und sie erfuhr es doch. Das gab ein Donnerwetter, das manches Gewitter in Lansbury in den Schatten stellte. Einen Tag nach meiner Rückkehr war Dad aus Manchester angereist. Er hatte sich persönlich überzeugen wollen, dass es mir gut ging. Zum Glück, denn nur ihm war es zu verdanken, dass sich Mum wieder beruhigte.

Wir drei hatten ein ausgiebiges Abendessen und redeten mehr miteinander als in den letzten Jahren zusammen.

»Wie geht es deinem Dad?«, fragte Colin. Wir saßen in meinem Zimmer und gingen gemeinsam mit Rebecca, Shakti und Chris die jüngsten Ereignisse durch.

»Er sieht viel besser aus«, sagte ich und staunte noch immer über seine Verwandlung. Dad hatte wirklich gut ausgesehen, nicht mehr so aufgedunsen und viel gepflegter. Die neue Arbeit schien ihm gutzutun, er hatte seit Wochen keinen Alkohol mehr angerührt und ganz heiter von seinem Job und den neuen Kollegen erzählt. Ich hatte nie geahnt, wie sehr ihm das gefehlt hatte. Als Lkw-Fahrer war man anscheinend doch sehr einsam.

»Wir haben über Oliver geredet«, fügte ich nachdenklich hinzu. Mum hatte endlich ihr Schweigen gebrochen und erzählt, wie sehr mein Bruder mich geliebt hatte.

Es war ein wirklich schöner Abend gewesen, und als wir ins Bett gingen, hatten Mum und Dad sich sogar umarmt.

»Ich kann mich noch immer nicht an deinen Anblick ohne Brille gewöhnen«, meinte Rebecca und betrachtete mich kritisch. »Wieso kannst du auf einmal wieder so gut sehen?«

Chris, Rebecca und Shakti wussten nichts mehr von den schicksalsträchtigen Ereignissen in der Nacht zum fünften August. Ihre Erinnerungen waren mit dem Ende des Rituals gelöscht gewesen wie ein PC nach einem Reset. Chris wusste nur, dass er uns abgeholt hatte und wir uns auf den Weg gemacht hatten, um Cromwell aufzuhalten. Dann kam ein Blackout. Rebecca und Shakti wussten nichts mehr von ihrer Manipulation und dass Cromwell sie ertränken wollte. Colin und ich hatten es dargestellt, als hätte Cromwell sie gefesselt am Kennet Tomb zurückgelassen.

Ich hatte die Vermutung, dass Willmær ein letztes Mal seine magischen Finger im Spiel hatte – auch wenn er das rigoros abstreiten würde. Mönche praktizierten keine Magie.

»Meredith bekam ihre Brille erst, als sie nach Lansbury zog«, antwortete Colin für mich.

»Jetzt, wo du es sagst …«, erinnerte sich Shakti. »Sie kam am Anfang überhaupt nicht damit zurecht. Sie ist doch immer gestolpert.«

»Auf alle Fälle sehe ich jetzt auch ohne Brille gestochen scharf«, antwortete ich und ließ meinen Blick auf Colin ruhen. »Du hast dich noch immer nicht rasiert.«

Er hatte den Drei-Tage-Bart behalten und es stand ihm verdammt gut.

»Apropos rasiert. Stimmt es, dass Theodor gestern Morgen unrasiert und zottelig im Steinkreis stand?«, wollte Rebecca wissen.

»Zottelig? Er war splitterfasernackt«, bestätigte Colin und wir lachten lauthals.

»Es kommt noch besser«, fuhr er fort. »Er hat sich nachmittags mit Alex Parkins getroffen und ist den Neo-Druiden beigetreten.«

»Nein!«, rief ich verblüfft.

»Doch«, nickte Colin und kraulte beide Katzen, die zu schnurren anfingen. »Er wollte nicht sagen, wo er herkam und was er gesehen hat, aber garantiert war es nicht so schön wie in Oxford.‹

Theodor ein Neo-Druide? Unvorstellbar!

»Hat jemand von euch Shelby Miller seit jener Nacht gesehen?«, wollte Chris wissen.

»Ja, sie rennt wieder in ihren durchlöcherten, nuttigen Klamotten rum, allerdings ist sie wesentlich freundlicher. Sie hat mich gegrüßt.« Rebecca war sichtlich erstaunt. »Und sie war in Begleitung von eurem Schwimmlehrer. Ich glaube, da läuft was.«

»Er ist ihr Vater«, erklärte Colin.

»Was?!«

Darauf wären wir im Leben nicht gekommen. Er war doch noch so – *jung*.

»Das ist wohl während seiner College-Zeit passiert«, erklärte Colin. »Er wollte studieren und hat sich nie um Shelby gekümmert. Und dann wird er ausgerechnet unser Schwimmlehrer. Sie hat mir damals bei Cromwell Logistic davon erzählt. Cromwell kam genau in dem Moment, als sie ihr Herz ausschüttete, vorbei. Ich vermute, dadurch kam später eine Verbindung zu Stande, die Cromwell ausnutzte – wie nur er es auszunutzen versteht.«

Wir alle hingen eine Weile unseren Gedanken nach und nur das Schnurren der Katzen war zu hören.

»Wie mag es Brandon und Elizabeth jetzt ergehen?«, sinnierte Shakti auf einmal. Offiziell waren beide wieder in den Norden gezogen. Brandon wurde schmerzlich vermisst. Nicht nur von uns, sondern auch von den Mädchen im Circlin' Stone. Hinter der Theke stand Mr Godfyn höchstpersönlich und der Laden lief nur mäßig. Keine Cocktails, kein schaumiger Cappuccino, kein muskelbepackter Sonnyboy, der mit seinem Charme und seinem Aussehen die Kundschaft von weit her anzog.

Ich vermisste Brandon ebenfalls. In den letzten Monaten hatten wir viel Zeit miteinander verbracht. Ich hoffte sehr, dass sich seine Wünsche erfüllten und er wieder lange Ausritte unternehmen konnte und Zeit mit seiner Schwester verbrachte. Wer weiß? Vielleicht servierte er ja für die eine oder andere Blondine schon mal ein Heißgetränk mit Milchschaum und Herz. Hatte es im sechzehnten Jahrhundert in England schon Kaffee gegeben? Brandon würde garantiert was einfallen, um die Mädchen bei Laune zu halten. Das einzige Erinnerungsstück an ihn war der Silberring mit dem Muster. Er war nach dem Ritual noch an meinem Daumen gewesen und lag jetzt sicher verwahrt in meinem Nachttisch.

»Wenn ich das früher gewusst hätte, hätte ich mir die ganze Mühe sparen können«, grummelte Chris.

»Was denn?«

»Er hat mir Flirttipps gegeben«, gab ich knallrot zu.

»Meredith und Flirttipps? Ehrlich? Für Brandon? Da musst du aber sehr verschossen gewesen sein.« Rebecca nahm zum Glück mein knallrotes Gesicht nicht wahr. »Das haben alle versucht«, seufzte Shakti und versuchte Madam Mim zu streicheln. »Hat alles nichts genützt. Er ist weg. Und Elizabeth. Moment mal, ob er UND Elizabeth …?«

»Sie war doch seine Cousine«, erinnerte Chris an die Lüge, die Brandon damals aufgetischt hatte, um Elizabeths Anwesenheit zu erklären.

Wenn er wüsste …

»Oh, wartet, ich hab noch was!«, rief Rebecca und kramte aus ihrer Tragetasche ein paar Blätter hervor.

»Dad hat das entdeckt und dachte, es würde euch beide interessieren. Wusstet ihr, dass Brandon und Elizabeth Namensvettern im sechzehnten Jahrhundert hatten?«

Die Katzen waren schneller auf dem Boden, als ich reagieren konnte. Colin hatte die Blätter geschnappt und begann sie durchzulesen.

Chris versuchte statt Colin Tinker auf den Schoß zu locken. Ohne Erfolg. Das kleine Biest schlug nach ihm.

Ich rutschte dicht neben Colin. Bei den Blättern handelte es sich um die Kopien eines uralten Kirchenbuchs.

Brandon Grey, zweiter Sohn des Earl of Stanford und von Lady Elizabeth Ashton, älteste Tochter des Earl of Ashton, vermählt am 18. Mai im Jahre des Herrn 1567 stand da zu lesen.

»Und jetzt kommt das Beste: Sie hatten einen Sohn namens Colin. Zufälle gibt's!« Rebecca schüttelte fassungslos den Kopf.

Colin und ich sahen uns an.

Brandon und Elizabeth hatten geheiratet?

Und ihren Sohn Colin genannt? Der Name war definitiv kein Zufall. Mir wurde das Herz schwer. Elizabeth hatte ihr einziges Kind nach dem Mann benannt, den sie liebte.

Colin war hiergeblieben, aber jetzt, wo ich das las, überfiel mich ein unschöner Gedanke. Wäre er vielleicht doch mitgegangen, wenn er gekonnt hätte? Hatte es nur einfach nicht funktioniert?

Vielleicht wäre er gern mit Elizabeth mitgegangen, sie hatte ihn ja darum angefleht und ich glaubte wirklich, dass ihre Liebe zu ihm echt gewesen war. War Colin doch nur mit mir zusammen, weil Elizabeth nun fort war?

»Mere?«

Er legte eine Hand unter mein Kinn und hob mein Gesicht zu seinem.

»Ich habe Elizabeth immer nur das Beste gewünscht.« Befand er Brandon etwa für besser als sich selbst? Das fand ich nicht. Er sah mir meine Zweifel wohl an. Langsam beugte er sich zu mir. Ich schloss die Augen und wartete auf den Kuss. Ich fühlte die Wärme seines Gesichts schon …

»Huuuu!«, tönte es laut und heulend und erschrocken knallten Colins und meine Stirn aneinander.

»Was zum Teufel haben wir noch nicht mitbekommen?« Shakti schrie regelrecht.

»Du bist der Frauenflüsterer«, rief Chris nicht ganz neidlos.

Ich rieb meine Stirn und sah dabei Rebecca, die uns mit offenem Mund anstarrte.

»Das macht der Drei-Tage-Bart«, erklärte Shakti noch immer fassungslos und betrachtete Colin prüfend.

»Du solltest mir Flirttipps geben, Mann«, rief Chris.

Rebecca schüttelte kurz den Kopf, als müsse sie eine Fliege vertreiben, und erklärte dann in bestem Predigerton:

»Ihr wart schon immer eine Einheit. War das jetzt alles an Neuigkeiten oder gibt es noch mehr? Das hier ist irgendwie erschütternd. Es bringt mein ganzes Weltbild ins Wanken.«

»Ich versuche ständig das Bild vom nackten Theodor loszuwerden«, murmelte Chris.

»Eine Neuigkeit gibt es durchaus noch«, sagte Colin überraschenderweise. »Ich werde meine Fächer auf dem College ändern.«

Er berichtete von dem Gespräch mit seinem Vater, bei dem er ihm erklärt hatte, er werde nach dem College auf Lehramt studieren und nicht Medizin. Genau das, was er, Colin, sich schon immer gewünscht hatte.

Dr. Adams musste geflucht und mich für alles verantwortlich gemacht haben, doch Colin habe ihm unmissverständlich erklärt, sollte er je wieder etwas gegen mich sagen, würde er ausziehen und mit seinen Eltern brechen.

»Wow«, sagte Chris. Er stand auf. »Ich für meinen Teil hab genug für heute erfahren. Ich glaube, ich brauche einen Eisbecher. Die Hitzewelle ist zwar vorbei, aber noch haben wir Sommer. Lansbury ist von größeren Schäden der Naturkatastrophen verschont geblieben – das zertrümmerte Kennet Tomb braucht ja keiner. Also, ein guter Grund zum Feiern. Wer will noch alles ein Eis?«

Rebecca und Shakti sprangen ebenfalls auf und schlossen sich ihm an.

»Und ihr zwei Turteltauben?«, wandte sich Chris an der Türe zu uns um. »Ah, ich sehe schon. Also dann. Meldet euch, wenn ihr uns an eurer Zweisamkeit teilhaben lassen wollt, ja?«

Er zwinkerte und die drei verschwanden.

Wir blieben zurück – mit den Kopien des Kirchenbuchs.

Ich griff danach und las noch einmal den Eintrag der Hochzeit und den der Taufe des Kindes.

»Glaubst du, Elizabeth hat Brandon irgendwann genauso lieben können wie …« Ich schluckte. Ich hatte sagen wollen »wie dich«, doch stattdessen sagte ich schnell:

»So wie Brandon sie?«

Wir beide kannten die tatsächliche Frage. Konnte Colin eigentlich noch meine Gedanken lesen? Ich konnte noch immer Gegenstände schweben lassen, wenn ich wollte. Aber nur, wenn ich wollte. Nichts flog mehr, weil ich aufgeregt war. Was für eine Erleichterung! Ansonsten hätten Chris, Shakti und Rebecca vorhin noch ganz andere Fragen gestellt, denn garantiert hätte ich den gesamten Inhalt meines Zimmers zum Fliegen gebracht.

»Kannst du noch meine Gedanken lesen?«, fragte ich.

»Ich hab dir versprochen es mir nie anmerken zu lassen.«

»Kannst du oder kannst du nicht?«

Colin seufzte. »Ja. Gerade fragst du dich, ob meine Visionen vom angehenden Tod wieder zurück sind. Und nein, ich sehe es nicht. Zumindest nicht bei dir.«

»Zumindest nicht bei mir?«, fragte ich hellhörig.

Er zuckte die Schultern. »Als ich Theo berührte, war es wieder da. Ich sag mal so viel dazu: Wir werden ihn noch viele Jahre um uns haben.«

Wie furchtbar. Nicht dass Theodor lange leben würde, aber ich hatte so sehr gehofft, Colins Visionen wären ein für alle Mal passé. Doch warum sollten sie? Es war alles wieder im Lot.

Ich räusperte mich. »Also was denkst du? Wurden die beiden glücklich miteinander?« Ich deutete auf die Blätter in meinen Händen.

»Brandon war schon sehr verliebt in sie«, sagte Colin mit Überzeugung.

»Und ich dachte, das sei reiner Beschützerinstinkt gewesen«, murmelte ich kleinlaut. Wieso hatte er mich dann gebeten mitzugehen? Nur weil ich ein behagliches Gefühl in ihm auslöste? Ich fühlte mich ausgenutzt und erinnerte mich an seine und Elizabeths Einstellung zur Ehe.

Colin schüttelte den Kopf und fuhr fort. »Ich möchte wirklich, dass Elizabeth ein erfülltes Leben hat, hatte oder wie auch immer. Wenn sie es mit Brandon bekommen hat, gönne ich es ihr von Herzen. Jeder konnte sehen, wie vernarrt er in sie war. Ich hoffe, Elizabeth ist glücklich mit ihm. Denn wenn nicht …«

Wenn nicht, was?

Colin umfasste mein Gesicht. Er hob es an, damit ich ihm in die Augen sah.

»Mere, es tut mir leid, wenn Elizabeth nicht so verliebt in Brandon war wie er in sie. Unerwiderte Liebe ist furchtbar.«

Nur eines musste ich noch wissen.

»Hast du eigentlich meine Gedanken lesen können, als ich dich geküsst habe?«

»Du meinst, als wir auf Chris gewartet haben und Elizabeth uns unterbrochen hat?« Seine Augenbrauen waren unter dem dichten Pony verschwunden.

»Ja, genau. Ich hatte da gehofft, du könntest sie lesen, dann wäre es nicht so peinlich für mich gewesen.«

Colin lächelte nur und antwortete nicht.

»Sag schon! Konntest du?«

»Ist das noch wichtig?«, fragte er. »Sie ist fort und ich bin hier. Bei dir. Wo ich mich am wohlsten fühle.«

»Am behaglichsten?«, stellte ich richtig.

»Am allerbehaglichsten«, murmelte er.

Er senkte den Kopf und seine Lippen streiften meine. Das Kribbeln, das mich dabei erfasste, prickelte wie Champagner.

Niemand küsste wie Colin. So gut wie Colin. Davon war ich überzeugt.

»Mere?«

»Mh?«, machte ich benommen und wollte noch mehr von diesen Küssen.

»Ich wäre nie mit Elizabeth gegangen«, sagte er leise und brachte mich dazu, meine Augen zu öffnen. »Ich wusste, wie sehr sie mich liebte, aber du bedeutest mir mehr. Viel mehr.«

Es folgte noch ein Kuss, ehe er schelmisch hinzufügte: »Und ich wusste, du würdest ohne mich nichts auf die Reihe kriegen.«

Ich knuffte ihn. »Du bist ganz schön eingebildet, Adams«, sagte ich.

»Ich bin mit Theodor verwandt«, konterte er vergnügt.

»Sag das nicht zu oft. Das macht es zunichte.«

»Was zunichte?«

»Das Gefühl, das ich habe, wenn du mich ansiehst.«

Colin drückte mich fest an sich. So durfte es bleiben, bis sich seine ehemaligen Visionen bewahrheiteten.

Wir beide mit weißen Haaren. Wer brauchte da schon rote?

Ende

Dankeschön

Ein Roman schreibt sich nicht von allein, wie wohl jeder weiß, der selber schreibt, schreiben möchte und der gerne liest (vor allem hier so was ☺).

Zum einen braucht es denjenigen, der sich hinsetzt und die Worte in den PC tippt – also mich. Dann braucht es den, der denjenigen mit allen möglichen Grundnahrungsmitteln während dieser Zeit der Eingabe versorgt – in meinem Fall: mein Mann und unsere Mütter. Außerdem ist es von Vorteil, wenn die Nachkommen einen in Ruhe lassen, ein paar Waschkörbe zwischendurch schon mal ausräumen, sich selbstständig über die Hausaufgaben setzen und nicht allzu oft an die Tür hämmern mit: *Mama, kann ich Schokolade haben/fernsehen/Tablet spielen?*

Nein, ein Roman braucht auch ein paar andere Menschen, die extrem wichtig sind, um endlich fertig im Regal zu stehen.

Ich möchte mich allen voran bei meiner Agentin Christiane bedanken, die seit dem ersten Moment an diese Geschichte (und mich) geglaubt hat.

Weiterhin an Pia und Rebecca, meine beiden Lektorinnen. Rebecca: Danke für die lustigen Telefonate. Die Arbeit am Lektorat hat richtig viel Spaß gemacht und ich liebe deine Anmerkungen. Bei manchen musste ich ganz laut lachen.

Danke auch an all meine Freunde, ganz besonders Anja, Karin, Nicole und die beiden Eulen, denen dieses Buch gewidmet ist: Martina und Katharina, die so viel Rücksicht genommen haben und nicht sauer waren, weil ich wegen der Arbeit an meinen Büchern den ein oder anderen Geburtstag versäumt habe.

Ganz besonders aber danke ich meiner wunderbaren Schwester Tina, die immer zweiundzwanzig bis dreiundzwanzig Möglichkeiten findet, um meinen Rücken wieder zu richten und die diese wunderbare Reise nach Wiltshire mit mir unternommen hat. Ich sag nur Traktor und Hanni-Ball.

Vielen Dank auch an meine Delia-Kollegen, die mir immer mit Rat und Tat zur Seite stehen. Ganz besonders Kerstin Gier, Nina George, Ursi Breidenbach, Eva Völler und Iny Lorentz.

Ihr seid meine Vorbilder.

Doch das allermeiste verdanke ich meinem Mann, denn ohne einen Partner, der diese Arbeit unterstützt, wäre es sehr, sehr schwierig, wenn nicht sogar unmöglich, diesen Beruf auszuüben.

Danke, Andreas. Du bist für mich der Größte.

Die komplette Pan-Trilogie zum Verlieben!

Felicity ist nicht gerade das, was sich die Elfenwelt unter der ihr prophezeiten Retterin vorgestellt hat. Sie ist erst achtzehn, trägt eine Zahnspange und arbeitet abends in einem heruntergekommenen Pub. Leander hingegen, der Neue an Felicitys Schule, ist der wohl bestaussehende Junge Londons – und ganz sicher nicht Felicitys Typ. Merkwürdig ist nur, dass er einfach nicht mehr von ihrer Seite weichen will. Und damit fängt das Chaos erst richtig an …

Sandra Regnier
Die Pan-Trilogie.
Band 1-3 im Schuber
1200 Seiten
3 Taschenbücher im Schuber
ISBN 978-3-551-31507-6

CARLSEN

www.carlsen.de